IHRE STUMME BITTE

IHRE STUMME BITTE

LISA REGAN

Übersetzt von Reinhard Ferstl

bookouture

Für Dot Dorton, weil du mein Leben verändert hast.

EINS

Ihr Streit brandete in zornigen Wellen gegen die Tür zwischen uns. Er schlug gegen das Holz, sammelte sich auf dem Boden und kroch durch den Spalt unter der Tür, sodass ich jedes Wort hören konnte. Meist begriff ich nicht, was sie sagten oder auch nur, warum sie stritten. Mir war lediglich klar, dass er ihr wieder Schmerzen zufügen würde – auf eine Art und Weise, bei der sie entweder ganz still war oder laut schrie. Nie wusste ich, was schlimmer war.

Aber so sehr er ihr auch wehtat, zum Schluss konnte sie sich immer wieder in unser Zimmer retten. Sie legte sich dann auf unser knarzendes Bett, sog mit zusammengebissenen Zähnen die Luft ein und streckte die Hand nach mir aus. Ich lernte, mich unter der Decke ganz behutsam zu bewegen. Manchmal rang sie selbst bei der kleinsten Berührung vor Schmerz nach Atem. So sanft ich konnte, schmiegte ich meinen Rücken an ihren Bauch und wartete darauf, dass sie mir mit zitternden Fingern den Kopf streichelte – langsam, stetig, beruhigend.

Ich hatte so viele Fragen, wagte sie aber nicht zu stellen. Ich wollte nicht, dass er mich hörte und sich daran erinnerte, dass ich auch da war. Wenn ihr flatternder Atem gleichmäßiger wurde, stieß sie irgendwann einen leisen Seufzer aus. Dann wusste ich, dass sie einen Punkt erreicht hatte, an dem der Schmerz erträglich geworden war.

»Schon okay«, sagte sie dann. »Es wird alles gut.«

Sie war immer eine schlechte Lügnerin gewesen.

ZWEI

Das vergnügte Quietschen des kleinen Harris Quinn trug über den Spielplatz im Denton City Park und schmerzte in Josies Ohren. Als sie ihn von den Schaukeln zur Rutsche jagte, blickte sie hinüber zu den anderen Erwachsenen, um zu sehen, ob sich jemand an seinen durchdringenden Freudenjauchzern störte, aber niemand nahm auch nur Notiz davon. Alle waren ähnlich beschäftigt mit ihren eigenen Kindern, die hin und her rannten und aufgeregt riefen:

»Mom, schau, was ich kann!«

»Fang mich doch!«

»Ich möchte auf die Schaukel!«

Josie folgte Harris zum Kletterturm in der Mitte des Spielplatzes. Er war wie eine Burg gestaltet und hatte eine lange, gewundene Brücke, die von einer kleinen Treppe zu einer großen Rutsche auf der anderen Seite führte. Harris kletterte die Stufen hoch und rannte über die Brücke.

»Pass auf«, rief Josie ihm noch nach, doch da saß er schon oben auf der Rutsche. Hastig lief sie herbei und hätte dabei fast zwei Kleinkinder umgerannt. Sie kam gerade noch rechtzeitig, um ihn mitten im Flug aus der Luft zu angeln, als er vom glänzenden Ende der Bahn katapultiert wurde und kurz davor war, unsanft im Schmutz zu landen. »JoJo!«, quiekte er begeistert.

Sie gab ihm einen Kuss auf die Stirn, doch schon wand er sich wieder. »JoJo, runter! Noch mal!«

Widerwillig stellte sie ihn auf den Boden und sah zu, wie er zur Treppe zurücklief. Sie hielt es für besser, am Ende der Rutsche zu bleiben, um ihn aufzufangen. Während er auf der Brücke war, hatte sie ihn für einige Augenblicke nicht im Blick. Sogleich begann ihr Herz zu klopfen, bis sie seinen blonden Schopf und das leuchtend blaue Dinosaurier-T-Shirt am oberen Ende der Rutsche entdeckte. Als er sich hinsetzte und nach vorn schob, drängte sich plötzlich ein Mädchen an Josie vorbei und begann die Rutsche von unten hochzuklettern. Josie sah vor ihrem inneren Auge bereits den fatalen Zusammenprall. Das Mädchen war sechs oder sieben Jahre alt und fast doppelt so groß wie Harris. Sie hatte weiße Turnschuhe, eine blaue Stretchhose und ein rosa Glitzertop mit Einhornmotiv an. Auf dem Rücken trug sie einen kleinen Rucksack in Schmetterlingsform. Ihr sandblondes Haar – es erinnerte an den Schopf eines Maiskolbens – war zu einem losen, zerzausten Pferdeschwanz gebunden. Josie öffnete den Mund, um sie vom Hochklettern oder Harris vom Hinunterrutschen abzuhalten, doch blieben ihr die Worte im Hals stecken.

Blitzschnell trat sie an die Rutsche, streckte sich und stoppte Harris, bevor er mit dem Mädchen zusammenstieß. Da erschien auf der anderen Seite der Rutsche eine Frau. »Lucy«, schimpfte sie, »du weißt, du sollst die Rutsche nicht hochklettern. Komm da herunter, bevor sich jemand wehtut.«

Lucy kletterte weiter, aber die Frau packte sie jäh am Arm. »Sieh mich an, Lucy«, forderte sie. »Was habe ich gesagt?«

Lucy erstarrte und sah zu der Frau hoch. Sofort bemerkte Josie die Ähnlichkeit zwischen beiden: Sie hatten das gleiche herzförmige Gesicht, lavendelblaue Augen und eine schmale Nase mit schön geformten Nasenlöchern. Die Haare der Frau waren etwas dunkler als die des Mädchens, doch handelte es sich zweifellos um Mutter und Tochter.

Lucy biss sich auf die Unterlippe, lockerte den Griff am Rand und begann mit ihren dünnen, schlaksigen Armen und Beinen unbeholfen und langsam auf dem Bauch nach unten zu rutschen. »Tut mir leid, Mom«, murmelte sie. Kaum war sie am Ende der Rutsche angelangt, nahm die Mutter sie an der Hand und zog sie von der Bahn. Das nutzte Harris, um endlich zu rutschen. Josie fing ihn wieder unten auf und hielt seinen zappelnden Körper fest im Arm.

Lucys Mutter sah Josie an und lächelte: »Entschuldigung.«

»Oh, kein Problem«, erwiderte Josie. »Ich bin froh, dass niemand zu Schaden gekommen ist.«

Die Frau lachte. »Wer hätte gedacht, dass Spielplätze so gefährlich sein können?«

»Aber wirklich«, antwortete Josie. Tatsächlich kostete sie ein Ausflug mit Harris zum Spielplatz jedes Mal Jahre ihres Lebens. Ständig lief er Gefahr, zu stolpern und sich den Kopf anzustoßen, von irgendetwas herunterzufallen und sich die Knochen zu brechen oder versehentlich von einem anderen Kind verletzt zu werden, das zu schnell rannte oder die Rutsche in der falschen Richtung hochkletterte.

»Wie alt ist er?«, fragte die Frau, während Lucy an ihrem Arm zerrte, um sie in einen anderen Teil des Spielplatzes zu lotsen.

»Zwei. Fast drei.«

Die Frau lächelte wehmütig. »Ach, ich weiß noch, wie meine Tochter zwei war. Ein schönes Alter.«

»Oh, er ist nicht ...«, setzte Josie an, um ihr zu erklären, dass sie nicht Harris' Mutter war und nur für eine Freundin auf ihn aufpasste, aber Lucy quengelte dazwischen: »Mama! Ich möchte zum Karussell!«

Harris hörte auf, sich in Josies Armen zu winden. »Ich auch!«, rief er. »JoJo, noch mal Pferd!«

Josie schob ihn auf dem Arm in eine andere Position. »Schon wieder?«, stöhnte sie. »Wir sind doch schon dreimal gefahren.«

Allein der Gedanke daran verursachte ihr Brechreiz. Seit einer Woche wurde ihr immer wieder übel, und die drei Fahrten auf dem Karussell hatten nicht unbedingt dazu beigetragen, diesen Zustand zu verbessern.

»Mo-om«, drängte Lucy und zerrte ihre Mutter von der Rutsche weg zum anderen Ende des Spielplatzes, wo erst drei Wochen zuvor das glänzende neue Karussell dank einer Initiative der Bürgermeisterin aufgestellt worden war.

Als ein Vergnügungspark ein paar Countys weiter geschlossen worden war, hatte Bürgermeisterin Tara Charleston die Gelegenheit genutzt, »den schönen öffentlichen Park von Denton aufzuwerten«, wie sie es nannte. Sie hatte den Stadtrat überzeugt, eine Unsumme für den Abbau des Karussells lockerzumachen, es nach Denton transportieren zu lassen und im Stadtpark wieder aufzustellen. Wenigstens hatte die Stadt Geld dadurch gespart, dass sie es von Kunststudenten der Universität von Denton restaurieren ließ. So blitzten seine leuchtenden Karnevalsfarben nun in der Nachmittagssonne, während es sich drehte und die Pferde sich im Rhythmus der heiteren Musik hoben und senkten. Schon beim Anblick des Karussells vom Spielplatz aus drehte sich Josie fast der Magen um.

»JoJo, bitte«, drängte Harris wieder und wand sich auf ihrem Arm.

Sie wollte gerade ansetzen, um es ihm auszureden, da hörte sie eine Männerstimme. »Sie sind doch Josie Quinn.«

Lucy und ihre Mutter blieben stehen. Sie drehten sich um und sahen, wie der Mann hinter Josie hervortrat und ihr die Hand hinstreckte. Josie hatte ihn schon bei ihrer Ankunft im Park gesehen. Er war um den Spielplatz herumgegangen und hatte in sein Handy gesprochen. Mit seinem blauen Poloshirt, den kakifarbenen Shorts und Slippern wirkte er eher für den Golfplatz als einen Spielplatz angezogen. Jedoch war es schon jetzt, Ende April, warm genug für dieses leichte Outfit.

»Ich heiße Colin Ross«, stellte er sich vor, die Hand nach wie vor ausgestreckt. Er war schlank, gebräunt und hatte grau meliertes Haar.

Josie nahm Harris auf den anderen Arm, um die Hand des Mannes zu schütteln. Lucy und ihre Mutter kamen näher. Lucys Mutter blickte von Colin zu Josie und wieder zurück zu ihm. »Colin, kennst du diese Frau?«, wollte sie von ihm wissen.

Er drehte sich zu ihr und lächelte. »Amy«, erwiderte er, »erkennst du sie nicht aus den Nachrichten?«

Josie spürte, wie sich ihre Schultern verkrampften. Als Detective der Polizei von Denton hatte sie einige der haarsträubendsten Fälle im Bundesstaat gelöst. Ein paar hatten in den ganzen USA Schlagzeilen gemacht. Aber sie war es noch immer nicht gewöhnt, berühmt zu sein. Oder berüchtigt.

Amy starrte Josie unsicher an, bis Josie die Spannung löste, indem sie ihr die Hand reichte. »Er hat recht. Ich bin Detective Josie Quinn.«

Amy schlug die Hand vor den Mund. »Mein Gott, Sie haben gerade den Fall Drew Pratt aufgeklärt!«

Josie nickte und merkte, dass Colin sie anstrahlte. »Mein Team hat die Angelegenheit aufgeklärt, ja.«

»Sie ist großartig«, schwärmte Colin. »Weißt du, wer ihr Vater ist?«

Josie wollte gerade anmerken, dass ihr Vater tot sei, aber schon verkündete Colin: »Christian Payne.«

Vor einem Jahr hatte Josie herausgefunden, dass sie als Kind entführt worden war. Ihre richtige Familie hatte geglaubt, sie sei bei einem Brand umgekommen. Erst kürzlich war sie wieder mit ihr vereint worden. So ganz hatte sie sich noch immer nicht daran gewöhnt, eine völlig neue Familie zu haben. »Sie kennen ihn?«, fragte Josie.

Colin lächelte. »Wir arbeiten beide für Quarmark.«

»Ach ja. Das große Pharmaunternehmen. Sind Sie auch in der Marketingabteilung?«

»Nein. Ich gehöre zum Team, das die Preisstrukturen für die neuen Medikamente entwickelt, die Quarmark auf den Markt bringt.«

»Unglaublich spannend«, warf Amy ein.

»Daddy«, jammerte Lucy, »ich möchte Karussell fahren.«

Gleichzeitig rief Harris: »JoJo, Schaukel!«, und deutete über Josies Schulter.

Josie war erleichtert, dass er es sich anders überlegt hatte. »Gleich, mein Lieber.«

Amy legte eine Hand auf den Rücken ihres Mannes. »Liebling, Lucy möchte zum Karussell. Gehst du mit ihr oder soll ich?«

Colin sah zu seiner Tochter hinunter und lächelte sie an. »Wir können ja alle drei gehen.«

»Auf welchem Pferd möchtest du reiten, Daddy?«, wollte Lucy wissen.

»Ich weiß nicht«, antwortete er. »Ich muss sie mir erst alle ganz genau ansehen.« Er schenkte Josie ein weiteres Lächeln. »Es hat mich gefreut, Sie kennenzulernen.«

»Mich auch«, erwiderte Josie. Als die Familie Ross in Richtung Karussell loszog, stellte Josie Harris auf den Rasen. Er rannte sofort los zu den Schaukeln. Josie hob ihn auf eine freie Schaukel und begann ihn leicht anzuschubsen. Da sah sie, dass Amy und Lucy Ross bereits auf dem Karussell waren. Colin stand vor dem Zaun und sprach wieder in sein Handy. So viel zur gemeinsamen Familienfahrt auf dem Karussell, dachte sie.

»Höher!«, rief Harris. »Bitte, JoJo!«

Josie sah hinab auf seinen goldblonden Schopf, lächelte und schob ein bisschen kräftiger, auch wenn ihr mit jedem Stückchen, das die Schaukel höher schwang, mulmiger wurde. Sie fragte sich, warum seine Mutter Misty ständig mit ihm hierherkam, wo auf dem Spielplatz doch so viele Gefahren lauerten. In Josies Augen war Harris noch so klein und zart. Ständig befürchtete sie, dass er sich bei einem bösen Sturz etwas brach. Gleichzeitig konnte sie förmlich hören, wie Misty, ihre eigene Mutter Shannon und ihre Großmutter Lisette sich über sie lustig machten – so wie sie es oft taten, wenn sie zu sehr um Harris besorgt war. Stets hatten sie denselben Spruch auf Lager: »Kinder halten mehr aus, als du denkst.«

Eine weitere Welle aus Übelkeit überkam Josie. Sie fragte sich, wie Mütter dieses ganze Elternding bewältigten. Je unabhängiger Harris wurde, desto mehr Angst hatte sie um ihn. Sie behielt seine Händchen im Auge, die sich an die beiden Ketten der Schaukel klammerten. Plötzlich hörte sie aus der Ferne Amy Ross' Stimme. Sie rief nach ihrer Tochter.

»Lucy? Lucy!«

Josie sah hinüber zum Karussell. Amy war noch immer auf dem Karussell, während die Menschen um sie herum langsam die Plattform und das durch einen Metallzaun gesäumte Gelände des Fahrgeschäfts verließen.

Ihre Stimme wurde immer lauter und schriller. »Lucy! Lucy!«

Colin blieb stehen und nahm sein Handy etwas vom Ohr. Die Panik in der Stimme seiner Frau machte auch ihn unruhig.

»Lucy!«

Amy lief auf der Plattform zwischen den Pferden herum und wurde mit jeder Sekunde hektischer.

»JoJo?« Harris sah Josie fragend an. Ohne es zu merken, hatte sie die Schaukel angehalten.

»Schon gut, mein Kleiner«, murmelte sie, hob ihn vom Sitz und ging zum Karussell.

Die Menschen strömten weiter aus dem eingezäunten Areal nach draußen, während Colin versuchte, über den Ausgang nach drinnen zu gelangen. Der Jugendliche, der die Aufsicht über das Karussell hatte, stand am Eingangstor und starrte zu Amy hinüber, genau wie die Wartenden in der Reihe hinter ihm. Amy blieb stehen und wandte sich zu ihnen, als hätte sie gespürt, dass alle sie ansahen. »Hat jemand meine Tochter gesehen? Sie war gerade noch da. Sie saß auf dem blauen Pferd, ich auf dem violetten. Sie ist heruntergeklettert, bevor die Fahrt zu Ende war. Hat sie jemand weggehen sehen? Lucy?«

Niemand antwortete. Colin befand sich inzwischen auf der Plattform, das Handy noch immer in der Hand. Er kämpfte sich durch die Pferde, blieb vor zwei zueinander gedrehten Kutschen mit roten Samtsitzen stehen und sah hinein.

»Wo zum Teufel ist sie hin?«, fragte er.

»Hast du sie herauskommen sehen?«, wollte Amy von ihm wissen.

»Ich habe nichts gesehen«, erwiderte er. »Ich habe telefoniert.«

Wieder wandte sich Amy an die Wartenden. »Hat jemand ein kleines Mädchen gesehen, das allein vom Karussell weggegangen ist? Sie ist sieben, hat blondes Haar, trägt ein hellrosa T-Shirt mit einem Einhorn darauf und einen Schmetterlingsrucksack.«

Ein paar Leute schüttelten den Kopf, doch niemand antwortete. Josie stand inzwischen am Zaun und sah sich das Karussell näher an. Da gab es nichts, wo man sich verstecken konnte. Ihre Gedanken schweiften zurück zu dem Augenblick, als sie auf Amys Rufe aufmerksam geworden war. Die Menschen waren durch den Ausgang nach draußen geströmt. Josie konnte sich nicht erinnern, Lucy unter ihnen gesehen zu haben. Aber das Mädchen konnte schon hinausgelaufen sein, bevor Josie zum Karussell gesehen hatte.

Colin ging zu seiner Frau. »Amy, wo zum Teufel ist sie?«

»Ich weiß es nicht!«, rief sie. »Sie war hier, direkt bei mir. Ich habe nur einen Augenblick lang weggeschaut. Mein Gott.«

Sie legte beide Hände an die Schläfen. Ihre nächsten Worte schrie sie bereits: »Tut doch endlich was!«

Josie setzte sich Harris auf die andere Hüfte und ging in den abgezäunten Bereich. Sie sah den völlig verdatterten Einlasser an. »Halten Sie das Karussell an«, sagte sie zu ihm.

»Was?«

»Sie sollen das Karussell anhalten. Niemand steigt auf oder ab, bis das Kind aufgetaucht ist.« Sie wandte sich Lucys Eltern zu. »Wenn sie nicht hier ist, muss sie woanders auf dem Spielplatz sein.«

Amy sah an Josie vorbei zum Spielplatz. »Ich sehe sie nicht. Sie ist dort nicht.«

»Sehen Sie mich an, Mrs Ross«, forderte Josie sie auf.

Amy wandte sich ihr zu.

»Wir verteilen uns und suchen den Spielplatz ab. Sie kann auch in einem der Klettertürme sein.«

Colin und Amy rannten aus dem umzäunten Karussellbereich und riefen weiter nach ihrer Tochter. Einige Besucher, die in der Schlange auf eine Fahrt mit dem Karussell gewartet hatten, gesellten sich zu ihnen und riefen ebenfalls Lucys Namen. Josie folgte ihnen und setzte den quengelnden Harris immer wieder von einer Hüfte auf die andere. »Runter, JoJo«, protestierte er.

»Gleich, mein Schatz«, vertröstete ihn Josie. »Wir versuchen gerade ein kleines Mädchen zu finden, okay?«

»Ich helfen?«, fragte er.

Sie lächelte ihn an. »Du bleibst bei mir. So hilfst du mir am meisten.«

Amy kam und zeigte ihr ein Foto, das sie kurz vorher von Lucy gemacht hatte, nachdem beide auf ihr Karussellpferd geklettert waren. Josies Arm schmerzte unter Harris' Gewicht, aber aus Sorge um ihn setzte sie ihn nicht ab. Angst überkam sie, ließ ihr den Schweiß aus den Poren treten und verursachte ein Gefühl der Beklemmung.

»Wahrscheinlich ist sie einfach nur irgendwo hingelaufen«, versuchte Josie, Amy zu beruhigen, als diese wieder die Nerven zu verlieren begann. Aber mit jeder weiteren Sekunde, die verstrich, ohne dass Lucy auftauchte, begann Josie etwas weitaus Schlimmeres zu ahnen.

Sie ging am Rand entlang um den Spielplatz herum. Hinter dem Karussell ragte ein hoher Maschendrahtzaun zwischen dem Spielplatz und dem dahinter befindlichen Softballfeld auf. Dort waren einige mit Wurfspielen beschäftigt. Josie ging den Zaun entlang, um zu sehen, ob es Lücken gab, durch die man hindurchschlüpfen konnte. Am Ende des Zauns trennten hüfthohe Sträucher den Park von einem Gehweg und der Straße. Auf der gegenüberliegenden Seite reihten sich Bungalows beschaulich Seite an Seite. Obwohl neben dem Gehweg viele Autos standen, war in beiden Richtungen kein Verkehr. Josie ging an der Hecke entlang bis zum Eingang des Spielplatzes, einem breiten Fußweg, der unter einem Bogen mit der Aufschrift »Denton City Park Playground« hindurchführte. Dahinter trennten auf einer Länge von mehreren Metern weitere Sträucher den Spielplatz vom Gehweg, bis die Hecke an einem Wäldchen endete. Hinter der Baumgruppe befand sich, wie Josie wusste, eine der Joggingstrecken, die durch den dichten Wald im Park führten. Ein Kind konnte leicht in diesem Gehölz verschwinden. Der Waldrand verlief entlang des Spielplatzes bis zum Zaun auf der anderen Seite. Allerdings hätte Lucy aus dem Karussell schlüpfen und ein gutes Stück zurücklegen müssen, bevor sie den Wald erreicht hätte. Das wäre auf keinen Fall unbemerkt geblieben.

Josies Beklemmung wuchs, als sie sich die Bäume genauer ansah. Das Gelände hinter dem Spielplatz war größer und hügelig und führte tiefer in den Park hinein, der sich auf beiden Seiten mehrere Kilometer weit erstreckte. Dieses Areal konnte sie unmöglich absuchen, nicht einmal mit Unterstützung durch Lucys Eltern.

Mit der freien Hand zog sie ihr Handy aus der Tasche und rief die Einsatzleitstelle.

»Detective Quinn«, meldete sie sich, als der Beamte den Anruf annahm. »Ich brauche zwei, drei Einheiten beim Spielplatz im Stadtpark. Ein Mädchen wird vermisst.«

DREI

Dicke Tränen rannen über Amys Gesicht. Sie stand mit dem Smartphone in der Hand am Kletterturm. Daneben ging Colin auf und ab, das Gesicht blass und angstverzerrt. Josie gab etwa einem Dutzend Eltern, die sich um sie scharten, Anweisungen. »Bitte bleiben Sie, bis Sie einem der Beamten Ihren Namen und Ihre Telefonnummer gegeben haben«, erklärte sie ihnen. »Außerdem möchte ich Sie bitten, nachzusehen, ob Sie auf Ihren Handys Fotos oder Videos haben, die Sie in der letzten Stunde hier gemacht haben und auf denen vielleicht Lucy Ross zu sehen ist.«

Josie versuchte, sich alle Gesichter zu merken. Sie wollte sichergehen, dass ihr Team niemanden vergaß. Ein Mann aus dem hinteren Teil der Menge fragte: »Können wir beim Suchen helfen?«

»Mir wäre es lieber, wenn Sie hierbleiben und mit den Beamten reden würden«, erwiderte sie.

Nichts deutete darauf hin, dass Lucy entführt worden war, aber der Gedanke schien nicht ganz abwegig. Von den verängstigten Eltern und ihren erschöpften Kindern hatte wohl kaum jemand etwas mit Lucys Verschwinden zu tun, aber sie durfte kein Risiko eingehen und sie an der Suche teilnehmen lassen. Was, wenn doch jemand von ihnen Lucy etwas angetan hatte? Dann bekamen die Täter während der Suche im Park auch noch die Gelegenheit, Spuren zu verwischen. Schon der Gedanke daran ließ sie schaudern. Harris lehnte an ihrer Schulter und schnarchte. Er war trotz des ganzen Aufruhrs eingeschlafen.

»Sie wollen die Leute nicht mithelfen lassen?«, fragte Colin. »Wir müssen los. Je schneller wir mit der Suche beginnen ...«

Er wurde unterbrochen vom Heulen der Martinshörner zweier Polizeifahrzeuge, die vor dem Eingang zum Spielplatz hielten. Dahinter traf in einem Zivilfahrzeug Detective Gretchen Palmer ein. Erleichtert atmete Josie auf, als ihre Kollegen ausstiegen und herbeiliefen. Während sie ihnen den Sachverhalt schilderte, zeigte Amy ihnen auf ihrem Handy das Foto von Lucy, das auch die anderen Eltern schon gesehen hatten. Josie wies zwei Beamte an, die Namen, Adressen und Telefonnummern der Umstehenden zu notieren und sich von ihnen alle Fotos oder Filme, die sie gemacht hatten, zu besorgen. Gretchen meinte: »Wir werden mehr Leute brauchen, um den Park zu durchsuchen.«

Josie schickte Hummel und einen weiteren Polizisten in verschiedene Richtungen, um den an den Spielplatz angrenzenden Wald zu durchsuchen. Unterdessen forderte Gretchen Verstärkung an. Amy tippte ihr auf die Schulter. »Ich möchte auch suchen«, sagte sie. »Ich gehe.«

Josie drehte sich zu ihr. »Natürlich. Wir müssen Ihnen aber vorher noch ein paar Fragen stellen. Es dauert nicht lange.«

Colin trat hinter seine Frau. In der einen Hand hielt er noch sein Handy, während er sich mit der anderen durch sein grau meliertes Haar fuhr. »Ich verstehe das alles nicht«, murmelte er.

Gretchen beendete ihr Telefonat, stellte sich Lucys Eltern

vor und zog ihren Notizblock hervor. »Wie alt ist Lucy?«, begann Josie.

»Sieben«, antworteten beide Eltern unisono.

»Dann geht sie in die erste Klasse?«, fragte Gretchen.

»Ja«, bestätigte Amy. »In die Denton West Elementary. Die Grundschule ist direkt ... sie ist nur ein paar Straßen von hier entfernt.«

»Wo wohnen Sie?«, fragte Josie.

Amy gab ihr die Adresse und Gretchen schrieb sie auf. Ihr Haus war lediglich zwei Blocks entfernt, wie Josie feststellte. An die Eltern gewandt sagte sie: »Ich denke, wir sollten jemanden dorthin schicken, der nachsieht, ob Lucy vielleicht aus irgendeinem Grund heimgelaufen ist. Glauben Sie, dass sie nach Hause finden würde?«

Colin antwortete mit einem »Ja«, Amy gleichzeitig mit »Nein«.

Colin sah seine Frau an. »Amy, sie kennt doch den Weg vom Park nach Hause.«

Amy wischte die Tränen fort, die ihr über das Gesicht rannen. »Nein, tut sie nicht. Sie hat sich vor zwei Wochen in der Schule schon auf dem Weg vom Erste-Hilfe-Raum zurück zu ihrem Klassenzimmer verlaufen.«

Verblüfft sah er sie an. »Was?«

Amy verschränkte die Arme vor der Brust. »Wenn du öfter zu Hause wärst, wüsstest du das.«

»Wenn ich unterwegs bin, rufe ich jeden Tag an«, erwiderte Colin scharf. »Das hättet ihr mir ja erzählen können.«

Gretchen räusperte sich, damit sich die beiden wieder auf sie konzentrierten. »Mr und Mrs Ross«, fuhr sie fort. »Ganz egal, wie alt Lucy ist oder wie gut sie sich zurechtfindet, wir sollten auf jeden Fall jemanden zu Ihnen nach Hause schicken, vor allem, weil es nicht weit ist.«

Als Detective Finn Mettner vorbeiging, winkte Josie ihn mit ihrer freien Hand zu sich und bat ihn, mit Colin nach

Hause zu fahren und nachzusehen, ob Lucy heimgelaufen war.

»Kennt Lucy ihre Adresse und Telefonnummer auswendig? Könnte sie sie angeben, falls sie sich verlaufen würde und jemand Fremdes sie danach fragen würde?«

»Ja«, antwortete Amy, während Colin mit Mettner den Park verließ.

»Das ist gut«, versicherte Josie ihr.

»Ist Lucy schon einmal weggelaufen?«, wollte Gretchen wissen. »Hier oder vielleicht in einem Geschäft oder sonst irgendwo?«

Amy schüttelte den Kopf. Wieder rannen ihr Tränen über das Gesicht. »Nein, sie ist keine Ausreißerin. Sie bleibt immer nah bei mir. Da bin ich streng. Sie weiß, dass ich da ...«

Schluchzend brach sie ab. »Mein Gott, mein Baby. Sie müssen sie finden. Wir müssen sie finden!«

»Mrs Ross, sehen Sie mich an«, beschwor Josie sie mit klarer, fester Stimme.

Amy sah sich auf dem Spielplatz um, bis ihr Blick Josies Gesicht traf.

»Wir tun alles, was wir können, um sie zu finden«, versicherte sie ihr. »Sagen Sie, hat Lucy eine Krankheit, über die wir Bescheid wissen sollten?«

Amys Blick wanderte erneut zu der Gruppe aus Eltern und Kindern. Sie standen in der Spielplatzmitte vor zwei Beamten, die sich eifrig Notizen machten. Dann blickte sie hinüber zum Wald am Rand des Platzes, wo mehrere Polizisten suchend zwischen den Bäumen herumliefen und Lucys Namen riefen.

»Mrs Ross?«, sprach Gretchen sie an.

»Nein, keine Krankheiten. Sie ist kerngesund.« Sie sah sie wieder an. »Das sieht ihr überhaupt nicht ähnlich. Sie verstehen das nicht. Sie würde nie weglaufen.«

»Haben Sie gesehen, wie sie das Karussell verlassen hat?«, fragte Josie weiter.

Amy schüttelte den Kopf. »Nein, ich habe versucht, von diesem blöden Pferd herunterzukommen. Ich habe mich im Zügel verheddert. Sie ist vor mir abgestiegen und weggelaufen. Ich habe sie in der Menge aus den Augen verloren.«

»Sie haben also nicht gesehen, dass sie zum Ausgang gegangen ist?«

»Nein, nein. Nachdem sie abgestiegen und weggelaufen ist, habe ich sie nicht mehr gesehen. Ich habe überall gesucht und gesucht. O mein Gott!«

»Wie oft kommen Sie in den Park?«, wollte Gretchen wissen.

»Ein paarmal die Woche. Das heißt, meistens kommt sie mit dem Kindermädchen her.«

»Wie heißt das Kindermädchen?«, fragte Gretchen. »Wo ist sie gerade?«

»Sie heißt Jaclyn. Jaclyn Underwood. Sie ist nicht hier. Ihre Familie lebt in Colorado. Sie ist über das Wochenende heimgefahren.«

»Wo wohnt sie in Denton?«, fragte Gretchen.

Amy nannte eine Adresse in der Nähe des College-Campus. »Sie studiert an der Universität. Normalerweise holt sie Lucy von der Schule ab und beschäftigt sich bis zum Abendessen ein paar Stunden mit ihr. Hören Sie, ist das wirklich wichtig? Ich möchte Lucy suchen.«

»Natürlich«, erwiderte Gretchen. »Ich bleibe hier und koordiniere den Einsatz.« Sie zog eine Visitenkarte hervor und reichte sie Amy. »Darauf steht meine Handynummer.«

Amy griff sie, schloss ihre Faust darum und lief davon. Josie sah zu, wie sie am Rand des Spielplatzes entlanglief, einer Gruppe von Polizisten folgte und im Wald verschwand.

Plötzlich bewegte sich Harris und öffnete seine blauen Augen. Er seufzte und drehte den Kopf. Josie spürte einen Schweißfleck dort, wo sein Gesicht gelegen hatte. Sie tätschelte ihm den Rücken und sah Gretchen an.

Gretchen klopfte mit ihrem Stift auf den Notizblock. »Was denkst du?«

»Ich weiß nicht«, sagte Josie.

»Du meinst nicht, dass sie weggelaufen ist?«

Josie schüttelte den Kopf. Sie hatte kein gutes Gefühl. Allerdings deutete nichts darauf hin, dass etwas Schlimmes mit Lucy Ross passiert war. Deshalb versuchte sie erst gar nicht, eine Erklärung für ihre böse Ahnung zu liefern.

Gretchen seufzte und deutete auf das Karussell. »Fangen wir ganz von vorn an.«

VIER

Der Jugendliche, der die Aufsicht über das Karussell hatte, saß in seinem winzigen Kassenhäuschen am Eingang zum Fahrgeschäft und streckte den Kopf aus dem kleinen Fenster. Mit großen, ängstlichen Augen beobachtete er den Tumult. Als Josie und Gretchen zu ihm gingen, kam er aus seinem Häuschen heraus.

»Wie heißt du?«, fragte ihn Gretchen.

Er hielt eine rote Baseballkappe in der Hand. Seine Finger drückten den Schirm zu einem U. Das dunkle Haar hing ihm in die Augen. Er schüttelte sich die Locken aus dem Gesicht, indem er den Kopf mit einem Ruck nach links warf.

»Logan«, antwortete er.

Gretchen stellte sich und Josie vor. »Wie alt bist du, Logan?«

Er trat von einem Bein aufs andere. »Achtzehn.«

Sie durften also mit ihm sprechen, ohne vorher einen Elternteil oder einen anderen Erziehungsberechtigten zu benachrichtigen. Bevor sie eine Frage stellen konnten, wollte er wissen: »Haben ... haben Sie sie schon gefunden?«

»Nein, noch nicht«, erwiderte Josie.

»Soll ich das Karussell geschlossen lassen?«

»Ja«, antwortete Gretchen. »Bis wir wissen, womit wir es hier zu tun haben.«

»Logan«, wandte sich Josie an ihn. Sie zog ihr Smartphone heraus, drückte Harris mit einem Arm an sich und versuchte, mit der anderen Hand mühsam ihr Passwort einzugeben und das Foto von Lucy Ross aufzurufen, das ihr Amy geschickt hatte. Sie hielt Logan das Display hin. »Erinnerst du dich, dieses Mädchen auf dem Karussell gesehen zu haben?«

Er sah sich das Foto an. »Denke schon. Ich meine, hier fahren den ganzen Tag ein Haufen Kinder mit dem Karussell. Ich kann mir nicht alle merken.«

»Wann bist du heute hergekommen?«, fragte Josie.

»Um die Mittagszeit etwa.«

Josie sah auf ihrem Handy nach, wie spät es war. Fast sechzehn Uhr dreißig. Gretchen fragte: »Und wie lange sollst du das Karussell geöffnet lassen?«

»Bis sechs.«

»Seit wann arbeitest du schon hier?«, wollte Josie wissen.

»Seit ungefähr drei Wochen.«

Josie zeigte ihm noch einmal das Foto von Lucy. »Erinnerst du dich jetzt an das Mädchen oder nicht?«

Logan knetete wieder den Schirm seines Caps. »Ja, sie hatte so einen bunten Rucksack, ein Käfer oder so.«

Josie sah Gretchen an. »Das stimmt. So einen hat sie getragen. Er war klein und sah aus wie ein Stoffschmetterling, war aber ein Rucksack.«

»Du hast gesehen, wie sie in das Karussell gestiegen ist«, sagte Gretchen. »Hast du gesehen, wie sie es wieder verlassen hat?«

Er schüttelte den Kopf. »Nö, ich habe die Tickets von den Leuten kontrolliert, die in der Schlange auf die Fahrt gewartet haben. Ich hatte keine Ahnung, dass etwas nicht stimmt, bevor ihre Mutter angefangen hat, nach ihr zu rufen.«

»Da hast du dich dann zum Karussell umgedreht«, folgerte Josie. »Hast du sie überhaupt gesehen?«

»Nein, tut mir wirklich leid.«

»Schon okay«, meinte Gretchen. Sie deutete mit dem Kopf zum Karussell. »Dürfen wir?«

»Ja, klar.«

Er ging mit ihnen durch den kleinen eingezäunten Wartebereich für die Fahrgäste. Dann fasste er über das Tor, entriegelte es und hielt es, damit die beiden Polizistinnen hindurchgehen konnten. Er blieb vor der Innenseite des Tors stehen, während Josie und Gretchen die Karussellplattform betraten.

»Gibt es hier Kameras?«, wollte Josie wissen.

»Nein, Kameras haben wir nicht.«

»Und im Stadtpark sind auch keine«, stellte Gretchen seufzend fest.

»Genau«, pflichtete Josie ihr bei. »Es gibt zu wenig Verbrechen dort. Da lohnt es sich nicht, Kameras einzurichten.«

Josie setzte Harris wieder von einer Hüfte auf die andere und wand sich durch die farbenfrohen Pferde. »Ich habe mit Lucy und ihrer Mutter geredet, bevor sie zum Karussell gegangen sind«, berichtete sie Gretchen. »Hier, das ist das Pferd, auf dem Lucy gesessen hat. Man sieht es auf dem Foto.«

»Und Amy saß ebenfalls auf einem Pferd?«, fragte Gretchen.

»Genau. Auf diesem hier, glaube ich.«

Das Pferd, neben dem Josie Amy hatte stehen sehen, als Amy sich an die Umstehenden gewandt hatte, befand sich direkt neben Lucys Pferd, aber leicht nach vorn versetzt. »Das Karussell war voll besetzt«, fügte Josie hinzu.

Gretchen drehte sich einmal komplett im Kreis. »Okay, sie befand sich also ein kleines Stück hinter ihrer Mutter. Das Karussell wird langsamer, weil es anhält. Lucy hüpft von ihrem

Pferd und verschwindet.« Sie zeigte auf das Ausgangstor. »Gut möglich, dass sie da hinausgelaufen ist.«

»Niemand hat sie gesehen«, warf Josie ein. »Niemand hat sie weggehen sehen und niemand hat sie nachher noch auf dem Spielplatz gesehen.«

»Weil keiner nach ihr geguckt hat,« entgegnete Gretchen. Sie deutete auf Harris. »Du warst mit ihm hier. Wie viele Jungen mit dunklem Haar hast du auf dem Spielplatz registriert?«

»Keine Ahnung.«

»Hat einer von ihnen ein, sagen wir, blaues T-Shirt angehabt?«

»Ich weiß nicht«, räumte Josie ein. »Ich verstehe, was du meinst.«

»Alle auf dem Karussell und dem Spielplatz haben sich auf die eigenen Kinder konzentriert. Selbst wenn Lucy hinausgerannt wäre, hätte es wahrscheinlich niemand gemerkt.«

»Deshalb helfen uns die Fotos der anderen Eltern vielleicht weiter.«

Beide sahen zu der Gruppe aus Eltern und ihren zappeligen Kindern hinüber. Alle hatten ihre Handys gezückt, genau wie die beiden Beamten, die der Gruppe zugeteilt waren. Sie würden, das wusste Josie, die Eltern bitten, ihnen alle Fotos und Filme zu schicken, die sie gemacht hatten, und sie einer ersten Prüfung unterziehen.

»Wir sollten auch mit den Kleinen reden«, schlug Josie vor. »Vielleicht ist ihnen Lucy eher aufgefallen.«

»Ja«, pflichtete ihr Gretchen bei. »Fragen wir sie.«

Als sie sich an den Pferden am äußeren Rand des Karussells vorbeischlängelten, fiel Josie etwas an der Mittelsäule auf. »Warte mal«, meinte sie.

Sie ging zurück zur Karussellmitte. Die breite Säule war mit dicken Holzplatten verkleidet, die verschnörkelte Leisten und Ölgemälde mit Landschaften trugen: Zu sehen waren Felder mit Bauernhäusern in der Ferne, alte Mühlen neben Wasserfällen und Gärten, die vor bunten Blüten überquollen. Josie fuhr mit den Fingern über den Rand einer der Platten. »Gretchen«, sagte sie, »das ist eine Tür.«

Gretchen kam näher und bedeutete Logan, ihr zu folgen. Ein Stück über dem unteren Ende der Platte befanden sich ein Riegel und ein kleiner Türknauf im gleichen Knallrot wie das Holz um ihn herum. Josie hätte ihn nicht bemerkt, hätte sie nicht direkt daneben gestanden. Sie zog an dem Knauf. Die Platte öffnete sich wie eine Tür.

»Ähem, Sie können da nicht hinein«, schaltete sich Logan ein.

Josie und Gretchen warfen ihm einen strengen Blick zu. Er grinste und wurde rot. »Ach so, ja klar, Sie sind die Polizei.«

Josie reichte Harris Gretchen. Er war inzwischen ganz wach, aber noch so schlaftrunken, dass er keine große Lust hatte, viel zu tun, sondern sich damit zufrieden gab, alles in Ruhe zu beobachten. Sie stieg in die Säule. Der Boden bestand aus kleinen Holzplatten. Sie waren so angeordnet, dass man darübergehen, aber noch den Raum darunter sehen konnte. Unter den Platten führten Metallstreben vom Rad in der Mitte zu den senkrechten Stangen, an denen die Pferde befestigt waren. Über sich sah Josie weitere Stangen, die nach außen zum Rand des Karussells verliefen. Gegenüber bemerkte sie eine kleine Ablage. Sie war auf der Rückseite einer der Verkleidungsplatten an der Mittelsäule befestigt. Auf ihr stand etwas, das aussah wie eine kleine schwarze Werkzeugtasche.

Logan streckte den Kopf hinter ihr nach innen. »Das gehört dem Chef«, erklärte er. »Falls er mal was festziehen muss oder so.«

Bei näherem Hinsehen erkannte Josie, dass die Tasche alt und ziemlich verschlissen war. Der Reißverschluss war offen. Drinnen lagen ein paar Schraubenschlüssel und Schraubenzieher. Sie wandte sich Logan zu. »Ist die Tür immer offen? Lässt sie sich verschließen?«

»Sie ist immer offen«, antwortete er. »Jedenfalls, soweit ich weiß. Eigentlich geht hier keiner rein. Ich glaube, keiner merkt, dass da überhaupt eine Tür ist.«

Josie sah sich ein letztes Mal um, doch von Lucy war nichts zu sehen. Auch sah es nicht so aus, als sei jemand in letzter Zeit hier gewesen. Sie ging nach draußen und nahm Gretchen Harris wieder ab.

»JoJo, Durst«, jammerte er.

»Ich weiß, mein Kleiner«, antwortete sie. »Ich rufe jetzt deine Mom an, damit sie dich holt. Sie müsste sowieso schon auf dem Weg zu mir nach Hause sein.«

Sie dankten Logan, wiesen ihn an, niemanden zum Karussell zu lassen, und gingen zu der kleinen Elterngruppe. Die Polizisten hatten Lucy noch auf keinem der von den Eltern zur Verfügung gestellten Fotos und Filme entdeckt. Josie rief Misty an und bat sie, zum Park statt zu ihrem Haus zu kommen, um Harris abzuholen. Gretchen besorgte unterdessen die Einwilligung der Eltern, die Kinder befragen zu dürfen. Sie forderte sie auf, sich in einem Kreis ins Gras zu setzen, und erzählte ihnen, dass ein kleines Mädchen namens Lucy nach einer Fahrt mit dem Karussell im Park verloren gegangen war. Sie ließ Josies Handy mit Lucys Foto auf dem Display herumgehen. Währenddessen beobachtete Josie die Kinder. Die Jüngsten waren schätzungsweise vier Jahre alt, die ältesten etwa zehn. Drei erinnerten sich, Lucy auf dem Spielplatz gesehen zu haben. Einem Kind war Lucy sogar beim Karussellfahren mit ihrer Mutter aufgefallen, aber keines hatte sie nach dem Ende der Fahrt noch bemerkt.

Als sich die Gruppe aus Eltern und Kindern auflöste, erschien Misty DeRossi am Haupteingang zum Spielplatz. Hinter ihr kam Josies Freund, Lieutenant Noah Fraley, hastig auf Krücken herangehumpelt. Vor etwa einem Monat hatte er sich beim Sprung aus dem Fenster eines brennenden Gebäudes das Bein gebrochen.

»Mommy!«, rief Harris und streckte seine Arme nach Misty aus, als sie näherkam. Sie nahm ihn Josie ab und drückte ihn fest.

»Noah wollte unbedingt mit«, erklärte Misty. »Ich war schon bei dir zu Hause, als du mich angerufen hast. Du hast dich angehört, als sei etwas nicht in Ordnung.«

Einen Augenblick später war Noah bei ihnen. »Ein Kind wird vermisst?«, wollte er sogleich wissen.

Josie schilderte beiden, was passiert war.

»Bist du sicher, dass sie nur weggelaufen ist?«, fragte Misty.

Vor drei Jahren hatte der Fall der vermissten Mädchen Denton erschüttert. Das hatte bei allen tiefe Spuren hinterlassen. Nun daran erinnert zu werden war für keinen von ihnen einfach. »Ich weiß es nicht«, antwortete Josie ehrlich. »Aber ich möchte hierbleiben und bei der Suche helfen.«

»Natürlich«, pflichtete Misty ihr bei.

Sie verabschiedeten sich und Misty ging mit Harris davon. Noah blieb stehen und stützte sich auf seine Krücken. »Du hättest nicht zu kommen brauchen«, meinte Josie.

Er lächelte. »Hier kann ich mich wenigstens nützlich machen.«

Josie entdeckte beim Eingang zum Spielplatz eine Bank. »Komm«, sagte sie zu ihm. »Du kannst beobachten, wer hier ein und aus geht, während wir suchen.«

FÜNF

Josie hatte gerade Noah auf der Bank sitzend zurückgelassen, als Mettner mit Colin im Schlepptau erschien. Lucys Vater war noch einmal ein gutes Stück blasser geworden, seit Josie ihn das letzte Mal gesehen hatte. Sie wusste sofort, dass seine Tochter nicht nach Hause gekommen war.

»Sie ist nicht da«, bestätigte Mettner.

»Wo ist meine Frau?«, wollte Colin wissen.

Josie deutete zur bewaldeten Fläche hinter sich. »Sie beteiligt sich an der Suche. Gerade durchkämmen dort ein Dutzend Beamte das Gelände. Wenn sie weggelaufen ist, finden wir sie.«

»Was, wenn sie nicht weggelaufen ist?«, fragte Colin und sprach damit aus, was Josie wie in einer Endlosschleife durch den Kopf ging, seit sie zum ersten Mal die Anspannung und Verzweiflung wahrgenommen hatte, die in Amys Stimme lag, als sie nach ihrer Tochter gerufen hatte.

Josie wollte gerade zu einer polizeitypischen Standardantwort ansetzen, doch Colin ging einfach weg und beteiligte sich an der Suche. Die drei sahen ihm nach.

»Er scheint in seinem Beruf viel unterwegs zu sein«, meinte Mettner.

»Nun, das erklärt ihren kleinen Streit über Lucys Orientierungssinn – und die Notwendigkeit, eine Nanny zu beschäftigen«, merkte Josie an. »Hat er erwähnt, womit seine Frau ihr Geld verdient?«

»Sie ist Hausfrau«, antwortete Mettner. »Nicht berufstätig.«

Noah schaltete sich ein. »Sie hat ein Kindermädchen, sagst du? Dann muss sie doch irgendwas machen. Ich meine, warum sollte eine Hausfrau und Mutter eine Nanny beschäftigen?«

Josie hob eine Augenbraue und sah ihn an. »Kinder können eine Menge Arbeit machen. Misty kämpft auch ganz schön.«

»Misty arbeitet sechzig Stunden die Woche«, entgegnete Noah. »Und sie hat dich und Harris' Großmutter, die ihr helfen.«

»Vielleicht hat Amy Ross keine Familie in Reichweite«, mutmaßte Mettner.

Josie hob abwehrend die Hände. »Wir haben jetzt keine Zeit für solche Diskussionen. Wir müssen los und nach dem Mädchen suchen.« Sie sah Noah an. »Ich habe mein Handy dabei, wenn du mich brauchst. Gretchen steht dort drüben. Sie koordiniert die Aktion. Los geht's, Mett.«

Sie gingen in eines der Wäldchen neben dem Spielplatz. Mettner blieb nur wenige Meter von ihr entfernt. Sie konnten die anderen hören, die überall nach Lucy suchten, das Rascheln und Knacken der Zweige und immer wieder Stimmen, die ihren Namen riefen. Gelegentlich blieb Josie stehen, um Gretchen eine Nachricht zu schreiben und zu fragen, ob schon jemand eine Entdeckung gemacht hatte. Doch niemand fand eine Spur von Lucy. Gretchen hatte zusätzliche Einheiten zu den Häusern gegenüber dem Park geschickt, um alle Anwohner dort zu befragen und ihre Gärten für den Fall zu durchsuchen, dass Lucy den Park wieder verlassen hatte, statt tiefer in den Wald zu gehen. Eine Stunde verging, dann eine weitere und noch eine. Sie verließen ein bewaldetes Areal, durchquerten einen weiteren Bereich des Stadtparks und gelangten schließlich zu einem weiteren Baumbestand. So stapften sie weiter, bis sie den Parkrand erreichten, an dem der Campus der Universität von Denton begann. Irgendwo hinter sich hörte Josie, wie Amy den Namen ihrer Tochter immer wieder in angstvollem, fast hysterischem Ton rief. Inzwischen brach die Dämmerung herein und Dunkelheit legte sich über den Wald.

Als sie zum Spielplatz zurückkehrte, ging gerade die Beleuchtung im Park an. Am Eingang hatte sich eine Gruppe von Polizisten bei Gretchen und Noah versammelt. Als Josie näherkam, erkannte sie Amy und Colin sowie den Polizeichef von Denton, Bob Chitwood. Alle hatten sich inzwischen Jacken angezogen. Colin drückte mit der einen Hand seine Frau an seine Brust, während er in der anderen sein Smartphone hielt.

»Was Neues?«, fragte Josie Gretchen, als sie sich zur Gruppe gesellte.

Mit besorgter Miene schüttelte Gretchen den Kopf.

Hinter Josie kam Mettner angelaufen. Er sah sich kurz in der Gruppe um und versuchte, die Lage einzuschätzen. »Kein einziges Zeichen von ihr?«, fragte er.

Gretchen schüttelte den Kopf. »Nein, nichts.«

»Können wir eine Amber-Vermisstenmeldung rausgeben?«, wollte er wissen.

Josie und Chitwood antworteten gleichzeitig: »Nein.«

Josie fuhr fort: »Wir haben keinen Hinweis darauf, dass sie entführt wurde. Soweit wir im Moment wissen, ist sie weggelaufen. Amber-Meldungen sind nur für entführte und gefährdete Kinder gedacht. Wir können aber die Staatspolizei und das Büro des Sheriffs anrufen und um Unterstützung bitten.«

Chitwood hielt ein Smartphone hoch. »Habe ich bereits gemacht. Ich habe Einheiten angefordert, die die ganze Nacht weitersuchen. Und der Sheriff bringt seine Hundestaffel mit.«

Gretchen wandte sich an Amy und Colin. »Können Sie

nach Hause fahren und etwas holen, das nach Lucy riecht, damit die Hunde ihre Spur aufnehmen, sobald sie eintreffen?«

Amy hob den Kopf von der Brust ihres Mannes und drehte sich zu Gretchen. »Ja«, sagte sie.

Josie nickte den uniformierten Beamten zu, die daraufhin die Eltern aus dem Park eskortierten. Zu Gretchen und Chitwood gewandt sagte sie: »Wir sollten das FBI einschalten.«

»Niemand schaltet das FBI ein, Quinn«, bellte Chitwood.

Josie stützte eine Hand in die Hüfte. »Das FBI hat doch eine schnelle Eingreiftruppe für vermisste Kinder.«

»Ist die nicht nur für Kindesentführungen zuständig?«, warf Mettner ein.

»Genau«, pflichtete Chitwood ihm bei. »Das Child Abduction Rapid Deployment Team, kurz CARD. Ein Sondereinsatzteam, das bei Kindesentführungen losgeschickt wird.«

»Das ist aber nicht nur für Kindesentführungen zuständig, sondern für alle verschwundenen Minderjährigen unter zwölf Jahren«, widersprach Josie. »Das CARD-Team wurde zum Beispiel letzten Monat in North Carolina eingesetzt, als ein vierjähriger Junge aus dem eigenen Garten verschwand.«

»Stimmt«, gab ihr Noah recht. »Man hat ihn lebend im Wald gefunden.«

»Und wir werden Lucy Ross heute Nacht lebend in diesem Park finden«, stellte Chitwood klar. »Es gibt keinen Grund, das verdammte FBI anzurufen. Wir sind für solche Fälle ausgerüstet und haben die Staatspolizei und den Sheriff als Unterstützung.«

»Sir«, protestierte Josie. »Die CARD-Truppe könnte in weniger als zwei Stunden hier sein.«

»Herrgott noch mal, Quinn«, brummte Chitwood. Jeder starrte ihn an, allerdings vor allem deshalb, weil er sie nicht angebrüllt hatte. Chitwood schrie ständig jeden an. Aber jetzt sprach er leise und frustriert, fast wie jemand, der keine Energie hatte, mit ihr zu streiten. »Nicht jedes Verschwinden ist eine Entführung.«

Josie blieb hartnäckig. »Kinder lösen sich nicht einfach in Luft auf.«

»Sie haben keinen Beweis, dass es sich hier um eine Entführung handelt. Ob Sie es glauben oder nicht, Quinn, es gibt auch Kinder, die einfach weglaufen.«

»Wäre Lucy Ross einfach weggelaufen, hätte man sie schon längst gefunden.«

Chitwood wandte sich an Noah. »Fraley, wie lange haben die CARD-Leute gebraucht, um diesen Jungen in North Carolina zu finden?«

»Vier Tage«, antwortete Noah kleinlaut.

Josie unterdrückte ein Augenrollen. »Das war in einer extrem ländlichen Gegend. Der Park hier befindet sich in einem Wohngebiet. Im Norden schließt sich der Campus an. Irgendjemand in dieser Stadt hätte sie längst gesehen. Wir haben hier nicht genug ›Wildnis‹, in der man sich verlaufen kann.«

Chitwood trat auf sie zu, die Arme über der schmalen Brust verschränkt. Selbst im gedämpften gelben Licht konnte Josie sehen, dass Strähnen seines dünnen weißen Haares von seinem kahl werdenden Kopf abstanden. »Wir werden dieses Kind finden, Quinn. Wir brauchen dafür nicht das FBI.«

»Sir, bei allem Respekt ...«

»Quinn«, fiel er ihr ins Wort. »Wenn Sie einen Satz so anfangen, dann weiß ich, dass etwas kommt, mit dem Sie mich richtig sauer machen. Und dann muss ich Ihnen damit drohen, dass ich Sie rausschmeiße. Warum ersparen wir uns nicht diesen Ärger?«

Josie fühlte, wie ihr heiße Röte ins Gesicht stieg, aber sie konnte nicht an sich halten. »Wenn Sie das FBI deshalb nicht einschalten wollen, damit nicht der Eindruck entsteht, dass Sie Ihre Stadt nicht im Griff haben, dann möchte ich, dass Sie sich überlegen, ob das Leben eines siebenjährigen Mädchens nicht wichtiger ist als Ihr Stolz.«

Im schwachen Licht der Parkbeleuchtung konnte sie sehen, wie sein von Aknenarben gezeichnetes, stoppeliges Gesicht rot wurde. Wieder wartete sie auf eine laute, zornige Tirade. Doch er schluckte nur mehrmals, sodass sein Adamsapfel hüpfte, und sagte mit gepresster Stimme: »Quinn, das hat nichts mit meinem Stolz zu tun. Ich bin schon sehr lange Polizist. Als ich angefangen habe, lagen Sie noch in den Windeln. Wir haben die Leute und die Mittel, das hinzukriegen. Sie müssen nicht jede Situation bis zum Äußersten eskalieren lassen. Wir schaffen das. Wir brauchen das FBI nicht.«

Gretchen trat einen Schritt vor. »Dann brauchen wir die Presse.«

Josie spürte, wie eine Welle der Erleichterung sie durchlief. Chitwood konnte nichts dagegen haben, die Presse bei der Suche nach Lucy einzuschalten. Sie wusste außerdem – wie auch Gretchen –, dass die CARD-Truppe des FBI nicht auf die Extraeinladung eines örtlichen Polizeireviers zu warten brauchte, wenn sie vom Verschwinden eines Kindes unter zwölf Jahren erfuhr. Es konnte durchaus sein, dass sie die Pressemeldungen sah und in Denton anrückte. Ob Chitwood es wollte oder nicht.

»Rufen Sie den Sender WYEP an, die sollen ein Team herschicken«, befahl Chitwood. »Richten Sie hier vor Ort eine mobile Polizeistation ein. Wir suchen die ganze Nacht. Und wenn wir sie heute Nacht nicht finden, mobilisieren wir morgen früh Freiwillige.«

SECHS

Innerhalb einer Stunde war am Eingang zum Spielplatz ein großes Zelt mit Klapptischen und -stühlen darin aufgestellt worden. Das konnte die Polizei von nun an als mobilen Kommandoposten nutzen. Jemand hatte Kaffee und Gebäck vorbeigebracht, die allerdings nicht angerührt worden waren. Noah saß mit einem Laptop aus dem Revier an einem Tisch und lud die Videos und Fotos hoch, die die Beamten von den anderen Eltern auf dem Spielplatz eingesammelt hatten. Gretchen und Chitwood saßen Lucys Eltern gegenüber. Josie warf einen Blick nach draußen, wo eine Gruppe Nachrichtenreporter auf ein Interview mit einem Vertreter der Polizei von Denton wartete. Mitarbeiter des Sheriffbüros und Staatspolizisten liefen herum, stets bereit für weitere Sucheinsätze. Josie wusste, dass sie die Nacht in Teams durcharbeiten würden, bis man Lucy gefunden hatte. Dabei musste sie wieder an Colins Frage denken: *Was, wenn sie nicht weggelaufen ist?*

Sie schob den Gedanken beiseite und wandte sich ihren Leuten zu. »Journalisten vom Sender WYEP warten draußen. Gretchen, willst du eine Erklärung abgeben?«

Gretchen stand auf, aber Chitwood legte eine Hand auf ihren Unterarm. »Ich möchte, dass Quinn das macht«, sagte er.

»Ich leite die Suche nicht, Chief«, entgegnete Josie. »Ich war nur zufällig an meinem freien Tag hier, als Lucy verschwand.«

Chitwood hob die Augenbrauen. »Das weiß ich, Quinn. Ich möchte Sie als Gesicht der Polizei von Denton da draußen haben.«

»Sir«, protestierte Gretchen.

»Hören Sie, Palmer, Sie haben nicht das ...«, setzte er an, brach aber ab, als er sah, dass Lucys Eltern ihn anstarrten. Er räusperte sich und fuhr fort: »Quinn ist hier in Denton eine Berühmtheit und macht vor der Kamera eine gute Figur. Das ist alles. Ich denke, wenn wir sie als Pressekontakt einsetzen, während Sie hier an dem Fall arbeiten, bekommen wir bessere Ergebnisse.«

Josie kannte den eigentlichen Grund, warum er Gretchen bei einem so wichtigen Fall nicht vor den Kameras sehen wollte. Sie war vor sechs Monaten in einen Skandal verwickelt gewesen, der sie fast ihre Karriere gekostet hätte. Nur dank Josies Einsatz hatte sie bei der Polizei bleiben können, war allerdings bei ihrer Rückkehr an den Schreibtisch verbannt worden. Ausnahmsweise verstand Josie Chitwood. Er ordnete alles der Aufklärung unter. Trotzdem fühlte sie sich unwohl. Sie fixierte Gretchen, doch die lächelte nur und meinte: »Ich habe die Pressearbeit sowieso schon immer gehasst.«

Erleichtert wandte sich Josie an Colin und Amy. »Es wäre gut, wenn Sie mit dabei wären. Ich weiß, wie sehr Sie das belastet, aber wenn Sie ein paar Worte sagen könnten, wäre das vielleicht hilfreich.«

Colin drückte die Schulter seiner Frau. »Ich denke, es ist am besten, wenn Amy redet.«

»Nein«, wehrte Amy ab. »Ich ... ich kann nicht.«

Colin runzelte die Stirn. »Amy, du bist ihre Mutter.

Menschen fühlen mit Müttern besonders mit. Du musst nur hinausgehen und die Leute bitten, bei der Suche zu helfen. Sonst nichts.«

Ihre Augen waren weit aufgerissen, doch nicht allein aus Nervosität. Da war noch etwas, dachte Josie bei sich – etwas wie Entsetzen. Amy faltete die Hände und hielt sie sich vor die Brust. »Ich kann nicht ins Fernsehen«, murmelte sie. »Ich kann nicht ins Fernsehen.« Ihr Blick wanderte zurück zu Josie. »Bitte finden Sie einfach nur mein kleines Mädchen. Bitte.«

Chitwood, Gretchen und Colin begannen alle drei gleichzeitig zu sprechen, aber Josie hob die Hand, um sie zu unterbrechen. Manche Menschen konnten schon in Bestform nicht vor einer Kamera sprechen, geschweige denn, wenn es ihnen schlecht ging und sie völlig verängstigt waren. »Schon gut«, beruhigte Josie sie.

»Quinn«, setzte Chitwood an.

»Nein«, entgegnete Josie. »Mrs Ross hat recht. Das einzige Gesicht, das man heute Nacht im Fernsehen sehen sollte, ist das von Lucy.«

»Dann bekommt die Presse von uns das Foto, das wir schon verwendet haben«, schlug Gretchen vor.

»Mettner«, rief Josie. Er kam hinter dem Zelt hervor. »Ja, Boss?«

»Einfach nur ›Josie‹ reicht. Mett, ruf Lamay an, damit er ein Podest bringt. Dann nimmst du dieses Foto von Lucy und bringst es rüber in den Copyshop, vielleicht können sie es dort für uns vergrößern. Das ist das Bild, das die Leute zu sehen bekommen sollen.«

»Alles klar«, antwortete Mettner und lief aus dem Zelt.

Josie fühlte, wie eine feuchte Hand die ihre drückte. Sie blickte nach unten und sah, wie Amys blasses Gesicht sie anstarrte. Wieder liefen ihr Tränen über das Gesicht. »Danke«, flüsterte sie.

Einer der Hilfssheriffs steckte seinen Kopf ins Zelt. »Die Hundestaffel ist in zwei Stunden da.«

»Zwei Stunden?«, rief Gretchen. »Geht das nicht schneller?«

Er schüttelte den Kopf. »Tut mir leid. Als Sie sie angefordert haben, waren sie gerade mit einem anderen Fall beschäftigt.«

Josie sah zu einem der Tische hinüber, auf dem eine große braune Tasche stand. Sie enthielt eines von Lucys schmutzigen T-Shirts, das Amy aus dem Wäschekorb geholt hatte, damit die Hunde ihren Geruch aufnehmen konnten. Sie wandte sich wieder an die Eltern. »Das geht in Ordnung. Wir haben Teams draußen. Die suchen solange weiter, bis die Hundestaffel da ist.«

Die Pressekonferenz verlief ohne Zwischenfälle. Im Mittelpunkt stand das vergrößerte Foto, das Lucy lächelnd auf dem Pferd zeigte und durch seine vielen Farben sowie das einnehmende Strahlen des Mädchens auffiel. Der Sendeleiter von WYEP versprach, die Nachricht zum Aufmacher zu machen. Anschließend bat Gretchen Amy und Colin, nach Hause zu gehen und ein bisschen zu schlafen.

»Ich kann nicht«, erwiderte Amy. »Lucy ist noch immer irgendwo da draußen. Ich bekomme kein Auge zu. Ich kann erst schlafen, wenn sie wieder bei mir zu Hause ist.«

Colin strich seiner Frau über den Rücken. »Ame, wir müssen uns ausruhen.«

Sie funkelte ihn böse an. »Schön. Geh und ruh du dich aus. Ich warte hier auf mein Baby.«

»Amy«, insistierte er, nun mit leicht verärgertem Ton.

Sie wich vor ihm zurück. »Das ist deine Schuld, das weißt du schon, oder?«

Er stolperte etwas nach hinten, als hätte ihm die Anschuldigung einen Schlag versetzt. »Was?«

Sie streckte ihren Arm aus und riss ihm das Smartphone

aus der Hand. Bevor er reagieren konnte, warf sie es an die Zeltwand. Es schlug klatschend gegen die Plane, bevor es zu Boden fiel. »Du und dein blödes Handy«, schnaubte sie ihn an. »Wenn du es nur fünf Minuten aus der Hand gelegt hättest, um mit Lucy Karussell zu fahren oder ihr wenigstens zuzusehen, wäre sie vielleicht noch hier.«

»Du kannst doch nicht ...«, fing er an, doch versagte ihm die Stimme.

Amys Gesicht verzerrte sich vor Abscheu. Sie hob die Arme, ballte die Hände zu Fäusten und schlug ihm auf die Brust. »Wenn du sie im Auge behalten hättest, hättest du gesehen, wo sie hingegangen ist. Aber du musstest ja telefonieren. Hast du eigentlich gemerkt, dass sie jedes Mal, wenn wir bei dieser blöden Fahrt an dir vorbeigekommen sind, nach dir gerufen hat?«

Sie schlug wieder auf ihn ein und er ließ es ohne Gegenwehr geschehen. Eine einzelne Träne rann über sein Gesicht.

Amy hieb immer weiter auf ihn ein, ihre Stimme wurde schriller und schriller. »›Schau mich an, Daddy!‹, hat sie gerufen, ›schau mich an! Ich sitze auf dem blauen Pferd.‹«

»Ich habe sie nicht gehört«, entgegnete Colin leise. Er packte seine Frau an den Unterarmen und hielt sie fest. »Amy, es war ein einziges Telefonat.«

»Jaja, es ist immer nur dieses eine Telefongespräch, oder? Du Dreckskerl! Das ist alles deine Schuld!«

»Wieso meine Schuld? Du bist mit ihr gefahren. Du hättest auf sie aufpassen sollen.«

»Du kannst mich mal«, schrie Amy. Sie wand sich aus seinem Griff und ging mit einer Gewalt auf ihn los, die nicht von dieser Welt schien. Sie sprang ihn an und drosch wie von Sinnen mit Fäusten auf ihn ein. Als Colin auf den Rücken fiel, sprangen Josie und Mettner herbei, hakten jeder einen Arm unter Amys Achseln und zogen sie von ihm weg. Doch sie schrie ihn weiter aus Leibeskräften an und schlug wie wild um sich. Josie bekam einen Ellbogen auf die Nase und spürte Blut über ihr Gesicht rinnen. Gretchen warf sich in das Getümmel und gemeinsam versuchten die drei, Amy festzuhalten. Schließlich umklammerte Mettner sie und presste ihre Arme gegen ihren Körper. Amy verfluchte weiter ihren Mann. Sie wehrte sich gegen Mettners Griff, doch er ließ sie nicht los. Es dauerte eine Weile, bis Josie hörte, was ihr Mettner immer wieder ins Ohr sagte: »Mrs Ross, bitte beruhigen Sie sich. Lucy braucht Sie. Dazu müssen Sie ruhig bleiben. Bitte.«

Josie wischte sich das Gesicht mit dem Ärmel ihrer Jacke ab, bis Gretchen ihr ein Papiertuch hinhielt. Ohne den Blick von Amy zu wenden, versuchte Josie, sich das Blut von Oberlippe und Kinn zu wischen. Noah humpelte auf Krücken herbei. »Hey, bist du okay?«, erkundigte er sich.

Josie nickte. Amys Schreie verebbten langsam zu einem leisen, traurigen Klagen. Dann sackte sie in Mettners Armen zusammen und wimmerte: »Mein Baby, bitte findet mein Baby.«

Noah zog Josies Kinn sanft mit den Fingern zu sich. »Was denkst du, ist was gebrochen?«

Josie schüttelte den Kopf. »Schon in Ordnung.«

Gretchen zog einen Stuhl heran. Mettner setzte Amy darauf und ließ sie schließlich los. Josie ging um Noah herum zu Amy und kniete sich vor sie. »Mrs Ross. Sehen Sie mich an.«

»Josie«, ermahnte Noah sie mit besorgter Stimme.

Josie beachtete ihn nicht. Sie griff in Amys Schoß und nahm ihre Hände. »Sehen Sie mich an, Amy«, sagte sie, diesmal etwas bestimmter.

Amy sah sie mit weit aufgerissenen, traurigen Augen an, dann blinzelte sie und konzentrierte sich auf Josies Gesicht.

»Wir tun alles, wirklich alles, was wir können, um Ihre Tochter zu finden.«

Amy nickte. Josie spürte, wie sie ihre Hand drückte. Dann erhob sie sich und drehte sich weg. Gretchen, Noah und Chitwood starrten sie an. Colin stand hinter ihnen, er wirkte ratlos und verwirrt. Josie nickte ihm kurz zu, als sie sich an allen vorbeidrängte und aus dem Zelt ging. Sie blieb erst stehen, als sie den Park verlassen hatte und neben einigen geparkten Autos auf der Straße stand. Dann beugte sie sich nach vorn und erbrach.

SIEBEN

Amy ging schließlich nach Hause, um wenigstens ein bisschen zu schlafen. Gretchen schickte eine Beamtin als Begleitung mit. Colin blieb im Zelt, still und völlig durcheinander. Er saß in der Ecke auf einem Stuhl, während Polizeibeamte ein und aus gingen, um Gretchen Bericht zu erstatten und sich etwas Kaffee zu holen. Lucys Eltern hatten sich auf Vermittlung von Mettner darauf geeinigt, abwechselnd zu schlafen, sodass immer einer von ihnen im Park war, falls ihre Tochter auftauchte. Als die Hundestaffel des Sheriffs eintraf, ging Gretchen mit dem Hilfssheriff und seinem Schäferhund zum Spielplatz. Der Hundeführer führte seinen Hund zum blauen Karussellpferd, auf dem Lucy zuletzt gesehen worden war, und ließ ihn an ihrem T-Shirt die Witterung aufnehmen, bevor er ihn losmachte. Der Hund lief schnüffelnd auf der Plattform hin und her, roch an der Säule in der Karussellmitte und suchte schließlich den Bereich zwischen Zaun und Plattform ab. Mit der Nase knapp über dem Boden lief er zum Tor hinaus, dann nach rechts zum Zaun zwischen Park und Gehweg. Dort setzte er sich und bellte einmal kurz. Der Hundeführer markierte die Stelle am Zaun und führte das Tier auf die andere Seite des Zauns, wo es Lucys

Spur erneut aufnahm. Mit der Nase dicht am Pflaster lief der Hund etwa sechs Meter weit und setzte sich wieder, diesmal ohne einen Laut von sich zu geben.

Josie ging zu Gretchen, die beim Hundeführer stand.

»Hier endet die Spur«, meldete der Beamte. »Sie verläuft zu beiden Seiten des Zauns.«

»Was heißt das?«, wollte Gretchen wissen.

Der Hundeführer zuckte die Schultern. »Ich bin mir nicht sicher. Aber weil die Spur nicht durchgehend vom Park entlang des Zauns zum Pflaster außerhalb des Parks verläuft, könnte es sein, dass jemand das Kind genommen und über den Zaun gehoben hat – oder dass es selbst darübergeklettert ist. Hier am Gehweg endet die Spur abrupt. Das ist normalerweise der Fall, wenn eine Person in ein Auto steigt.«

»Glauben Sie, dass sie entführt wurde?«

»Das kann ich nicht sagen. Ich kann nur mit Sicherheit sagen, dass es im Park und auf dem Karussell eine Spur von ihr gibt, die hier endet. Wie gesagt, wenn eine Spur so plötzlich aufhört, heißt das normalerweise, dass die Person ein Fahrzeug bestiegen und den Bereich verlassen hat.«

Gretchen notierte etwas in ihr Notizbuch und bedankte sich beim Hundeführer. Zusammen gingen sie zum Zelt zurück. »Jemand hat sie mitgenommen«, folgerte Josie.

»Scheint so«, pflichtete Gretchen ihr bei. »Aber wie ist sie vom Karussell zum Gehweg gelangt, ohne dass sie jemand gesehen hat?«

»Wir übersehen etwas«, sagte Josie.

Im Zelt saß Colin, die Arme vor dem Körper verschränkt, das Kinn auf der Brust. Er schnarchte leise.

»Hey«, rief Noah und winkte Josie zu sich vor den Laptop.

Sie setzte sich neben ihn. Zum ersten Mal spürte sie den Schmerz in ihrer Nase und die Erschöpfung. »Du musst nicht bleiben«, meinte sie. »Ich kann dich zu dir nach Hause bringen – oder zu mir. Du solltest dein Bein hochlegen.«

Seine Finger trommelten auf die Tastatur des Laptops. »Mir geht's gut. Ich bleibe lieber hier. So bin ich wenigstens abgelenkt ... du weißt schon.«

Es war noch keine zwei Monate her, dass seine geliebte Mutter ermordet und die Familie zerrissen worden war. Er hatte seither die ganze Zeit in Josies Haus verbracht. Ihr war klar, dass er im Augenblick mit allem, was passiert war, fertig zu werden versuchte und wohl noch eine ganze Zeit lang damit zu kämpfen haben würde. Auch wusste sie, dass es ihm sehr schwerfiel, mit dem gebrochenen Bein klarzukommen. Sie legte eine Hand auf seinen Oberschenkel. »Es tut gut, gebraucht zu werden.«

»Ja«, pflichtete er ihr bei und rief auf dem Laptop ein paar Bilder auf. »Sieh mal, ich habe sämtliche Fotos von den anderen Eltern organisiert. Leider hat niemand Bilder gemacht, nachdem das Karussell angehalten hat.«

»Gibt es Aufnahmen, die anderswo auf dem Spielplatz gemacht wurden, nachdem Lucy verschwunden ist? Vielleicht ist sie darauf zufällig im Hintergrund zu sehen?« Sie erzählte ihm, was der Hundeführer gesagt hatte.

Noah runzelte die Stirn. Er begann, sich durch die Fotos hindurchzuklicken. »Nein, ich sehe keine.«

Auf jedem Foto war ein anderes Kind zu sehen – lächelnd, lachend, laufend, spielend. Während Noah eines nach dem anderen aufrief, sah Josie sich die Leute hinter jedem Kind genau an und versuchte, Lucys rosa Shirt oder ihren Schmetterlingsrucksack auszumachen. Auf einigen Fotos erkannte sie sich selbst mit Harris, aber von Lucy war keine Spur.

»Gibt es Filme?«, wollte sie wissen.

»Zwei vom Karussell, während es sich drehte. In keinem sind Lucy oder Amy Ross nach der Fahrt zu sehen. Als das Karussell anhielt, haben die Eltern aufgehört zu filmen. Aber da ist ein weiteres Filmchen, das uns vielleicht weiterhilft.«

Noah schloss die Fotos und klickte auf ein kleines Video-

Symbol. Als der Clip startete, konnte Josie sehen, dass er aus ziemlicher Entfernung vom Karussell aufgenommen worden war. Trotzdem waren die Pferde, die sich mit der Plattform drehten, im Hintergrund deutlich zu erkennen. Das kleine Mädchen im Film schlug Rad auf dem Rasen. Man hörte, wie ihre Mutter sie animierte und für ihre Künste lobte. Hinter dem Mädchen kam das Karussell langsam zum Stillstand. Am rechten Bildrand konnte Josie das hintere Ende des blauen Pferds ausmachen. Lucys Schmetterlingsrucksack glitzerte im Licht, als sie von ihrem Pferd kletterte und zur anderen Seite der Plattform lief. Josie konnte ihren Weg zum linken Bildrand verfolgen. Das Karussell war voller Menschen, sodass Lucy zweimal hinter anderen Mitfahrern und Pferden aus dem Blickfeld verschwand. Josie sah ihr goldenes Haar und den bunten Rucksack noch ein letztes Mal, bevor sie hinter der Karussellsäule verschwand.

»Das ist sie«, stellte Josie fest. »Definitiv. Spiel den Film noch einmal ab.«

Noah ließ das Video noch mehrere Male laufen und jedes Mal fielen Josie weitere Einzelheiten auf. Amy, die auf dem Pferd neben Lucy leicht nach vorn versetzt saß, hatte sich in ihrem Sicherheitsgurt verheddert. Das verschaffte Lucy kostbare Sekunden, sich von ihrer Mutter zu entfernen. Am rechten Bildrand konnte man kurz Colin sehen, wie er mit dem Handy am Ohr hin und her ging. Die übrigen Karussellfahrer waren damit beschäftigt, sich aus ihren Gurten zu befreien und das Karussell zu verlassen. Der Ausgang befand sich auf der linken Bildschirmseite. Die Menschen strömten stetig hindurch, doch die Frau, die filmte, folgte mit der Kamera nun ihrer Rad schlagenden Tochter weg vom Ausgang, bevor alle das Karussell verlassen hatten. Es ließ sich unmöglich sagen, ob Lucy durch das Tor gegangen oder auf die andere Seite gelaufen und irgendwie über den Zaun gelangt war. Doch warum hätte sie das tun sollen, fragte sich

Josie. Sie erinnerte sich zwar, dass Lucy die Rutschbahn geschickt hochgeklettert war. Sie hätte den Zaun wahrscheinlich ohne Probleme überwinden können. Aber sie war an dem Tag schon einmal mit dem Karussell gefahren, wie Amy und Colin berichtet hatten. Warum also hätte sie es auf einem anderen Weg als durch den eigentlichen Ausgang verlassen sollen?

»Verdammt«, schimpfte Noah, als sie die letzten Sekunden des Films zum vierten Mal ansahen. »Man sieht einfach nicht, wohin sie gelaufen ist, nachdem sie hinter der Säule verschwunden ist.«

»Spiel ihn noch mal ab«, bat ihn Josie. »Den ganzen Film.«

Während das Video erneut lief, waren Gretchen und Mettner hinter ihnen aufgetaucht und sahen es sich ebenfalls an. Irgendetwas war Josie ungewöhnlich vorgekommen, als sie zum ersten Mal beobachtet hatte, wie Lucy vom Pferd gestiegen und weggelaufen war. Bisher hatte sie es nicht an etwas festmachen können.

»Sie läuft zu jemandem oder etwas hin«, stellte Josie fest.

»Was meinst du damit?«, fragte Mettner.

Josie berührte Noah am Arm. Er startete den Film neu. »Seht her«, meinte sie, »Es sieht aus, als könne sie es gar nicht erwarten, vom Pferd zu steigen. Sie reißt sich den Gurt vom Leib, springt herunter und rennt wie der Blitz los.«

»Weg von der Mutter«, stellte Gretchen fest.

»Und ihrem Vater«, merkte Noah an. Er deutete auf die rechte Bildschirmseite, wo man in der Ecke gerade noch eines von Colins Beinen sehen konnte.

»Sieh dir an, wie langsam sich dagegen die anderen Kinder bewegen«, fügte Josie hinzu.

Und Gretchen: »Weil es ihnen gar nicht recht ist, dass die Fahrt vorbei ist.«

»Genau«, pflichtete ihr Josie bei. »Aber Lucy läuft zielgerichtet.«

»Du meinst, sie hat jemanden gesehen, den sie kennt?«, fragte Mettner.

»Ich weiß nicht«, antwortete Josie. »Schon möglich.«

»Kann jemand mit ihr den Park verlassen oder sie über den Zaun zum Gehweg gehoben haben, bevor du das Karussell außer Betrieb setzen hast lassen und die Eltern versammelt hast?«, wollte Noah wissen.

»Ja«, erwiderte Josie mit mulmigem Gefühl. »Das ist sehr gut möglich.«

»Wir haben noch keinen echten Beweis, dass jemand sie mitgenommen hat«, warf Mettner ein. »Lediglich einen Verdacht.«

»Stimmt«, räumte Josie ein. So ganz überzeugt aber war sie nicht.

»Boss«, fing Mettner an.

Josie sah ihn an. Er hatte eine skeptische Miene aufgesetzt. »Schieß los, Mett. Sag's einfach«, forderte sie ihn auf.

»Kann es sein, dass du wegen dem, was du vor ein paar Jahren im Fall der vermissten Mädchen durchgemacht hast, von einer Entführung ausgehst? Ich meine, bist du da womöglich voreingenommen?«

»Du gehst zu weit, Mett«, wies ihn Noah zurecht.

»Schon gut«, meinte Josie und sah Noah an. Sie kommunizierten wortlos und in stummem Einverständnis: Noah wollte sichergehen, dass sie kein Problem mit diesem Vorwurf hatte, so zurückhaltend ihn Mettner auch geäußert hatte, und Josie wollte Noah signalisieren, dass sie deswegen keinen Groll hegte. Sie schenkte ihm ein kurzes, mattes Lächeln. Schon der Gedanke daran, dass Noah selbst in seiner Trauer noch zu ihr hielt, wärmte ihr das Herz.

Mettner hob abwehrend die Hände. »Das war nicht böse gemeint, wirklich nicht. Ich weiß nur, dass euch die Sache damals mitgenommen hat.«

»Manche von uns haben Narben davon zurückbehalten,

das stimmt«, räumte Noah ein. »Aber Josie hat einen untrüglichen Instinkt, der nicht im Geringsten beeinträchtigt ist. Wenn sie der Meinung ist, dass wir es mit mehr zu tun haben als nur einem Mädchen, das weggelaufen ist und sich verirrt hat, dann glaube ich ihr. Außerdem meint der Hundeführer, dass Lucy in ein Auto gestiegen ist.«

Mettner hatte die Hände noch immer oben. »Schon gut.«

»Geht in Ordnung, Mett«, beruhigte Josie ihn. »Kein Problem.« Sie wandte sich wieder Noah und dem Laptop zu. »Können wir uns das noch einmal ansehen? Kannst du das in Zeitlupe abspielen? Vielleicht sogar Bild für Bild. Vielleicht ab dem Zeitpunkt, da sie vom Pferd springt, bis zu der Stelle, wo sie aus dem Bild verschwindet«

»Klar«, antwortete Noah und startete den Film neu.

Josie, Mettner und Gretchen lehnten sich nach vorn und blickten angestrengt auf den Bildschirm, während Noah von Einzelbild zu Einzelbild klickte. Als Lucy wieder den linken Bildrand erreichte, sah Josie von der Säule in der Karussellmitte etwas Dunkles in ihre Richtung ragen. »Stopp«, rief sie. Sie deutete darauf. Es sah aus wie die Spitze von etwas, das von einer Position hinter der Säule zu Lucy hinzeigte.

»Was ist das?«, fragte Noah, während er es heranzoomte.

Sie lehnten sich noch weiter nach vorn und kniffen die Augen zusammen, als könnten sie es dadurch deutlicher erkennen. Je stärker Noah den Ausschnitt vergrößerte, desto körniger wurde das Bild.

»Das ist weder eine Hand noch ein Bein«, stellte Mettner fest. »Es sieht eher wie die Ecke eines Quadrats aus.«

Gretchen und Josie antworteten zur gleichen Zeit. »Das ist die Tür.«

ACHT

Sie rannten zum Karussell hinüber. Lichterkegel von Taschenlampen durchstreiften die Dunkelheit. Noah humpelte hinterher, so schnell er auf Krücken konnte. Josie und Gretchen zeigten den anderen die Tür. Mettner kletterte wie zuvor schon Josie in die Säule hinein. Drinnen war nichts Auffälliges zu sehen. »Jemand soll Hummel anrufen und die Spurensicherung holen, damit sie sich das Innere der Säule vornimmt«, sagte Josie.

Mettner schloss die Tür und zog sein Handy heraus. Dann gingen alle vier zum Zelt zurück. »Denkst du, dass sie dort hineingegangen ist?«, fragte Gretchen.

»Ich weiß nicht«, antwortete Josie. »Wenn sie sich drinnen versteckt hätte, wäre sie noch dort gewesen, als wir angefangen haben, nach ihr zu suchen.«

»Hätte jemand auf dem Karussell nicht merken müssen, dass die Tür offen war?«, gab Noah zu bedenken.

»Sollte man meinen«, erwiderte Gretchen. »Ich telefoniere morgen früh mit allen Eltern auf der Liste, deren Kinder bei der Karussellfahrt dabei waren, und sehe, ob sich jemand daran erinnert, dass die Tür offen stand.«

Mettner beendete das Gespräch. »Hummel ist in fünfzehn Minuten hier. Was, wenn dort drinnen noch jemand war?«

»Ich dachte, du hältst nichts von der Entführungstheorie«, entgegnete Noah.

Mettner zuckte die Schultern. »Habe ich nie behauptet. Ich habe nur gesagt, wir haben keinen Beweis, dass sie gekidnappt wurde.«

»Ich glaube nicht, dass jemand unbemerkt ein siebenjähriges Mädchen aus dem Inneren der Säule entführen könnte. Es gibt schließlich nur einen Weg heraus – durch die Tür«, sagte Gretchen.

Als sie ins Zelt zurückkamen, war Colin weg und Amy saß an seiner Stelle auf dem Stuhl, in eine dicke Fleecejacke gehüllt. Ihr sandblondes Haar hing strähnig und ungekämmt herunter, die Augenlider waren geschwollen. Sie sah hoffnungsvoll auf, als sie eintraten. »Was Neues?«

Sie schüttelten alle den Kopf. »Noch nicht«, erwiderte Josie.

Amy runzelte die Stirn. »Was ist mit Ihrem Gesicht passiert?«

Alle erstarrten und sahen sie an. »Wissen Sie das nicht mehr?«, fragte Mettner.

»Was denn?«, fragte Amy.

Josie wunderte es nicht, dass sie sich nicht erinnerte. Amy war so außer sich gewesen, dass sie völlig verdrängt hatte, wie sie sich gegen sie und Mettner gewehrt hatte. Es war ihr nicht einmal mehr klar, dass sie Josie geschlagen hatte. Außerdem war es nicht Absicht gewesen. »Ich bin gegen einen Ast gerannt«, gab Josie vor. »Mrs Ross, könnten Sie sich vielleicht ein paar Filme und Fotos von heute für uns ansehen?«

Amy sprang auf. »Ja, natürlich. Alles, was etwas bringt.«

Noah klopfte auf den Stuhl neben sich und Amy nahm Platz. Sie gingen den Film durch, in dem zu sehen war, wie Lucy vom Karussellpferd stieg und weglief. Keiner erwähnte die offene Tür, aber Josie erklärte ihr, dass Lucy anscheinend zielgerichtet zu jemandem oder etwas gelaufen sei. Sie baten Amy, sich alle Fotos von dem Tag anzusehen. Vielleicht würde sie jemanden im Hintergrund entdecken, über den sich Lucy gefreut hätte. Es vergingen zwei Stunden, doch Amy erkannte niemanden auf den Fotos.

Unterdessen suchten die Teams abwechselnd weiter. Zwei kehrten ergebnislos zurück und sogleich marschierten zwei frische Gruppen los. Die Spurensicherung hatte sich mit dem Inneren des Karussells befasst, doch bis sie Ergebnisse lieferten, würde es noch einige Zeit dauern. Gretchen beschloss, dass zwei Detectives ihres Untersuchungsteams nach Hause gehen und ein paar Stunden schlafen sollten. Josie und Mettner meldeten sich. Noah und Gretchen wollten hierbleiben, bis sie zurückkehrten, und dann ihrerseits eine Auszeit nehmen. Sie alle hofften, dass sich am nächsten Morgen viele Freiwillige einfinden würden, die bei der Suche halfen.

NEUN

Ich sah die Silberfrau vom Fenster aus wieder. Sie stand mit dem Rücken zu mir in ihrem großen Garten und hatte eine Gießkanne in der Hand. Silberfrau nannte ich sie, weil ihr Haar die Farbe einer Münze hatte, die ich eines Tages unter unserem Bett gefunden hatte. Nachdem ich sie mit verschwitzten Fingern gepackt hatte, öffnete ich die Hand und ließ das Sonnenlicht auf ihre glänzende Oberfläche fallen. Der Mann auf der Münze hatte wie die Silberfrau langes Haar, und heute hatte sie es zu einem Pferdeschwanz gebunden, so wie er. Sie drehte sich hin und her und goss Wasser auf die Blumen zu ihren Füßen. Ich wünschte mir so sehr, dass sie sich umdrehte, zu mir heraufblickte und sah, wie ich sie anstarrte. Aber sie tat es nicht. Ich klopfte sogar mit einem Fingernagel gegen die Scheibe, damit sie auf mich aufmerksam wurde, doch es funktionierte nicht. Ich überlegte, mit den Knöcheln an das Fenster zu pochen, aber das wäre zu laut gewesen. Ich wusste, ich musste still und leise sein.

Mit dem Daumen drückte ich die Münze gegen das Fenster, in der Hoffnung, sie würde die Scheibe durchbrechen. Dann könnte ich nach draußen, könnte zu den Blumen im

Garten der Silberfrau. Vielleicht würde ich sogar ihre Gießkanne benutzen dürfen.

Die Münze glitt mir unter dem Daumen weg, rutschte die Scheibe hinunter, sprang vom Fensterbrett und fiel klimpernd zu Boden. Das Geräusch hallte von den Wänden des kleinen Zimmers wider. Ich spürte, wie sich meine Brust zusammenzog. Man hatte mir verboten, zu viel Lärm zu machen. Sie hatte mir gesagt, dass ich die Silberfrau nicht beobachten durfte. »Mach nicht auf dich aufmerksam«, sagte sie immer.

Als ich sie an der Tür hörte, kletterte ich von der Fensterbank, hob schnell die Münze auf und sprang wieder auf das Bett. Die Münze schob ich unter das Kopfkissen.

»Was machst du?«, fragte sie.

»Nichts.«

»Ich habe hier drinnen was gehört.«

»Ich habe nichts gemacht«, erwiderte ich.

»Ich habe gehört, wie du herumgegangen bist. Was habe ich dir gesagt?«

Ich zog die Knie an die Brust, antwortete jedoch nicht.

»Ich weiß, dass du dich daran erinnerst, was ich gesagt habe. Du musst so still sein, wie du nur kannst, sonst tut er uns weh«, sagte sie.

»Ich möchte mit dir hinausgehen«, bat ich sie. »Biiitte.«

Sie lächelte gequält. »Ich weiß. Wenn er geht, nehme ich dich mit hinaus.«

Er ging lange nicht. Als er endlich weg war, brachte sie mich in die anderen Zimmer. Ich erkundete sie gern, obwohl ich sie schon viele Male zuvor gesehen hatte. Wenigstens waren sie anders als mein eigenes Zimmer. Ich versuchte, jedes Mal ein neues Detail zu entdecken: die vergilbte, angeschlagene Kachel in der Küche, das Schaben des braunen Stoffs auf dem klobigen Lehnsessel auf meiner Haut, den großen Fettfleck dort, wo er seinen Kopf hinlegte, wenn er im Sessel saß und rauchte. Neben dem Sessel stand ein Tischchen mit einer Fernbedienung, die ich keinesfalls anrühren durfte, und ein runder Aschenbecher übervoll mit Zigarettenstummeln. Meine Hand näherte sich dem Haufen ausgedrückter Zigarettenreste. Ich wollte sie berühren, aber sie scheuchte mich weg. Stattdessen sprang ich auf die Couch und hüpfte auf dem Teppich herum, bis sie mich anfuhr: »Du musst still sein. Wenn du etwas zerbrichst, wird er ...«

Sie verstummte.

Ich starrte sie an. »Wird er uns wehtun?«

»Oder noch schlimmer«, erwiderte sie und flüsterte, als sei er noch hier und höre uns heimlich zu. Sie packte mich am Arm und drückte fest zu.

»Versprich mir«, beschwor sie mich, »versprich mir, dass du genau das tust, was ich sage.«

Ich starrte in ihre weit aufgerissenen Augen. »Ich verspreche es.«

ZEHN

Zu Hause duschte Josie und versuchte, ihr Gesicht so gut es ging in Ordnung zu bringen, doch bildeten sich bereits zwei Veilchen. So viel zum »Gesicht der Polizei von Denton«, wie Chitwood gesagt hatte. Sie fiel auf das Bett, so erschöpft, dass ihr ganzer Körper schmerzte. Wäre nur Noah mitgekommen, dachte sie. Ihre Gedanken kreisten um Lucy Ross. Sie hoffte bei Gott, dass sie nicht recht hatte und das Mädchen nicht entführt worden war, konnte aber die düsteren Gedanken, die wie ein schwerer Mantel auf ihr lasteten, nicht abschütteln.

Als sie ihr Smartphone an das Ladekabel anschloss, bemerkte sie mehrere ungelesene Textnachrichten. Sie öffnete sie in der Hoffnung, dass sie gute Nachrichten über Lucy enthielten, seufzte aber laut, als sie sah, dass sie von ihrer Schwester Trinity stammten. Sie sank zurück auf das Bett und las sie.

Habe gerade gehört, dass in Denton ein Mädchen vermisst wird. Was ist los?

Bist du da? Alles okay? Gibts was Neues?

Bitte sag mir, was los ist. Ich hoffe, ihr findet sie rasch.

Ruf mich an, sobald du diese Nachricht bekommst. Hoffent-lich findet ihr das Mädchen bald. Gibt es etwas, was ich tun kann?

Josie hatte keinen Zweifel, dass sich ihre Zwillings-schwester echte Sorgen um Lucy machte. Gleichzeitig wusste sie, dass ihr eine gute Story wichtiger war als fast alles andere. Trinity hatte zunächst als Außenkorrespondentin für den örtlichen Sender von Denton, WYEP, angefangen und war zu nationaler Berühmtheit gelangt. Dann hatte eine ihrer Quellen sie mit falschen Informationen versorgt, was ihrer Karriere schwer geschadet hatte. Sie war in Ungnade gefallen und nach Mittelpennsylvania zurückversetzt worden. Von dort hatte sie sich wieder zu den großen Sendern auf nationaler Ebene zurückgekämpft und war nun Nachrichtenmoderatorin einer bekannten Morgenshow. Dabei kam ihr zupass, dass ihre Heimatstadt Denton eine fast unerschöpfliche Quelle von Skandalen war, die im ganzen Land Beachtung fanden. Trinity wollte mit Josie über den Fall Lucy Ross sprechen, weil sie eine gute Geschichte witterte. Vor drei Jahren hätte Josie sie am liebsten noch erwürgt. Inzwischen wusste sie, dass ihr trotz ihres brennenden Ehrgeizes, zu den Besten ihres Fachs zu zählen, immer auch das Wohl der Menschen am Herzen lag. Mehr als einmal waren Trinitys Berichte, ihre Recherchen und ihr Einfallsreichtum tatsächlich hilfreich gewesen.

Josie hatte den Finger schon über dem Anrufsymbol und starrte auf Trinitys Namen. Doch sie hatte keine Lust, nach dem anstrengenden Tag mit ihr zu reden. Stattdessen scrollte sie durch ihre Kontakte zu Christian Paynes Namen. Bevor ihr klar wurde, wie spät es eigentlich war, hatte sie schon auf das Anrufsymbol gedrückt. Christian antwortete trotzdem bereits nach dem fünften Klingelton. Seine Stimme klang schlaftrunken. »Josie?«, fragte er.

»Tut mir leid«, entschuldigte sie sich. »Ich habe erst jetzt gesehen, wie spät es ist.«

»Ist alles okay, Liebes?«

Die Vertrautheit, die er ihr entgegenbrachte, löste in Josie sofort gemischte Gefühle aus. Sie fühlte sich warm umfangen und zugleich abgeschreckt. Denn sie hatte sich noch immer nicht ganz daran gewöhnt, dass Christan ihr wirklicher Vater war. Eli Matson, der Mann, den Josie dafür gehalten hatte, war gestorben, als sie sechs war, und sie war sich nicht sicher, ob sie ihn nicht zeit ihres Lebens als ihren eigentlichen Dad sehen würde. Aber es war nicht Christians Schuld, dass sie auseinandergerissen worden waren und dreißig Jahre lang nichts kennenlernen konnten.

»Ja«, erwiderte Josie, »alles in Ordnung. Tut mir leid. Wir können morgen früh reden.«

»Josie«, sagte er und klang mit einem Mal wacher. »In den letzten dreißig Jahren oder so hätte ich mein Leben dafür gegeben, auch nur einen Anruf von dir zu bekommen und zu wissen, dass du lebst. Ruf mich also mitten in der Nacht an, so oft du willst. Was hast du auf dem Herzen?«

Im Hintergrund hörte sie eine Tür knarren. Sie stellte sich vor, wie er das Schlafzimmer verließ, das er mit ihrer Mutter teilte, den Flur entlang zur Treppe tapste und in die Küche des Hauses ging, in dem die beiden etwa zwei Fahrstunden von Josie entfernt lebten. »Es geht um einen Fall«, erklärte Josie ihm. »Seit heute wird ein kleines Mädchen vermisst. Ihr Vater ist Colin Ross. Er sagte, er kennt dich.«

»Ja, er arbeitet in unserer Abteilung für Preisentwicklung«, antwortete Christan ohne Umschweife. »Tut mir wirklich leid, das von seiner Tochter zu hören. Mein Gott. Wie geht es ihm? Was ist passiert?«

Josie erläuterte ihm kurz die Lage. »Was kann ich tun?«, fragte Christian.

»Ich wollte eigentlich nur wissen, welchen Eindruck du von Colin Ross hast.«

»Mein Eindruck?«, fragte Christian zögernd. »Meinst du, er hat etwas mit dem Verschwinden seiner eigenen Tochter zu tun?«

»Ich denke«, sagte Josie, »wir können nichts ausschließen.«

»Himmel.«

»Kennst du ihn gut?«, drängte Josie. Sie wollte mehr wissen, obwohl die Unterhaltung unangenehm geworden war.

Er seufzte. »Nicht besonders gut. Wir sind nicht befreundet oder so, haben ein paarmal etwas miteinander getrunken und waren auf einigen Geschäftsreisen zusammen. Als er in New York gearbeitet hat, habe ich ihn ein paarmal im Jahr gesehen. Ich musste mehrmals im Jahr geschäftlich dorthin fahren. Die Marketingabteilung arbeitet eng mit seiner Abteilung zusammen, sobald ein Medikament auf den Markt gebracht wird. Er hat viele Jahre lang in New York gelebt. Seine Eltern sind, glaube ich, noch immer dort. Auch seine Frau hat er in New York kennengelernt.«

»Was hältst du von ihm?«

»Colin ist in Ordnung. Seit er geheiratet hat, ist er solide geworden.«

»Wie meinst du das?«, fragte Josie.

»Nun, er hat ... Wie soll ich es sagen? Er hat die Frauen gemocht. War mit vielen zusammen, wollte aber nie fest liiert sein.«

»Und dann?«

»Ich weiß es nicht. Er ist Amy begegnet. Sie wollte nichts mit ihm zu tun haben. Vielleicht war das der Grund, warum er fast besessen von ihr war. Er blieb hartnäckig an ihr dran. Einige Kollegen aus der New Yorker Niederlassung haben schon Witze gerissen, dass er sie zermürben würde. Ich dachte, sobald er sie so weit hätte, dass sie ihn heiratet, würde er ihrer überdrüssig werden. Niemand bei Quarmark hätte gedacht, dass die Beziehung von Dauer sein würde.«

»War sie aber«, warf Josie ein.

»Ja, ich weiß. Er spricht jetzt nur noch von seiner Familie. Wenn wir früher etwas zusammen getrunken haben, hat er dagegen ständig von der neuesten Frau geredet, mit der er gerade zusammen war. Ich denke, Vater zu sein hat ihn verändert. Hat ihn sozusagen sesshaft gemacht. Oder er wird einfach nur alt.« Er gluckste, fing sich aber sofort wieder. »Ich kann es nicht glauben. Das arme Mädchen.«

»Wir finden sie«, sagte Josie mit mehr Überzeugung, als sie tatsächlich empfand.

»Da bin ich mir sicher«, meinte Christian. »Du weißt schon, sobald deine Schwester davon erfährt, wird sie dein Telefon heiß laufen lassen.«

Josie lachte. »Hat sie schon.«

Sie verabschiedeten sich. Josie verband ihr Smartphone wieder mit dem Ladekabel und legte sich ins Bett zurück. Drückende Stille erfüllte das Haus, die Einsamkeit lag schwer und quälend auf ihr. Sie dachte an die Flasche Wild Turkey Whiskey, die sie vor einem Monat gekauft hatte, kurz nachdem Noahs Mutter umgebracht worden war. Sie stand noch immer ganz hinten in einem Küchenschrank. Nur ein Glas und sie würde ganz schnell wegschlummern. Aber ihr Magen rebellierte seit über einer Woche, was sie nicht noch schlimmer machen wollte. Außerdem hatte sie schmerzlich erfahren müssen, dass es nichts, aber auch gar nichts brachte, sich mit Wild Turkey zu betäuben, ganz gleich mit welcher Menge.

Als sie hörte, wie ein Fahrzeug in ihre Einfahrt fuhr, sprang sie auf. Einen Augenblick später schlugen zwei Autotüren zu und es klopfte an der Tür. Draußen war es dunkel, doch der Bewegungsmelder schaltete das Licht über ihrer Haustür an. Durch den Spion sah Josie draußen Misty mit dem schlafenden

Harris in einem und ihrer winzigen Chihuahua-Dackel-Mischung im anderen Arm stehen. Sie öffnete schnell die Tür, ließ sie herein und nahm Misty Harris ab. »Misty, du hier mitten in der Nacht? Alles okay?«

»Tut mir wirklich leid«, entschuldigte sich Misty. »Es geht uns gut. Es ist nur ... ich konnte nicht ...«

Im düsteren Eingangsbereich sah Josie Tränen in Mistys Augen glänzen. Sie schloss die Tür und bat Misty ins Wohnzimmer. Harris schlief friedlich auf Josies Schulter. Der winzige Hund erkundete vorsichtig die neue Umgebung. »Was ist los?«, fragte Josie. »Ist etwas passiert?«

»Nein, nein«, antwortete Misty. »Mein Gott, was ist mit deinem Gesicht?«

»Ach, nichts«, wiegelte Josie ab. »Mir geht's gut. Was ist mit euch? Was ist los?«

»Es tut mir so leid, ich weiß, das ist lächerlich. Es ist nur ... ich kann einfach nicht ... ich muss ständig an das vermisste Mädchen denken. Ich habe dich in den Nachrichten gesehen. Ich weiß, du hast gesagt: ›Wir glauben, dass sie weggelaufen ist‹, aber schon beim Gedanken an die Kleine ist alles wieder hochgekommen, was passiert ist, als Harris zur Welt kam. Du weißt schon, als sie ihn mir genommen haben.«

»Oh, Misty«, sagte Josie leise. Sie legte ihre freie Hand auf Mistys Schulter und drückte sie. Misty hatte Harris zu Hause mithilfe einer Frau zur Welt gebracht, die, wie sich herausstellte, auf der Flucht vor einigen ziemlich unangenehmen Typen gewesen war. Misty war übel zugerichtet und Harris gekidnappt worden.

Misty fuhr fort: »Ich weiß, ich erinnere mich an vieles nicht, was passiert ist, aber ...«

»Du bist noch immer stark traumatisiert«, unterbrach Josie sie. »Ich verstehe das.«

»Ich konnte heute Nacht einfach nicht in diesem Haus bleiben. Bei jedem Geräusch bin ich hochgeschreckt. Ich hoffe, es macht dir nichts aus. Harris und ich fühlen uns bei dir einfach sicher.«

Josie lächelte. »Ich bin froh, dass du hergekommen bist. Gehen wir nach oben. Ich habe ein großes Bett. Da passen wir alle rein.«

»Danke, Josie.«

Auch wenn sie es Misty gegenüber nie zugegeben hätte, war sie dankbar für die Gesellschaft. Sie legten Harris zwischen sich. Mistys Hund schlief am Fußende des Betts. Das gleichmäßige Atmen von Misty, Harris und dem Hund wirkte auch auf Josie sogleich einschläfernd. Gerade als sie wegdämmerte, flüsterte Misty: »Ich muss ständig an die Mutter des Mädchens denken. Was muss sie durchmachen? Ich darf mir gar nicht vorstellen, was wäre, wenn Harris ...«

»Nicht«, unterbrach Josie sie. »Stell es dir gar nicht erst vor. Wir passen auf ihn auf. Immer.«

»Aber wie?«, entgegnete Misty. »Wie soll das gehen in einer Welt, in der so schreckliche Dinge passieren?«

»Ich weiß nicht«, antwortete Josie ehrlich. »Aber ich würde mein Leben geben, um ihn zu schützen. Das weiß ich.«

Josie sprach immer langsamer. Sie war so bleiern müde, dass sie dem Schlaf nichts mehr entgegenzusetzen hatte und unerbittlich wegdriftete. Aber Misty redete weiter. Bevor Josie völlig weg war, hörte sie Misty noch sagen: »Wie können wir unsere Kinder schützen, wenn man nicht einmal den Unterschied zwischen jemand Schlechtem, der einem das Kind wegnehmen will, und jemand anderem erkennt? Überall um uns herum sind schlechte Menschen, Josie. Aber sie tarnen sich als gute Menschen. Normale Menschen.«

Etwas in Josies Hinterkopf schlug Alarm. Sie wollte sich noch vornehmen, den Gedanken nach dem Aufwachen weiterzuverfolgen, da war sie schon weggetreten.

ELF

Josie wurde von Harris' Stimme geweckt, die vom Erdgeschoss in das Schlafzimmer herauftrug. Kurz darauf holte Mistys Hündchen Pepper sie mit einem Kläffen gänzlich zurück in die Realität. Sie öffnete die Augen und wandte den Kopf nach links, aber das Bett war leer. Dann drehte sie sich in die andere Richtung, um auf die Uhr zu sehen, und stellte fest, dass sie drei Stunden geschlafen hatte. Der Duft von Kaffee zog herauf. Normalerweise wäre er Balsam für ihre erschöpften und angespannten Nerven gewesen, aber heute verursachte ihr schon der Geruch Übelkeit, kaum dass sie ihn wahrnahm, und sie spürte einen Brechreiz aufsteigen. Sie warf die Bettdecke von sich, sprang auf, lief ins Bad und beugte sich würgend über die Toilette, aber nichts kam. Kalter Schweiß trat ihr auf die Stirn. Sie ließ sich zu Boden sinken, legte sich mit dem Rücken auf die kühlen Fliesen und versuchte, die Übelkeit zu unterdrücken. Sie musste zurück in den Park und bei der Suche nach Lucy helfen.

Plötzlich hörte sie, wie sich die Haustür öffnete und Noahs Krücken über den Boden des Eingangsbereichs klackten. Schon ertönte seine Stimme: »Hey, kleiner Freund!«

Gleich darauf rief Harris: »Noah, Noah! Wer ist das?«

»Mein Freund Mettner«, antwortete Noah. »Er hat mich nach Hause gefahren.«

Nach Hause. Noah bezeichnete ihr Haus als sein Zuhause. Ihr wurde warm ums Herz. Sie wusch sich das Gesicht mit Wasser, putzte sich die Zähne, ohne in den Spiegel zu blicken, und ging nach unten. Der Ausdruck auf Mettners und Noahs Gesicht verriet ihr, dass sie nicht gut aussah.

»Boah, sie hat dir ganz schön eine verpasst, was?«, sagte Mettner.

Josie fasste sich an die Nase und die Wangenknochen. Beide schmerzten. »Schon okay. Was Neues?«

Ihre Mienen verdüsterten sich. »Nichts«, antwortete Noah. »Gar nichts. Wir haben Lucy die ganze Nacht suchen lassen und die Freiwilligen ziehen in einer Stunde los. Schon jetzt kommen die ersten Leute in den Park. Sieht aus, als wollten sich sehr viele an der Suche beteiligen.«

Harris rannte herein und umschlang Josies Bein. »JoJo, ich fernsehen?«

»Von mir aus.« Sie strich ihm über das Haar. »Aber frag vorher Mommy um Erlaubnis, okay?«

Er lief davon. »Ich muss hinfahren und Gretchen ablösen«, sagte Josie. Sie erinnerte sich an das, was ihr kurz vor dem Einschlafen durch den Kopf gegangen war. »Außerdem möchte ich mir die Fotos und den Film noch einmal vornehmen.«

»Wir treffen uns dann dort«, verabschiedete Mettner sie.

Auf dem Weg zum Park rief Josie Trinity an, die dreimal versucht hatte, sie zu erreichen, während sie geschlafen hatte. »Wird auch Zeit«, war das Erste, was sie von Trinity hörte. Sie hielt sich gar nicht erst mit Nettigkeiten auf.

»Tut mir leid«, entgegnete Josie. »Ich habe gearbeitet. Schläfst du auch irgendwann mal?«

»Kümmere dich nicht um meine Schlafgewohnheiten. Erzähl mir lieber etwas über das vermisste Mädchen. Du weißt, ich mag es nicht, wenn ich meine Informationen vom WYEP-Lokalkorrespondenten bekomme.«

Josie schilderte ihr kurz die Sachlage und schloss mit den Worten: »Ich weiß nicht, ob das eine Geschichte für dich ist, Trin, aber wenn du helfen willst: Die Eltern haben früher in New York gelebt, bevor ihre Tochter zur Welt kam. Vielleicht kannst du ein paar ihrer alten Freunde aufspüren. Die Eltern von Colin Ross leben nach wie vor in New York. Rede doch einmal mit ihnen. Mich würde interessieren, mit was für Leuten wir es zu tun haben.«

»Denkst du, dass die Eltern was damit zu tun haben?«, hakte Trinity nach.

»Keine Ahnung. Aber wenn einer der beiden Leichen im Keller hat, findest du sie, das weiß ich – und zwar schneller als das FBI.«

Trinity lachte. »Da hast du verdammt recht. Ich melde mich.«

Josie beendete das Gespräch, als der Stadtpark in Sichtweite kam. Der Spielplatz war voller Leute und die Schlange der Helfer, die sich an der Suche nach Lucy beteiligen wollten, zog sich durch den Eingang hindurch bis auf den Gehweg. Josie freute sich, dass so viele bereit waren, früh aufzustehen und ihre Zeit der Suche nach einem kleinen Mädchen zu opfern. Sie starrten sie an, als sie an der Schlange vorbei zum Spielplatz und in das Zelt ging. Es dauerte einen Augenblick, bis sie begriff, dass ihre blauen Augen der Grund dafür waren. Sie beschleunigte ihre Schritte und ging ins Zelt. Mettner war schneller gewesen. Er saß vor dem Laptop und winkte sie heran. »Hier sind der Film und die Fotos. Sieh sie dir an. Ich sage Gretchen, dass sie heimgehen kann, und helfe draußen, die Suche zu koordinieren.«

Josie begann, durch die Fotos zu blättern. Sie war nicht ganz sicher, wonach sie suchen sollte. Die Idee, auf die Misty sie gebracht hatte, war bislang nur der Schatten eines Gedankens in ihrem Kopf und hatte sich noch nicht deutlich herauskristallisiert. Da erschien Gretchen neben ihr. »Hey! Oh, wow, du siehst ja ...« Sie sprach nicht weiter.

Josie lächelte, doch die Bewegung ihrer Gesichtsmuskeln schmerzte. »Ich weiß. Aber es geht schon. Was läuft? Gibt es etwas Neues? Ich habe weder Amy noch Colin gesehen.«

»Sie sind mit dem Suchtrupp unterwegs. Mettner und die Uniformierten organisieren gerade die Suche. Ich habe keine Neuigkeiten für dich. Hummel hat ein paar Fingerabdrücke in der Karussellsäule gefunden. Keiner ist in der Fingerabdruck-Datenbank AFIS gespeichert. Ich habe mit den Eltern geredet, die gestern hier waren und Karussell gefahren sind, als Lucy verschwand. Niemand kann sich erinnern, dass sich die Säulentür geöffnet hat. Auch die Kinder haben nicht gemerkt, dass sie offen war.«

»Sie haben sich auch nicht an Lucy erinnert«, gab Josie zu bedenken. »Aber wir wissen, dass sie da war.«

»Stimmt«, räumte Gretchen ein.

Josie stand auf. »Wir müssen einfach weitersuchen. Du kannst ruhig erst mal nach Hause gehen und ein bisschen schlafen.«

Gretchen protestierte nicht. Josie übernahm die Leitung. Sie wäre am liebsten draußen gewesen und hätte sich an der Suche im Wald beteiligt, obwohl ein Teil von ihr davon überzeugt war, dass sie Lucy dort nicht finden würden. Der Wald war die ganze Nacht lang mehrmals durchsucht worden, ohne dass man eine Spur von dem Mädchen gefunden hatte. Aber sie musste hier in der Kommandozentrale bleiben und die verschiedenen Teams von Polizei und zivilen Helfern koordinieren.

Als die groß angelegte morgendliche Suchaktion begann, stand sie vor dem Zelt. Sie würden vom Park aus losmarschieren, sich allmählich in die Umgebung vorarbeiten und dabei die Höfe und Gärten in den Wohnsiedlungen in einem Radius von knapp zwei Kilometern sowie den College-Campus durchkämmen. Blieb das ergebnislos, würden sie den Radius ausweiten.

Sie sah Amy und Colin zusammen in den Stadtpark gehen. Beide wirkten erschöpft und blass. Amy trug Jeans und hatte sich einen schwarzen Pulli umgelegt. Ihre sandblonden Locken waren zu einem zerzausten Pferdeschwanz gebunden. Colin trug eine hellblaue Windjacke; sein dichtes grau meliertes Haar sah aus, als hätte er es heute noch kein einziges Mal gekämmt. Er fuhr sich mit beiden Händen durch die Haare, was offensichtlich eine nervöse Angewohnheit von ihm war. Die beiden gingen Seite an Seite, berührten sich jedoch nicht.

Josie musterte die lange Schlange der Helfer, die dem Paar nachblickten, als es zwischen den Bäumen verschwand. Es waren Menschen aller Altersstufen dabei. Von der Highschool Denton East waren etliche Schüler gekommen, ebenso von der in Denton West. Sie trugen Sweatshirts mit dem Namen ihrer Schule und deren Maskottchen darauf. Außerdem sah sie Hausfrauen, junge Berufstätige, Rentner und sogar ein paar wenige, die wie Collegedozenten wirkten. Ein älterer Herr mit grauem Haar und sauber gestutztem grauem Bart trug einen Tweedanzug mitsamt Krawatte. Er trank Kaffee aus einem Pappbecher, während er Lucys Eltern nachsah. Eine seltsame Garderobe für eine Suche, dachte Josie bei sich. Sie stand in auffälligem Kontrast zu der Aufmachung mehrerer Freiwilliger, die in leuchtend orangen Warnwesten und mit Schirmmützen in Tarnfarben angerückt waren. Josie vermutete, dass sie die Leuchtfarben gewählt hatten, um Lucy auf sich aufmerksam zu machen, falls sie im Wald auf sie stießen.

Auch mehrere Leute mit eigenen Such- und Rettungshunden waren erschienen. Da bemerkte sie einen bulligen Bluthund, der ihr sehr bekannt vorkam. Noch bevor sie seinen Besitzer entdeckt hatte, begann ihr Herz schneller zu schlagen. Dann machte sie ihn aus: Luke Creighton, groß, breitschultrig, bärtig und mit zotteligem Haar. Sie waren einst verlobt gewesen. Dann war er in einen komplizierten Fall verwickelt worden, hatte ein paar schlechte Entscheidungen getroffen und musste schließlich für sechs Monate ins Gefängnis. Bei ihrer letzten Mordermittlung hatte sie ihn nach zwei Jahren das erste Mal wieder gesehen. Sie hatte wegen des Falls ins Sullivan County drei Stunden nördlich von Denton fahren müssen, wo er mit seiner Schwester auf einer entlegenen Farm lebte. Josie hatte seine Hilfe beim Aufspüren eines Zeugen gebraucht, der sich schließlich als Opfer erwies. Die Untersuchungen zum Mord an Noahs Mutter waren sehr belastend gewesen und Noah hatte beschlossen, dass er und Josie eine Auszeit voneinander brauchten. Josie hatte schließlich die Nacht bei Luke verbracht. Was an sich kein Problem gewesen wäre, wenn sie sich nicht betrunken und einen Filmriss gehabt hätte. Deshalb hatte sie keine Ahnung, was in jener Nacht passiert war. Sie war sich einigermaßen sicher, dass es zwischen ihnen keine Annäherung gegeben hatte und sie nicht miteinander geschlafen hatten, aber die Wahrheit war: Sie wusste es nicht. Sie war am nächsten Morgen weggefahren, bevor er aufgestanden war. Sie hatte gehofft, ihn nie wieder zu sehen.

Er entdeckte sie von seinem Standort aus. Die Röte schoss ihr in die Wangen, als er die Hand hob und mit einem warmen Lächeln zu ihr herüberwinkte. Sie winkte steif zurück und hoffte, er würde nicht herkommen, um mit ihr zu reden. Was er auch nicht tat. Stattdessen schloss er sich einem Suchtrupp an und verschwand tiefer im Park.

Erleichtert ging Josie wieder ins Zelt, griff sich das Funkgerät, das Gretchen zurückgelassen hatte, und übernahm das Kommando. Die Suchaktion dauerte den ganzen Tag. Josie schätzte die Zahl der Menschen, die gekommen waren, um beim Aufspüren von Lucy mitzuhelfen, auf über tausend. Örtliche Geschäfte stellten kostenlos Verpflegung und Getränke zur Verfügung, damit die Freiwilligen und Polizisten mit Essen und Kaffee versorgt waren. Ein paar Collegestudenten aus dem Institut für Robotertechnik hatten Drohnen mit Kameras mitgebracht und ließen sie gittermusterförmig über die Stadt fliegen. WYEP schickte drei Sendeteams, die über jeden Aspekt der Suche berichteten. Zum Glück erschien Chitwood, um vor die Kameras zu treten und die Interviews zu geben. Amy und Colin gelang es, sich von der Presse fernzuhalten. Sie beteiligten sich abwechselnd an der Suche und ruhten sich im Kommandozelt aus. Gretchen und Noah kamen im Lauf des Nachmittags ausgeruht und frisch geduscht zurück. Chitwood ging wieder, kaum dass er mit der Presse gesprochen hatte. Er kehrte zwar im Lauf des Tages mehrmals zurück, blieb aber die meiste Zeit auf dem Polizeirevier und koordinierte die Arbeit der Beamten, die mit Routineangelegenheiten in der Stadt beschäftigt waren. Als die letzten Sonnenstrahlen hinter dem Horizont verschwanden, gab es von Lucy in der ganzen Stadt noch immer keine Spur.

Fast alle Helfer waren inzwischen nach Hause zurückgekehrt. Nur eine Handvoll besonders engagierter Freiwilliger, Staatspolizisten und Hilfssheriffs blieben, um die Polizei von Denton zu unterstützen. Josies Team stand resigniert neben Amy und Colin im Zelt herum. Seit dem Vortag waren sie keinen Schritt weitergekommen.

»Wie kann das sein?«, fragte Colin. »Sie war da draußen, saß auf dem verdammten Karussell. Detective Quinn, Sie sagten doch selbst, dass Kinder sich nicht einfach in Luft auflösen.«

»Was sagst du da?«, fragte Amy mit zitternder Stimme. Sie war den ganzen Tag merkwürdig still gewesen. Josie fragte sich, ob sie etwas zur Beruhigung genommen hatte. Wie würde sie selbst reagieren, wenn sie ein Kind hätte, das plötzlich verschwunden wäre? Sie bräuchte schon Medikamente, um noch atmen zu können, geschweige denn ruhig zu bleiben.

Colin fuhr sich mit den Händen über das Gesicht. »Ich sage, sie kann doch nicht einfach weggelaufen sein. Inzwischen hätten wir sie längst finden müssen. Der Beamte von der Hundestaffel sagte, sie sei womöglich in ein Auto gestiegen.«

»Aber warum sollte sie mit jemand anderem in ein Auto steigen?«, entgegnete Amy. »Warum sollte sie weglaufen? Du hast sie gesehen. Sie ist vom Pferd heruntergesprungen und weggelaufen. Warum?«

Josie dachte wieder an Lucys aufgeregte Bewegungen. Sie war zielgerichtet gelaufen, genau wie der kleine Harris, wenn er seine Mutter nach einem langen Tag mit Josie oder seiner Großmutter wiedersah. »Bitte nehmen Sie mir diese Frage nicht übel«, begann sie, »aber ich muss sie stellen: Ist Lucy Ihr biologisches Kind? Von Ihnen beiden?«

Die beiden Eltern starrten sie an. Gretchen knüpfte an Josies Frage an. »Wir haben gestern nicht in diese Richtung gedacht, weil wir davon ausgegangen sind, dass Lucy einfach weggerannt ist und sich schlichtweg verlaufen hat. Aber da wir sie bisher nicht gefunden haben und es auch sonst keinerlei Zeichen von ihr gibt, müssen wir jetzt mehr Fragen stellen. Gibt es sonst noch Elternteile, die mit ihr zu tun haben? Ist Lucy Ihrer beider Kind oder hat sie einer von Ihnen aus einer früheren Beziehung mitgebracht?«

»Oh«, antwortete Amy. »Sie ist unser Kind. Wir beide hatten vor unserer Ehe keine anderen Kinder.«

»Was ist mit Großeltern?«, wollte Josie wissen. »Hat sie eine enge Bindung zu Ihren oder Colins Eltern?«

»Amys Vater hatte nie etwas mit ihr zu tun und ihre Mutter ist gestorben, bevor wir uns kennengelernt haben. Meine Eltern leben in New York. Wir fahren drei- oder viermal im Jahr mit Lucy zu ihnen.«

»Sie kommen nicht her?«, hakte Gretchen nach.

»Es gefällt ihnen hier nicht«, platzte es aus Amy heraus. »Denton ist ihnen nicht ›städtisch‹ genug«.

Colin warf ihr einen warnenden Blick zu. Josie hatte das Gefühl, dass die beiden deswegen schon öfter Auseinandersetzungen gehabt hatten. Es bestand kein Zweifel: Seine Eltern und seine Frau kamen nicht immer gut miteinander aus.

»Was ist mit Tanten und Onkeln?«, fragte Josie. »Haben Sie Geschwister, die Lucy gut kennt?«

Amy schüttelte den Kopf. »Ich hatte zwei Schwestern. Eine ist mit meiner Mutter bei einem Autounfall ums Leben gekommen. Mit meiner anderen Schwester habe ich seit dem Unfall nicht mehr gesprochen. Das war vor zwanzig Jahren. Wir ... sind nie gut miteinander ausgekommen. Ich weiß nicht einmal, wo sie jetzt lebt.«

»Wie heißt sie?«, wollte Josie wissen.

»Renita Walsh. Wenn sie geheiratet hat, kann sie aber jetzt auch anders heißen.«

»Ist sie jünger oder älter als Sie?«

»Zwei Jahre älter.«

»Haben Sie je versucht, Kontakt mit ihr aufzunehmen?«, fragte Josie weiter.

Amy schüttelte den Kopf. »Nein. Wie gesagt, seit Mom tot ist, gab es für uns keinen Grund mehr, in Verbindung zu bleiben. Ich bin nach New York gegangen. Was danach mit ihr passiert ist, weiß ich nicht. Colin hat einen Bruder, aber der ist ein großes Tier in irgendeinem Unternehmen in Hongkong. Wir sehen ihn einmal im Jahr, wenn überhaupt.«

»Was ist mit Lucys Freundinnen?«, fragte Josie. »Hat sie in der Schule viele Freundinnen?«

»Da sind ein paar Mädchen, die sie wirklich mag«, antwortete Amy. »Ich kann Ihnen die Namen geben.« Sie holte ihr Handy heraus. »Ich habe auch die Namen und Nummern der Mütter.«

Josie nickte Mettner zu, der mit seinem Smartphone zu

Amy ging und seine Notizbuch-App aufrief, um die Kontakt-daten einzutragen.

»Warum fragen Sie?«, wollte Colin wissen. »Denken Sie, dass jemand, den wir kennen, Lucy mitgenommen hat?«

»Nicht unbedingt«, entgegnete Josie. »Ich glaube, sie hat jemanden gesehen, als die Fahrt zu Ende war, und hatte es eilig, zu dieser Person zu kommen. Ich frage mich, wer diese Person war und ob ihr etwas Verdächtiges oder Seltsames aufgefallen ist – wenn sie überhaupt gemerkt hat, dass Lucy zu ihr gelaufen ist.«

»Wir machen eine Liste«, schlug Colin vor. »Von jedem, den wir kennen. Von jedem, den Lucy kennt. Sie können sie alle überprüfen.«

»Keine schlechte Idee«, erwiderte Gretchen.

Beide Eltern lebten auf bei dem Gedanken, etwas Nützli-ches beitragen zu können. Sie setzten sich mit Mettner und Noah an einen Tisch und Noah begann auf einem Block eine Liste zu erstellen, während Mettner in sein Smartphone tippte.

Josie widmete sich noch einmal den Fotos und Filmen vom Vortag. Sie spielte erneut das Video ab, in dem Lucy um die Säule des Karussells lief, während aus der Karussellsäule ein dunkles Quadrat hervorstand – die Tür. Sie war aufgegangen, aber niemand hatte gesehen, wie sie sich geöffnet hatte. Von Gretchen hatte Josie erfahren, dass alle Eltern, mit denen sie gesprochen hatte, das Gleiche ausgesagt hatten: Sie hätten nicht einmal gewusst, dass da eine Tür gewesen sei. Gretchen hatte die Eltern auch gebeten, ihre Kinder zu fragen, ob sie sich an die Tür erinnerten. Keines hatte sie gesehen. Wie konnte es sein, dass das Karussell voll besetzt gewesen war und trotzdem niemandem aufgefallen war, dass die Tür an der Säule offen stand? Auch hatte niemand bemerkt, dass Lucy das Karussell verlassen hatte. Alle Eltern waren vollauf damit beschäftigt gewesen, ihre eigenen Kinder nach der Fahrt einzusammeln, und die Kinder freuten sich schon auf das, was als Nächstes kam – die Schaukel, die Rutsche, vielleicht ein Eis. Aber wenn Lucy ins Innere der Säule gestiegen war, hätte das doch jemand mitbekommen müssen.

Außerdem fand Josie es seltsam, dass keiner der Befragten sich daran erinnerte, Lucy nach dem Anhalten des Karussells gesehen zu haben. Sie hatte ein leuchtend rosa T-Shirt und den farbenfrohen Schmetterlingsrucksack getragen. Damit war sie unübersehbar gewesen. Weggeworfen hatte Lucy den Rucksack nicht, denn er war nicht gefunden worden. Sie musste den Park also mit Rucksack verlassen haben. Aber warum war sie dann auf keinem der Fotos zu sehen, die die Eltern auf dem Spielplatz während oder nach der Karussellfahrt gemacht hatten?

Mistys Worte der letzten Nacht kamen ihr wieder in den Sinn. Was hatte sie gesagt, während Josie gerade weggedämmert war? Etwas über schlechte Menschen, die nicht wie schlechte Menschen aussahen. Etwas über …

»Tarnung«, murmelte Josie vor sich hin.

»Was sagst du da?«, fragte Gretchen.

»Wir haben allen ein Foto gezeigt, auf dem Lucy das rosa T-Shirt und ihren Schmetterlingsrucksack trägt«, antwortete Josie. »Niemand hat sie gesehen.«

»Genau«, pflichtete Gretchen ihr bei. »Aber wir wissen, dass sie ihren Rucksack nirgends gelassen hat, weil ihn niemand gefunden hat.«

»Vielleicht suchen alle nach dem Rucksack und gar nicht nach Lucy«, sagte Josie.

»Wovon reden Sie da?«, schaltete sich Amy ein.

Josie blickte vom Laptop auf und merkte erst jetzt, dass ihr gerade jeder gebannt zuhörte. Sie sah Amy an, winkte sie zu sich und bedeutete ihr, im Klappstuhl neben sich Platz zu nehmen.

Als sie saß, sagte Josie zu ihr: »Sie würden Ihr Kind überall erkennen, oder? Wenn Sie Lucy in einer Kindergruppe ausfindig machen müssten, worauf würden Sie achten? Doch nicht auf das, was sie anhat – das ändert sich jeden Tag. Sondern vielleicht auf ihre blonden Haare oder ihre Figur.«

»Sie hat eine besondere Art zu gehen,«, antwortete Amy. Sie verstand, was Josie sagen wollte. »Ständig fällt sie in so einen hopsenden Gang. Sie geht ein paar Schritte und fängt dann an zu hüpfen. Ich muss ihr immer wieder sagen, dass sie das lassen und langsamer gehen soll. Inzwischen hört sie von selbst wieder auf – so, als würde sie mich im Geist sagen hören, dass sie nicht mehr hüpfen soll.« Amy lachte kurz auf und fing dann an zu schluchzen. Sie schlug die Hand auf den Mund. Josie konnte sehen, wie sie versuchte, das Weinen zu unterdrücken. Sie legte ihr die Hand auf die Schulter und meinte: »Okay, ich spiele das Video noch einmal ab. Sie sagen mir, was Sie sehen.«

Josie startete den Film und sie sahen sich ein weiteres Mal an, was sich inzwischen schon für immer in ihr Bewusstsein eingebrannt hatte: Lucy, die eilends von ihrem Pferd stieg und von der rechten Seite des Karussells zur linken und um die Säule herum rannte. Sie sahen, wie sich die Tür öffnete. Dann war Lucy weg und die Tür wieder zu. »Beobachten Sie weiter«, ermunterte Josie Amy. »Sagen Sie mir, was Sie sehen.«

Nur Sekunden später schnappte Amy nach Luft. Sie sprang auf, sodass der Stuhl hinter ihr umstürzte. »Oh, mein Gott, oh, mein Gott! Das ist sie. Sie ist es!«

Colin lief hinter seine Frau und sah ihr über die Schulter. Josie startete den Film noch einmal von der Stelle, als Lucy verschwand. Als die anderen Eltern ihre Kinder einsammelten und langsam von der Plattform stiegen, um zum Ausgang zu gehen, kam ein kleines Kind gegenüber der Stelle, an der Lucy hinter der Säule verschwunden war, hervorgehüpft. Amy hatte sich gerade vom Sicherheitsgurt befreit und sah sich nach ihrer Tochter um.

Ein großes, schwarzes Sweatshirt bedeckte den kleinen Körper und hing bis zur Mitte ihrer Oberschenkel. Die Kapuze war hochgezogen, doch eine Strähne ihres goldenen Haars hing heraus, als sie von der Plattform halb lief, halb hopste und sich um die Menschen herumwand, die zwischen der Plattform und dem Zaun standen, bis sie zum Ausgangstor kam, das sich ebenfalls gegenüber der Stelle befand, an der Amy inzwischen aktiver nach ihr suchte, aber noch nicht nach ihr zu rufen angefangen hatte. Am Ausgang ließ ein kleiner Junge etwas fallen, das aussah wie ein Plüschelefant. Seine Mutter blieb stehen und hob ihn auf, wodurch die ganze Schlange hinter ihr ins Stocken geriet. Ein Vater mit einem Kleinkind an der Hand ging um sie herum. Dann kam die kleine Gestalt im Sweatshirt und lief hüpfend durch den Ausgang nach draußen, dicht gefolgt von einer Mutter, die ein Kleinkind im Arm hielt und ein älteres Kind am Oberarm hinter sich herzog. Die Mutter hatte den Kopf nach hinten gedreht. Es sah aus, als würde sie über die Schulter hinweg etwas zu dem älteren Kind sagen. Überall war Chaos.

Josie spulte den Film zurück und alle sahen ihn sich noch mehrere Male an. Lucy rannte durch das Ausgangstor und dann nach rechts aus dem Bild heraus. Sofort ging Josie die Fotos durch und sah sich jedes genau an. Sie fanden das Mädchen im Sweatshirt im Hintergrund zweier Aufnahmen, einmal im Profil und einmal von hinten. Auf jedem Bild war sie unterwegs in Richtung des Zauns zwischen Spielplatz und Straße.

»Oh, mein Gott!«, rief Amy.

»Wo hatte sie das Sweatshirt her?«, rätselte Colin mit zitternder Stimme.

»Können wir sicher sein, dass es Lucy ist?«, fragte Mettner.

»Nun ja, eigentlich nicht«, räumte Josie ein.

»Sie ist es«, beharrte Amy. »Ich weiß, dass sie es ist. Ich kenne sie doch.«

»Bei allem Respekt, Mrs Ross«, warf Mettner ein. »Sie

haben diesen Film gestern mehrere Male gesehen und sie nicht erkannt.«

»Mett«, ermahnte ihn Gretchen.

Amy warf ihm vernichtende Blicke zu. »Ich habe dorthin gesehen, wo sie hingegangen ist. Ich habe auf ihr rosa T-Shirt und ihren Rucksack geachtet. Ich habe nicht auf ... Warum sollte mir ein Mädchen in einem Sweatshirt auffallen? Lucy hatte kein Sweatshirt eines Erwachsenen an.«

»Wir alle haben sie nicht erkannt«, warf Josie ein.

»Trotzdem können wir nicht sicher sagen, dass sie es ist«, insistierte Mettner. »Wo hatte sie das Sweatshirt her?«

»Ich denke ...« Josie hielt inne, denn die Vorstellung kam ihr ziemlich absurd vor. Trotzdem sprach sie ihre Vermutung laut aus. »Ich denke, es war in der Säule.«

»Und sie wusste einfach, dass es darin war?«, fragte Noah ungläubig. »Hat beschlossen, es zu nehmen und anzuziehen? Und dann aus dem Park zu laufen?«

»Durchaus möglich, wenn es geplant war«, mutmaßte Josie. »Falls sie jemand mitgenommen hat und alles vorher geplant hat ...«

»Dann hätte jemand sie vorher instruieren müssen«, warf Gretchen ein.

»Instruieren? Was meinen Sie damit?«, fragte Colin.

Gretchen sah Amy an. »Haben Sie und Ihre Tochter ein enges Verhältnis?«

Amy legte die Hand auf die Brust. »Natürlich. Sie ist mein kleines Mädchen.«

»Erzählt sie Ihnen alles?«, fragte Josie.

Amy wurde schmallippig. »Was meinen Sie mit ›alles‹? Sie ist sieben.«

»Was sie den Tag über erlebt hat«, erläuterte Gretchen. »Was sie in der Schule gemacht hat. Was Menschen zu ihr gesagt haben.«

Amy blickte sie perplex an. »Ich ... ich denke schon. Ich meine, sie redet meistens über Insekten.«

»Insekten?«, hakte Josie nach.

»Naja, nicht alle Insekten. Sie liebt Marienkäfer und Schmetterlinge. Sie hat sogar ihre eigene Luna-Motte gebastelt, so einen Nachtfalter. Ich wusste gar nicht, dass es Luna-Motten gibt.«

»Woher kennt sie die?«, fragte Josie.

Amy zuckte die Schultern. »Aus der Schule. Woher sonst?«

»Wer außer Ihnen, Ihrem Mann und Ihrem Kindermädchen hat regelmäßig mit Lucy zu tun?«

»Ich ... ich weiß nicht. Sie ist sieben. Sie geht zur Schule. Sie kommt heim. Manchmal ist sie hier im Park. Hin und wieder gehen wir ins Einkaufszentrum. An manchen Wochenenden ist sie auf Geburtstagspartys von Schulfreundinnen.«

»Haben Sie je gesehen, dass sie dort, wo Sie mit ihr waren, mit einem Erwachsenen gesprochen hat? Jemanden, den Sie nicht kannten?«, fragte Gretchen.

»Natürlich nicht«, erwiderte Amy. »Ich lasse sie doch nicht mit Fremden reden.«

»Was ist mit Ihrem Kindermädchen?«, wollte Josie wissen.

»Jaclyn ist sehr aufmerksam. Ich bezweifle, dass sie es zulassen würde.«

Josie sah sich um. »Wer hat mit Jaclyn geredet?«

Mettner meldete sich. »Ich. Ich habe sie angerufen und befragt. Sie ist morgen wieder in der Stadt.«

»Gut«, sagte Gretchen. »Wenn sie wieder da ist, möchte ich auf dem Revier mit ihr reden.«

»Auf dem Revier?«, wunderte sich Colin. »Glauben Sie, unsere Nanny hat etwas mit Lucys Verschwinden zu tun?«

»Nicht unbedingt«, erwiderte Gretchen. »Aber wir müssen alle Möglichkeiten in Betracht ziehen. Wenn Lucy nicht weggelaufen ist, wurde sie weggebracht. Falls jemand so vertraut mit ihr war, dass er Lucy dazu bringen konnte, sich aus dem Inneren des Karussells ein Sweatshirt zu holen, es anzuziehen, sich von ihren Eltern zu entfernen und den Park zu verlassen, dann müssen wir herausfinden, wer diese Person ist – und davon ausgehen, dass diese Person sie mitgenommen hat.«

Amys Beine gaben nach und sie kippte um. Bevor sie zu Boden ging, fing Colin sie auf. Er hob ihren schlaffen Körper hoch und versuchte, sie aufrecht zu halten. Wieder liefen ihr Tränen über das Gesicht. »Mein Gott«, schluchzte sie.

Josie stand auf und wandte sich an Colin. »Hören Sie, bringen Sie Ihre Frau am besten nach Hause und gönnen sich etwas Ruhe. Es war ein langer Tag und wir müssen allmählich in Betracht ziehen, dass es sich um eine Entführung handelt. Damit gehen die Ermittlungen in eine ganz andere Richtung. Es gibt für uns jetzt jede Menge zu tun. Sobald wir mehr wissen, erfahren Sie es.«

Man sah Colin an, dass er widersprechen wollte, aber Amy wurde mit jeder Sekunde verzweifelter. Schließlich nickte er und schleppte seine Frau aus dem Zelt. Sobald sie außer Hörweite waren, wandte Josie sich an ihr Team: »Wir müssen mit den Eltern ihrer Schulfreundinnen reden. Auch die Lehrer sollten wir befragen. Und wir müssen jeden Sexualstraftäter in einem Achtkilometerradius um ihr Haus und ihre Schule überprüfen. Jemand hatte Zugang zu ihr. Jemand hat sie dazu gebracht, von ihren Eltern wegzulaufen.«

»Himmel«, seufzte Noah mit schwerer, trauriger Stimme.

»Und ich denke, wir müssen eine Vermisstenmeldung herausgeben und das FBI anrufen«, fügte Josie hinzu.

»Damit wird Chitwood nicht einverstanden sein«, warnte Gretchen sie.

Josie holte ihr Handy aus der Tasche. »Es ist mir völlig egal, womit Chitwood einverstanden ist oder nicht.«

ZWÖLF

Wenige Augenblicke nachdem Josie ihren Kontakt bei der Staatspolizei angerufen hatte, war die Vermisstenmeldung schon draußen. Sogleich schlugen alle Telefone der Anwesenden Alarm. Zehn Minuten später klingelte Josies Handy. Auf dem Display erschien Bob Chitwoods Name. Sie drückte auf »Annehmen« und meldete sich forsch mit »Quinn«.

Ohne Umschweife fragte Chitwood: »Ist das Ihr Werk, Quinn?«

Josie machte sich auf alles gefasst. Sie wartete darauf, dass er zu einer Tirade ansetzte oder sie sogar wegen Befehlsverweigerung feuerte. »Ja.«

»Haben Sie auch das FBI angerufen?«

»Ja, Sir. Wir haben Grund zu der Annahme, dass es sich um einen Fall von Kidnapping handelt.« Sie wollte zu einer Erklärung ansetzen, aber Chitwood unterbrach sie.

»Halten Sie den Mund, Quinn«, schnauzte er sie an. »Ich will das nicht hören.«

»Sir?«, fragte Josie perplex.

»Ich habe nie gesagt, dass Sie das nicht dürfen, wenn die

Sachlage eindeutig ist. Aber Quinn, bei Gott, wenn Sie nicht recht haben, dann ...«

»Ich weiß«, unterbrach Josie ihn, »dann trage ich meinen Kopf am Ende der Woche in einer Schlinge. Zur Kenntnis genommen, Sir.«

Lange Zeit war es still in der Leitung. So lange, dass Josie bereits etwas nervös wurde. Dann hörte sie Chitwood sagen: »Ich freue mich, dass wir uns verstehen, Quinn. Jetzt an die Arbeit.«

Er legte auf. Josie starrte auf ihr Handy, als hielte sie ein außerirdisches Objekt in der Hand, das sie soeben erst entdeckt hatte.

»Was war das?«, fragte Gretchen.

»Ich weiß es nicht. Vielleicht macht er gerade einen Kurs in Aggressionsbewältigung oder so was«, mutmaßte Josie.

Gretchen, Mettner und Noah brachen in Gelächter aus. Noah fügte hinzu: »Dann können wir ihn ja danach gleich noch in einen Benimmkurs schicken.«

»Einen Versuch wäre es wert«, witzelte Josie. »Komm, Mett, wir befragen die anderen Mütter. Weißt du, wo wir sie finden?«

Mettner ging mit ihr zum Auto und scrollte unterwegs durch sein Smartphone. »Amy hat mir nur die Namen zweier Mütter gegeben. Ist das normal? Dass eine Siebenjährige nur zwei Freundinnen hat?«

Josie sah ihn über die Schulter hinweg an. »Keine Ahnung, Mett. Aber wir fangen mal mit ihnen an. Wir können sie immer noch fragen, ob es weitere Mütter gibt, an die wir uns wenden sollten.«

Sie stiegen ein und fuhren los. Mettner nannte eine Adresse ganz in der Nähe. »Ingrid Saylor. Ihre Tochter geht in Lucys Klasse.«

Als sie wenig später bei Ingrid Saylor eintrafen, waren alle Fenster im Erdgeschoss hell erleuchtet. Josie und Mettner gingen auf die große Veranda, die sich um das ganze Haus zog.

Drinnen waren Stimmen zu hören. Josie drückte auf die Klingel. Eine etwas über dreißigjährige Frau mit kurzen, stylisch geschnittenen braunen Haaren öffnete ihnen und lächelte sie an. Als sie die Poloshirts mit dem Abzeichen der Polizei von Denton sah, erstarb ihr Lächeln und ihre Unterlippe begann zu zittern. »O nein. Geht es um Lucy?«

»Ja, es geht um Lucy, aber es gibt nichts Neues«, antwortete Mettner.

Josie streckte ihr die Hand hin. »Ingrid Saylor? Ich bin Detective Quinn und das hier ist Detective Mettner. Amy Ross hat uns Ihren Namen gegeben. Sie sagte, Ihre Tochter sei mit Lucy befreundet. Wir dachten, dass Sie uns vielleicht ein paar Fragen beantworten könnten.«

Ingrid zog die Aufschläge ihrer grauen Strickjacke über ihre Brust und trat zur Seite, damit beide eintreten konnten. »Sehr gerne. Im Augenblick sind sogar einige Mütter hier.«

»Mütter?«, fragte Mettner.

Ingrid bedeutete ihnen, ihr in die große Wohnung zu folgen. Sie gingen durch die Diele in eine geräumige Küche, in der mehrere Frauen um einen Küchentisch saßen, vor sich Sektgläser und allerlei Häppchen. Josie zählte insgesamt sechs Frauen, die sie und Mettner gebannt anstarrten, als sie den Raum betraten. »Unsere Kinder sind mit Lucy in einer Klasse«, erklärte Ingrid.

Sie stellte Josie und Mettner vor und bot ihnen etwas zu essen und trinken an, was beide ablehnten. Mettner tippte für die Berichte, die er und Josie später noch erstellen würden müssen, eifrig Name, Adresse, Telefonnummer und den Namen des Kindes jeder Anwesenden in sein Smartphone.

»Wir haben uns heute alle an der Suche beteiligt«, fuhr Ingrid fort. »Nachdem wir den ganzen Tag geholfen haben, dachte ich, ich lade alle zu einem Drink bei mir ein.«

»Es war ein langer Tag«, fügte eine der Mütter hinzu.

Josie rang sich ein müdes Lächeln ab. »Es war für alle Beteiligten sehr anstrengend. Wir danken Ihnen für Ihre Unterstützung. Bei einer solchen Suche ist jeder, der teilnimmt, eine große Hilfe. Wir haben uns gefragt, ob Sie uns vielleicht etwas über Lucy und Amy Ross erzählen könnten. Sehen Sie die beiden oft?«

Eine kleine, mollige Frau mit blonden Locken hob die Hand, um auf sich aufmerksam zu machen. Als Mettner sich die Namen notiert hatte, hatte sie sich als Zoey vorgestellt. Sie war eine der beiden Mütter, die Amy genannt hatte. »Meine Tochter und Lucy sind beste Freundinnen. Ich versuche, sie mindestens einmal in der Woche miteinander spielen zu lassen. Meistens kontaktiere ich dazu das Kindermädchen.«

»Wenn es darum geht, ein Spieltreffen zu arrangieren?«, wollte Josie wissen. »Bringt nicht Amy Lucy?«

Zoey zuckte die Schultern. »Manchmal schon, aber nicht immer. Ich gehe mit meiner Tochter in den Park und treffe sie dann dort.«

Mettner runzelte die Stirn. »Einmal die Woche, sagten sie? Was macht das Kindermädchen, solange die Kleinen spielen?«

»Im Allgemeinen telefoniert sie. Wie die meisten Eltern. Ich meine, der Spielplatz ist ziemlich sicher ...« Sie brach ab und errötete. Stotternd fügte sie hinzu: »A...also ... das war er zumindest.«

»Schon gut«, beruhigte Josie sie. »Ich nehme an, mit ihren sieben Jahren muss man die Mädchen auf dem Spielplatz auch nicht die ganze Zeit beaufsichtigen.«

»Sie beschäftigen sich meistens selbst«, bestätigte Zoey. »Und sie wissen, dass wir da sind, wenn sie etwas brauchen oder hinfallen oder so etwas. Wir überlassen sie ja nicht völlig sich selbst. Wir stehen nur nicht bei jedem Zentimeter, den sie sich bewegen, hinter ihnen.«

»Natürlich. Sagen Sie, haben Sie je bemerkt, ob Lucy mit anderen Erwachsenen im Park geredet hat?«

Zoey dachte einen Augenblick nach. »Ich kann mich nicht erinnern. Möglich wäre es schon.«

»Ich habe gesehen, wie sie mit einem Erwachsenen geredet hat«, meldete sich Ingrid.

Alle blickten sie an. »Wann war das?«, wollte Mettner wissen.

»Vor ein paar Monaten – am fünften Januar. Wir haben mit meiner Tochter im Funplex-Spieleland in der Nähe des Einkaufszentrums Geburtstag gefeiert. Die Kleinen sind alle herumgelaufen. Lucy und ein paar andere Kids sind in den Halle mit den Spielautomaten und Videospielen gegangen. Amy wollte an einem der Wechselautomaten Marken für die Spiele kaufen und Lucy war auf der anderen Seite der Halle und hat Skee-Ball gespielt. Beim Vorbeigehen habe ich gesehen, wie ein Mann mit ihr geredet hat.«

»Das hast du uns nie erzählt«, sagte eine der Mütter.

Ingrid nahm einen Schluck von ihrem Wein. »Ich dachte nicht, dass es wichtig ist. Als ich nähergekommen bin, habe ich gesehen, dass er aus der Ballrückgabe einen Ball für sie herausgeholt hat. Er war eingeklemmt gewesen. Aber er ist nicht gleich weg, deshalb habe ich Lucy gerufen. Sie hat sich zu mir umgedreht und er ist gegangen.«

»Wie hat er ausgesehen?«, wollte Josie wissen.

»Er war jung, etwa Mitte zwanzig. Ein Weißer. Groß. Sein Haar konnte ich nicht sehen, weil er ein Cap aufhatte.«

»Was hatte er an?«, fragte Mettner.

»Normale Freizeitkleidung. Jeans und ein Sweatshirt. Ich habe mir wirklich nichts dabei gedacht.«

»Immerhin haben Sie sich eingeschaltet«, gab Josie zu bedenken.

Das Augenrollen von mindestens zwei der übrigen Frauen entging ihr nicht. »Ich habe mich nur ›eingeschaltet‹, weil Amy völlig ausflippt, wenn Lucy mit Leuten redet, die sie nicht kennt.«

Eine der anderen Mütter lachte. »Lucy darf nie etwas. Das arme Mädchen. Kein Wunder, dass sie keine Freundinnen hat.«

»Sei ruhig, Jaime, du bist betrunken«, ermahnte Zoey sie.

Jaime schwenkte ihr Glas so heftig in der Luft, dass der Inhalt herausschwappte. »Du weißt, dass es stimmt. Amy ist eine Helikoptermutter. Sie propellert *ständig* über ihrem Kind. Ein Wunder, dass sie überhaupt eine Nanny hat, so wie sie mit Lucy umgeht.« Sie sah sich im Zimmer um. »Colin ist nicht so schlimm, aber nur selten zu Hause. Sagt, hat Amy jemals Lucy einfach vor eurem Haus abgesetzt, damit sie mit euren Kindern spielen konnte? Hat sie Lucy schon einmal irgendwohin gehen lassen, wenn keine Eltern als Aufsicht dabei waren? Sind sie oder ihr Kindermädchen jemals *nicht* auf einem Schulausflug dabei gewesen?«

Eine Welle des Unbehagens durchlief den Raum. Die Frauen rutschten unruhig hin und her und vermieden es, sich in die Augen zu sehen.

»Sie ist also überfürsorglich?«, hakte Mettner nach.

»Mehr als das«, antwortete Ingrid. »Überfürsorglich sind wir alle. Amy ist ... Man hat den Eindruck, sie will nicht, dass überhaupt jemand in die Nähe von Lucy kommt, nicht einmal andere Kinder.«

»Man muss ihnen Gelegenheit geben, eine Beziehung zu anderen Kindern aufzubauen«, fügte Zoey hinzu. »Sich mit ihnen auszutauschen, ohne dass man sich in die kleinsten Kleinigkeiten einmischt. Überhaupt bringt Amy Lucy selten zu Spieltreffen. Eigentlich nur zu Geburtstagspartys.«

»Wird Lucy zu vielen Geburtstagspartys eingeladen?«, fragte Josie.

Eine der anderen Mütter lachte. »In diesem Alter werden alle eingeladen. Sogar die, die wir gar nicht einladen wollen.«

Mettner sah von seinem Smartphone auf. »Gehört Lucy zu den Mädchen, die man nicht einladen will?«

»O nein«, entgegnete Ingrid. »Lucy ist ein ganz liebes Mädchen. Sehr ruhig. Nur hält Amy sie so sehr an der kurzen Leine, dass sie nie so richtig Spaß hat. Außer wenn sie mit ihrem Kindermädchen kommt.«

»Ich glaube, sie ist sehr einsam«, fügte Zoey hinzu.

»Sie meinen Lucy?«, hakte Josie nach.

Alle Frauen nickten.

»Hat Lucy Probleme, Freundschaften zu schließen?«, wollte Mettner wissen.

»O nein«, stellte Jaime klar. »Wie Ingrid schon gesagt hat, sie ist das süßeste kleine Ding. Und bei allen Partys am bravsten. Da muss ich Amy in Schutz nehmen: Sie ist ein gut erzogenes, nettes kleines Mädchen. Ihre Mutter scheint zu Hause mit ›eiserner Faust‹ regieren.«

Die anderen Frauen kicherten. Josie runzelte die Stirn und Zoey fügte rasch hinzu: »Wir lachen, weil Amy viel zu nett ist, um irgendetwas mit ›eiserner Faust‹ zu machen.«

»Und Lucy schlägt nach ihr«, ergänzte Ingrid.

»Verbringen Sie viel Zeit mit Amy?«, fragte Josie.

Jaime rollte sogleich mit den Augen, woraufhin Zoey ihr mit dem Ellbogen in die Seite stieß und meinte: »Amy ist ein Buch mit sieben Siegeln. Sehr verschlossen. Ihr Mann? Sehr umgänglich, aber nie da.«

»Amy ist nett«, meinte auch Ingrid. »Sehr nett. Aber unnahbar. Unsere Kinder kennen sich schon seit der Krabbelgruppe. Deshalb sind auch wir so gut miteinander bekannt. Amy laden wir immer mit ein ...«

»Aber sie nimmt unsere Einladungen nie an«, fügte Jaime hinzu.

»Ich glaube, sie ist auch einsam«, mutmaßte Zoey.

»Ich habe das Gefühl, dass sie sich und Lucy isoliert«, meinte Ingrid nachdenklich, was die übrigen Mütter mit einem zustimmenden Nicken quittierten. »Und das, obwohl sie von

Haus aus schon ziemlich allein sind, weil Colin neunzig Prozent der Zeit nicht in der Stadt ist.«

»Wir wissen nicht einmal, was sie mit ihrer Zeit macht«, beklagte sich Jaime. »Ich meine, sie ist den ganzen Tag zu Hause und hat auch noch ein Kindermädchen. Wir wissen nicht einmal, ob sie Hobbys hat. Vielleicht hat sie ja eine Affäre.«

Ingrid lachte. »Also bitte, nicht Amy. Sie und Colin sind noch immer ineinander verliebt.«

»Wenn ich meinen Mann nur ein paar Tage im Monat sehen würde, wäre ich auch noch verliebt«, witzelte Zoey.

Alle am Küchentisch lachten. Josie hatte das Gefühl, dass das Gespräch in Klatsch abglitt, und meinte daher: »Würden Sie vielleicht einmal Ihre Kinder fragen, ob Lucy je erwähnt hat, dass sie mit anderen Erwachsenen außer ihren Eltern und ihrem Kindermädchen geredet hat oder zusammen war?«

»Natürlich«, murmelten die Frauen.

Josie verteilte Visitenkarten. »Meine Handynummer steht darauf. Bitte rufen Sie mich an. Jederzeit – Tag und Nacht.«

Zurück im Auto tippte Mettner noch immer eifrig in seine Notiz-App auf dem Smartphone. Als sie wegfuhren, meinte er: »Das hat nichts gebracht.«

Josie seufzte. »Zumindest nichts, was Colin oder Amy betrifft. Ich sehe nicht, wie die Eltern irgendetwas mit Lucys Entführung zu tun haben könnten. Wenn Lucy allerdings mit ihrem Kindermädchen unterwegs war, scheint es für einen Entführer genug Gelegenheiten gegeben zu haben, an Lucy heranzukommen und sie darauf vorzubereiten, ihren Eltern wegzulaufen.«

»Du denkst, dass der Typ, der ihr am Skee Ball-Gerät im Spielcland geholfen hat, sie entsprechend manipuliert hat?«, fragte Mettner. »Dass er die ganze Aktion geplant hat?«

»Ich habe nicht die leiseste Ahnung. Vielleicht rufst du im Spieleland an und findest heraus, wie lang sie dort die Überwachungsvideos speichern. Wenn es noch Material von damals gibt, bekommen wir vielleicht Aufzeichnungen von der Begegnung.«

Mettner tippte in sein Handy. »Da ist die Nummer«, sagte er, bevor er anrief. Josie hörte ihm zu, wie er mit dem Geschäftsführer des Funplex-Spiellands sprach. Nach mehreren Minuten sagte er: »Sie behalten die Filme der Videoüberwachung nur einen Monat lang? Gut. Ja. Trotzdem danke.« Er beendete das Gespräch.

»Noch eine Sackgasse«, murmelte Josie.

Zurück im Kommandozelt war Noah weiter damit beschäftigt, die Fotos und das Video noch einmal zu sichten, während Gretchen hinter ihm auf und ab ging und ihr Notizbuch durchblätterte. Josie und Mettner berichteten ihnen, was sie erfahren hatten, so wenig das auch war.

»Du denkst, jemand hat sich an sie herangemacht, während sie mit ihrem Kindermädchen unterwegs war oder Amy nicht aufgepasst hat?«, fragte Noah. »Um sie zu manipulieren? Sie zu überreden, dass sie ihren Eltern wegläuft?«

Josie nickte. »Ich denke, es sieht immer mehr danach aus.«

»Sie hat ein Sweatshirt aus dem Inneren der Säule geholt, es angezogen und sich von ihren Eltern entfernt. Eine Siebenjährige dazu zu bringen erfordert schon ziemlich viel Vorarbeit«, gab Gretchen zu bedenken.

»Soweit wir wissen, könnte der Kerl jedes Mal mit ihr geredet haben, während sie mit dem Kindermädchen im Park war«, entgegnete Mettner.

»Sie dort auf Kurs zu bringen wäre wohl das Naheliegendste«, fand auch Josie. »Es wäre sogar möglich, dass er irgendwann mit ihr Karussell gefahren ist, um ihr die Tür zu zeigen.«

»Vielleicht haben sie eine Art Zeichen ausgemacht«, ergänzte Noah. »Damit sie wusste, wann sie das Sweatshirt holen musste.«

»Dann hätte sie ihn sehen müssen, während sie gefahren

ist. Er hätte also dort sein müssen. Nehmen wir einmal an, sie hat ihn erkannt. Er hat ihr das Signal gegeben, sie ist vom Pferd gesprungen, hat die Säulentür geöffnet, das Sweatshirt herausgenommen und ist aus dem Park gelaufen«, sagte Gretchen.

»Ich habe mir den Film und die Fotos schon mindestens hundertmal angesehen. Da ist nichts, verdammt noch mal, gar nichts«, schimpfte Noah.

»Vielleicht gehen wir alles noch einmal durch«, schlug Mettner vor. »Niemand hat Lucy die ersten Dutzend Male im Video erkannt, als sie im Sweatshirt herumgelaufen ist. Nicht einmal die Eltern.«

Sie versammelten sich um den Laptop. Noah ging mit ihnen erneut jedes einzelne Foto und Video durch, das sie gespeichert hatten. Sie sahen das gesamte Material noch mehrmals an und befassten sich mit jedem Detail, entdeckten aber nichts Ungewöhnliches.

»Vielleicht sollten wir noch einmal einen Blick auf das Karussell werfen«, meinte Josie. »Aus Lucys Sicht.«

Sie gingen langsam, damit Noah mit ihnen Schritt halten konnte, obwohl er inzwischen mit seinen Krücken recht zügig unterwegs war. Er blieb vor dem Zaun stehen, stützte sich auf seine Krücken und sah ihnen aus der ungefähren Position zu, von der aus das Video aufgenommen worden war. Gretchen stand zwischen den beiden Pferden, auf denen Amy und Lucy gesessen hatten.

»Der Typ kann überall gewesen sein«, stellte Gretchen fest. »Das Karussell hat sich gedreht. Es gibt Bereiche des Parks, die auf keinem der Fotos oder Filme, die wir bekommen haben, zu sehen sind.«

Josie ging zum blauen Pferd, setzte sich darauf und blickte sich um. »Du hast recht.«

»Außerdem muss er sowieso schon außerhalb des Parks gewesen sein, als das Karussell anhielt«, warf Noah ein. »Denn aus dem Park ist sie ja hinausgelaufen, wenn man dem Hundeführer glauben darf.«

»Der Film bestätigt das auch«, fügte Gretchen hinzu.

Josie ging noch einmal den gleichen Weg, den auch Lucy gegangen war. Gretchen und Mettner folgten ihr. Sie entfernte sich vom blauen Pferd, ging wie Lucy bis zur Tür in der Säule und öffnete sie, bis Noah ihr zurief, zu stoppen. »Genau so. So sah es auch im Video aus«, rief er.

Die Tür war nur etwa fünfzehn Zentimeter weit auf. Das reichte, um hineinzugreifen und ein Sweatshirt vom Boden aufzuheben. »Deshalb hat vielleicht niemand gemerkt, dass die Tür aufging. Sie war nur einen Spalt weit geöffnet.«

»Gerade so weit, dass sie den Arm hineinstecken konnte«, pflichtete Mettner ihr bei.

»Sie muss schnell gewesen sein, denn nur Sekunden später ist sie auf der anderen Seite aufgetaucht und hatte das Sweatshirt angezogen«, fügte Josie hinzu. Gerade als sie die Tür wieder schließen wollte, fiel ihr etwas Buntes ins Auge. Sie erstarrte.

»Boss?«, fragte Mettner, der hinter ihr stand.

»Himmel«, murmelte Josie.

Mettner und Gretchen drängten sich neben sie. Langsam öffnete Josie die Tür ganz. »Was zum Teufel ...« Gretchen beendete den Satz nicht.

»Was ist los?« Mettner reckte den Hals.

Josie und Gretchen traten beiseite, damit er einen ungehinderten Blick in die Säule werfen konnte.

»Oh, verdammt«, stieß er aus.

In der Mitte des Säulenbodens lag Lucys farbenfroher, mit Pailletten besetzter Schmetterlingsrucksack.

DREIZEHN

»Nichts anfassen«, befahl Josie. »Ruf Hummel an. Weck ihn auf, wenn es sein muss. Er soll herkommen und sich noch einmal das Säuleninnere vornehmen.«

Gretchen erledigte den Anruf, während die anderen drei nach draußen zum Karussellzaun gingen, wo Noah stand. Als Josie ihm erzählte, was sie gefunden hatten, sagte er nur: »Der muss heute hineingelegt worden sein.«

»Ich weiß«, stimmte Josie ihm zu.

»Ziemlich mutig«, fügte Mettner hinzu.

»Das war wahrscheinlich nicht schwer«, entgegnete Josie. »Keiner hat sich heute um das Karussell gekümmert. Die Suchteams waren draußen unterwegs. Wir haben niemanden hier postiert, um das Karussell zu bewachen. Warum auch?«

Und Noah meinte: »Trotzdem ist er ein ziemliches Risiko eingegangen, wenn er den Rucksack hineingelegt hat, damit wir ihn finden. Was, wenn wir nicht wieder hergekommen wären? Das Karussell wäre wahrscheinlich noch ein paar Tage lang geschlossen geblieben. Und selbst danach muss das Bedienpersonal nicht unbedingt in die Säule, um es zu starten, oder?«

»Nein«, bestätigte Josie. »Der Bediener steuert alles von seiner kleinen Kabine aus.«

»Vielleicht hat der Entführer etwas in der Säule blockiert, damit der Bediener das Karussell nicht hätte starten können und nach drinnen hätte kriechen müssen«, mutmaßte Mettner. »Vorausgesetzt, er wollte, dass wir den Rucksack finden, wie Noah schon sagte.«

»Er wollte auf jeden Fall, dass wir ihn finden«, erwiderte Josie. »Da bin ich mir ganz sicher. Warum sollte er sonst das Risiko eingehen, hierher zurückzukommen, wo es von Leuten nur so wimmelt, und ihn hineinzulegen?«

»Der Boss hat recht«, stimmte Gretchen zu. »Ich rufe den Parkmanager an und lasse ihn herkommen. Er soll sich das Innere der Säule ansehen, nachdem Hummel durchgegangen ist, und uns sagen, ob etwas außer Betrieb ist.«

Sie ging weg, um den Anruf zu tätigen. Noah humpelte zum Zelt zurück, um sich zu setzen. Fünfzehn Minuten später traf Hummel mit Officer Jenny Chan, einem Mitglied der Spurensicherung, und ihrer kompletten Ausrüstung ein. Josie und Mettner blieben etwas abseits, warteten und sahen zu, wie die beiden das Innere der Säule und Lucys Rucksack untersuchten. Eine Stunde später versammelten sich alle um einen Tisch im Zelt. Hummel stellte eine braune Papiertasche darauf. Mit Handschuhen holte er den Schmetterlingsrucksack heraus und legte ihn auf den Tisch. »Wir konnten keine Spuren daran sichern. Keine Abdrücke natürlich, denn von diesem Stoff lassen sich keine nehmen. Aber auch keine DNA, nichts. Aber das wird euch interessieren.«

Er zog mehrere Gegenstände in Plastikbeuteln hervor und breitete sie auf dem Tisch aus: zwei winzige Spielzeug-Schmetterlingsraupen, Lipgloss mit Wassermelonengeschmack, einen Haargummi, einen winzigen Stoffmarienkäfer an einer Schlüsselkette und schließlich ein Blatt weißes Kopierpapier, auf dem etwas in blauer Tinte geschrieben stand. »Das war der Inhalt der Tasche«, erklärte Hummel. »Um sicher zu sein, dass er Lucy gehört, braucht ihr natürlich erst die Bestätigung der Eltern, aber angesichts der Umstände und dieser Nachricht bin ich mir hundertprozentig sicher, dass es ihr Rucksack ist.«

Josie lehnte sich über den Tisch und las die handschriftlichen Zeilen. Mit jedem Wort fröstelte es sie mehr.

Kleine Lucy fehlt euch sehr.
Kleine Lucy spielt nicht mehr.
Habt Geduld, dann seht ihr sie.
Geht nach Haus und jammert nie.
Wenn es klingelt, hebt schnell ab,
sonst kommt Lucy in ein Grab.

Mettner pfiff leise durch die Zähne. »Der Boss hatte recht.«

»Ich bringe das Papier ins Labor und lasse es auf Fingerabdrücke untersuchen«, erklärte Hummel.

Josie fotografierte das Geschriebene mit ihrem Smartphone. Das Herz schlug ihr bis zum Hals. Sie atmete tief durch. Neben sich hörte sie Gretchen sagen: »Das ist nicht typisch. Wer Kinder missbraucht, macht das aus egoistischen Motiven – in der Regel, um seine abartigen Triebe zu befriedigen.«

»Was willst du damit sagen?«, fragte Noah.

»Dass wir es mit einer Lösegelderpressung zu tun haben.«

»Ruf WYEP an und besorg das Filmmaterial, das heute für die Nachrichtensendung gedreht wurde«, bat ihn Josie. »Wenn wir Glück haben, haben sie den Kidnapper zufällig gefilmt, als er zum Karussell ging oder es verließ.«

»Oder gerade darauf war«, ergänzte Mettner.

»Außerdem müssen wir uns noch einmal wesentlich ausführlicher mit Amy und Colin unterhalten«, fügte Josie hinzu.

Draußen vor dem Zelt hörten sie mehrere große Fahrzeuge eintreffen. Josie und Gretchen sahen sich an und eilten hinaus.

Das FBI rückte mit einer ganzen Flotte großer Fahrzeuge an, darunter auch einem, das aussah wie ein aufgemotztes Wohnmobil, und einem Lieferwagen mit der Aufschrift »Spurensicherung«. Als sie in den Park fuhren und die Insassen alle ausstiegen, zählte Josie weit über zwei Dutzend Agenten. Ein großer, stämmiger Schwarzer marschierte mit grimmiger, entschlossener Miene über den Spielplatz. Als er bei ihnen war, streckte er Josie eine Hand entgegen. »Detective Quinn?«

Sie schüttelte seine Hand. »Ja, das bin ich. Das ist Detective Gretchen Palmer.«

Er schüttelte Gretchens Hand und stellte sich als Special Agent Ruben Oaks vom FBI-Soforteinsatzteam Kindesentführung vor. »Ich habe gehört, dass ein siebenjähriges Mädchen vermisst wird.«

Bei der Aussicht auf zusätzliche Kräfte und Ressourcen für die Suche nach Lucy verspürte Josie große Erleichterung. »Das stimmt«, bestätigte sie. »Und wir wissen inzwischen mit Sicherheit, dass sie entführt wurde. Bitte kommen Sie herein. Ich gebe Ihnen alle Informationen, die Sie brauchen.«

VIERZEHN

»Bitte«, flehte sie den Mann an. »Wir brauchen ein bisschen Wärme. Es ist hier drinnen zu kalt für ein Kind.«

»Halt's Maul«, herrschte er sie an. »Ständig meckerst du rum.«

»Dann nur eine weitere Decke. Bitte.«

Durch die geschlossene Tür hörte ich ein klatschendes Geräusch und gleich danach ihren Aufschrei. Ich machte mich darauf gefasst, dass er sie noch einmal schlug, aber es folgten schlurfende Schritte in Richtung Tür. Kaum war ich zum Bett gehuscht und hineingehüpft, stürzte sie schon in das Zimmer. Im Mondlicht, das durch das Fenster fiel, sah ich einen Tropfen Blut aus ihrem Mundwinkel rinnen. Sie wischte ihn mit dem Handrücken weg. »Unter die Decke«, befahl sie mir.

Ich schlüpfte unter die durchgescheuerte Decke, die wir uns teilen mussten, und sie kroch neben mich. Sie presste mich an ihren Körper. Bald spürte ich ihre Wärme auf meiner Haut. »Es tut mir leid«, murmelte sie.

Ich sagte nichts. Sie legte einen Arm um meine Brust und zog mich näher zu sich heran. »Eines Tages gehen wir weg von hier. Ich verspreche es dir«, flüsterte sie mir ins Ohr.

»Wohin?«, fragte ich, so leise ich konnte.

»Ich weiß nicht«, antwortete sie. »Nach Hause.«

Ich drehte den Kopf, bis ich ihren Atem auf meiner Wange spürte. »Nach Hause?«

»Ja. Wo es immer warm ist und wir genug zu essen haben. Wo so viel Spielzeug ist, wie du dir nur vorstellen kannst. Und Freunde, viele Freunde.«

»Müssen wir ihn mitnehmen?«

»Nein. Wir werden ihn nie wiedersehen.«

»Bleibst du immer bei mir?«

Sie gab mir einen Kuss auf die Stirn. »Immer. Wir werden nie mehr frieren und niemand wird uns mehr wehtun.«

»Ich will jetzt schon weggehen«, bat ich.

»Noch nicht«, flüsterte sie.

FÜNFZEHN

Das CARD-Sondereinsatzteam des FBI machte sich sofort an die Arbeit. Oaks beauftragte mehrere Agenten, sämtlichen registrierten Sexualstraftätern der Stadt einen Besuch abzustatten. Außerdem nahmen seine Leute das Blatt Papier, um es untersuchen zu lassen. Josie wusste, wenn es darauf Fingerabdrücke gab, würde das FBI-Labor die Ergebnisse wesentlich schneller liefern als die Kollegen in Denton oder die Staatspolizei. Josie gab Oaks die Namen aller Eltern, die sich auf dem Spielplatz aufgehalten hatten, als Lucy verschwunden war, woraufhin er ein Agententeam beauftragte, alle im Strafregister zu überprüfen und zusätzlich zu Hause aufzusuchen, um eventuell weitere sachdienliche Aussagen zu bekommen.

Oaks arbeitete effizient und sachlich. Er verteilte die Aufgaben schnell und souverän. Josie mochte ihn sofort. Als er die mobile FBI-Kommandozentrale eingerichtet und seine Agenten instruiert hatte, konnte Josie die meisten ihrer Leute sowie die Staatspolizisten und Hilfssheriffs nach Hause schicken, damit sie sich ausruhten. Nachdem alles geregelt war, wandte sich Oaks an Josie: »Sollen wir jetzt mit den Eltern reden?«

Mettner und Noah blieben zurück, um das FBI-Team in der mobilen Kommandozentrale nach Kräften zu unterstützen. Josie und Gretchen fuhren mit Oaks und einem kleinen Team in einem großen Chevy Suburban zwei Blocks weiter zum Haus von Lucys Eltern. Einer der Agenten saß am Steuer, während Oaks mit Josie und Gretchen auf dem Rücksitz Platz genommen hatte. »Was wissen wir über die Eltern?«, fragte er.

Gretchen nahm ihr Notizbuch heraus und ging ihre Aufzeichnungen während der Fahrt durch. Josie zeigte dem Fahrer den Weg. »Er arbeitet für ein großes Pharmaunternehmen. Quarmark. Ist viel unterwegs. Sie ist Hausfrau und Mutter.«

Josie holte ihr Handy heraus und schickte Trinity eine Nachricht:

Hast du etwas über Lucys Eltern in New York herausgefunden?

Zu Gretchen gewandt sagte sie: »Du hattest doch schon Gelegenheit, sie letzte Nacht ausführlicher zu befragen.«

Gretchen nickte. »Er ist achtundvierzig, sie vierundvierzig. Er stammt aus New York, sie aus Fulton, einer kleinen Stadt im Bundesstaat New York. Sie und ihre beiden Schwestern wuchsen bei einer alleinerziehenden Mutter auf. Ihre Mutter und eine der Schwestern starben bei einem Autounfall, als Amy zweiundzwanzig war. Mit ihrer anderen Schwester hat sie sich nie verstanden, deswegen ist sie nach New York gegangen und hat ihre Zelte in der alten Heimat komplett abgebrochen. Als sie Colin begegnete, war sie neunundzwanzig und arbeitete als Kellnerin. Sie gingen eine Weile miteinander und haben dann geheiratet. Colin bekam anschließend eine Stelle bei Quarmark. Sie sind aus New York in eine Kleinstadt in der Nähe des Hauptsitzes von Quarmark gezogen und haben dort ein paar Jahre gewohnt, bevor sie hierhergekommen sind. In ihrem jetzigen Haus leben sie seit fünf Jahren.«

Josies Smartphone piepste, als eine Textnachricht von Trinity eintraf.

Nichts Nennenswertes. Ich bleibe dran. Ruf dich später an.

»Hier ist es«, bedeutete Josie dem Fahrer, der daraufhin am Straßenrand hielt.

»Lucy ist ihr erstes und einziges Kind. Für beide ist es die erste Ehe und das erste Kind«, erklärte Gretchen.

Und Josie fügte hinzu: »Sie haben ein Kindermädchen, das gerade nicht in der Stadt ist. Einer unserer Leute hat schon vorab mit ihr geredet, aber wir denken, dass man sich noch ausführlicher mit ihr unterhalten sollte. Lucy geht in die erste Klasse. Auch mit ihrer Lehrerin sollten wir sprechen.«

Oaks nickte. »Wird erledigt. Sieht aus, als seien sie noch wach.«

Es war mitten in der Nacht, doch im Haus der Familie Ross, einem zweistöckigen Gebäude im Kolonialstil, brannte noch überall Licht. Auch die Beleuchtung am Eingang war eingeschaltet. Colin öffnete sofort. Er starrte sie an. Seine Augen wanderten von Josie und Gretchen zu den stattlichen FBI-Agenten hinter ihnen. »O Gott«, begrüßte er sie. »Gibt es was Neues? Haben Sie ... ist etwas passiert?«

»Es tut mir sehr leid, Mr und Mrs Ross«, begann Josie. »Wir haben Lucy noch nicht gefunden, sind aber ein Stück weitergekommen. Das ist Special Agent Ruben Oaks vom FBI und einige Mitarbeiter aus seinem Team. Sie sind hier, um uns zu unterstützen.«

»Bitte kommen Sie herein«, bat Colin sie.

Das Haus war einladend in cremigen Tönen mit pastellblauen Akzenten eingerichtet. Auf dem Weg zum Wohnzimmer versanken ihre Füße tief in einem dicken Teppich.

Eine lange, cremeweiße Couch beherrschte den Raum. In einer Ecke der Couch lagen zwei Barbiepuppen neben einer zusammengefalteten Decke mit Disney-Prinzessinnen darauf. Auf dem langen, wuchtigen Sofatisch aus Walnussholz befanden sich ein Saftkarton, einige Malbücher und Buntstifte. Neben der Couch stand ein verstellbarer Sessel in der gleichen Farbe. Die Beistelltische an beiden Enden der Couch trugen zwei zueinander passende Lampen mit einem Sockel aus hellblauen Keramikkrügen. In einer Ecke des Raums bemerkte Josie eine Holztruhe mit geöffnetem Deckel, die vor Spielsachen förmlich überquoll. An den Wänden hingen gerahmte Fotografien. Auf einigen war die gesamte Familie Ross, auf den meisten aber nur Lucy zu sehen. Allein anhand dieser Aufnahmen konnte Josie Lucys Entwicklung vom Kleinkind zu der lebhaften Siebenjährigen von gestern im Park nachvollziehen. Der gesamte Raum wirkte wie eine Umarmung. Josie fühlte sich hier sicher und geborgen. Gewiss war es Lucy nicht anders gegangen. Warum aber war sie dann weggelaufen? Wer hatte sie mitgenommen? Würden sie sie je zurückbekommen?

Josie schob alle Fragen und ihre Sorge über Lucys ungewisses Schicksal beiseite und konzentrierte sich auf die anstehende Arbeit. Oaks gab den Agenten, die ihn begleiteten, einen Wink. Erst jetzt bemerkte Josie, dass sie Koffer mitgebracht hatten, vermutlich elektronische Geräte. Sie würden die Smartphones beider Eltern für den Fall anzapfen, dass sich der Kidnapper meldete. »Meine Leute brauchen einen Platz, an dem sie ihre Ausrüstung aufstellen können«, erklärte Oaks. »Ich habe gerade gesehen, dass Sie dort so etwas wie einen Esstisch haben. Können wir den benutzen?«

»Ausrüstung aufstellen?«, fragte Amy. Ihre Stimme wurde mit jedem Ton schriller. »Was für eine Ausrüstung aufstellen?«

Josie hob beschwichtigend die Hand. »Ich erkläre es Ihnen gleich, aber je früher wir damit anfangen, desto besser. Ich bitte

Sie. Das geschieht alles zu Lucys Wohl, ich verspreche es Ihnen.«

»Okay«, stimmte Colin zu. »Legen Sie los.«

»Wir brauchen auch Ihre Smartphones«, erklärte ihnen Oaks. »Und die Zugangsdaten.«

»Sie machen mir Angst«, jammerte Amy.

Gretchen nahm ihren Notizblock und den Stift heraus und reichte beides Amy. »Wir wissen, dass Sie das beunruhigt, aber ich verspreche, wir erklären Ihnen alles gleich. Bitte schreiben Sie uns die Zugangscodes für Ihre Handys auf.«

Amy kritzelte ihren Code auf den Block und hielt ihn Colin hin. Seine Hand zitterte, als er seinen aufschrieb. Sie gaben ihre Smartphones Gretchen, die sie an einen von Oaks' Kollegen weiterreichte. »Das Display ist kaputt«, brummte Colin. »Aber Sie können es gern haben.«

Mit einem Nicken bedeutete Oaks Josie und Gretchen, alles Weitere zu übernehmen, denn sie hatten bereits eine Beziehung zu Colin und Amy aufgebaut. Gretchen informierte die Eltern über den aufgefundenen Rucksack, dann zeigte Josie ihnen Fotos von den Gegenständen, die sich darin befunden hatten – mit Ausnahme des Zettels. »Erkennen Sie das alles?«, wollte Josie wissen.

Beide starrten auf die Aufnahmen von den Raupen, dem Lipgloss, dem Haargummi und dem kleinen Stoffmarienkäfer. Zum Schluss deutete Amy auf das Bild. »Das ist ihr Lipgloss. Wassermelonengeschmack. Ich habe es ihr letzte Woche gekauft. Und das ist ihr Haargummi. Eigentlich war es meiner, aber ihr hat die Farbe gefallen. Deshalb hat sie mich gefragt, ob sie ihn haben kann, und ich habe ihn ihr gegeben.«

»Was ist mit den Spielsachen?«, fragte Josie.

Amy schüttelte den Kopf. »Nein, nein. Die gehören Lucy nicht.«

»Bist du sicher, Ame?«, hakte Colin nach.

Sie sah ihn böse an. »Natürlich bin ich mir sicher.«

»Woher soll sie die denn haben?«, fragte Colin. »Von wem hat sie sie bekommen?«

Bevor Amy antworten konnte, schaltete sich Gretchen ein. »Wir glauben, dass sie die Sachen möglicherweise von jemandem bekommen hat. Einem Erwachsenen.«

Colin wirkte verdutzt. »Von einem Erwachsenen? Wer soll das sein?«

Josie nahm ihr Smartphone wieder an sich und wischte über das Display, bis ein Foto des Zettels erschien. »Da ist noch etwas«, teilte sie ihnen mit. »Wir haben im Rucksack einen Zettel gefunden. Wir möchten, dass Sie ihn sich ansehen.«

»Einen Zettel? Was für einen Zettel?«, fragte Colin, als Amy Josies Handy nahm. Josie zögerte. »Es kann sein, dass das für Sie nicht ganz einfach ist«, warnte sie die beiden.

Und Gretchen fügte hinzu: »Wir müssen wissen, ob Sie die Handschrift erkennen.«

Amys Hände zitterten, als sie und Colin die Zeilen lasen. Colin wurde bleich. »Was ist das? Ich verstehe das nicht. Jemand hat sie mitgenommen?«

»Davon gehen wir aus«, antwortete Josie.

»Erkennen Sie die Handschrift?«, fragte Gretchen.

Amy schüttelte den Kopf. Auch Colin verneinte. »Kenne ich nicht«, erwiderte er. »Wer macht so etwas? Wer entführt unser kleines Mädchen?« Amy begann zu schluchzen. Colin legte einen Arm um ihre Schultern, aber sie sank tiefer und tiefer in die Couch. »Oh, mein Gott, jemand hat mein Baby«, schrie sie. »Jemand hat mein Baby.«

Ihr Gesicht, noch Sekunden vorher blass, färbte sich plötzlich rot. Mit jedem Satz wurde ihre Stimme schriller. Als sie die Hand ihres Mannes wegschob und aufsprang, befürchtete Josie, dass sie wie schon in der Nacht zuvor wieder die Kontrolle verlieren würde. Sie hätte es ihr nicht verübeln können. Josie dachte an den kleinen Harris und wie sehr sie ihn mochte. Sie wusste, wenn ihn je jemand entführen würde, wäre das für sie entsetzlich. Sie würde unvorstellbar leiden und daran zerbrechen.

Josie sprang auf, ging auf Amy zu und nahm schnell ihre Hände. »Mrs Ross«, beschwor sie Amy. »Bitte. Sehen Sie mich an.« Amy versuchte, sich loszuwinden, aber Josie hielt sie fest. »Bitte. Ich will, dass Sie ruhig bleiben. Es ist sehr wichtig. Wir müssen Ihnen Fragen stellen, die nur Sie beantworten können, verstehen Sie das? Das sind wichtige Fragen, die uns vielleicht helfen, Lucy zu finden. Können Sie mir helfen?«

Amy starrte Josie an. Sie biss die Zähne zusammen und stieß einen leisen, verzweifelten Laut aus. Josie konnte durch ihren Griff die Spannung in Amys Körper spüren. »Bitte«, beschwor Josie sie. »Ich weiß, dass das schwer ist. Ich weiß, dass Sie das Gefühl haben, das nicht auszuhalten, aber ich brauche Ihre Hilfe. So, wie Sie mir schon einmal im Zelt geholfen haben? Erinnern Sie sich?«

Amy nickte langsam.

»Gut. Sie kennen Lucy am besten, stimmt's?«,

»J...ja«, flüsterte Amy.

»Okay. Jetzt setzen wir uns und Sie und Ihr Mann können uns sofort helfen, indem Sie uns ein paar Fragen beantworten. Manche werden Ihnen vielleicht seltsam vorkommen, aber es ist wichtig, dass Sie alle beantworten. Können Sie das für mich tun? Für Lucy?«

Amy nickte und sank zurück auf die Couch, ließ Josies Hände aber nicht los. Die Knochen in Josies Fingern schmerzten. Josie hatte keine andere Wahl, als sich neben sie zu setzen.

Oaks trat herbei und bedeutete Colin, sich ebenfalls zu setzen. »Mr und Mrs Ross«, wandte er sich an sie, »haben Sie in letzter Zeit jemand Ungewöhnlichen in Ihrer Nähe beobachtet? Vor dem Haus, in Lucys Schule, als Sie unterwegs waren?«

»Ich bin viel auf Reisen«, antwortete Colin. »Deshalb wird Amy das besser wissen.«

»Nein, ich habe niemanden gesehen, der verdächtig oder

fehl am Platz wirkte. Aber an den meisten Nachmittagen kümmert sich unser Kindermädchen Jaclyn nach der Schule um Lucy. Sie sollten mit ihr reden.«

»Das machen wir«, versprach Oaks. »Wie lange arbeitet Jaclyn schon für Sie?«

»Drei Jahre«, antwortete Amy. »Sie ist Collegestudentin und sehr nett. Bald macht sie ihren Abschluss, dann hört sie höchstwahrscheinlich bei uns auf. Lucy mag sie sehr. Jaclyn ist absolut verantwortungsbewusst.«

Oaks sah Colin an. »Mr Ross?«

»O ja«, pflichtete er seiner Frau bei. »Jaclyn ist toll. Ein Geschenk des Himmels.«

»Könnte es theoretisch sein, dass Jaclyn Lucy aus irgendeinem Grund entführen will?«

»Was?«, fragte Amy ungläubig. »Nein, das ist absurd. Jaclyn würde nie ...«

Oaks deutete mit einer Hand in den Raum. »Sie haben ein hübsches Haus und ich nehme an, Sie sind finanziell nicht schlecht gestellt. Jaclyn könnte Unterstützung durch jemanden haben. Vielleicht hat sie eine Gelegenheit gewittert, Sie um etwas Geld zu erleichtern.«

»Nein«, war sich Amy sicher. »Jaclyn würde so etwas nie tun. Nie. Wir bezahlen sie gut. Vor zwei Jahren hatte sie ein paar Probleme mit der Wohnung und wir haben ihr die Kaution für ihr neues Zuhause geliehen. Das haben wir gern getan. Sie weiß, dass sie sich an uns wenden kann, wenn sie Probleme hat. Sie gehört fast schon zur Familie.«

»Amy hat recht«, pflichtete ihr Colin bei. »Ich weiß, Sie müssen in jede Richtung denken, aber ich glaube nicht, dass Jaclyn irgendetwas mit der Sache zu tun hat.«

»Hat Jaclyn einen festen Freund?«, wollte Oaks wissen. »Einen, von dem Sie wissen?«

»Nein, sie ist Single«, antwortete Amy. »Sie hatte in ihrem

ersten Jahr auf dem College einen Freund, aber seitdem ist sie solo.«

»Gut. Gibt es jemanden, der Grund haben könnte, Lucy zu entführen?«

»Nein«, war sich Colin sicher. »Niemand. Wirklich niemand.«

»Jemanden, mit dem Sie in letzter Zeit Probleme hatten? Einen Streit oder andere Konflikte?«

Colin schüttelte den Kopf. »Nein. Niemand.«

Amy räusperte sich. Josie fühlte, wie ihr Griff noch fester wurde. »Deine Arbeit, Colin«, sagte Amy.

Er sah seine Frau an. »Was?«

Amy wiederholte ihre Worte, diesmal lauter. »Deine Arbeit. Die Todesdrohungen.«

»Welche Todesdrohungen?«, hakte Josie nach.

Colin wandte sich an Amy und Josie. »Ach, das war nichts.«

Mit gehässiger Stimme stieß Amy hervor: »Nichts? Unsere Tochter ist weg, Colin. Wer kann einen Grund haben, uns unsere Kleine wegzunehmen? Wer? Du hast vor nicht einmal zwei Monaten Todesdrohungen bekommen.«

Wieder hakte Josie nach: »Was für Todesdrohungen, bitte?«

Mit einem tiefen Seufzer schlug Colin die Hände vor sein Gesicht.

»Er verantwortet die Bepreisung der Medikamente, die Quarmark auf den US-Markt bringt« erklärte Amy. »Er entscheidet also, wie viel man für sie bezahlen muss.«

Colin hob den Kopf. »Ich entscheide das nicht allein. Da steht ein ganzes Team dahinter. In die Medikamente wird unglaublich viel Forschungsarbeit gesteckt. Es ist nicht so, dass ich da einfach willkürlich ein Preisschild draufklebe.«

»Aber du leitest das Team«, entgegnete Amy. »Du gibst das endgültige Okay. Die Drohungen an Quarmark waren an dich gerichtet.«

»Das müssen wir auf jeden Fall näher untersuchen, Mr Ross«, schaltete sich Oaks ein.

»Haben sich Leute darüber aufgeregt, dass eines der neuen Medikamente von Quarmark zu teuer ist?«, erkundigte sich Gretchen.

Colin nickte.

»Welches Medikament?«, wollte Gretchen wissen.

Colin atmete erneut tief durch. Er fühlte sich sichtlich unwohl.

»Jetzt sag es ihnen doch«, verlangte Amy.

»Sie müssen verstehen, wie aufwendig die Entwicklung ist«, setzte Colin an.

Amy schnaubte verächtlich. »Versuch gar nicht erst, das zu rechtfertigen, Colin. Da gibt es nichts zu rechtfertigen und das weißt du.«

»Mein Unternehmen ist nun einmal gewinnorientiert. Wenn ich nicht dafür sorge, dass es Geld verdient, verliere ich meine Stelle.«

Amy stieß ihr Kinn nach vorn. Wieder drückte sie Josies Hand, als schöpfe sie daraus Kraft. »Es war ein Krebsmedikament. Bahnbrechend. Verhindert bei den meisten Krebsarten, dass sie metastasieren und sich ausbreiten. Kann Millionen Menschen retten oder wenigstens ihr Leben verlängern.«

»Wie viel verlangt Quarmark dafür?«, wollte Oaks wissen.

Es folgte eine lange Stille. Schließlich sagte Amy: »Colins Team legte den Preis auf fünfzehntausend Dollar monatlich fest. Die Versicherungen übernehmen einen beträchtlichen Teil davon, trotzdem müssen die Leute monatlich noch mehrere Tausend Dollar zuzahlen. Welcher Krebspatient hat schon Tausende Dollar für ein einziges Medikament herumliegen?«

»Ame«, versuchte Colin, sie zu beschwichtigen.

»Haben Sie Todesdrohungen erhalten, nachdem das Medikament auf den Markt gekommen ist?«, fragte Josie, um das Gespräch nicht abgleiten zu lassen.

»Nicht sofort«, erwiderte Colin. »Aber nach einigen Monaten fingen sie an.«

»*Du* hast sie bekommen«, stellte Amy klar.

»Ich habe die meisten bekommen. Es ist allgemein bekannt, dass ich die Abteilung für Preisgestaltung leite.«

»In welcher Form haben Sie diese Drohungen erhalten?«, fragte Gretchen.

»Manche per Post, manche als E-Mail«, antwortete Colin. »Alle wurden an mein Büro geschickt. Es ist ungefähr zwei Fahrstunden von hier. Ich bin die meiste Zeit unterwegs und selbst wenn ich im Unternehmen bin, muss ich nicht ständig im Büro sitzen. Aber ich habe sie nie zu Hause bekommen – nur auf der Arbeitsstelle.«

»Wo jemand wohnt, ist nicht schwer herauszufinden«, warf Josie ein.

»Haben Sie von diesen Drohungen Kopien?«, wollte Oaks wissen.

»In meinem Schreibtisch an meinem Arbeitsplatz. Ich bewahre von jeder Nachricht Kopien auf. Die Originalbriefe und alle E-Mails habe ich an unsere Rechtsabteilung weitergeleitet.«

»Warum bewahren Sie Kopien auf?«, hakte Gretchen nach.

Er zuckte die Schultern. »Nur für den Fall ... falls etwas passiert.«

»Wir brauchen sie«, sagte Oaks. »Ich schicke einen Agenten mit Ihnen mit, wenn wir hier fertig sind, damit er sie holt. Wir warten bis morgen früh. Dann ermitteln wir jede Person, die Sie oder Ihr Team bedroht hat, und statten ihr einen Besuch ab.«

Endlich lockerte Amy ihren Griff um Josies Finger. »Danke«, murmelte sie.

»Gut«, sagte Colin. »Aber ich denke, das ist schon sehr weit hergeholt. Warum sollte jemand, der sich über den Preis für ein Krebsmedikament ärgert, mein Kind entführen?«

»Was ist kostbarer als das eigene Leben?«, gab Josie zu bedenken. »Für einen Vater oder eine Mutter? Was zählt mehr als das eigene Leben?«

Colin antwortete nicht. Das musste er auch nicht. Sie alle kannten die Antwort. Man musste kein Vater und keine Mutter sein, um zu wissen, dass kaum etwas stärker war als die Bindung der Eltern zu ihrem Kind.

»Es gibt noch etwas, worum ich Sie bitten möchte. Es ist mehr oder weniger Routine. Natürlich können Sie ablehnen, aber ich hoffe dennoch, dass Sie damit einverstanden sind.«

»Und was wäre das?«, fragte Colin.

»Ich möchte, dass Sie sich beide einem Lügendetektortest unterziehen.«

»Was?«, keuchte Amy. Josie schrie fast auf, als Amys Griff um ihre Finger unerträglich fest wurde. »Warum denn? Denken Sie, dass wir das waren?«

»Nein«, entgegnete Oaks. »Aber es geht nicht darum, was ich denke. Es geht darum, eine eindeutige Ermittlungsrichtung zu finden. Bei fast allen Entführungsfällen befassen wir uns zunächst mit den Eltern. Indem wir sie ausschließen, können wir in andere, vielversprechendere Richtungen ermitteln.«

»Wir waren beide da«, erklärte Amy. Sie sah Josie an. »Sie waren auch da. Sie haben uns gesehen.«

»Das stimmt«, pflichtete Josie ihr bei. »Aber, Amy, das ist wirklich reine Routine. Sie machen den Test, Sie bestehen ihn und wir können ausschließen, dass Sie etwas mit Lucys Entführung zu tun haben.«

»Wie hätten wir sie denn entführen sollen?«, fuhr Amy fort. »Warum? Wieso sollte einer von uns die Entführung seines eigenen Kindes vortäuschen?«

»Genau«, schaltete sich Oaks ein. »Deshalb sollte es auch kein Problem sein, den Test zu machen.«

»Ist gut, Ame. Lass es uns einfach machen, okay?«, redete

Colin auf seine Frau ein. »Wir müssen uns darauf konzentrieren, Lucy zu finden.«

Amy sagte nichts, protestierte aber nicht weiter.

»Ich lasse den Detektor so bald wie möglich herkommen«, fuhr Oaks fort. »Nach dem, was auf dem Zettel aus Lucys Rucksack steht, glauben wir, dass der Kidnapper versuchen wird, mit Ihnen Kontakt aufzunehmen. Haben Sie einen Festnetzanschluss?«

»Nein«, antwortete Colin. »Nur Handys.«

»Heutzutage nichts Ungewöhnliches mehr«, stellte Oaks fest. »Mein Team baut gerade die Computer auf, damit wir alle auf Ihren Smartphones eingehenden Anrufe abfangen und zurückverfolgen können. Dazu müssen wir aber über die Rechtsabteilung Ihres Providers gehen. Sie müssen ein paar Einverständniserklärungen unterzeichnen.«

»Wird gemacht«, sagte Colin.

»Sehr gut. Wir möchten, dass Sie Anrufe ganz normal annehmen. Sorgen Sie dafür, dass die Handys immer geladen sind. Wir richten es so ein, dass wir alles hören, was Sie auch hören. Sie müssen wissen, das ist nicht wie im Fernsehen oder wie früher – Sie müssen den Kidnapper nicht eine bestimmte Zeit lang am Telefon hinhalten. Mit WLAN, IP-Adressen und unserer Software können wir jeden Anruf im Handumdrehen zurückverfolgen. Er geht ein, wir ermitteln, woher er kommt, wir schicken ein Team los. So läuft es ab.«

Colin und Amy nickten. Schließlich ließ Amy Josies Hände los.

»Wenn Sie nun bitte zu meinem Team in das andere Zimmer gehen würden, dann legen wir los«, schloss Oaks seine Ausführungen.

SECHZEHN

Als sie zur Kommandozentrale zurückkehrten, sahen sie bereits das erste Licht des neuen Tages am Horizont. Sie waren die ganze Nacht auf gewesen. Josie spürte eine bleierne Müdigkeit und den erschöpften Blicken von Gretchen, Noah und Mettner nach zu urteilen schien es allen anderen genauso zu gehen. Oaks rief sie im Zelt zusammen. Zu Josie gewandt sagte er: »Sie haben Zugang zu Amy Ross gefunden. Eine echte Verbindung. Haben Sie Kinder?«

»Nein«, antwortete Josie.

»Sie waren doch auf dem Spielplatz, als das alles passiert ist.«

»Ja. Ich habe auf den Sohn einer Freundin aufgepasst.«

»Gut. Ich möchte, dass Sie so oft wie möglich in der Nähe von Amy Ross sind.«

»Kein Problem«, sagte Josie.

»Außerdem kennen Ihre Leute die Stadt wesentlich besser als wir. Wenn ein Anruf vom Entführer eingeht, brauchen wir jemanden von Ihnen, der uns so schnell wie möglich dorthin bringt, von wo aus er angerufen hat.«

»Sie denken, dass er noch in der Gegend ist?«, fragte Gretchen.

»Sicher können wir natürlich nicht sein«, erwiderte Oaks, »aber wir sollten vorbereitet sein, falls sich herausstellt, dass er nicht weit weg ist.« Er machte eine kurze Pause und sah sie alle an. »Sie und Ihr Team können gern erst mal nach Hause gehen und sich ein wenig ausruhen. Wenn Sie nachher wiederkommen, informiere ich Sie über den neuesten Stand der Dinge. Bis dahin arbeiten meine Leute auf Hochtouren.«

Niemand widersprach. Alle waren viel zu müde dazu und überdies stand außer Frage, dass Oaks keineswegs die Absicht hatte, sie von den Ermittlungen auszuschließen, wenn er vorschlug, dass sie nach Hause gehen und ein paar Stunden schlafen sollten.

Nachdem Oaks all ihre Telefonnummern gespeichert hatte, ging Josie mit Noah zu ihrem Auto und fuhr heim. Mistys Auto war weg, doch drinnen sah es so aus, als seien sie und Harris noch im Haus. Mistys Hündchen Pepper schlief in der Ecke von Josies Couch, während Harris' Spielsachen auf dem Wohnzimmerboden verstreut lagen. »Pass auf, wo du hintrittst«, warnte Josie Noah.

»Ich gehe schnurstracks ins Bett«, sagte er, als er mit den Krücken in einer Hand die Treppen hochhüpfte und sich mit der anderen am Geländer festhielt.

»Ich komme auch gleich«, versprach Josie ihm und ging in die Küche, wo sie Trinity anrief.

»Bist du gerade aufgestanden?«, wollte Trinity wissen.

»Ich bin auf dem Weg ins Bett«, antwortete Josie.

»Es gibt Dinge, die ändern sich nie. Hast du was für mich?«

»Du weißt, dass ich dir über laufende Ermittlungen nichts sagen darf«, erwiderte Josie.

»Oh. Also steckt viel mehr dahinter, als man ursprünglich gedacht hat.«

»Das habe ich nicht gesagt.«

»Das musst du auch nicht. Wenn dieses Mädchen einfach nur weggelaufen wäre, würdest du sagen, dass es nichts Neues gibt. Worum geht es hier also? Um ein Sexualverbrechen?«

Josie blieb stumm.

»Kein Kindesmissbrauch?«

Josie sagte noch immer nichts.

»Dann ist es etwas anderes. Aber auf jeden Fall eine Entführung.«

Frustriert meinte Josie: »Wie machst du das bloß?«

Trinity lachte. »Egal. Ich weiß, dass du mir nichts sagen darfst. Deshalb sage ich dir, was ich herausgefunden habe. Colin Ross hat jahrzehntelang in New York gelebt, bevor er seine Frau kennenlernte. Anscheinend war er ein ziemlicher Frauenheld. Ich habe mit einigen seiner ehemaligen Freundinnen gesprochen – wenn man sie denn so nennen kann. Er hatte es nicht so mit festen Bindungen. Wenigstens nicht, bis er Amy traf.«

Das hörte Josie nun schon zum zweiten Mal. Eine Stimme in ihrem Hinterkopf fragte, ob es Colin nicht zu viel geworden war, eine Familie zu haben und für sie sorgen zu müssen. Hatte er veranlasst, dass Lucy irgendwie aus dem Weg geschafft wurde? Nein, das ergab keinen Sinn. Wenn dem so wäre, hätte man inzwischen ihre Leiche gefunden – und nicht eine Notiz, in der die Eltern aufgefordert wurden, auf einen Anruf des Entführers zu warten.

»Wie sieht es finanziell aus?«, wollte Josie wissen.

»Seine Eltern sind beide Professoren. Obere Mittelschicht, aber auf keinen Fall reich. Colin hat sein Masterstudium in Business Administration an der New York University mit mehreren Jobs finanziert. Gleich nach der Uni wurde er von Quarmark eingestellt und hat sich dort hochgearbeitet. Seit einigen Jahren leitet er dort die Abteilung für Preisgestaltung und bringt ein sechsstelliges Jahresgehalt nach Hause.«

Eine Entführung, um Lösegeld zu erpressen, wäre also

durchaus möglich, dachte Josie bei sich.

»Ich habe mit seiner Mutter geredet. Sie sagte, sie sei mit ihm in Kontakt, aber er habe sie gebeten, nicht nach Denton zu kommen. Sie sagt, sie komme mit Amy nicht klar. Ihrer Ansicht nach versucht Colins Frau ständig, ihn von allem und jedem fernzuhalten.«

»Hat Amy ihnen je den Kontakt mit Lucy verweigert?«, hakte Josie nach.

»Nein. Sie mögen sie zwar nicht besonders, aber Amy hat immer dafür gesorgt, dass sie ein gutes Verhältnis zu Lucy haben. Das hat mir Colins Mutter wenigstens erzählt.«

»Was ist mit Amy? Was Interessantes aus ihrer Vergangenheit?«, fragte Josie.

Trinity seufzte. »Nein. Ihr Leben ist so langweilig, wie der Tag lang ist. Sie hat sieben Jahre lang in New York gelebt, bevor sie Colin kennenlernte. Hat sich mit irgendwelchen Gelegenheitsjobs durchgeschlagen, meistens gekellnert. Gewohnt hat sie in einem kleinen, heruntergekommenen Apartment in Brooklyn, das sie gelegentlich mit Mitbewohnerinnen teilte. Ich konnte nur eine ausfindig machen. Sie wusste auch nichts Besonderes. Amy war nett, ruhig, zurückgezogen.«

Wenn man die Todesdrohungen und sein Geld in Betracht zog, erschien es am wahrscheinlichsten, dass Colin der Grund für Lucys Entführung war. Jemand wollte ihn bestrafen oder zumindest ordentlich schröpfen.

»Ich bleibe am Ball, denn ich habe aus verlässlicher Quelle erfahren, dass inzwischen sogar das FBI an der Sache dran ist«, fuhr Trinity fort. »Ich sollte dir eigentlich gar nicht sagen, was ich herausgefunden habe, weil du mir auch nichts sagst. Ich mache es trotzdem, weil du meine Schwester bist.«

»Und weil du ein guter Mensch bist«, fügte Josie hinzu. »Das Leben eines siebenjährigen Mädchens steht auf dem Spiel und das geht dir zu Herzen.«

»Mitgefühl wird überbewertet, meine liebe Schwester«, erwiderte Trinity.

»Lügnerin.«

Trinity lachte. »Bis bald.«

Josie legte auf und ging die Treppe hoch, wo sie Noah schon schnarchen hörte. Sie fiel neben ihm ins Bett. Minuten später spürte sie, wie Noah seine Hand in ihre schob. Ihre Finger verschränkten sich und sie schlief augenblicklich ein.

SIEBZEHN

Josie wachte auf, als sie Misty, Harris und Pepper im Erdgeschoss hörte. Sie sah auf ihr Handy, doch es gab nichts Neues. Lucy Ross war noch nicht gefunden worden und der Entführer hatte nicht angerufen. Noah bewegte sich neben ihr und legte seine Hand zu ihr herüber. Sie drehte sich zu ihm, drückte sich gegen seinen Körper und legte ihre Wange auf seine nackte Brust. Er zog sie noch enger an sich, seine Finger strichen durch ihr Haar. »Du hast Gäste«, erinnerte er sie.

»Ich weiß«, murmelte Josie. »Misty ist im Moment ziemlich durcheinander.«

»Denkst du, dass sie Kaffee gekocht hat?«

Josie lachte. »Ganz sicher. Sie hat ein zweijähriges Kind und einen Vollzeitjob, ist also chronisch übermüdet.«

»Du hast schon tagelang keinen Kaffee mehr getrunken«, stellte Noah fest.

»Was?«

Er küsste sie auf den Kopf. »Meinst du, ich habe es nicht gemerkt?«

»Dass ich keinen Kaffee getrunken habe?«

»Dass es dir nicht gut geht.«

»Das ist der Stress«, wich Josie aus. »Zuerst deine Mutter, dann der Fall und jetzt dieses kleine Mädchen.«

»Ziemlich heftig, nicht wahr? Das mit Lucy Ross.«

Josie spürte einen Kloß im Hals. »Ja.«

Er umarmte sie fest. Sie fühlte seinen Atem auf ihrer Stirn. »Dann machen wir uns mal an die Arbeit.«

Josie schickte Mettner und Gretchen eine Nachricht und fragte, wo sie seien. Beide hatten ebenso lange wie sie und Noah geschlafen, also fast den ganzen Tag, und versprachen, sie in einer halben Stunde in der mobilen Kommandozentrale zu treffen. Josie und Noah duschten und aßen rasch etwas. Misty hatte ihnen ein frühes Abendessen zubereitet. Es schmeckte so gut, dass Josie beinahe gefragt hätte, ob sie nicht auf Dauer einziehen wolle. Auf dem Weg zur Kommandozentrale schrieb Josie Oaks eine Nachricht. Oaks antwortete, dass er sie vor Ort über die neuesten Entwicklungen informieren werde.

Gretchen erschien mit Kaffee und Plunder, aber Josie brachte nur einen einzigen Käseplunder hinunter, dann wurde ihr wieder übel. Sie trank etwas Wasser, um ihren Magen zu beruhigen, während Oaks alles mit ihr durchsprach, was seine Leute inzwischen herausgefunden hatten.

»Die Notiz hat nichts ergeben. Keine Abdrücke. Sie wurde auf handelsübliches Kopierpapier geschrieben, das man in jedem Schreibwarenladen bekommt. Mit normaler blauer Tinte, wie sie in allen gängigen Kugelschreibern enthalten ist«, begann Oaks. Sie saßen zu viert an einem der Kartentische, während Oaks am Kopfende stand. »Wir haben mit dem Parkmanager gesprochen und ihn einen Blick ins Innere der Karussellsäule werfen lassen. Eine Stange, die mehrere Pferde bewegt, war blockiert worden.«

»Hätte man das Karussell also gestartet, hätte es ein Problem gegeben«, folgerte Josie.

»Genau«, pflichtete ihr Oaks bei. »Mehrere Pferde hätten sich während der Fahrt nicht auf und ab bewegt. Deshalb hätte jemand in die Säule steigen müssen und dort Lucys Rucksack gefunden.«

»Was ist mit den übrigen Ermittlungsrichtungen?«, fragte Josie.

»Die Sexualstraftäter haben wir überprüft«, fuhr Oaks fort. »Sie haben alle ein Alibi für die Zeit, in der Lucy verschwunden ist. Auch die Eltern, die sich im Park aufgehalten haben, wurden gecheckt. Alle sauber. Allerdings gibt es gegen Mr Ross vierundsiebzig Drohungen im Zusammenhang mit dem Krebsmedikament, von dem er uns letzte Nacht erzählt hat.«

»Das erscheint mir doch erheblich mehr, als er vorgegeben hat«, warf Gretchen ein.

»Wir glauben, dass er nur versucht hat, seine Frau nicht zu sehr zu beunruhigen«, entgegnete Oaks. »Die Rechtsabteilung von Quarmark hat die Drohungen bereits der örtlichen Polizei übergeben. Keiner der Absender scheint aktiv einen Mord oder Angriff auf Ross geplant zu haben. Mein Team hat bisher die Hälfte der vierundsiebzig Leute auf ihre Alibis zum Zeitpunkt der Entführung von Lucy überprüft. Die anderen sollten in den nächsten vierundzwanzig Stunden abgearbeitet sein.«

Josie war erleichtert. Ihre kleine Abteilung hätte Wochen für die Arbeit gebraucht, die das FBI in nicht einmal einem Tag erledigte.

Oaks fuhr fort. »Wir haben uns das Kindermädchen näher angesehen, aber sie kommt nicht infrage. Sie war, wie Ross schon angegeben hat, über das Wochenende bei ihrer Familie in Colorado. Die Reise hatte sie schon vor Monaten geplant. Wir haben keine Verbindung zwischen ihr und jemandem gefunden, der eine Entführung durchziehen könnte oder wollte. Sie hat uns erlaubt, ihr Apartment zu durchsuchen, und ihr Vermieter hat die Wohnung für uns geöffnet. Nichts Ungewöhnliches dort. Auch einige ihrer Freundinnen und Dozenten haben wir befragt. Nichts Verdächtiges. Sie sagte, sie würde sich melden, sobald sie zurück ist, was im Lauf des Tages der Fall sein sollte.«

»Was ist mit der Lehrerin der ersten Klasse?«, warf Josie ein.

»Sie ist sauber.«

»Hat eine der beiden gesehen, ob Lucy in den letzten Wochen oder Monaten mit jemandem geredet hat, den sie nicht kannten?«, fragte Josie.

»Nein, nichts. Wir haben uns auch die Telefonverbindungen beider Eltern angesehen und konnten nichts Auffälliges feststellen. Heute Morgen haben wir den Lügendetektortest mit ihnen gemacht. Der Vater hat ihn problemlos bestanden. Amy nicht.«

»Was?«, platzten Josie und Gretchen gleichzeitig heraus.

Oaks zuckte die Schultern und hob die Hände. »Diese Tests sind nicht hundertprozentig zuverlässig, vergessen Sie das nicht. Ob eine Person ihn besteht, hängt auch von ihrer Gefühlslage ab. Mrs Ross ist, wie Sie wissen, ziemlich instabil. Das Ergebnis kann durch den psychischen Ausnahmezustand, in dem sie sich befindet, verfälscht worden sein oder durch die Tatsache, dass sie ihren Mann angelogen und nicht, wie ihm gegenüber behauptet, online Lehrveranstaltungen am College belegt hat.«

»Hat sie das zugegeben?«, fragte Noah.

Oaks schüttelte den Kopf. »Nein, sie hat uns gesagt, dass sie Onlinekurse gebucht hat. Aber als wir ihren Computer gecheckt und bei der Universität nachgefragt haben, stellte sich heraus, dass sie sich nie eingeschrieben hat, obwohl sie vor mehr als einem Jahr angenommen worden war.«

»Und ihr Mann hat nicht gemerkt, dass die Studiengebühren nicht bezahlt wurden?«, wollte Gretchen wissen.

»Sie hat ein eigenes Konto, auf das ihr Mann einzahlt, aber auf das er keinen Zugriff hat.«

»So eine Art Taschengeldkonto?«, fragte Noah.

»Im Grunde genommen ja. Ihr Mann regelt die Finanzen, zahlt alle Rechnungen und gibt ihr Geld für Haushaltseinkäufe und alles, was sie für Lucy braucht. Das Konto ist nur für sie, wie es scheint. Er sagte, ursprünglich sei es für Wellness und Yogakurse gedacht gewesen, aber dann habe sie beschlossen, ein Studium anzufangen. Also hat er angefangen, mehr einzuzahlen. Er weiß nicht einmal, wie viel auf dem Konto ist.«

Gretchen hob eine Augenbraue. »Nicht schlecht.«

Oaks fuhr fort. »Der Mann hat uns Zugriff auf alles Finanzielle gewährt. Wir konnten keine Abbuchung von Studiengebühren von ihrem oder irgendeinem anderen Konto der beiden feststellen.«

»Haben Sie sie darauf angesprochen?«, fragte Josie.

»Nein. Wir möchten, dass Sie das tun. Sie scheint, wie ich schon sagte, ein gewisses Vertrauen zu Ihnen zu haben. Wir möchten, dass Sie so viel wie möglich bei ihr zu Hause sind, vor allem wenn ein Anruf vom Entführer kommt und sie hysterisch wird. Vielleicht erreichen Sie ja, dass sie sich öffnet. Bisher hat keine unserer Ermittlungen etwas Verdächtiges ergeben, aber der nicht bestandene Lügendetektortest ist eine Sache, die wir nicht einfach ignorieren können. Wenn sie Ihnen gegenüber zugibt, dass sie ihren Mann angelogen und gar keine Lehrveranstaltungen belegt hat, dann räumt sie vielleicht auch eine mögliche Beteiligung an Lucys Verschwinden ein.«

»Glauben Sie wirklich, das geht auf ihr Konto?«, hakte Josie nach.

»Ich weiß es nicht«, räumte Oaks ein. »Aber ich kann die Möglichkeit nicht ausschließen, so unwahrscheinlich sie auch ist.«

»Was hätte sie für einen Grund haben sollen?«, fragte Gretchen. »Sie führt das perfekte Leben. Reicher Ehemann, luxuriöses Haus, hübsches Töchterchen. Sogar ein Kindermädchen steht ihr zur Seite. Sie hat keinen Stress und kann den ganzen Tag tun und lassen, was sie will. Was hätte sie davon, die Entführung ihres eigenen Kindes zu inszenieren?«

Eine ganze Weile antwortete niemand. Dann meinte Mettner: »Vielleicht tickt sie nicht ganz richtig und kann es nur gut verbergen.«

»Ich glaube nicht, dass sie es war«, wandte Josie ein. »Aber es stimmt schon, wir können die Möglichkeit nicht ganz ausschließen, so unwahrscheinlich sie ist. Ich versuche, etwas aus ihr herauszubekommen.«

»Warum nehmen wir sie nicht einfach mit und verhören sie?«, fragte Mettner.

»Weil wir uns damit alle weiteren Möglichkeiten verbauen«, erklärte Gretchen ihm. »Sobald wir sie wie eine Verdächtige behandeln, besorgt sie sich einen Anwalt. Die Eltern werden uns ausschließen und wir kommen nicht mehr an Informationen, die Amy womöglich für uns hat und die uns helfen könnten, Lucy lebend zu finden.«

»Vielleicht müssen wir sie irgendwann trotzdem verhören«, meinte Josie. »Aber im Augenblick ist Lucy in Gefahr, deshalb denke ich, dass ein behutsames Vorgehen am besten ist.«

»Ich bin da ganz bei Detective Quinn«, schaltete sich Oaks ein. »Es muss auch jemand im Haus bleiben, falls sich der Entführer meldet und wir ihn in der näheren Umgebung ausfindig machen müssen. Wir brauchen jemanden, der diese Stadt in- und auswendig kennt. Detective Quinn ist dafür natürlich bestens geeignet, aber ich hätte gern noch jemand anderen in Reserve.« Er sah Gretchen an, aber diese deutete auf Mettner.

»Ich bin nur zugezogen«, erklärte sie. »Noah ist noch nicht

besonders gut zu Fuß mit seinem gebrochenen Bein. Aber Mettner ist hier aufgewachsen. Er ist die Idealbesetzung.«

Und Noah fügte hinzu: »Ich bin nicht besonders mobil, stehe aber für alles zur Verfügung, wofür ihr mich brauchen könnt.«

Oaks lächelte. »An die Arbeit. Es gibt viel zu tun.«

ACHTZEHN

Das Haus der Familie Ross wurde von FBI-Fahrzeugen und Pressewagen belagert. Im Esszimmer hatten zwei Agenten mit aufgeklappten Laptops den Tisch in Beschlag genommen und warteten auf den Anruf. Colin saß neben ihnen und war um etwas Smalltalk bemüht. Amy ging mit verschränkten Armen in der Küche auf und ab. In der Mitte des großen Raums stand ein alter, rustikaler Holztisch mit mehreren Töpfen darauf. Als Amy Josie sah, deutete sie darauf und meinte: »Die Nachbarn und ein paar Eltern aus Lucys Schule haben das vorbeigebracht. Ist das nicht nett?«

»Ja«, pflichtete ihr Josie bei. »Sehr aufmerksam.«

Eine Träne rollte über Amys Gesicht. Sie wischte sie weg. »Ich kann nichts essen. Sie?«

Josie musste an ihren empfindlichen Magen denken. Sie fragte sich, was die ständige Übelkeit zu bedeuten hatte, verdrängte den Gedanken aber und lächelte Amy müde an, bevor sie ein Stück weit in den Raum hineinging. »Ich kann bei großen Ermittlungen nie etwas essen.«

Amy blieb stehen und musterte Josies Gesicht. Ihre Mundwinkel fielen nach unten. »Ich war das mit Ihrem Gesicht, nicht wahr?«

Josie nickte. »Halb so wild. Ich habe schon Schlimmeres erlebt. Ich weiß ja, dass Sie es nicht so gemeint haben.«

»Manchmal ... verliere ich mich«, gestand Amy. »Als würde ich mich in meinen eigenen Gedanken verlaufen und nicht zurückfinden. Es ist mir schon jahrelang, ja, jahrzehntelang, nicht mehr passiert, wirklich. Nur ... mit dem hier werde ich nicht fertig. Lucy, sie ist mein Baby. Ich kann nicht mehr.« Ihre Schultern bebten, als sie krampfhaft versuchte, ihr Schluchzen zurückzuhalten. Josie ging um den Tisch herum und stellte sich vor sie.

»Mrs Ross.«

Amy schluckte. »Amy, bitte. Nennen Sie mich Amy.«

»Amy.«

»Colin hat meinen Arzt angerufen. Er hat mir Xanax verschrieben. Wussten Sie das?«

»Nein, das wusste ich nicht. Ich dachte mir aber, dass Sie etwas genommen haben. Ich denke, wenn es Ihnen hilft, Ihre Sinne beisammenzuhalten, ist das keine schlechte Idee.«

»Es dämpft den Schmerz nur«, erwiderte Amy. »Das ist alles. Oh, meine Lucy.« Ihre Stimme wurde leiser, als wollte sie Josie ein Geheimnis verraten. Josie neigte sich nach vorn, um sie zu verstehen. »Wissen Sie, was Männer mit kleinen Mädchen machen, wenn Sie sie mitnehmen?«

Josie spürte schon wieder Übelkeit aufsteigen. Sie versuchte, sie zu unterdrücken. »Ja, ich weiß.«

Amy nickte und drehte sich weg. Sie stützte sich mit beiden Händen auf den Rand des Spülbeckens und lehnte sich nach vorn. Von einem kleinen Fenster über dem Becken sah man in den Garten hinter dem Haus, in dem viel Spielzeug lag und ein großer, wie ein Baumhaus gestalteter Kletterturm herumstand. »Ich wusste, dass Sie es wissen. Ich sehe das. Hat man Ihnen gesagt, dass ich den Lügendetektortest nicht bestanden habe?«

»Ja.«

»Glauben die jetzt, dass ich es war? Dass ich ... dass ich meiner eigenen Tochter so etwas antun könnte?«

»Lügendetektoren sind nicht immer verlässlich«, erwiderte Josie. »Sie stehen unter enormem Stress. Das kann die Ergebnisse verfälscht haben.«

Amy blickte über die Schulter zur Tür, als wollte sie sich vergewissern, dass niemand zuhörte. »Ich habe meinen Mann angelogen. Ich habe ihm erzählt, dass ich studieren möchte, um einen Collegeabschluss zu machen. Ich habe alles in die Wege geleitet, was nötig war, habe mir ein Studienbuch besorgt, mich angemeldet, das blöde persönliche Essay für das Auswahlverfahren geschrieben und bin tatsächlich genommen worden. Aber dann habe ich den Mut verloren. Er denkt, ich habe Kurse besucht. Habe ich aber nicht.«

»Es gibt schlimmere Lügen«, beschwichtigte Josie sie. »Aber was machen Sie dann mit Ihrer Zeit? Wenn Lucy in der Schule ist?«

Amy seufzte. »Ich mache hier sauber. Sie würden staunen, wie viel Unordnung ein einziges siebenjähriges Mädchen anrichten kann. Manchmal gehe ich zum Yoga, manchmal einfach nur joggen. Dann bereite ich das Abendessen vor.«

Das reicht wohl kaum, um den Tag zu füllen, dachte Josie bei sich, bohrte aber nicht weiter nach. Stattdessen fragte sie: »Holt Ihr Kindermädchen Lucy von der Schule ab?«

»Ja. Jaclyn bringt sie nach Hause und beschäftigt sich mit ihr, während ich das Essen koche. Normalerweise hilft sie Lucy auch bei den Hausaufgaben. Meistens bleibt sie und isst mit uns. Mein Gott, ich habe noch nicht einmal mit ihr gesprochen, seit ... seit dem, was passiert ist. Sie besucht gerade ihre Familie. Ich muss sie unbedingt anrufen.«

»Mein Team und das FBI haben sich bereits mit ihr in Verbindung gesetzt«, sagte Josie. »Sie wollte heute zurückkommen. Das mit Lucy hat sie sehr mitgenommen. Ich bin sicher, sie ruft Sie an, sobald sie angekommen ist. Sagen Sie, warum haben Sie keine Kurse am College besucht? Oder wenigstens mit nur einem angefangen?«

Amy sah sie mit einem gequälten Lächeln an. »Ich bin nicht fürs Studieren gemacht, Detective.«

»Aber Sie haben es doch geschafft, aufgenommen zu werden«, wandte Josie ein. »Was wollten Sie denn studieren?«

Amy zuckte die Schultern. »Ich war mir nicht sicher. Zuerst musste ich noch gar kein Hauptfach angeben. Ich sollte nur mit den allgemeinbildenden Kursen beginnen. Aber das ist jetzt ganz egal, oder? Es hat keine Bedeutung mehr. Es zählt nur noch Lucy – und da habe ich versagt. Welche Mutter verliert ihre Tochter, die bei einer Karussellfahrt direkt neben ihr sitzt?«

Josie berührte Amys Schulter. »Das ist nicht Ihr Fehler. Das kann ich Ihnen mit Sicherheit sagen. Verschwenden Sie keine Zeit und Energie damit, sich selbst die Schuld zu geben.»

Amy schien nicht überzeugt, murmelte aber ein Danke.

Beide Frauen zuckten zusammen, als im Nebenraum ein Handy klingelte. Amy drückte sich vom Spülbecken weg und lief in das Esszimmer. Keiner der Agenten sah hoch, nicht einmal Oaks. Colin starrte nur auf die Tischmitte, wo Amys Smartphone bei jedem Vibrieren tanzte. Sie griff danach und hob es auf. »Es ist Jaclyn«, sagte sie.

Oaks hob die Hand. »Mrs Ross, wir warten auf einen Anruf des Entführers. Sie sollten die Leitung für den Fall freihalten, dass er sich meldet.«

Amy blickte unsicher auf das Display. Ihr Zeigefinger schwebte über dem Annehmen-Button.

»Geh nicht ran, Ame«, bat Colin sie. »Jaclyn wird dafür sicher Verständnis haben.«

»Auf dem Zettel des Entführers stand: ›Wenn es klingelt, hebt schnell ab‹«, entgegnete Amy. »Und jetzt klingelt es.«

»Wir können diese Nummer zuordnen«, erwiderte Oaks. »Sie gehört dem Kindermädchen, nicht dem Kidnapper.«

Das Handy hörte auf zu klingeln. Amy sah vom Display auf. Ihr Blick wanderte von Josie zu Oaks und wieder zurück. Eine lange, angespannte Stille durchdrang den Raum. Josie hörte die Wanduhr ticken und Reporter draußen reden.

Das Handy klingelte erneut. Wieder erschraken alle. Amy befingerte das Gerät nervös. »Es ist noch einmal Jaclyn.«

»Nicht rangehen«, beschwor Colin seine Frau.

Josie nahm das Handy und wischte über das Annehmsymbol. Sie nickte und gab es Amy, die es an ihr Ohr drückte. Als sie »Hallo« sagte, konnte man ihre Stimme aus einem kleinen Lautsprecher am anderen Ende des Tisches hören. Aber die Stimme, die ihr antwortete, war nicht die einer Frau. Am anderen Ende war nicht Jaclyn. Sie hörten eine Männerstimme – tief und kalt.

»Hallo, Amy.«

Es war, als sei plötzlich die gesamte Luft aus dem Zimmer entwichen. Colin sprang aus seinem Stuhl auf. Die beiden sitzenden Agenten begannen hektisch in ihre Laptops zu tippen. Oaks beugte sich in das Wohnzimmer und winkte Mettner herbei. Amy streckte Josie eine Hand hin. Josie ergriff sie.

»Wer ist da?«, fragte Amy.

Der Mann lachte. »Ich bin der Mann, auf den du gewartet hast. Du hast auf meinen Anruf gewartet, nicht wahr? Die Polizei hat dir gezeigt, was ich geschrieben habe, stimmt's?«

Amy sah Josie mit großen, unsicheren Augen an. Josie formte mit den Lippen die Worte: *Fragen Sie ihn nach Lucy.*

Amy nickte rasch und sagte: »Wo ist Lucy?«

Oaks und Mettner neigten sich über die Schulter eines Agenten und sahen auf den Bildschirm. Oaks las flüsternd die Adresse und Mettner meinte: »Wir können in zehn Minuten dort sein.«

»Wir waren heute schon einmal dort, nachdem das Kindermädchen uns die Erlaubnis erteilt hatte, ihr Apartment zu durchsuchen. Nehmen Sie die Einheit mit, die draußen wartet«, flüsterte Oaks Mettner zu, als dieser zur Tür hinausrannte.

Der Entführer am Telefon lachte. »O Amy. Du verstehst wirklich nicht, was hier abläuft, nicht wahr?«

»Wo ist meine Tochter?«, schrie Amy.

»Das kann ich dir nicht sagen«, erwiderte er. Als Josie die Schadenfreude in seiner Stimme hörte, stieg eine grenzenlose Wut in ihr hoch.

Colin trat neben seine Frau. Er streckte die Hand nach dem Handy aus, doch sie drehte sich weg, ließ Josies Hand los und ging in eine Ecke des Zimmers. »Was wollen Sie?«, fragte sie.

»Was ich will?«, wiederholte er. »Ich will wissen, wie sich das anfühlt.«

»Wie sich was anfühlt?«

»Komm schon, Amy. Wir wissen beide, wovon ich spreche.«

Amys Stimme war schrill. »Ich weiß nicht, wovon Sie sprechen. Ich möchte meine Tochter zurück. Geben Sie mir meine Tochter wieder.«

»Erst wenn du mir sagst, wie sich das anfühlt, Amy. Sag, wie *fühlt* es sich an?«

»Ich weiß nicht, wovon Sie reden. Sagen Sie mir einfach, was Sie wollen. Wir tun alles. Wir wollen nur Lucy wiederhaben. Bringen Sie sie mir einfach zurück.«

»Du weißt, dass ich das nicht kann, Amy.«

»Doch, das können Sie. Sagen Sie mir nur, was Sie verlangen, und Sie bekommen es.«

»Ich möchte, dass du wartest.«

Dann war die Verbindung unterbrochen.

NEUNZEHN

Oaks eilte aus dem Zimmer. Amy sank schluchzend zu Boden. Colin ging in die Knie und nahm seine Frau in die Arme. Er hielt sie fest und flüsterte ihr etwas ins Ohr. Es dauerte einen Augenblick, bis Josie verstand, was er sagte: »Es ist okay. Du hast das großartig gemacht. Wir können sie noch zurückbekommen.«

»Ich habe sie verloren«, weinte Amy. »Ich habe sie schon wieder verloren.«

»Nein«, widersprach Colin. »Du hast sie nicht verloren. Du hast ihn gefragt, was er will. Das sollten wir auch tun, erinnerst du dich? Ihn fragen, was er will. Du hast genau das gemacht, was du tun solltest.«

»Er will gar nichts«, sagte Amy.

»Es ist ein Spiel«, wandte Josie ein. »Er spielt irgendein krankes Spiel. Er wird wieder anrufen.«

Sie ging zu dem Agenten, mit dem Oaks und Mettner gesprochen hatten. Auf seinem Bildschirm war die Adresse eines kleinen Apartmentblocks in der Nähe der Universität zu sehen. Sie deutete auf den Monitor. »Ich fahre da hin.«

Der Agent nickte. »Es sind schon mehrere Teams dorthin unterwegs. Ich funke sie an und sage ihnen, dass Sie kommen.«

Draußen musste Josie durch einen Pulk von Reportern, um zu ihrem Auto zu gelangen. Sie fuhr in die Richtung davon, in der Jaclyn Underwoods Apartment lag. Amy und Colin waren sehr aufgeregt gewesen und hatten sich nur darauf konzentriert, Lucy zurückzubekommen. Deshalb war es ihnen gar nicht seltsam erschienen, dass der Entführer von Jaclyns Handy aus angerufen hatte – jener Jaclyn, die vom FBI bereits überprüft worden und erst vor wenigen Stunden nach Denton zurückgekehrt war. Wenn sie zurückgekehrt war.

Josies Herz pochte, als sie die Straße entlangfuhr, in der Jaclyn wohnte. Vor dem Komplex, einem zweigeschossigen wuchtigen Gebäude mit je zwölf Wohneinheiten pro Stockwerk, blockierten Einsatzfahrzeuge den Weg. Die Wohnungen unten hatte eine kleine Terrasse, die im oberen Stockwerk einen Balkon. Der Haupteingang befand sich in der Gebäudemitte. FBI-Agenten kamen und gingen, liefen zu ihren Fahrzeugen und wieder zurück zum Haus. Auch der Van der Spurensicherung war bereits da. Josie ließ ihren Blick über die Wohnungen im Erdgeschoss wandern, bis sie Mettner auf einem der Balkone am Ende des Gebäudes stehen sah.

»Mett«, rief sie und ging zu ihm hin.

Er drehte sich zu ihr. Seine bleiche Gesichtsfarbe verriet, dass genau das eingetreten war, was sie befürchtet hatte, als sie das Haus der Familie Ross verlassen hatte.

»Das Kindermädchen ist tot«, teilte ihr Mettner mit. »Er muss gerade erst weg sein. Wir lassen mehrere Einheiten die Straßen durchkämmen, während das FBI den Tatort untersucht.«

»Wo ist Oaks?«

»Drinnen. Geh durch den Haupteingang.«

Josie wies sich gegenüber dem Agenten am Eingang aus und

bemerkte die Überwachungskamera über der Tür. Drinnen ging sie einen kurzen Flur entlang und bog dann nach links ab. Am Ende des Flurs stand ein weiterer Agent mit einem Klemmbrett und daneben eine Agentin, die Schutzkleidung verteilte. Josie ließ sich einen Tyvek-Schutzanzug, eine Haube, Schuhüberzieher und Handschuhe geben und ging durch die Tür nach drinnen. Drei Agenten waren mit der Spurensicherung befasst. Sie machten Fotos, saugten Fasern auf und nahmen Fingerabdrücke. Das Apartment war klein, das Wohnzimmer gerade so groß, dass ein kleines Sofa für zwei Personen und ein Tischchen mit einem Fernseher darauf hineinpasste. Hinter dem TV-Gerät bewegten sich hauchdünne Vorhänge im Zug. Durch sie hindurch sah Josie Mettner draußen stehen. Sie ging näher und bemerkte, dass die Glasschiebetüren teilweise offen standen. Daneben ging es in die Küche. Sie bot kaum Platz für den Tisch und die Stühle darin. Josie wandte sich von der Küche ab und ging einen kleinen Flur entlang. Links lag das Badezimmer und gegenüber ein Zimmer mit Schreibtisch sowie mehreren Bücherregalen. Am Ende des Flurs stand Oaks vor einer Tür, die vermutlich zu Jaclyns Schlafzimmer führte. Als er sie kommen hörte, drehte er sich zu ihr. »Woher wussten Sie das?«, fragte er.

»Woher wusste ich was?«

»Dass es der Entführer war, der anrief.«

»Ich wusste es nicht«, erwiderte Josie. »Ich habe mich nur an die Botschaft auf dem Zettel gehalten. Kurz bevor der Anruf kam, erzählte mir Amy, dass sie ein schlechtes Gewissen hatte, weil sie noch nicht mit Jaclyn gesprochen hatte. Sie hat mir übrigens von den Kursen am College erzählt.«

»Das ist gut«, sagte Oaks. »Sie vertraut Ihnen.«

Er drehte seinen Körper in der Tür so, dass Josie vorbeikonnte. Sie blieb hinter der Schwelle stehen. Einer der FBI-Agenten fotografierte Jaclyn Underwoods Leiche, die mit dem Gesicht nach oben auf dem Bett lag. Neben ihrem Solarplexus klaffte eine etwa fünf Zentimeter lange Stichwunde. Soweit

Josie sehen konnte, war Jaclyn eine auffallend hübsche junge Frau mit olivbrauner Haut und langen dunklen Haaren gewesen. Ihr Gesicht war in einem Ausdruck der Überraschung erstarrt, ihre braunen Augen aufgerissen und glasig. Blut hatte ihre eng anliegende gelbe Baumwollbluse und die violette Bettdecke dunkel gefärbt. Neben der Leiche lag ein Handy.

»Er ist hergekommen und hat mit ihrem Handy Lucys Eltern angerufen«, stellte Oaks fest. »Dann hat er sie umgebracht.«

»Er hat Amy angerufen, um sie zu quälen«, erwiderte Josie. »Jetzt hat er nicht nur Lucy entführt, sondern auch noch jemanden getötet, der Amy nahestand – Amy hat dieses Mädchen sehr gemocht.«

Oaks schüttelte den Kopf. »Amy Ross tritt außerhalb ihres Hauses kaum in Erscheinung. Wir konnten keinen Hinweis darauf finden, dass jemand ein Interesse daran hat, ihr zu schaden. Keinerlei Anzeichen, dass sie mit jemandem Streit hat. Wir sind ihre Telefonverbindungen und E-Mails durchgegangen, haben mit Nachbarn und anderen Eltern in der Schule gesprochen. Sie sagen, dass sie distanziert wirkt. Aber niemand kann etwas Schlechtes über sie sagen. Sie hätte viel mehr unter Menschen sein müssen, um zu jemandem eine Beziehung zu entwickeln, die so persönlich gewesen wäre, dass sie schließlich in Hass und das Bedürfnis, sie derart zu quälen, umgeschlagen wäre.«

»Dann übersehen wir etwas«, entgegnete Josie.

»Vielleicht sollten wir ihren Mann näher unter die Lupe nehmen. Vielleicht versucht der Entführer, seiner Frau und Lucy wehzutun, um an ihn heranzukommen.«

»Auf jeden Fall ist er das wahrscheinlichere Ziel«, pflichtete Josie ihm bei. »Er ist durch seine Arbeit für Quarmark zu gewissem Wohlstand gelangt, außerdem hat es etliche Todesdrohungen gegen ihn gegeben. Das könnte mit den Preisen für die Medikamente zu tun haben. Überlegen Sie mal: Angehörige müssen hilflos zusehen, wie ihre Nächsten leiden und sterben, weil sie sich die Behandlung nicht leisten können, die sie bräuchten.«

»Und dieser Typ quält Colin, indem er seine Frau leiden und ihn im Unklaren lässt, ob es seiner Tochter gut geht oder nicht. Er muss dem langsamen Tod seiner Familie zusehen.«

Josie nickte. »Haben Sie die Tatwaffe gefunden?«

»Nein«, sagte Oaks. »Wahrscheinlich hat er sie mitgenommen.«

»Ist er durch die Glasschiebetüren in die Wohnung gelangt?«, wollte Josie wissen.

»Sieht so aus. Wir haben Blutstropfen auf dem Boden vor und hinter den Glastüren gefunden. Also muss er über diesen Weg verschwunden sein.«

»Am Haupteingang gibt es eine Kamera. Wir sollten das Bildmaterial auswerten.«

»Es gibt auch einen Hintereingang«, sagte Oaks.

»Ich kann zum Hausmeister gehen und sehen, was vorhanden ist«, bot Josie an.

»Das wäre großartig. Und ich schicke ein paar Agenten zu den anderen Bewohnern und Nachbarn.«

Josie sah sich ein letztes Mal im Zimmer um. Neben dem Bett lag Jaclyns Koffer geöffnet auf dem Boden. Auf der zusammengefalteten Kleidung sah sie einen Haartrockner und eine offene Kosmetiktasche liegen. Darin konnte sie Abdeckcreme und Puder-Make-up, Wimperntusche und einen Lippenstift erkennen. »Sie war wohl gerade am Auspacken«, folgerte sie. »Er ist hereingeschlichen und hat sie überrascht. Es muss ziemlich schnell gegangen sein. Er kam her, um sie zu töten, ihr Handy zu benutzen und das war's auch schon.«

»Wir haben es mit einem völlig skrupellosen Typen zu tun«, pflichtete ihr Oaks bei.

Josie ging zurück in den Flur. Sie warf noch einen Blick in das Schlafzimmer, das Jaclyn auch zum Arbeiten genutzt hatte.

Auf den Regalen stand ein Mix aus modernen Romanen und Lehrbüchern, die meisten davon zum Thema Architektur. Traurigkeit überkam Josie. Jaclyn Underwood würde keine Gebäude mehr planen. Sie würde nie ihren Abschluss machen, nachdem sie so hart dafür gearbeitet hatte, würde nie heiraten oder eigene Kinder haben. Da war so viel ungelebtes Leben, das verloren gegangen war. Gerade bei jungen Opfern gelang es Josie kaum je, professionelle Distanz zu wahren, wenngleich sie nie zeigte, wie nah ihr das ging. Jaclyn Underwood würde Josie wie so viele andere noch über Jahre in ihren Albträumen heimsuchen. Noch schwerer wurde ihr ums Herz bei dem Gedanken, dass es vermutlich ihre Aufgabe sein würde, Amy die schreckliche Nachricht von Jaclyns Ermordung zu überbringen. Sie wollte sich gerade umdrehen und aus dem Zimmer gehen, als sie einen Teil eines Gegenstands bemerkte, der unter Jaclyns Schreibtisch hervorlugte.

Sie ging auf Hände und Knie, um einen genaueren Blick unter den Tisch zu werfen. Da lag eine Puderdose ähnlich wie die, die Jaclyn in ihrem Koffer gehabt hatte, allerdings eine wesentlich teurere Marke und außerdem in der Schattierung Ivory Nude. Josie stand auf und sah sich nun etwas genauer im Zimmer um. Sie öffnete den Schrank, der vollgestopft war mit Sportsachen – einer Yogamatte, einem tragbaren Stepper, Fitnessbändern und kleinen Hanteln. Von der Stange hingen Kleider und im Fach darüber lagen ein paar Schuhkartons und ein Kissen. Josie stellte sich auf die Zehenspitzen, um zu sehen, ob der Kissenbezug die gleiche Farbe hatte wie Jaclyns Bettwäsche. Sie ließ alles, wie es war, damit es fotografiert werden konnte, und ging durch den Flur ins Badezimmer. Rechts neben dem Waschbecken stand der Zahnbürstenhalter aus glänzendem Chrom. Er hatte oben vier Löcher für die Bürsten, die erwartungsgemäß leer waren, da Jaclyn das Wochenende in Colorado verbracht hatte und nicht mehr dazu gekommen war, ihre Toiletten- und Kosmetikartikel auszupacken. Josie nahm die leeren Bürstenlöcher im Halter gründlicher in Augenschein und sah genau das, was sie erwartet hatte.

»Oaks«, rief sie. »Kommen Sie mal?«

Oaks zwängte sich neben sie in das Bad.

Josie deutete auf den Halter. »Was sehen Sie?«

Oaks hob verwundert eine Augenbraue, warf aber einen Blick darauf. »Ich sehe den Zahnbürstenhalter einer Studentin, der von seiner Besitzerin anscheinend schon monatelang nicht mehr gereinigt wurde.«

Er hatte recht. Es musste eine ganze Weile gedauert haben, bis sich die weißlich grüne Kruste am Rand der Halterung gebildet hatte.

»Aber da sind zwei benutzt worden«, fügte er hinzu.

»Exakt.«

Eines der Löcher war stark verkrustet, das andere dagegen nur leicht verschmutzt. Trotzdem sah man deutlich, dass hier noch jemand seine Zahnbürste stecken gehabt hatte, wenn auch nicht so lange. »Unter dem Schreibtisch liegt eine Puderdose«, teilte sie ihm mit.

»Eine Puderdose?«

»Puder-Make-up«, erklärte Josie. »Kosmetik. Sie wissen schon, die kleinen runden Dinger, die man aufklappen kann. Mit einem Spiegel auf der Innenseite des Deckels und hautfarbenem Puder in der Schale.«

Oaks lachte. »Okay, schon verstanden. Ja, und?«

»Sie gehört nicht Jaclyn.«

»Woher wissen Sie das?«

»Weil die von Jaclyn noch in ihrem Koffer ist.«

»Vielleicht hatte sie zwei«, mutmaßte Oaks. »Wie viele haben Sie?«

Josie lächelte. »Zwei. Aber die meinen haben dieselbe Farbe und sind die gleiche Marke. Kommen Sie mit.«

Oaks ließ sie vorbei und folgte ihr zurück ins Schlafzimmer.

Sie kniete sich neben den offenen Koffer. »Ist er schon fotografiert worden?«, fragte sie.

»Ja«, antwortete der FBI-Agent am anderen Ende des Zimmers. Er nahm gerade Fingerabdrücke.

Vorsichtig hob Josie die Dose gerade so weit hoch, dass sie die Marke und Farbschattierung auf der Unterseite lesen konnte. »Revlon ColorStay. Medium Deep. Kostet in der Drogerie bei uns ungefähr zehn Dollar. Sehen Sie sich Jaclyns Haut an. Sie ist nicht hell, sondern olivbraun.«

»Ich bin ganz Ohr«, sagte Oaks.

Sie führte ihn in das Studierzimmer und deutete auf den Boden unter dem Schreibtisch. »Sie können nachsehen, aber das habe ich bereits getan. Estée Lauder. Ivory Nude. Kostet rund vierzig Dollar und wird in teuren Kaufhäusern verkauft. Jaclyn war Studentin. Studentinnen geben keine vierzig Dollar für Puder aus. Sie gehen in die Billigdrogerie um die Ecke.«

»Woher wollen Sie das wissen?«

»Weil ich auch schon Make-up gekauft habe. Und als ich studiert habe, waren zehn Dollar für Kosmetik viel Geld. Aber ganz gleich, wo man sein Make-up kauft oder wie viel Geld man dafür ausgibt: Man kauft nie eines, das nicht zum Hauttyp passt. Das können Sie ruhig googeln. Der Ton Ivory Nude, helles Elfenbein, ist meilenweit von Medium Deep, mitteldunkel, entfernt. Das war nicht ihre Puderdose. Ich denke, dass sie jemandem heruntergefallen ist und zufällig unter den Schreibtisch gestoßen wurde oder so etwas. Wem sie auch gehört hat, diejenige hat vermutlich nicht einmal gemerkt, dass sie das Ding verloren hat.«

»Jaclyn hatte Freundinnen. Es könnte einer von ihnen gehören.«

Josie nickte. »Möglich. Vielleicht gibt es für all das eine ganz natürliche Erklärung.« Sie ging zum Schrank, öffnete die Tür und deutete auf das Kissen im oberen Fach. »Dieses Kissen stammt aus ihrem Bett. Auf dem liegen im Moment drei Kissen, alle mit passendem Bezug. Wie dieser. Warum ist dieses Kissen hier drinnen?«

»Jemand hat bei ihr übernachtet.«

»Genau. Vielleicht nicht lange, aber immerhin so lange, dass sie oder er die Zahnbürste im Bad hatte. Was darauf hindeutet, dass es nicht bloß eine Freundin war, die sich mal eine Nacht oder ein Wochenende hier einquartiert hat.«

»Sie hat meinen Leuten gesagt, dass sie keine Zimmergenossen und in letzter Zeit auch keine Besucher hatte.«

»Haben die sie gefragt, was sie mit ›in letzter Zeit‹ meinte?«

Oaks seufzte. »Ich gehe mal telefonieren.«

ZWANZIG

Josie machte den Hausmeister ausfindig und sah sich alle Aufnahmen der Überwachungskameras an, die im und außerhalb des Gebäudes installiert waren. Die Außenkamera am Vordereingang hatte Jaclyn gefilmt, als sie vor zwei Stunden angekommen war. Man sah, wie sie ihren Koffer hinter sich herzog und das Gebäude betrat. Auch die Kamera im Foyer hatte sie erfasst. Zwischen ihrer Ankunft und der des FBI hatte nur noch eine einzige weitere Person das Gebäude betreten. Der Hausmeister identifizierte sie als Mieterin, die im oberen Stockwerk wohnte. Die Außenkamera hinter dem Haus hatte niemanden beim Betreten oder Verlassen des Gebäudes gefilmt. Josie bat den Hausmeister um eine Kopie der Aufnahmen, obwohl sich daraus lediglich der Schluss ziehen ließ, dass der Entführer beziehungsweise Mörder clever genug gewesen war, die Örtlichkeit gründlich auszuspionieren, und durch die Glasschiebetüren gekommen und wieder gegangen war, um nicht von den Kameras erfasst zu werden.

Vor dem Gebäude traf Josie Oaks, übergab ihm das Filmmaterial und informierte ihn über das wenige, was sie herausgefunden hatte.

»Ich habe mit dem Agenten gesprochen, der Ms. Underwood am Telefon befragt hat«, erklärte er. »Er wollte von ihr wissen, ob sie in den letzten Wochen Besuch gehabt habe, was sie verneinte. Ich habe schon ein paar Agenten losgeschickt, damit sie ihre Freundinnen und Nachbarn befragen und herausfinden, wer in den letzten sechs Monaten möglicherweise bei ihr übernachtet hat. Wir untersuchen die Puderdose auf Fingerabdrücke und sehen, ob wir DNA-Spuren daran finden. Auch das Kissen nehmen wir sicherheitshalber unter die Lupe. Glauben Sie, dass die unbekannte Besucherin etwas mit Lucys Verschwinden zu tun haben könnte?«

»Ich glaube, dass diese Entführung von langer Hand geplant wurde«, erwiderte Josie. »Lucy muss gut vorbereitet worden sein. Ich weiß nicht, wie, von wem oder wann. Aber auf jeden Fall sind die einzigen Erwachsenen, mit denen sie regelmäßig Kontakt hatte, ihre Eltern, das Kindermädchen und die Lehrerin. Aber die kommen alle nicht infrage.«

»Sieht man einmal von Amy ab«, wandte Oaks ein. »Sie hat den Test nicht bestanden.«

»Sie sagten selbst, dass das nicht unbedingt etwas zu bedeuten hat«, erinnerte ihn Josie.

Oaks nickte. »Ich weiß, ich weiß. Ich bin auch nicht so recht überzeugt, dass die Mutter etwas damit zu tun hat. Aber der Entführer muss Unterstützung gehabt haben, darüber sind wir uns einig, oder?«

Josie nickte. »Ja, auf jeden Fall. Und einen genauen Einblick in das Leben und den Alltag einer Familie bekommt man am besten, wenn man sich an das Kindermädchen heranmacht.«

»Wir werden sehen, ob sich daraus etwas ergibt, sobald alle Spuren gesichert und ausgewertet sind«, meinte Oaks. Er sah zur Straße, wo gerade Dr. Anya Feist, die Gerichtsmedizinerin von Denton, aus ihrem Pick-up stieg und mit genervter Miene zum Eingang marschierte. Josie winkte ihr zu und sie blieb stehen. Sie runzelte die Stirn, deutete auf Josie und formte mit den Lippen die Worte: *Was ist mit deinem Gesicht passiert?* Josie antwortete ebenso stumm: *Mach dir keine Sorgen,* bevor Feist im Gebäude verschwand.

»Ich fahre zum Haus der Familie Ross zurück«, sagte Josie, obwohl ihr eine Aufgabe bevorstand, die schwer auf ihren Schultern lastete.

EINUNDZWANZIG

Amy nahm die Nachricht von Jaclyns Ermordung genauso auf, wie Josie es erwartete hatte: In ihrem Schmerz sackte sie zu einem Häufchen Elend auf dem Esszimmerboden zusammen. Sie streckte sich nach Josie, die sich neben sie setzte und sie festhielt. Colin hatte die Nachricht mit fassungslosem Schweigen aufgenommen, aber mit jeder Sekunde wurden die Furchen in seinem Gesicht vor Anspannung tiefer. Josie konnte sehen, wie er seine Zähne zusammenbiss. Während sie versuchte, Amy wieder zu beruhigen, verließ er den Raum und kehrte einen Augenblick später mit einem Glas Wasser und einer Xanax-Tablette zurück.

Er hielt beides Amy hin und brummte unwirsch: »Nimm.«

Amy schluckte die Tablette. Anschließend half ihr Josie auf und brachte sie zu einem der Esszimmerstühle. Colin tigerte um den Tisch herum, während die FBI-Agenten im Raum mit aufgesetzten Kopfhörern in ihre Laptops tippten. Josie wusste nicht, ob sie etwas über ihre Kopfhörer empfingen oder sie nur trugen, um nicht mitanhören zu müssen, wie eine trauernde Frau zusammenbrach.

Josie wollte Amy ein paar Fragen stellen, ließ ihr jedoch

noch ein paar Minuten Zeit, in der Hoffnung, dass das Xanax den Schmerz der schrecklichen Nachricht wenigstens eine Weile dämpfen würde. Als ihr Blick trübe und leer wurde, begann Josie: »Ich weiß, dass das die denkbar schlechteste Zeit ist, aber ich muss ein paar Fragen stellen.«

»Natürlich müssen Sie das«, mischte sich Colin ein. »Fragen und immer neue Fragen. Ich habe auch eine Frage: Wo ist meine Tochter, verdammt noch mal?«

»Wir tun alles Erdenkliche, um Lucy zu finden«, erwiderte Josie.

»Und dabei stellen Sie sich erbärmlich an. Na los, stellen Sie schon Ihre Fragen.«

Josie wandte sich an Amy. »Hat Jaclyn, bevor sie weggefahren ist, je erwähnt, dass sie in ihrem Apartment einen Gast hatte?«

Amy schüttelte den Kopf. »Nein.«

»Hat Jaclyn Lucy je mit in ihre Wohnung genommen?«

»Nein. Nach der Schule sind sie hierher gekommen. Manchmal ist Jaclyn vorher noch mit Lucy zum Spielplatz, meistens aber gleich mit ihr nach Hause.«

»Hat Lucy Ihres Wissens je Freunde oder Freundinnen von Jaclyn getroffen?«

Wieder verneinte Amy. »Nein, nicht dass ich wüsste. Jaclyn hat sie von der Schule abgeholt und hierhergebracht. Manchmal, wenn Lucy ihre Hausaufgaben vor dem Abendessen fertig hatte und schönes Wetter war, sind sie noch zusammen zum Spielplatz gegangen.«

»War Jaclyn Ihrer Meinung nach aufmerksam? Behielt sie Lucy ständig im Auge oder setzte sie sich lieber auf eine Bank und beschäftigte sich mit ihrem Smartphone, bis Lucy fertig mit Spielen war?«

»Wenn ich sie zusammen gesehen habe, war sie aufmerksam«, antwortete Amy. »Natürlich weiß ich nicht, wie sie war, wenn sie mit Lucy allein im Park war. Ich nehme an, dass sie wie sonst auch mit ihr gespielt und sich um sie gekümmert hat.«

»Aber du weißt es nicht sicher«, warf Colin mit leiser Stimme und gereiztem Ton ein. In seiner Stimme war eine Kälte, die Josie bisher noch nicht bemerkt hatte.

Amy folgte ihm mit ihrem Blick, während er am anderen Ende des Raums hinter dem Tisch hin und her lief. »Was?«, fragte sie.

Colin deutete auf sie. »Du hast unsere Tochter jeden Tag mit einer Fremden allein gelassen. Du hast sie mit einer Fremden weggehen lassen und du hast keine Ahnung, wie diese Frau sie behandelt hat.«

»Wovon redest du? Jaclyn war keine Fremde«, widersprach Amy. »Jaclyn war unser Kindermädchen.«

»Ja«, stieß Colin hervor. »Du musstest ja unbedingt ein Kindermädchen haben, oder?«

»Colin, ich ...«

»Du und deine verfluchte Angst. Du wolltest unbedingt eine Nanny, weil du es nicht geschafft hast, dich in den zwei Stunden zwischen Schule und Abendessen mit deinem eigenen verdammten Kind zu beschäftigen, nicht wahr?«

Amy legte die Hände auf die Brust und sah völlig perplex aus.

Colin wanderte weiter hin und her. Seine Bewegungen wurden immer hektischer. Er deutete mit dem Finger auf sie. »Der Mord an ihr geht auf dein Konto, das ist dir schon klar, oder?«

Josie stand auf und ermahnte ihn mit warnendem Ton. »Mr Ross.«

Er ignorierte sie und redete weiter. Seine Worte trafen Amy wie durch den Raum geworfene Messer direkt ins Herz. »Du hast partout ein Kindermädchen gebraucht. Und wegen dir ist sie jetzt tot. Wie alt war sie, Ame? Zwanzig? Einundzwanzig? Ich wette, ihre Familie wünscht, sie wäre uns nie begegnet. Sie hätte in einem Restaurant oder als Rettungsschwimmerin oder als irgendetwas anderes arbeiten können. Aber sie war hier und hat das gemacht, was du hättest machen sollen. Und jetzt ist sie tot.«

»Ich habe Jaclyn sehr gemocht«, wehrte sich Amy. »Ich wollte sie nie in Gefahr bringen.«

»Hast du aber.«

»Was? Wie hätte ich denn ahnen können, dass uns jemand Lucy wegnimmt? Wie sollte ich wissen, dass dieses kranke Schwein Jaclyn etwas antun würde?«

Er machte eine abfällige Handbewegung in ihre Richtung. Sein Gesicht verzerrte sich, als hätte er etwas Saures gegessen. »Was zum Teufel machst du eigentlich den ganzen Tag, Ame? Du hockst hier von morgens bis abends herum. Lucy geht um acht Uhr dreißig in die Schule. Jaclyn holt sie ab. Was ist mit dir los? Es gibt alleinerziehende Mütter, die mehrere Jobs haben, mehrere Kinder großziehen und kein Kindermädchen brauchen.«

Tränen rannen über Amys Wangen. »Colin, bitte.«

»Ich möchte das jetzt wissen, Ame. Heute ist wegen dir ein Mädchen umgebracht worden. Was machst du den ganzen Tag?«

Josie wartete, ob Amy ihn anlügen und ihm erzählen würde, dass sie Kurse im College belegt hätte, aber sie antwortete nicht. Stattdessen sagte sie: »Du behandelst mich schlecht. Du hast versprochen, mich nie schlecht zu behandeln.«

Er blieb stehen und sah ihr in die Augen. »Und du hast versprochen, dass du dich um unsere Tochter kümmerst, während ich weg bin. Dass du sie beschützt.«

Amy sprang auf. »Du warst doch auch dort. Oder hast du das vergessen? Vielleicht wäre es gar nicht so weit gekommen, wenn dieses verdammte Handy nicht das Wichtigste in deinem Leben wäre.«

»Lenk nicht ab, gib nicht mir die Schuld«, fuhr er sie an.

»Dann gib du auch nicht mir die Schuld«, zischte sie. »Hör auf mit solchen Vorwürfen. Wir müssen uns auf Lucy konzentrieren. Sie ist irgendwo da draußen mit einem Mörder, Colin. Einem Killer! O mein Gott!«

Amy wandte sich ab und rannte aus dem Zimmer. Josie und Colin starrten sich einen langen Augenblick an. Dann ließ er sich in den nächsten Stuhl fallen, schlug die Hände vor das Gesicht und weinte.

ZWEIUNDZWANZIG

Da waren wieder ihre Stimmen. Ich kroch unter das Bett, konnte sie aber immer noch hören. Ich schlich in die Ecke des Zimmers, die am weitesten von der Tür entfernt war. Trotzdem drangen sie bis zu mir. Ich kletterte auf die Fensterbank, doch sie waren noch immer da.

»Du kannst ein Kind nicht so einsperren«, warf sie dem Mann vor.

»Wie denn?«, herrschte er sie an.

»Kinder können so nicht leben. Sie müssen draußen sein. Sie brauchen Sonne und Essen. Wir beide brauchen mehr zu essen.«

»Herrgott noch mal«, schimpfte der Mann. »Dir fällt nichts anderes ein, als dich darüber zu beschweren, was du nicht bekommst. Ich habe die Nase voll davon.«

»Ich verlange nicht viel. Nur das Nötigste.«

Der Mann lachte, aber das Lachen hörte sich nicht gut an. »Ihr lebt beide noch, oder? Ihr kommt ganz gut zurecht.«

Ihre Stimme wurde leise. Sie war voll Bitterkeit. »Du hast das gemacht. Du hast es gewollt. Ich wollte es nie, aber nun sind wir hier. Wenn du die Nase voll davon hast, dann lass uns gehen.«

Die Stimme des Mannes verwandelte sich in ein Knurren. »Du gehst mit diesem Kind nirgendwohin. Hast du verstanden? Ich bringe euch beide um. Keiner wird je eure Leichen finden. Jetzt geh mir aus den Augen, bevor ich wirklich wütend werde.«

Sekunden später kam sie in das Zimmer. Als sie mich sah, wedelte sie hektisch mit der Hand. »Geh da runter«, zischte sie mich an.

Wir setzten uns einander zugewandt und mit gekreuzten Beinen auf das Bett. Der Mann wollte uns weder Spielzeug noch Bücher bringen, sagte sie. Also spielten wir Spiele mit ihren Strümpfen. Sie band sie zu Formen und verriet mir, wie sie hießen. Pferd. Maus. Hund. Der Buchstabe A. Aber heute wollte ich nicht spielen. Als sie ein Herz formte, fegte ich die Strümpfe vom Bett auf den Boden.

»Hey«, schimpfte sie.

»Ich möchte heim«, sagte ich.

Sie blickte zur geschlossenen Tür. »Bald«, sagte sie. »Sehr bald.«

Ich glaubte ihr nicht.

DREIUNDZWANZIG

Josie lief nicht gleich hinter Amy her. Stattdessen ging sie hinter das Haus, sog die frische Luft ein und dachte bei sich, dass sie selbst jetzt auch Xanax oder wenigstens etwas Wild Turkey gut gebrauchen könnte. Aber kaum hatte sie den Gedanken gefasst, zog sich ihr Magen schon zusammen. Wenn das so weiterging, musste sie zu einem Arzt. *Oder in der nächsten Apotheke vorbeischauen*, meldete sich eine leise Stimme in ihrem Hinterkopf. Sie verdrängte diesen Gedanken, schob ihn in die hintersten Winkel ihres Bewusstseins. Noch war sie nicht dafür bereit. Nicht, solange Lucy in den Händen eines Verrückten war und es einer ganzen Armee von Ordnungskräften nicht gelang, sie aufzuspüren.

Sie holte ihr Handy hervor und rief Noah an. Er hatte die neuesten Entwicklungen bereits zu einem Großteil von den FBI-Leuten in der mobilen Kommandozentrale und Kollegen bei der Polizei von Denton erfahren. Sie sprachen mehrere Minuten miteinander. Josie stellte ihm belanglose Fragen, nur um ihn am Telefon zu halten. Der Klang seiner Stimme war das Einzige, was die Trauer durchbrechen konnte, die sie den ganzen Tag schon umfangen hatte. »Komm zurück zum Zelt«, bat er sie.

»Ich kann nicht«, erwiderte sie. »Ich werde hier gebraucht.«

»Gut, dann ruf mich später an. Halt, warte kurz ...« Josie hörte ihn mit jemandem im Hintergrund reden. Dann war er wieder am Telefon. »Ich habe die WYEP-Filmaufnahmen von gestern.«

»Ich bin in fünf Minuten da«, sagte Josie.

Die Freiwilligen vom Vortag waren verschwunden, doch standen nach wie vor viele Menschen auf dem Spielplatz herum, tranken Kaffee, plauderten und hofften, vielleicht doch noch helfen zu können. Oder Neuigkeiten zu erfahren, dachte Josie. Unter der Handvoll Leute, die ihre eigenen Hunde für die Such- und Rettungsaktion mitgebracht hatten, entdeckte sie Luke und seinen Bluthund. Auch die Studenten mit ihren Suchdrohnen waren noch da. Die meisten fingerten an ihren Geräten herum, nur einer ließ seines mithilfe einer riesigen Fernsteuerung über den Park fliegen – zum dutzendsten Mal, wie Josie vermutete. Das beliebteste Café der Stadt, Komorrah's, hatte am Eingang einen kleinen Tisch platziert und stellte Ordnungskräften wie zivilen Helfern kostenlos Kaffee und Gebäck zur Verfügung. Ein Restaurant im Viertel hatte einen weiteren Tisch aufgestellt und bot dort warme Mahlzeiten und verschiedene Getränke an. Auf den Bänken ganz in der Nähe saßen Leute vom Sender WYEP über ihre Smartphones gebeugt, mit Ausnahme des Kameramannes, der seine Kamera aufnahmebereit geschultert hatte und sich immer wieder aufmerksam umsah.

Josie traf Noah im Zelt an einem der Klapptische sitzend an. Er tippte etwas in einen Laptop. »Du solltest die jungen Leute von der Universität nach ihren Drohnenaufnahmen fragen«, schlug sie ihm vor, als sie sich neben ihn setzte.

Er drehte sich zu ihr und lächelte sie an. »Habe ich schon gemacht, aber das hat nichts ergeben. Sie haben ihre Drohnen über die ganze Stadt fliegen lassen, nur nicht über das Karussell.«

»Ich kann nicht glauben, dass der Typ in das Karussell geschlüpft ist, während hier alles voller Leute war.«

»Schon clever«, meinte Noah, als er den Film aufrief, den er von WYEP bekommen hatte. »Er verschmilzt mit der Menge. Keiner sieht nach dem Karussell.«

Als der Film auf dem Laptop startete, war Josies Enttäuschung groß. »Hier sind gestern gut und gern tausend Leute herumgelaufen. Und alle hatten sie einen Rucksack.«

Die Kamera richtete sich auf den Parkeingang, wo man im Hintergrund das Zelt sehen konnte. Während die Reporterin filmte, liefen hinter ihr Menschen herum. Dann schwenkte das Bild zur Reihe der Suchenden im Park und über die Menge. Ein paarmal richtete sich die Kamera mehrere Sekunden lang auf das Karussell, doch konnte man innerhalb der Absperrung niemanden erkennen. Dann war eine weitere Szene mit der Reporterin vor dem Karussell gedreht worden, aber auch hier fand sich nichts Verdächtiges. Schließlich sah man verschiedene Plätze in der ganzen Stadt, an denen Freiwillige nach Lucy suchten.

»Als die Suche lief, hätte er leicht in die Karussellsäule gelangen können. WYEP hat hier nicht den ganzen Tag gefilmt«, sagte Noah.

Josie beugte sich zu ihm und startete den Film von vorn, um ihn sich ein weiteres Mal anzusehen. »Aber er muss da sein«, beharrte sie. »Er muss in der Menge gewesen sein.«

»Sicher, aber wie sollen wir ihn erkennen? Er läuft nicht herum und hat ein T-Shirt mit der Aufschrift ›Entführer‹ an. Ich meine, diese Leute sehen alle gleich aus – harmlos. Außer diesem Kerl.« Noah deutete auf den Monitor. »Der sieht zwar auch nicht gefährlich aus, aber irgendwie fehl am Platz.«

»Der Typ mit dem Tweedanzug? Der ist mir auch schon aufgefallen. Ich dachte, vielleicht ist er ein Hochschuldozent.«

»Sollen wir seine Identität ermitteln?«, fragte Noah.

»Kann nicht schaden«, antwortete Josie. »Aber ich glaube nicht, dass der Kidnapper sich so auffallend kleiden würde. Ich muss jetzt zu Amy zurück. Kannst du mir den Film auf das Smartphone schicken?«

»Mach ich.«

»Sag Bescheid, wenn sich was Neues ergibt.«

Als sie vom Zelt zum Auto ging, ließ sie den Blick noch einmal über die Menschenmenge schweifen, die sich inzwischen gelichtet hatte, aber ihr fiel niemand ins Auge. Luke winkte ihr. Sie winkte mit einer knappen Geste zurück und eilte zum Wagen, bevor er zu ihr herüberkam. Als sie den Motor startete, überkam sie wieder Übelkeit.

VIERUNDZWANZIG

Josie fand Amy im oberen Stock in einem in Rosa gehaltenen Raum, der ganz nach Lucys Kinderzimmer aussah. Die Wände waren pastellrosa gestrichen, die Bordüren unter der Zimmerdecke mit tanzenden rosa Einhörnern verziert. Amy saß inmitten von Kuscheltieren auf einem großen Bett mit weißem Gestell und einem hauchdünnen rosa Baldachin. Auf dem Boden lag ein dicker, dunkelrosa Teppich. Das Mobiliar – eine Kommode, die Spielzeugkiste und ein kleiner Schreibtisch mit Stuhl – war weiß. In einer Ecke stand eine große Staffelei mit einem Aufbewahrungsschränkchen. Aus seinen drei Schubläden quollen Buntstifte, Filzstifte, Bastelpapier sowie weitere Bastel- und Malsachen. Die Staffelei trug ein großes, mit Buntstiften gezeichnetes Bild. Es zeigte ein kleines, blondes Mädchen neben einer großen Gestalt mit hellbraunem Hemd, Shorts und einem Netz in der Hand. Über den Köpfen der beiden flatterte ein Dutzend Schmetterlinge.

Auch sonst fanden sich im ganzen Zimmer Hinweise auf Lucys Begeisterung für Schmetterlinge. Neben der Tür lagen ein Schmetterlingsnetz und ein Glas. Über einen Sitzsack war eine Decke mit Schmetterlingsmotiven drapiert. Auf die

Vorderseite ihrer Kommode hatte Lucy Schmetterlings-Sticker geklebt. Ein großes Poster an der Wand zeigte mehrere Falter mit Namen und botanischer Zuordnung darunter. In einer Ecke lag etwas, das aussah wie ein Paar Schmetterlingsflügel, die auf dem Rücken getragen werden konnten. Neben dem Schreibtisch stand ein großer, runder Netzkäfig mit Pflänzchen darin. Bei näherem Hinsehen glaubte Josie echte Kokons von einem kleinen Kunststoffring hängen zu sehen.

Amys Stimme war so leise, dass Josie sie kaum verstand. »Ein Schmetterlingsgarten. Die Raupen kann man sich schicken lassen.«

Josie zählte sechs Kokons, die von dem runden weißen Plastikteil hingen. »Sind da tatsächlich Raupen drin?«

»Ja. In ein paar Tagen sollten daraus Schmetterlinge schlüpfen. Wir machen das nun schon zum dritten Mal.«

»Ich hatte keine Ahnung, dass es so etwas gibt«, staunte Josie.

Amy lachte kurz auf. »Colin findet es ekelig, aber Lucy liebt es. Sie werden einem in einem kleinen Plastikbecher zugeschickt. Man lässt sie einfach drinnen. Nach ungefähr einer Woche kriechen sie zum Deckel und bilden Kokons. Dann nimmt man den Deckel ab, hängt ihn mit diesem kleinen Stock da ins Netz und wartet darauf, dass sie schlüpfen. Wenn sie herauskommen, sind sie wunderschön. Hinter dem Haus lassen wir sie dann fliegen.«

»Wow«, sagte Josie. »Lucy scheint ja wirklich begeistert von Schmetterlingen zu sein.«

»Begeistert ist noch milde ausgedrückt. Sie wollte sogar, dass wir ihren Namen in Chrysalis ändern.«

Nun war es an Josie zu lachen, aber das Lachen blieb ihr im Hals stecken, denn beim Gedanken an Lucy gingen ihr sofort Fragen wie eine Endlosschleife durch den Kopf: Wo war sie? Und war sie noch am Leben?

»Sie kam darauf, nachdem wir ein Schmetterlingshaus besichtigt hatten«, fuhr Amy fort. »Wir haben einmal an einem Wochenende einen Ausflug nach Philadelphia gemacht, wo die Naturwissenschaftliche Akademie ein solches Haus hat. Es ist wirklich schön. Die Temperatur wird darin konstant bei 30 Grad gehalten. Man kann ganz normal in dem Haus herumgehen. Überall sind Schmetterlinge. Lucy trug ein hellrotes Shirt, auf das sich sogar Falter gesetzt haben. Sie sagte ...« Mit zitternder Unterlippe brach sie ab. Dann atmete sie tief ein und fuhr fort. »Sie sagte, dass sei der schönste Tag in ihrem Leben gewesen. Sie mag auch Marienkäfer und weiß viele seltsame Sachen über sie. Zum Beispiel, dass sie überwintern und dazu nach hell gestrichenen Gebäuden suchen, um sich dort in der Verkleidung der Westwände zu verkriechen. Sie hat immer gesagt, wenn sie sich einmal verirrt, dann kommt sie einfach wie ein Marienkäfer zu mir zurückgeflogen. Sie würde einfach nach Westen fliegen und unser Haus suchen. Sie war so froh, dass es hell gestrichen ist. Zu mir heimfliegen – wenn sie es nur könnte.«

Josie ging zu Amy und setzte sich neben sie auf das Bett. »Es tut mir leid wegen gerade eben, dort unten«, sagte Amy.

»Das braucht Ihnen nicht leid zu tun«, beschwichtigte Josie sie. »An Jaclyns Ermordung sind Sie nicht schuld, das ist Ihnen schon klar, oder?«

Amys Stimme wurde schrill. »Nicht? Er hat recht, wissen Sie. Ich bräuchte kein Kindermädchen. Ich könnte das auch selbst machen. Wenn ich nicht wäre ...«

»Wenn Sie nicht gewesen wären, hätte Jaclyn für viel weniger Geld eine viel schwerere Arbeit annehmen müssen, die ihr wesentlich weniger gefallen hätte. Die einzige Person, die ihr etwas Böses angetan hat, ist ihr Mörder. Niemand sonst ist daran schuld. Niemand.«

»Wenn es nur so wäre.«

»Als Sie und Colin ... gestritten haben, sagten Sie, dass er versprochen hätte, Sie nie schlecht zu behandeln. Hat er Sie denn schon schlecht behandelt?«

Amy winkte ab. »Oh, nein. Nicht er. Ich hätte ihn sonst nie geheiratet. Er war hinter mir her, wissen Sie. Gab nicht auf. Ich wollte eigentlich überhaupt nicht heiraten. Er hat mich weichgeklopft. Aber bevor ich mit einer Heirat einverstanden war, musste er mir versprechen, dass er mich nie schlecht behandelt. Der Mann, mit dem ich vorher zusammen war, lange, lange vor Colin, der hat mich sehr schlecht behandelt. Ich wollte nie wieder in eine solche Situation kommen.«

»Dieser Mann ...«, fing Josie an.

»Er ist tot«, unterbrach Amy sie. »Ist vor einigen Jahren gestorben, wie ich erfahren habe. War sowieso nichts Ernstes. Jugendkram eben. Das ist, wie gesagt, ewig lange her. Man konnte es fast nicht als Beziehung bezeichnen. Aber es war eben meine einzige Erfahrung mit Männern und sie war schlecht, deshalb habe ich auch gar nicht nach einem Partner gesucht. Das ist alles.«

»Haben Sie ihn verlassen?«

»Ja. Er hat mich nicht gestalkt, wenn Sie darauf hinauswollen. Letzten Endes habe ich ihm nicht genug bedeutet, dass er es für wert befunden hätte, an mir dranzubleiben. Alte Geschichte.«

»Amy, ich muss das fragen: Gibt es jemanden, der Ihnen das antun wollte? Lucy entführen und Jaclyn töten?«

»Das wäre so einfach, nicht wahr?«, erwiderte Amy. »Dann würde die Spur direkt zu ihm führen. Aber nein, ich kann mir niemanden vorstellen, der zu so etwas fähig wäre.«

Josie wählte ihre Worte nun sehr sorgfältig. »Wir alle haben unsere Geheimnisse, Amy. Bei mir sind es sogar ein paar ganz gewaltige. Sie können mich googeln, dann werden Sie es sehen. Es ist keine Schande, eine Vergangenheit zu haben.«

»Ich habe keine Vergangenheit«, beharrte Amy. »Ich habe ja kaum eine Gegenwart.«

»Das scheint etwas Persönliches zu sein. Wer dieser Kerl auch ist, er hat etwas gegen Sie und Colin. Bei Colin ist das mehr oder weniger naheliegend – er hat ja sogar schon Todesdrohungen wegen seiner Arbeit bei Quarmark erhalten. Können Sie sich jemanden vorstellen, der es auf ihn abgesehen haben könnte? Vielleicht jemanden, den Sie vor Colin lieber nicht erwähnen möchten?«

Amy hob eine Augenbraue. »Was meinen Sie? Glauben Sie ... glauben Sie, dass er eine Affäre hatte?«

»Ich weiß nicht, was ich denken soll. Aber ich bin schon lange genug im Geschäft, um zu wissen, dass Menschen die unterschiedlichsten Geheimnisse haben.«

»Nicht Colin«, wehrte Amy ab. »Er ist ein anständiger Mann – trotz der Sache, die Sie gerade unten erlebt haben. Er hat nichts zu verbergen.«

»Was ist mit Ihnen?«, fragte Josie vorsichtig.

Amy deutete auf ihre Brust. »Ich? Sie glauben, ich habe etwas zu verbergen?«

»Ich muss das fragen, das verstehen Sie sicher. Wenn es etwas gibt, was Sie uns noch nicht gesagt haben, irgendetwas, was Sie vor Ihrem Mann nicht preisgeben wollten, dann sollten Sie das jetzt tun. Wenn Sie auch nur den geringsten Verdacht hegen, dass jemand, den Sie kennen, Lucy entführt hat, um sich an Ihnen zu rächen, ist es wichtig, dass Sie mir das jetzt sagen. Bevor das Ganze noch weiter eskaliert.«

»Ich wünschte, ich könnte Ihnen etwas anbieten. Glauben Sie wirklich, ich würde ein Geheimnis nicht preisgeben, wenn ich das Leben meiner Tochter damit retten könnte? Ich kenne niemanden, der Lucy oder mir das antun wollte.«

Josie drängte nicht weiter. Sie saßen eine Weile still da. Dann fragte Amy: »Glauben Sie, dass sie noch lebt?«

»Ich weiß es nicht«, antwortete Josie ehrlich.

»Ich wünschte, er würde uns verraten, was er will. Wir haben Geld. Das könnte alles sehr schnell erledigt sein.«

Ein Kidnapping mit dem Ziel, Geld zu erpressen, war das logischste Szenario, aber Josie glaubte nicht, dass es hier um Geld ging. Wenn es so einfach wäre, hätte der Entführer nicht Jaclyn ermordet, nur um Lucys Eltern anzurufen und sie zu quälen. Er würde nicht groß Zeit und Ressourcen verschwenden, sondern sofort seine Forderung stellen. Hier ging es um mehr als nur Geld, dessen war sich Josie sicher, doch das behielt sie für sich. Es würde für Amy alles nur noch schwerer machen. Sie hatte Josie bereits gesagt, dass es ihrer Meinung niemanden gab, der ihr Böses wollte. Entweder sie log – und wenn sie das nach Jaclyns Ermordung immer noch tat, konnte Josie sich nicht vorstellen, dass sie jemals freiwillig mit der Wahrheit herausrücken würde – oder der Entführer hatte sich die Eltern aus einem anderen Grund ausgesucht, den weder Colin noch Amy kannten.

Wieder dachte Josie an die Todesdrohungen, die Colin wegen des Krebsmedikaments erhalten hatte. Wie viele Menschen waren gestorben, weil sie sich Quarmarks Wunderarznei nicht leisten konnten? Fest stand: Vierundsiebzig Personen gaben ihm die Schuld dafür, dass ihnen Nahestehende litten oder sogar starben. Vielleicht war eine von ihnen der Ansicht, dass man sich an Colin am besten rächte, wenn man ihm den Menschen wegnahm, den er am meisten liebte, und dann noch die zweitwichtigste Person in seinem Leben leiden ließ, indem man sie verhöhnte. Im derzeitigen Szenario war Colin fast eine Nebenfigur. Er musste hilflos zusehen, wie das Leben seiner Tochter auf dem Spiel stand und seine Frau zunehmend hysterisch und instabil wurde. War das vielleicht, wie Josie und Oaks bereits gemutmaßt hatten, symbolhaft für die Art und Weise, wie Familienmitglieder tatenlos zusehen mussten, wenn geliebte Menschen gegen den Krebs kämpften – immer in dem Bewusstsein, dass es zwar eine Medizin gab, die die Krankheit stoppen oder zumindest verlangsamen konnte, die aber für sie unerschwinglich war? Wenn dem so wäre, gäbe es allerdings keine Lösegeldforderung, denn Lucys Tod wäre die zwingende Konsequenz.

Ein Schaudern durchlief Josies Körper.

Neben ihr hatte Amy ein Stoffeinhorn aufgehoben. Sie drückte es an sich. »Sie riechen alle nach ihr«, sagte sie zu Josie.

An der Wand hinter ihnen saß eine ganze Reihe farbenfroher Plüschtiere sauber aufgestellt. Josie streckte sich und berührte einen Teddybären mit roter Schleife um den Hals. Wie gern hätte sie als Kind ein solches Zimmer gehabt. Sie hoffte, sie würden Lucy finden und nach Hause bringen, damit sie wieder in ihrem schönen Prinzessinnenbett schlafen konnte.

»Vorsichtig«, warnte Amy sie.

Josie zog die Hand weg. »Tut mir leid. Ich sollte wohl besser gehen.«

»Nein, nein«, erwiderte Amy. »Das wollte ich damit nicht sagen. Dieser Bär ist eines von den Stofftieren, mit denen man etwas aufnehmen kann. Colin spricht eine Nachricht für Lucy darauf, wenn er unterwegs ist. Aber die Elektronik ist sehr empfindlich. Als er einmal auf Geschäftsreise war, habe ich saubergemacht und den Bären woanders hingestellt. Dabei habe ich die aufgezeichnete Nachricht irgendwie gelöscht. Lucy hat stundenlang geweint.«

»Oh. Das mit dem Aufzeichnen ist eine gute Idee. Er scheint viel unterwegs zu sein.«

Amy nickte. »Um ehrlich zu sein, ist er kaum je daheim.« Vorsichtig nahm sie den Teddybären. »Lucy betet förmlich den Boden an, auf dem er geht, obwohl sie ihren Vater kaum sieht. Dieser Bär ist für sie wie eine direkte Verbindung zu ihm.« Sie imitierte Colin, indem sie die Stimme senkte und wie ein Mann sprach: »Ich liebe dich, kleine Lucy. Träum was Süßes. Meistens sagt er das.«

Josie musste unwillkürlich an die Notiz des Entführers denken, die sie in Lucys Schmetterlingsrucksack gefunden hatten. *Kleine Lucy spielt nicht mehr.* War das nur ein Zufall?

»Wenn sie einen Test in der Schule schreibt und er es weiß oder wenn er ihr versprochen hat, ihr bei seiner Rückkehr etwas mitzubringen, dann erwähnt er es. Ich glaube aber, bei der letzten Geschäftsreise hat er nur das Übliche aufgenommen.« Amy tastete die Pfoten des Bären ab, bis sie fand, wonach sie gesucht hatte. »Hier, da ist ein kleiner Knopf drin.«

Sie drückte ihn. Doch nicht Colins Stimme füllte den Raum.

Josie gefror das Blut in den Adern. Sie hörte die Stimme des Entführers. Sein Ton war kalt, seine Worte trieften vor Verachtung. Er wurde mit jedem Wort lauter, bis er schließlich brüllte. »Hallo, Amy. Wie fühlt sich das an? Wie *fühlt* sich das an? Wie *fühlt* sich das an?«

FÜNFUNDZWANZIG

Amy stieß einen markerschütternden Schrei aus. Josie sprang auf, doch Amy stieß den Bären von ihrem Schoß, bevor Josie sie daran hindern konnte. »Nichts anfassen«, rief sie, aber ihre Worte gingen in Amys Kreischen unter. Im Nu stürmten zwei FBI-Agenten, die unten im Esszimmer postiert gewesen waren, durch die Tür. Josie verstellte ihnen den Weg. »Halt«, befahl sie ihnen. »Nichts anfassen. Gehen Sie zurück in den Flur. Das ist ein Tatort.«

Amy sackte nur Zentimeter neben der Stelle, an der der Bär gelandet war, auf dem Boden zusammen. Sie schrie immer noch. Einer der Agenten sah sie über Josies Schulter hinweg mit großen Augen an. Schreck und Verwirrung standen ihm ins Gesicht geschrieben. »Was zum Teufel ist passiert?«, fragte er. »Ist sie verletzt?«

»Nein«, entgegnete Josie. »Gehen Sie einfach zurück. Bitte.«

Beide Agenten hoben entschuldigend die Hände und verließen den Raum. Während das Adrenalin noch durch ihre Adern schoss, lief Josie zu Amy, kniete sich neben sie und hob sie im Rettungsgriff hoch. Sie schleppte sie aus dem Zimmer und stieß die nächste Tür zu ihrer Linken auf, die zum Glück in Amys und Colins Schlafzimmer führte. Dort legte sie Amy behutsam auf das Bett. Die Schreie der Frau waren inzwischen in ein Stöhnen übergegangen. Ihre vor Schreck geweiteten Augen starrten geradeaus, ohne etwas wahrzunehmen. Josie versuchte mehrere Minuten lang, sie zu beruhigen und aus dem Schockzustand zu holen, diesmal jedoch ohne Erfolg. Erst als Colin mit entsetztem Gesicht in der Tür erschien und Amys Namen rief, fand sie wieder zu sich.

»Er war hier«, wimmerte Amy. »Er war hier im Haus.«

»Wovon redest du?«

Amy sah Josie an. »Zeigen Sie es ihm.«

Noch einmal die schreckliche Stimme des Entführers zu hören, die Amy verhöhnte, war das Letzte, was Josie wollte, aber sie richtete sich auf und trat in den Flur. Die beiden FBI-Agenten standen wie Wachposten vor Lucys Kinderzimmer. Josie ging an ihnen vorbei in das Kinderzimmer. Sie zog ein Paar Handschuhe aus der Tasche – bei der Arbeit hatte sie immer welche dabei – und zog sie an. Dann drückte sie wie Amy die Pfote des Bären, bis die entsetzliche Nachricht zu hören war. Colin stand mit beiden Agenten in der Tür und sah aus, als würde er sich gleich übergeben. Josie fühlte sich ähnlich.

Einer der Agenten sagte: »Ich rufe Agent Oaks an und lasse unsere Leute kommen, damit sie das Zimmer untersuchen.«

Josie schüttelte den Kopf. »Die haben am Tatort von Jaclyns Ermordung alle Hände voll zu tun. Ich rufe mein Team an. Es kann in fünf Minuten hier sein. Oaks informieren wir, sobald er Zeit hat.«

Es kam Josie wie eine Ewigkeit vor, bis die Spurensicherung Lucys Zimmer untersucht hatte und Oaks aus Jaclyn Underwoods Wohnung zurückgekehrt war. Inzwischen war es dunkel geworden, doch niemand im Haus hatte es mitbekommen, denn die zahlreichen Pressefahrzeuge draußen machten mit ihren Kameras und Scheinwerfern die Nacht zum Tag. Im Lauf des Tages hatte der Fall sogar landesweit Schlagzeilen gemacht, obwohl Oaks' Pressesprecher den Journalisten nicht viel mehr erzählt hatte, als dass sie Lucys Verschwinden nun als Entführung betrachteten. Widerwillig rief Josie Trinity an.

»Hast du was für mich?«, wollte Trinity wissen. »Ich komme selbst rüber und berichte höchstpersönlich über den Fall.«

»Tut mir leid«, erwiderte Josie. »Ich habe nichts. Und komm mir nicht wieder mit dieser Psychogeschichte von der Gedankenübertragung zwischen Zwillingen.«

Trinity lachte. »Ich brauche keine Gedankenübertragung, um zu merken, dass du etwas von mir willst. Was ist los?«

»Amy Ross hatte vor Colin womöglich einen Freund, der sie misshandelt hat.«

Es herrschte einen Augenblick lang Stille, dann hörte Josie Papier rascheln und wusste, dass Trinity ihre Notizen durchblätterte. »Die Zimmergenossin, mit der ich geredet habe, hat ihn nicht erwähnt – und auch keinen anderen Freund.«

Josie fiel ein, dass Amy die Beziehung als »Jugendkram« abgetan hatte. »Vielleicht musst du noch weiter zurückgehen«, schlug sie Trinity vor.

»Hm. Ich glaube, ich fahre zuerst nach Fulton im Bundesstaat New York, bevor ich zu dir nach Denton komme.«

Oaks hatte bereits Agenten nach Fulton geschickt, damit sie sich mit Amys Vergangenheit befassten. Aber Josie wusste auch, dass Trinity meistens schneller als die Polizei arbeitete. Außerdem war sie eine Berühmtheit, weshalb sie oft Dinge erfuhr, die die Leute den Strafverfolgungsbehörden nur ungern verrieten. Sie brauchte sich auch nicht den Kopf über die Zulässigkeit von Beweisen oder über Durchsuchungsbeschlüsse zu zerbrechen. Wenn sie über etwas stolperte, konnte sie sich ohne Wenn und Aber darauf stürzen. Sollte es etwas geben, das jemand aus Amys Vergangenheit der Polizei gegenüber nicht preisgeben wollte, standen die Chancen gut, dass Trinity es ausgrub. »Halt mich auf dem Laufenden«, verabschiedete sich Josie von ihr.

Die Nacht zog sich hin. Josie hatte das Gefühl, dass die Zeit stehengeblieben war. Es waren erst einige Stunden vergangen, seit sie mit Noah in ihrem Bett aufgewacht war, aber dennoch kam es ihr vor, als sei sie schon wochenlang mit Amy zusammen. Auch fühlte es sich wie eine Ewigkeit an, dass sie jemanden aus ihrem Team gesehen hatte. Deshalb war sie erleichtert, als hinter Oaks auch Mettner in das Esszimmer der Familie Ross marschierte. Sie hatte ihn telefonisch auf den neuesten Stand gebracht, während sich Hummel und die Spurensicherung mit Lucys Zimmer befasst und nach Spuren gesucht hatten, die der Entführer womöglich hinterlassen hatte.

Oaks wirkte erschöpft und abgekämpft, als er die ganze Geschichte noch einmal mit ihr durchging. »Haben Sie Mrs Ross gefragt, ob der Bär in den letzten Wochen irgendwann einmal weg war?«

»Ja«, antwortete Josie. »Nachdem sie sich wieder beruhigt hatte. Sie sagte, er sei immer dagewesen.«

»Mr Ross ist am Tag vor Lucys Verschwinden von seiner letzten Geschäftsreise zurückgekommen«, sagte Oaks.

»Ja«, bestätigte Josie. »Amy zufolge hat sich Lucy Colins Nachricht am Abend vor seiner Rückkehr angehört. Es war seine Stimme, seine Nachricht.«

»Also muss der Kidnapper Colins Nachricht in der Zwischenzeit durch seine eigene ersetzt haben.«

»Amy behauptet, in den letzten Monaten sei niemand außer der Familie und dem Kindermädchen im Haus gewesen. Weder Freunde noch Handwerker. Keiner, der die Nachricht aufgenommen haben kann. Amy hat mir ihren Tagesablauf geschildert und aufgelistet, wann Colin auf Geschäftsreise war. Der Entführer muss hier gewesen sein, als die Familie im Park war – also noch bevor er Lucy entführt hat oder zumindest während der ersten Suchaktion, als noch keine FBI-Leute im Haus postiert waren.«

»Wie ist er hereingekommen? Nichts war verändert. Es gibt keine Anzeichen eines gewaltsamen Eindringens.«

»Ich denke, er hat einen Schlüssel«, erwiderte Josie.

Oaks zog eine Augenbraue hoch. »Das ist eine gewagte Theorie, Detective Quinn.«

»Finden Sie? Wer wusste denn von dem Bären? Überlegen Sie mal. Colin hat ihn Lucy geschenkt. Die Einzigen, die wussten, dass er ein Aufnahmegerät enthielt und wofür es verwendet wurde, waren Colin, Amy, Lucy und das Kindermädchen.«

»Also sind wir wieder beim Kindermädchen.«

»Was, wenn jemand sich an die Nanny herangemacht hat? Bei ihr übernachtet hat? Sie über die Familie, bei der sie arbeitete, ausgefragt hat – über ihre Gewohnheiten, ihren Tagesablauf? Den Schlüssel hat nachmachen lassen? Amy erzählte mir, dass Jaclyn einen Schlüssel hatte. Es wäre ein Leichtes gewesen, eine Kopie anfertigen zu lassen, während Jaclyn in einer ihrer Vorlesungen war.«

Oaks verschränkte die Arme vor der Brust. »Wir haben auf der Puderdose im Studierzimmer ein paar Fingerabdrücke gefunden, aber sie sind nicht in der Fingerabdruck-Datenbank gespeichert. Außerdem untersuchen wir gerade die DNA eines Haares, das wir auf dem Kopfkissen entdeckt haben. Aber wenn sich aus dem Abdruck nichts ergeben hat, wird uns auch das DNA-Profil nicht weiterhelfen. Die Chancen, dass wir die geheimnisvolle Frau finden, sind gering, sofern nicht einer von Jaclyn Underwoods Nachbarn oder Freundinnen etwas über sie weiß. Aber wir bleiben dran. Bisher kann sich niemand von Jaclyns Bekannten daran erinnern, dass sie im letzten Jahr jemanden bei sich hat übernachten lassen.«

Josie wies ihn darauf hin, dass Colins Nachrichten an Lucy meist mit den Worten »Kleine Lucy« begannen – genau wie in der Nachricht des Entführers. »Ich weiß nicht, ob das etwas zu bedeuten hat«, schloss sie. »Aber wir sollten es im Hinterkopf behalten.«

»Gute Arbeit«, sagte Oaks. »Übrigens hat mein Team inzwischen alle überprüft, die Colin während seiner Tätigkeit bei Quarmark Drohungen geschickt haben. Sie haben alle Alibis für den Zeitpunkt von Lucys Verschwinden.«

»Es könnte auch Leute geben, die keine Todesdrohungen geschickt haben, aber genauso wütend über den Preis des neuen Krebsmedikaments von Quarmark sind.«

»Stimmt«, pflichtete ihr Oaks bei. »Da haben Sie recht. Das ist ja das Beunruhigende. Wir haben nicht den leisesten Schimmer, mit wem wir es zu tun haben.«

»Wir werden ihn trotzdem kriegen. Übrigens hat mein Team das ganze Haus nach weiteren Botschaften durchsucht, die der Entführer für die Eltern hinterlassen haben könnte, aber nichts gefunden.«

»Wo sind Mr und Mrs Ross?«

»Oben. Ruhen sich aus.«

»Eine gute Idee. Gehen Sie heim, Quinn. Nehmen Sie sich ein paar Stunden Auszeit. Auch Mettner soll sich freinehmen. Wir hatten alle einen langen Tag. Schlagen Sie morgen früh wieder hier auf und bringen Sie jemanden aus Ihrem Team mit. Wir gehen alles immer wieder durch, bis wir eine Spur finden.«

Josie protestierte nicht. Sie holte Noah auf dem Nachhauseweg von der mobilen Kommandozentrale ab. Noch nie war sie so erleichtert gewesen, sein Gesicht zu sehen und seine Stimme zu hören. Als sie die Treppe zu Josies Schlafzimmer hochgingen, schlummerten Misty und Harris bereits im Gästezimmer.

»Hast du schon was gegessen?«, fragte Noah sie, als sie zu

ihm unter die Decke kroch. Er sorgte sich stets, ob sie ausreichend mit Essen, Trinken und Koffein versorgt wurde.

»Ja«, log sie, denn sie hatte keine Lust zu erzählen, dass ihr Magen nach den Ereignissen des Abends viel zu sehr rebelliert hatte, als dass sie etwas hinunterbekommen hätte. »Komm einfach nur ins Bett. Ich habe dich den ganzen Tag vermisst.«

SECHSUNDZWANZIG

Josie träumte von Lucy. Sie rannte im Park und dem Haus ihrer Eltern hinter ihr her. Endlose, gewundene Flure durchzogen das Haus. Immer wenn sie das Mädchen fast erreicht hatte und ihre Hand ausstreckte, um sie am Arm zu packen, löste Lucy sich in Luft auf. Sie wachte außer Atem und schweißgebadet auf und ging sofort unter die Dusche. Nachdem sie und Noah mit ihrer Morgenroutine fertig waren, setzte sie Noah vor der mobilen Kommandozentrale ab. Statt aber zum Haus der Familie Ross zu fahren, machte sie kehrt und stattete der Denton West Elementary einen Besuch ab. Der ausgedehnte aus Ziegelsteinen gemauerte Flachbau der Grundschule stand in einer makellosen Grünanlage mit perfekt geschnittenen Büschen und Bäumen. Josie stellte ihr Fahrzeug auf einem Besucherparkplatz ab. Bis die Schüler zum Unterricht eintrafen, würde es noch eine Stunde dauern. Sie ging zum Haupteingang. Neben den Flügeltüren sah sie einen kleinen braunen Kasten mit einem Knopf darin. Daneben forderte ein laminiertes Schild Besucher auf, sich direkt im Schulsekretariat zu melden. Josie drückte den Kopf und sah zur Kamera über den beiden Türflügeln hoch. Sie holte ihren Polizeiausweis hervor und hielt ihn in die Kamera. Sekunden später hörte sie, wie sich die Türen mit einem Klicken entriegelten.

Im Gebäude wiesen ihr weitere laminierte Schilder den Weg durch den Flur, dann nach rechts, vorbei an mehreren Klassenzimmern und dem Eingang zur Aula, bis sie schließlich vor dem Sekretariat stand. Auch in ihrer Grundschule und ihrer Highschool im Osten von Denton war das Sekretariat weit weg vom Eingang gewesen. Sie hatte sich immer gefragt, warum die Schulen es nicht in der Nähe der Türen platzierten. Im Büro saß eine schnippische Sekretärin mit Headset auf dem Kopf hinter einem Schreibtisch. Josie erklärte, warum sie hier war, zeigte erneut ihren Ausweis und wartete, bis die Frau telefonierte. Schließlich wurde ihr der Weg zu Lucys Klassenzimmer gezeigt.

Nachdem sie sich durch einige weitere Flure navigiert hatte, traf Josie auf Lucys Lehrerin, Violet Young. Sie stand vor dem Klassenzimmer und wartete auf sie. Josie schätzte Violet auf Mitte bis Ende zwanzig. Sie war etwas mollig, hatte langes kastanienbraunes Haar und trug einen dunkelroten Sweater; ihre dunklen Stretchhosen verschwanden in kniehohen braunen Stiefeln. Um ihren Hals hing eine Kette aus getrockneten Makkaroni. Sie lächelte breit, als sie Josie den Flur entlangkommen sah.

Nachdem sie sich vorgestellt hatten, bat Violet sie ins Klassenzimmer. Es enthielt winzige Tischchen und Stühle, ein großes Lehrerpult und einen farbenfrohen Teppich mit dem Alphabet darauf. Eine Wand des Raums wurde fast komplett von einem Whiteboard eingenommen. An den übrigen Wänden hingen Plakate und Kinderzeichnungen. Violet ging zu ihrem Pult und setzte sich auf die Kante. »Gibt es was Neues?«, fragte sie.

»Leider nicht«, antwortete Josie.

Violet senkte den Blick, aber Josie hatte bereits gesehen, dass ihr Tränen in die Augen traten. »Ich kann das noch gar nicht glauben. Wir sind alle völlig am Boden zerstört. Unsere liebe Lucy. Ich kann mir nicht vorstellen, wer ...«

Josie unterbrach sie, bevor sie zu weinen begann. »Wir tun alles, um Lucy zu finden, und arbeiten rund um die Uhr an dem Fall.«

Violet sah zu Josie hoch. »Gestern waren schon FBI-Agenten da. Sie haben fast die gesamte Lehrerschaft befragt.«

»Ja, ich weiß. Sie leisten wirklich gute Arbeit. Ich bin nicht hier, weil ich die Aussagen in Zweifel ziehe. Ich bin Mrs Ross zugeteilt.«

Violet griff nach ihrer Halskette aus Makkaroni. Ihre Finger strichen über die getrockneten Nudeln. »Wie geht es ihr?«

»Den Umständen entsprechend«, antwortete Josie. »Haben Sie Kinder?«

Violet lächelte. »Nein. Meine Schüler sind meine Kinder. Wenigstens fürs Erste. Mein Mann und ich haben uns eine Art Fünfjahresplan zurechtgelegt: heiraten, ein Haus bauen, beruflich weiterkommen und schließlich Kinder haben. Noch drei Jahre, dann können wir ernsthaft mit dem Kinderkriegen loslegen!«

Sie sagte das mit einem Unterton der Verzweiflung, als hätte sie diese vorgefertigte Antwort bereits viele Male heruntergebetet und hoffte, niemand würde es durchschauen. Josie wusste sogleich, dass der Fünfjahresplan die Idee ihres Mannes und nicht ihre eigene war. »Sie werden sicher alles hinkriegen, bis Sie eine Familie gründen«, entgegnete ihr Josie. »Weil wir gerade von Familie sprechen: Ich habe in den letzten zwei Tagen viel Zeit mit Lucys Eltern verbracht und dachte, ich bekomme vielleicht besser Zugang zu ihnen, wenn ich mehr über Lucy in Erfahrung bringe. Ich wollte sehen, wo sie ihre Tage verbringt, und Sie fragen, welche Art von Schülerin sie ist und so weiter.«

»Ach so, ja, natürlich.«

Violet wand sich durch das Labyrinth aus kleinen Schülerpulten bis zu einem Tischchen in der Raummitte. »Hier sitzt Lucy«, erklärte sie. Alle Tische hatten vier Metallfüße, eine Arbeitsplatte aus Holzimitat und darunter eine Ablage, in der die Schüler ihre Bücher und andere Schulsachen verstauen konnten. Auf jedem Tisch lag ein bunter laminierter Papierstreifen. Ganz oben standen die Zahlen von null bis zehn, darunter der vollständige Name der Schülerin oder des Schülers, sauber mit wasserfestem Stift geschrieben, und am unteren Rand das Alphabet in Groß- und Kleinbuchstaben. Josie deutete auf das kleine Fach unter der Platte. »Darf ich?«

»Natürlich«, antwortete Violet.

Josie kniete sich hin und warf einen Blick in die Ablage. Sie enthielt ein Federmäppchen, etwas Klebstoff, einen Stapel Hefte und Mappen und ein paar Spielzeugschmetterlinge aus Plastik. Daneben lag ein kleines, zylindrisches Objekt, das offensichtlich aus grünem Bastelpapier gemacht war.

»Ein Kokon«, erklärte Violet ihr. »Lucy würde ihn wahrscheinlich Chrysalis nennen. Ich nehme an, Sie wissen von ihrer Begeisterung für Schmetterlinge.«

Josie konnte sich ein Schmunzeln über Lucys Geheimversteck unter dem Tisch nicht verkneifen. »Ja, darüber weiß ich schon Bescheid. Sagen Sie, was für eine Schülerin ist Lucy?«

Violet faltete die Hände in ihrem Schoß. »Sie ist sehr clever und sehr süß, lässt sich aber leicht ablenken. Und sie kann sehr, nun, zielstrebig sein.« Dabei lachte sie und deutete auf den gebastelten Schmetterlingskäfig, den Lucy unter ihrem Tischchen hatte. »Es ist manchmal ein rechter Kampf, sie bei der Sache zu halten. Aber sie ist ja auch erst sieben.«

Josie stand auf und ging zu einer der Wände, an der Schülerzeichnungen hingen. »Wie ist ihr Sozialverhalten? Schließt sie rasch Freundschaften?«

»Oh ja. Sie ist sehr gesellig. Die anderen Kinder mögen sie. Manchmal allerdings denke ich ...« Violet brach mit einem Stirnrunzeln ab.

»Manchmal denken Sie was?«, hakte Josie nach.

»Ich sollte das wirklich nicht sagen. Es hat keinerlei Bedeutung.«

»Es bleibt unter uns«, versprach Josie. »Ich bin sehr an Ihren Beobachtungen interessiert.«

Violet wandte sich wieder ab. Während sie redete, gestikulierte sie mit den Händen. »Manchmal denke ich, weil Mr Ross die ganze Zeit weg ist und Mrs Ross so ... abwesend ... wirkt, dass Lucy unbewusst glaubt, sich die Aufmerksamkeit und Zuneigung von Menschen sichern zu müssen, indem sie sie glücklich macht. Es ist fast so, als ob sie sich irgendwie unsichtbar fühlen würde, wenn sie nicht jemandem etwas Gutes tut oder macht, was andere Kinder ihr sagen. Als ob sie nicht glauben würde, dass man sie einfach nur um ihrer selbst mögen könnte.«

Das waren viele Informationen auf einmal, die es genauer zu entschlüsseln galt. Josie fing ganz von vorn an. »Sie denken, Mrs Ross wirkt abwesend?«

»Zumindest, wenn ich mit ihr zu tun habe. Sie macht den Eindruck, als sei sie mit den Gedanken woanders. Ich habe keinen Zweifel, dass sie Lucy liebt, das will ich damit nicht sagen.«

»Ich weiß«, beruhigte Josie sie.

»Es ist nur so: Manchmal, zum Beispiel bei Schulveranstaltungen oder Ausflügen, redet Lucy mit ihr und Mrs Ross starrt vor sich hin. Irgendwann merkt Lucy, dass ihre Mutter nicht bei der Sache ist, und hört auf zu reden. Also, das passiert nicht immer, das nicht. Oft wirkt Mrs Ross auch sehr zugewandt. Aber man sieht schon an der Art und Weise, wie Lucy seufzt und die Augen verdreht, wenn ihre Mom nicht zuhört, dass das öfter vorkommt.«

Traurigkeit überkam Josie. Viele Eltern schenkten ihren Kindern wenig Aufmerksamkeit. Allerdings hieß das noch lange nicht, dass Amy die Entführung ihrer eigenen Tochter zu inszenieren imstande war. »Ich habe mit einigen anderen Müttern gesprochen, die andeuteten, dass Mrs Ross ein bisschen, naja, überfürsorglich sei.«

Violet lachte. »Ja, das stimmt. Aber es ist ein Unterschied zwischen physischer und psychischer Anwesenheit. Ich würde sagen, dass Mrs Ross physisch präsenter ist als alle Eltern, die ich bis jetzt kennengelernt habe – so sehr, dass es schon fast Lucys Freundschaften mit anderen Kindern beeinträchtigt. Aber wie gesagt, man merkt ihr an, dass sie oft geistig abwesend ist.«

Josie sprach einen weiteren Punkt an, den Violet erwähnt hatte. »Wenn Sie sagen, dass Lucy gefallen möchte, können Sie mir da ein Beispiel nennen? Etwas, das Sie in der Schule beobachtet haben?«

Violet dachte einen Augenblick lang nach. »Da ist ein anderes Mädchen in der Klasse, das nur dann für Lucy da ist, wenn Lucy ihr jeden Tag die Kekse gibt, die sie als Mittagessen mithat. Lucy macht das auch, obwohl man ihr manchmal deutlich anmerkt, dass sie sie gern selbst essen würde. Aber wenn sie sie selbst isst, wird sie in der Pause von dem anderen Mädchen gehänselt oder einfach links liegen gelassen. Ich habe mit Lucy – und natürlich dem anderen Mädchen – schon mehrmals darüber geredet und wie man sich verhält, wenn man befreundet ist. Aber Lucy gibt immer noch oft nach.«

»Das hört sich so an, als hätte Lucy ein gutes Herz.«

»O ja. Auf jeden Fall.«

Josie deutete auf die Zeichnungen an der Wand. »Welche sind von Lucy?«

Violet ging mit Josie die Wand entlang und deutete auf eine Reihe von Blättern. »Hier haben sie die Aufgabe bekommen, ihr Ferienziel zu zeichnen. Das ist Lucys Bild – der Strand. Sie mag Strände sehr. Hier lautete die Aufgabe, ein Selbstporträt zu malen. Und gleich darunter sollten sie drei Dinge malen, die sie genießen oder mögen.« Die drei Zeichnungen von Lucy zeigten erwartungsgemäß einen Schmetterling, außerdem ein Buch und zwei Strichmännchen, die sich an den Händen hielten – eines mit kurzen und eines mit langen Haaren. »Ihre Eltern«, fügte Violet hinzu.

Wieder hatte Josie Mitleid mit Lucy. Alle anderen Kinder hatten ihr Lieblingsspielzeug oder Lieblingssportgerät, ein Fabelwesen oder eine Zeichentrickfigur gemalt. Lucys Welt war eindeutig kleiner als die ihrer Klassenkameraden. Wenn die anderen Mütter behaupteten, dass Lucy isoliert war, hatten sie nicht ganz unrecht.

»Hier«, fuhr Violet fort. »Die stammen von einem Klassenausflug zu einem Obstgarten mit Kürbisfeld ganz in der Nähe. Die Kinder sollten malen, was ihnen am meisten gefallen hatte. Wie Sie sehen, haben die meisten die Fahrt auf dem Heuwagen gemalt. Oder den kleinen Streichelzoo. Und das hier ist von einem Ausflug zum College-Campus. Die Theatergruppe führte dort das Stück *Wilbur und Charlotte* auf. Die Schülerinnen und Schüler sollten ihre Lieblingsfigur zeichnen.«

»Was ist damit?«, wollte Josie wissen, als sie zu einer Stelle mit den Zeichnungen mehrerer Insekten kamen, die aussahen wie Marienkäfer, andere Käfer, Bienen, Insekten, die Josie nicht kannte, und Schmetterlinge. Sie entdeckte sogleich Lucys Bild, denn sie hatte es in einer ähnlichen Version bereits in ihrem Zimmer gesehen. Es zeigte ein erwachsenes, braun gekleidetes Strichmännchen mit Netz, das die Hand eines kleinen blonden, weiblichen Strichmännchens hielt. Über den beiden flatterten Schmetterlinge.

»Wir hatten vor einigen Monaten einen Insektenexperten hier«, erklärte Violet.

Josie runzelte die Stirn. »Einen Insektenexperten?«

Violet lächelte. »Die Kleinen waren ganz begeistert von ihm. Er ist eigentlich Imker. Lebt rund eine Stunde von hier auf halbem Weg zwischen Denton und Philadelphia. Mit dabei hatte er Käfer, Taranteln, eine Madagaskar-Fauchschabe, ein paar Marienkäfer, Schmetterlinge und eine Gespenstschrecke. Er tingelt durch den ganzen Bundesstaat und stattet Schulen einen Besuch ab.«

»Wie lang war er hier?«, fragte Josie.

»Oh, nur ein paar Stunden. Er hat einen ziemlich ausgefeilten Vortrag gehalten.«

»Hat er ein besonderes Interesse an Lucy gezeigt?«

»Nein, eigentlich nicht.«

»Haben Sie seinen Namen und die Kontaktdaten?«

»Ich habe sie dem FBI gegeben. Die Agenten wollten eine Liste aller Leute, die der Schule in den letzten sechs Monaten einen Besuch abgestattet haben.« Sie ging zu ihrem Tisch, blätterte einige Papiere durch, bis sie fand, wonach sie gesucht hatte, und gab Josie einen Zettel, auf den handschriftlich ein Name und eine Nummer gekritzelt waren. Der Mann hieß John Bausch. Josie holte ihr Smartphone heraus und fotografierte den Zettel. »Haben Sie Fotos gemacht, als er hier war?«

Violet holte ebenfalls ihr Handy heraus. »Ein paar, ja. Allerdings vor allem von den Kindern und den Insekten.«

»Dürfen Sie Fotos von den Kindern machen?«

»Ja, natürlich«, sagte Violet. »Die Schule schickt allen Eltern zum Schuljahresbeginn ein Formular, das sie unterschreiben. Sie geben damit ihr Einverständnis, dass wir während schulischer Aktivitäten Aufnahmen von den Kindern machen dürfen. Normalerweise gibt es immer ein paar Familien, die nicht wollen, dass ihre Kinder fotografiert werden, aber dieses Jahr hatten wir für die gesamte Klasse Einverständniserklärungen. Wir dürfen die Fotos nur auf der gesicherten Schulwebsite und unserer App veröffentlichen. Zugriff darauf haben nur die Lehrkräfte und die restliche Belegschaft sowie die Eltern. Ich habe sie nicht mehr auf meinem Handy, kann aber die App für Sie öffnen.« Sie wischte und scrollte durch ihr Smartphone, bis sie die Fotoserie gefunden hatte, und reichte es dann Josie.

Josie ging die Bilder durch, bis sie ein paar Fotos von John Bausch fand. Darauf war er entweder im Profil zu sehen oder hatte den Kopf gesenkt und blickte zu einem Kind hinunter. Er war jung, Mitte bis Ende zwanzig, hatte dichtes braunes Haar und ein glatt rasiertes Gesicht, trug eine kakibraune Hose und ein hellbraunes Poloshirt. Josie fragte sich, ob es sich bei dem Erwachsenen auf Lucys Zeichnung um Bausch handelte. »Können Sie mir die schicken?«, fragte Josie.

»Leider nein«, erwiderte Violet. »Aber ich kann mit der Rektorin sprechen. Es gibt da womöglich rechtliche Probleme ...«

»Ich besorge mir einen Durchsuchungsbeschluss«, schlug Josie vor. »Binnen einer Stunde habe ich ihn und schicke ihn der Rektorin.«

»So könnte es gehen«, meinte Violet.

Josie gab Violet ihre Visitenkarte und bat sie, sich zu melden, falls ihr noch etwas einfiel.

Sie ging ein weiteres Mal zur Wand hinüber und tippte mit dem Finger auf Lucys Schmetterlingszeichnung. »Würde es Ihnen etwas ausmachen, wenn ich die hier mitnehme?«

Violet zögerte einen Augenblick und sagte dann: »Natürlich nicht.«

SIEBENUNDZWANZIG

Josie und Oaks standen im Garten der Familie Ross, dem einzigen Ort auf dem Grundstück, an dem sie reden konnten, ohne dass Amy und Colin mithörten. Oaks sah aus, als hätte er noch immer kein Auge zugetan. Auf seiner Kieferpartie und dem Kinn hatte sich bereits stellenweise ein grauer Stoppelbart gebildet. Er hielt die Arme fest über der Brust verschränkt und starrte sie an. »Sie wussten, dass wir die Lehrerin schon befragt hatten, und sind trotzdem noch einmal zu ihr gefahren. Haben Sie kein Vertrauen in mein Team, Detective Quinn?«

»Doch, natürlich«, entgegnete Josie. »Ich denke im Gegenteil sogar, Sie leisten ausgezeichnete Arbeit und erledigen wesentlich mehr, als sich mein Team in so kurzer Zeit auch nur erträumen könnte.«

»Warum waren Sie dann noch einmal in der Schule?«

So ganz hatte sie keine Erklärung dafür. Sie hatte sich einfach von ihrem Instinkt leiten lassen und war nicht einmal sicher gewesen, was dabei hätte herausspringen sollen. »Ich wollte einfach mit jemand anderem als den Eltern reden, der Lucy nahesteht. Violet Young hat mir verraten, dass Amy oft abwesend wirkte.«

»Sie haben nach etwas gesucht, das Mrs Ross dazu bringt, sich Ihnen gegenüber zu öffnen?«

»So ungefähr. Dass der Entführer von diesem Teddybären wusste – dem mit der Rekorderfunktion – und heimlich ins Haus eingedrungen ist, um etwas damit aufzunehmen, lässt mir keine Ruhe.«

Oaks nickte. »Mir auch nicht.«

»Ich kann mir nicht helfen. Wer auch immer Lucy mitgenommen hat, muss irgendwie eine Beziehung zu ihr geknüpft haben.«

»Gestern waren Sie noch sicher, dass es sich dabei um die Person handelte, die beim Kindermädchen übernachtet hat«, warf Oaks ein.

»Ja. Ich glaube noch immer, dass das am wahrscheinlichsten ist, habe aber das Gefühl, dass wir etwas übersehen. Wie konnte der Entführer so sehr das Vertrauen von Lucy gewinnen, dass sie ihren Eltern weggelaufen ist? Eine derart enge Beziehung zu ihr knüpfen, dass er sie dazu gebracht hat, aus der Karussellsäule ein Sweatshirt zu holen, es anzuziehen, um nicht erkannt zu werden, und zu ihm zu laufen? Es könnte jemand gewesen sein, der dem Kindermädchen nahestand. Jemand, der immer wieder Kontakt zu Lucy geknüpft hat, wenn das Kindermädchen mit ihr im Park war und sich gerade mit ihrem Smartphone beschäftigte. Aber der einzige Ort, an dem Lucy komplett außerhalb des Einflussbereichs ihrer Mutter war, ist die Schule.«

Oaks seufzte. »Ich lasse die ganze Belegschaft der Schule überprüfen.«

»Danke. Und ich denke, wir sollten uns näher mit diesem John Bausch befassen.«

Oaks runzelte die Stirn, dann sagte er: »Er war einer derjenigen, die in der Schule einen Vortrag gehalten haben, nicht wahr?«

»Ja. Super Gedächtnis«, meinte Josie anerkennend. Sie

wusste, dass das FBI buchstäblich Tausenden von Spuren nach-ging. Selbst die banalsten und unwahrscheinlichsten Verdächtigen hatte es auf der Liste. »Er ist der Insektenexperte, der vor Monaten Lucys Schule besucht hat. Meine Leute werden der Schule einen Durchsuchungsbeschluss vorlegen, damit wir die Fotos bekommen, die die Lehrerin von ihm gemacht hat, als er den Kindern seine Tiere vorführte.«

»Sie wissen, dass ich ein Team zur Schule geschickt habe. Es hat eine Liste aller externen Gäste und Dozenten erstellt, die in den letzten sechs Monaten in der Schule waren. John Bausch war auch darunter. Ich bin mir ziemlich sicher, dass er für den Tag, an dem Lucy verschwand, ein Alibi hat. Einer meiner Agenten hat sich mit seinem Büro in Verbindung gesetzt.« Oaks zog sein Handy heraus. Nachdem er mehrmals gewischt und gescrollt hatte, tippte er auf das Display. »Hier. Ich habe es mir notiert. Meine Agenten haben mit seiner Assistentin und Frau gesprochen. Sie hat uns eine Kopie seines Terminplans für die ganze letzte Woche zugefaxt. Er war am Wochenende in Philadelphia und hat sich in etwa zu der Zeit, als Lucy verschwunden ist, mit jemandem von der Akademie der Naturwissenschaften getroffen. Ein Vertreter der Akademie hat das bestätigt. Was schlagen Sie vor, dass wir mit ihm machen?«

»Wir holen ihn her.«

»Sie wollen einen Typen befragen, der eine Fahrstunde entfernt wohnt und ein wasserdichtes Alibi hat?«

»Hören Sie, wir haben es vermutlich nicht nur mit einem einzigen Täter zu tun. Er mag ein Alibi haben, aber ich weiß nicht, ob er damit gänzlich unverdächtig ist. Er hat vielleicht Helfer gehabt – vielleicht die geheimnisvolle Frau, die in Jaclyn Underwoods Apartment übernachtet hat. Vielleicht war sie seine Komplizin und hatte die Aufgabe, sich an Jaclyn heranzumachen, um möglichst viel Privates über das Leben der Familie Ross in Erfahrung zu bringen und Jaclyns Hausschlüssel nachmachen zu lassen.«

Oaks verkniffener Gesichtsausdruck verriet Josie, dass er große Probleme hatte, ihre Argumentation nachzuvollziehen. Josie holte Lucys Zeichnung aus der Gesäßtasche ihrer Jeans, entfaltete sie und gab sie Oaks. »Das hat Lucy in der Schule gezeichnet, nachdem Bausch dort gewesen ist. In ihrem Zimmer hängt noch so eine Zeichnung. Mit dem gleichen Motiv.«

Oaks zog eine Augenbraue hoch. »Sie wollen, dass ich den Typen nur wegen einer Kinderzeichnung herschaffen lasse?«

»Haben wir eine vielversprechendere Spur?«, fragte Josie.

»Schon das als Spur zu bezeichnen ist weit hergeholt, Detective Quinn. Der Mann war ein einziges Mal vor zwei Monaten in Lucys Schule. Er hat ein bestätigtes Alibi für den Tag von Lucys Verschwinden. In den letzten sechs Monaten war ein halbes Dutzend Gäste in der Denton West: Bausch, zwei Kinderbuchautorinnen, die Bürgermeisterin von Denton, der Brandinspektor und ein Profisportler von den Philadelphia Eagles. Alle haben wir überprüft und alle hatten ein Alibi für den Tatzeitpunkt. Sollen wir die ohne Ausnahme antanzen lassen?«

Josie stützte eine Hand auf die Hüfte. »Nur wenn sie Schmetterlinge fangen.«

Oaks sah sie verdutzt an und lachte plötzlich los.

Josie wartete, bis er sich beruhigt hatte, und meinte schließlich: »Man muss blind sein, um Lucys Begeisterung für Schmetterlinge nicht zu bemerken.«

Oaks nickte. »Das stimmt. Ich verstehe, was Sie meinen — wenn ein Erwachsener Lucys Vertrauen erschleichen wollte, um sie zu irgendetwas zu bringen, dann wäre ihr Interesse für Schmetterlinge ein idealer Anknüpfungspunkt. Aber weit hergeholt ist es trotzdem. Ein Typ, der sich beruflich mit Schmetterlingen beschäftigt, entführt ein Kind, das sich für Schmetterlinge begeistert?«

»Nicht nur Schmetterlinge«, gab Josie zu bedenken. »Nach

dem, was Violet Young mir erzählt hat, ist er in erster Linie Imker. Er hatte viele Insekten dabei.«

»Gut, davon abgesehen: Wollen Sie trotzdem jemanden befragen, den wir als Täter schon ausschließen konnten?«

»Das kann mein Team erledigen. Meine Kollegin Detective Gretchen Palmer soll ihn ausfindig machen und aufs Revier bringen. Wir reden mit ihm. Bringt es nichts, dann war's das. Aber wenn etwas dahintersteckt ...«

Oaks seufzte. »Dann haben Sie meine Unterstützung. Das wissen Sie.«

»Danke«, erwiderte Josie. Als Oaks wieder ins Haus ging, um nach Colin und Amy zu sehen, holte Josie ihr Telefon heraus und rief Gretchen an.

ACHTUNDZWANZIG

Der Tag zog sich quälend lang hin. Amy erhielt auf ihrem Handy mehrere Anrufe: einmal von Lucys Rektorin aus der Grundschule, dann von Ingrid und Zoey, den Müttern zweier Freundinnen von Lucy, und schließlich von einer Apotheke, die ihr mitteilte, dass ein Medikament für sie bereitlag. Immer wenn das Telefon klingelte, liefen die beiden im Haus postierten FBI-Agenten, Oaks, Mettner und Josie ins Esszimmer und warteten mit angehaltenem Atem, bis Amy den Anruf annahm und mit zitternder Stimme ein zögerliches »Hallo?« hervorbrachte, als hätte sie Angst vor dem, was das Wort auslösen könnte. Aber der Entführer rief nicht an.

Weil die Ermittlungen ins Stocken geraten waren und der Entführer sich nicht mehr meldete, waren alle unruhig und nervös. Der Leerlauf setzte vor allem Amy und Colin zu. Ihre Gedanken begannen um Fragen zu kreisen, auf die es keine Antworten gab.

»Ob sie noch lebt?«

»Was macht er mit ihr?«

»Was will er?«

»Warum ruft er nicht an?«

»Warum passiert das alles?«

Ihr Leben befand sich in einem unerträglichen Schwebezustand. Aber genau das wollte der Entführer, dessen war sich Josie sicher. Weder Amy noch Colin konnten ihr Leben fortführen, ohne zu wissen, wo Lucy war oder was mit ihr gerade geschah. Es war eine besonders perfide Quälerei. Um das zu durchschauen, musste Josie keine eigenen Kinder haben. Das Leid der Eltern verschaffte dem Kidnapper Befriedigung, deshalb glaubte Josie, dass er das Spiel weiterspielen würde. Doch das konnte nicht ewig so weitergehen. Irgendwann, wenn viel Zeit vergangen war, würden sie einen Teil ihres normalen Lebens fortführen müssen. Sie würden mit der Unsicherheit zu leben beginnen und wieder essen und duschen. Colin würde sich zwingen, zur Arbeit zu gehen, denn die Rechnungen mussten bezahlt werden. Lucys Abwesenheit und die Ungewissheit würden ihre neue Normalität werden. Sie würden nie wieder Frieden finden, aber sie würden das akute Stadium des Schreckens verlassen und einen chronischen Zustand des Leids erreichen. Der Entführer wollte vermutlich, dass sie so lange wie möglich in der akuten Phase blieben. Er würde ihr Leid in die Länge ziehen.

Sofern sie ihn nicht vorher fanden.

Als Gretchen am späten Nachmittag eintraf, tat ihr Anblick Josie so gut, dass sie ihr am liebsten in die Arme gefallen wäre. Sie brachte Kaffee und Gebäck für alle mit und eine mit Käseplunder gefüllte Tüte extra für Josie. Weil die Presse vor dem Haus Stellung bezogen hatte und allem Anschein nach mit jeder Stunde zahlreicher wurde, verzogen sich Josie und Gretchen in das Areal hinter dem Haus.

»Ich dachte, du könntest eine Pause brauchen«, meinte Gretchen.

Josie nahm ihr den Kaffee ab und stellte ihn auf den Tisch in der Mitte der Gartenterrasse. Beim Duft des Kaffees stieg noch immer eine leichte Übelkeit in ihr auf, doch die Plunderstücke bekam sie ohne Probleme hinunter. »Danke«, sagte sie. »Konntet ihr den Mann mit der Tweedjacke ermitteln? Den aus der WYEP-Reportage?«

»Noch nicht. Wir wissen aber, dass er nicht Dozent am College ist. Ich habe ein paar Leute mit der Angelegenheit beauftragt.«

»Hast du Bausch kontaktiert?«

Gretchen nickte. »Er war heute in Allentown, wo er eine Schule besucht hat, sagte aber, dass er morgen herfahren würde. Er war sehr kooperativ.«

»Gut.«

»Möchtest du dabei sein?«

»Ja. Ich komme vorbei, wenn er da ist.«

Es vergingen ein paar Augenblicke in stummem, freundschaftlichem Einverständnis. Gretchen trank ihren Kaffee, während Josie ihren dritten Käseplunder verputzte.

Schließlich unterbrach Gretchen die Stille. »Was, denkst du, hat der Typ vor?«

»Ich weiß es nicht«, erwiderte Josie. »Er benimmt sich nicht wie ein Pädophiler. Die versuchen, keine Aufmerksamkeit auf sich zu lenken. Sie behalten das Kind entweder oder verwirklichen ihre Fantasien und töten es in den ersten Stunden.«

Gretchen nickte. »Ein Pädophiler würde die Eltern wohl kaum so quälen.«

»Was nicht heißt, dass er nicht pervers ist. Aber ich denke nicht, dass er Lucy deswegen entführt hat.«

Was Josie nicht aussprach, was sie nicht laut zu sagen wagte, was aber sowohl ihr als auch Gretchen bewusst war: Selbst wenn der Entführer auf Geld aus war oder etwas gegen Lucys Eltern hatte, bedeutete das nicht, dass sie Lucy lebend wiedersehen würden.

Da bis zum Abend niemand mehr angerufen hatte, schickte Oaks Josie heim. Noah hatte jemanden gefunden, der ihn nach Hause gebracht hatte. Er saß bereits mit Misty und dem kleinen Harris am Esstisch. »Ich hoffe, Nudeln schmecken dir«, sagte Misty.

»Schmeckt super«, ließ Noah sie mit dem Mund voller Spaghetti wissen.

»JoJo!«, rief Harris, als Josie sich zwischen Noah und Harris' Hochstuhl an den Küchentisch setzte. Sie lächelte, gab ihm einen Kuss auf den Kopf und atmete den Duft seines Shampoos ein. Der Geruch beruhigte sie mehr als ein heißes Bad nach einem langen Tag.

Mit seinen knubbeligen Händchen griff er in die Plastikschüssel vor sich und holte eine in Soße getunkte Nudel heraus. »Gettis!«, rief er begeistert.

Misty stellte einen Teller dampfender Spaghetti vor Josie und setzte sich Harris gegenüber. »Spaghetti«, korrigierte sie ihn.

Er ignorierte sie geflissentlich und hielt Josie die Nudel vor das Gesicht. »Essen«, ermunterte er sie. Josie ließ zu, dass er sie mit der Nudel fütterte, und schlürfte sie zum Schluss aus seiner Hand. Harris kam aus dem Glucksen nicht mehr heraus. »Noch mal, noch mal!«, kreischte er und fasste wieder in die Schüssel, um weitere Nudeln herauszuholen.

Josie wiederholte den Schlürftrick noch dreimal, bis jeder am Tisch lachte. Harris' Kichern war schon immer ansteckend gewesen.

Schließlich stoppte ihn Misty. »Harris. Iss jetzt deine eigenen Nudeln. Lass JoJo in Ruhe essen.«

Josie nahm eine Nudel von ihrem eigenen Teller und hielt sie Harris hin, der erfolglos versuchte, sie sich ebenfalls in den Mund zu saugen. Zum Schluss grabschte er sie und stopfte sie sich mit den Fingern in den Mund.

Sie redeten über Belangloses, ohne über Josies oder Noahs

Arbeit, Lucy Ross oder entführte Kinder zu sprechen. Direkt nach dem Abendessen ließen sich Josie und Noah völlig geschafft auf das Bett fallen, zu müde, um noch miteinander zu reden. Um fünf Uhr dreißig, als alles noch schlief, wachte Josie auf, weil ihr so übel war. Sie übergab sich in die Toilette und hoffte, Noah würde nicht aufwachen und sie in diesem Zustand vorfinden. Zum Glück kam niemand zur Tür. Sie setzte sich auf den Rand der Badewanne und legte beide Hände auf ihren Magen. Wieder gingen ihr Fragen durch den Kopf. Warum war ihr immer noch schlecht? War es wirklich nur Stress? Oder steckte mehr dahinter? Gerade als sich die Frage *Was, wenn ich schwanger bin?* in den Vordergrund ihrer Gedanken drängte, hörte sie draußen Schritte. Unter der Tür drang Harris' lautes Flüstern zu ihr herein: »JoJo?«

Lächelnd hievte sie sich hoch und öffnete die Tür. Harris blinzelte sie vom Licht geblendet an. Sie nahm ihn auf den Arm. »Weiß deine Mom, dass du wach bist?«

Er schlang die Arme um ihren Hals. »JoJo, trinken«, klagte er.

Josie lächelte. »Du hast Durst? Dann lassen wir deine Mom besser schlafen. Gehen wir in die Küche.«

––––––

Es war noch früh, als Josie wieder zum Haus der Familie Ross fuhr. Oaks war bereits mit einer frischen Schicht Agenten vor Ort, um die Telefone und Laptops neu zu besetzen.

»Haben Sie überhaupt geschlafen?«, fragte ihn Josie.

Oaks lächelte. »Zwischendurch ein paar Stunden.«

Sie machte sich nicht die Mühe, ihn aufzufordern, sich etwas Ruhe zu gönnen. Für sie war an Schlaf nur deshalb zu denken, weil sie wusste, dass Oaks' Team rund um die Uhr arbeitete und die Familie Ross in guten Händen war.

»Wir haben die DNA aus Jaclyn Underwoods Wohnung

auswerten lassen«, informierte sie Oaks. »Auf dem Kissen in ihrem Schrank haben wir ein Haar gefunden, an dem noch die Wurzel haftete. Möglicherweise gehörte es der Person, die bei Jaclyn übernachtet hat. Wir haben außerdem unter zwei von Jaclyns Fingernägeln Hautreste gefunden, die möglicherweise vom Mörder stammen. Allerdings hat sich in den Datenbanken kein Treffer ergeben.«

»Damit habe ich auch nicht gerechnet«, seufzte Josie.

»Aber die Abdrücke auf der Puderdose aus der Wohnung passen zu einem nicht identifizierten Abdruck in Lucys Zimmer.«

Diese Neuigkeit versetzte Josie in Aufregung. Damit ließen sich zwar weder der Entführer noch etwaige Komplizen ausfindig machen, doch brachte der Abdruck die beiden Tatorte in einen Zusammenhang. »Also ist die Frau, die in Jaclyns Apartment war, auch in Lucys Zimmer gewesen. Amy sagte aber, dass Lucy ihres Wissens nie Kontakt zu einer von Jaclyns Freundinnen gehabt hätte.«

»Ich habe sie noch einmal gefragt, ob Jaclyn je Freundinnen mitgebracht hat, aber sie verneinte kategorisch. Warum habe ich bloß das Gefühl, dass wir diese Mistkerle direkt vor der Nase haben?«, fragte Oaks. Er fuhr sich mit der Hand über das Gesicht und rieb sich die Augen.

»Weil es wahrscheinlich so ist«, erwiderte Josie. »Übersehen wir etwas Wichtiges?«

Oaks schüttelte den Kopf. »Ich kann mir nicht vorstellen, was das sein könnte. Ich habe Dutzende von Agenten, die rund um die Uhr jeder Spur nachgehen. Hinzu kommt noch die Arbeit Ihrer Abteilung.«

Bevor Josie etwas sagen konnte, klingelte Amys Smartphone. Oaks und Josie drehten sich um und starrten auf das Display. Darauf erschien der Name »Wendy«.

Amy lief aus der Küche zu ihnen und Colin eilte über die zweite Tür direkt hinter ihr aus dem Wohnzimmer herbei. Josie fiel auf, dass die beiden seit dem Vorabend nicht mehr viel miteinander gesprochen hatten.

»Wer ist Wendy?«, wollte Oaks wissen.

Amy sah von ihrem Handy auf und blickte ihn an. »Wendy Kaplan. Sie ist eine Bekannte aus dem Yogakurs.« Ihre Hand schwebte über dem Gerät. »Ich sage ihr, dass sie die Leitung freihalten soll.«

Sie nahm das Handy und meldete sich. »Hallo?«

Einen Augenblick lang herrschte völlige Stille, dann ließ die Stimme des Entführers jeden im Raum vor Abscheu schaudern. »Hallo, Amy.«

Sie sog erschrocken die Luft ein und presste sich die Hand auf die Brust. »Wie geht es Lucy?«, fragte sie. Josie begriff, dass sie lange und angestrengt darüber nachgedacht hatte, was sie ihn fragen würde, wenn er wieder anrief.

»Was meinst du, wie es ihr geht, Amy?«

»Ich möchte mit ihr reden. Kann ich bitte mit ihr reden?«

Durch die Leitung war ein Lachen zu hören. »O Amy. Arme, dumme, hirnlose Amy.«

Unbeirrt sprach Amy weiter. »Haben Sie ihr wehgetan?«

»Das hängt davon ab, was du unter ›wehgetan‹ verstehst.«

Amy keuchte. Tränen traten ihr in die Augen. Colin drängte sich an den Agenten vorbei und stellte sich neben Amy. Er streckte ihr die Hand hin und bedeutete ihr, ihm das Handy zu geben, aber sie drehte sich weg. Ihre Stimme brach, als sie den Entführer bat, mit Lucy sprechen zu dürfen.

Einer der Agenten winkte Oaks herbei und deutete auf den Bildschirm. Oaks gab Josie ein Zeichen und sie kam ebenfalls, um sich die Adresse anzusehen. »Ich kann den genauen Standort nicht ermitteln«, flüsterte der Agent. »Aber ich habe nach Wendy Kaplans Adresse gesucht und die ist hier«. Er deutete auf ein Haus auf dem Bildschirm, das er über Google Maps aufgerufen hatte.

Unglücklicherweise wohnte Wendy Kaplan am Rand von

Denton. »Fünfzehn. Mindestens«, flüsterte Josie, um anzudeuten, wie lange sie bis zu Kaplans Haus brauchen würden. Sie wollte gerade zur Tür eilen, als Oaks zurückflüsterte: »Bleiben Sie bei Mrs Ross. Ich fahre mit Mettner. Er ist draußen.«

Als Oaks weg war, wandte sich Josie wieder Amy zu. Tränen liefen ihr über die Wangen. »Was wollen Sie?«, schluchzte sie in das Handy. »Sagen Sie doch einfach, was Sie wollen.«

Josie erwartete weitere höhnische Bemerkungen, doch stattdessen antwortete der Entführer: »Eine Million Dollar.«

Im Raum wurde es völlig still. Die beiden Agenten sahen zuerst Josie und dann sich gegenseitig an, bevor sie sich wieder ihrem Computer zuwandten. Wie auf Knopfdruck hatte der Entführer aufgehört, sich an Amys Schmerz zu weiden, und war dazu übergegangen, seine Forderung zu stellen.

Als sie nicht antwortete, lachte der Entführer. »Du wolltest nicht wirklich wissen, was ich will, oder? Hast du nur gefragt, weil du denkst, dass eine verzweifelte Mutter das fragen muss?«

Amy öffnete den Mund, blieb aber stumm. Colin riss ihr das Handy aus der Hand und bellte hinein: »Wir wollen einen Beweis, dass sie noch lebt.«

Amy zerrte an Colins Arm und versuchte, ihm das Smartphone wieder zu entwinden. »Nein«, weinte sie. »Gib es ihm einfach, damit wir Lucy zurückbekommen.«

Colin löste sich von ihr. »Beweisen Sie uns, dass Lucy lebt, dann kriegen Sie das Geld.«

Josie bemerkte einen ärgerlichen Ton in der Stimme des Entführers, als er sprach. »Du machst hier nicht die Regeln. Du machst überhaupt keine Regeln. Du gibst mir eine Million Dollar und ich gebe dir Lucy zurück. Das war's. Das ist alles.«

Amy hing förmlich an Colins Arm und schrie, damit der Entführer sie hörte. »Sie können haben, was Sie wollen. Geben Sie mir nur meine Tochter zurück. Bitte.«

Und Colin fügte hinzu: »Lebend. Ich möchte sie lebend zurück.«

Eine lange Stille folgte. Josie glaubte schon, dass der Entführer aufgelegt hatte, doch dann hörte sie, wie er ausatmete. »Eine Million Dollar«, sagte er. »Keinen Penny weniger. Ohne Bedingungen.«

Dann war die Leitung tot.

Colin warf das Handy auf den Tisch und drückte sich die Handfläche auf die Stirn. Amy begann ihn mit der offenen Hand zu schlagen und zu schreien: »Du Blödmann. Warum machst du das? Warum?«

Colin wehrte sich nicht. Er hielt die Hände schützend vor sich und wehrte ihre Schläge ab, so gut er konnte. »Was, wenn sie schon tot ist?«, fragte er.

»Hör auf«, kreischte Amy. »Das darfst du nicht einmal denken. Warum willst du ein Lebenszeichen? Gib ihm einfach, was er will, damit wir Lucy zurückbekommen.«

»Ame, wir reden mit einem Kerl, der ein siebenjähriges Mädchen gekidnappt hat. Soll ich so einem trauen?«

»Was soll das? Soll das heißen, du gibst ihm das Geld nicht, wenn sie tot ist?«

»Was?«

»Du weißt verdammt gut, ›was‹. Du willst gar nichts tun, damit wir sie zurückbekommen, stimmt's?«

»Natürlich will ich das«, protestierte Colin. Er senkte die Hände und ließ sie schlaff hängen. »Ich wollte doch nur wissen, ob es ihr gut geht. Das ist alles. Ich wollte ...« Er brach ab. Als er wieder sprach, klang seine Stimme belegt. »Ich wollte ihre Stimme hören, Ame. Mein Gott, ich wollte doch nur ihre Stimme hören.«

Er fiel auf die Knie. Amy ging vor ihm in die Knie. Sie nahm ihn in die Arme. »Ich auch. Ich doch auch.«

NEUNUNDZWANZIG

Wendy Kaplan wohnte auf einer Bergkuppe in der Neubausiedlung Briar Lane. Die kleine Ansammlung von Modulhäusern ließ sich nur über eine der langen, schmalen Landstraßen erreichen, die aus Denton heraus in die dichten Wälder der Umgebung führten. Selbst wenn Josie der Weg nicht vertraut gewesen wäre, hätte sie nur der langen Reihe von Pressewagen folgen müssen, um Kaplans Haus zu finden, das bereits von Polizei- und Rettungsfahrzeugen belagert wurde. Josie parkte vor der Polizeiabsperrung und ging einen halben Block zu Kaplans Adresse.

Wie in den meisten Neubausiedlungen der Stadt Denton sahen alle Häuser in Briar Lane gleich aus. Es gab sie in drei Farben: hellbraun, grau und weiß. Einige Bewohner hatten ihnen mit Gärten und Rasenzierrat einen Hauch von Originalität verliehen. Sie ging an einem grauen Haus zu ihrer Rechten vorbei, das sie gut kannte. Bei dem Gedanken, dass der Fall der entführten Lucy sie fast genau dorthin zurückführte, wo vor drei Jahren der berühmte Fall der verlorenen Mädchen seinen Anfang genommen hatte, durchlief sie ein Schauder. Natürlich war ihr klar, dass sie nicht im Geringsten zusammenhingen, trotzdem konnte sie ein unheilvolles Gefühl nicht unterdrücken.

Kaplans Domizil, ein hellbraunes Gebäude mit schön gestaltetem Vorgarten, stand einige Häuser weiter. In der Zufahrt hatte sich ein FBI-Agent vor einem kleinen roten Sportwagen postiert. Er nickte Josie zu und sagte zu ihr: »Sie sind hinter dem Haus.«

Josie ging zwischen den Gebäuden durch. Dabei fiel ihr auf, dass Wendy Kaplan einen hohen Sichtschutzzaun um den Garten hinter ihrem Haus errichtet hatte. Dort stand ein weiterer Agent mit Mettner und bewachte den Eingang.

Josie fühlte ihr Herz schneller schlagen. »Mett, warum sieht das hier so aus, als würdet ihr vor einem Tatort stehen?«

Mettner verzog das Gesicht. »Tut mir leid, dir das sagen zu müssen, Boss, aber Wendy Kaplan ist tot.«

Josie ging zum Spurensicherungsfahrzeug des FBI und kleidete sich für den Tatort ein. Als sie in den Garten zurückging, hatte Mettner seinen Posten verlassen und war gerade dabei, die äußere Grundstücksgrenze abzugehen, um eventuelle Spuren zu finden. Josie meldete sich beim FBI-Agenten an und betrat Wendy Kaplans Garten. Er war wie der Vorgarten ansprechend gestaltet, nahm fast das gesamte Grundstück hinter dem Haus ein, sodass kaum befestigte Fläche übrig blieb, und hatte einen schönen Steinbrunnen in der Mitte. Im Wasser schwammen Koi-Karpfen. Zwischen dem Brunnen in der Gartenmitte und den Schiebetüren hinter dem Haus sah Josie den Körper einer Frau mit dem Gesicht nach unten ausgestreckt liegen. Ihren schwarzen Yoga-Stretchhosen und dem rosa Tanktop nach zu urteilen war sie entweder von einem Kurs zurückgekommen oder gerade im Begriff gewesen, ihn zu besuchen. Ihre grau melierten, langen Haare fielen ihr über die Schultern. Die Spitzen färbten sich in der noch immer größer werdenden Blutlache um ihren Rumpf rot. Ein Arm lag unter ihrem Körper, der andere war zur Seite gestreckt, die Fingerspitzen blutig. Sie konnte noch nicht lange tot sein. Oaks stand mit zwei weiteren Agenten über sie gebeugt; alle waren in weiße Tyvek-Schutzanzüge gekleidet. Während er Anweisungen gab, hielt Josie sich im Hintergrund.

Als er fertig war, kam er zu Josie herüber, die neben dem Gartentor stand. Unterdessen fotografierten seine Agenten die Leiche und begannen den Tatort zu untersuchen. »Wir haben sie noch nicht gedreht«, informierte Oaks sie, »aber ich schätze, sie wurde ebenfalls erstochen.«

»Großer Gott«, stieß Josie aus. Sie drehte sich um und blickte nach oben, sah aber keines der oberen Fenster der Nachbarhäuser. Niemand konnte mitbekommen haben, was in Wendys Garten vor sich gegangen war.

»Sieht aus, als hätte sie sich ziemlich heftig gewehrt«, mutmaßte Oaks. »Das Haus ist auf den Kopf gestellt, das Telefon liegt in der Küche auf der Arbeitsplatte. Es ist blutig, deshalb glauben wir, dass er sie zuerst umgebracht hat und dann in das Gebäude zurückgegangen ist, um Amy anzurufen.« Er deutete auf die Glasschiebetüren. »Ich möchte, dass Sie sich drinnen umsehen, wenn es Ihnen nichts ausmacht.«

»Natürlich nicht«, erwiderte Josie.

Sie stiegen vorsichtig durch die Terrassentür. Als sie auf die Fliesen des Küchenbodens traten, knirschten Scherben unter ihren Schuhen – kein Glas von den Türen, sondern die Reste von Geschirr und Gläsern, die beim Kampf zwischen Wendy und dem Killer zerbrochen waren. Das Abtropfgestell lag auf dem Boden, in der ganzen Küche sah man dicke Keramikscherben und Becher herumliegen. Der hölzerne Küchentisch war umgeworfen worden, eines seiner Beine abgebrochen. Jedes einzelne Küchengerät, das Wendy besessen hatte, lag zerschmettert auf dem Boden. Die Kühlschranktür hatte eine große Delle.

Josie empfand großen Respekt vor der Frau. Es war nicht recht, dass sie hatte sterben müssen, nachdem sie dem Mörder so viel Widerstand entgegengesetzt hatte. »Ich hoffe, sie hat ihm ordentlich wehgetan«, sagte sie und ließ den Blick über die Trümmer schweifen.

»Ich auch«, meinte Oaks. Er stand mit verschränkten Armen in einer Ecke. Josie unterbrach ihre Suche für einen Augenblick und sah zu ihm hinüber. »Ist das ein Test?«

Er lachte. »Nein, keineswegs. Es interessiert mich nur, was Sie sehen. Ihre Einschätzung.«

Josie stieg über die Scherben zur Tür, die zur Vorderseite des Hauses führte. Sie ging vorsichtig durch das Ess- und Wohnzimmer in Richtung Eingang. Nichts wirkte hier beschädigt – nicht einmal der Schließmechanismus der Haustür. Sie kehrte in die Küche zurück.

»Sie hat ihn hereingelassen«, folgerte sie.

»Es gab kein gewaltsames Eindringen«, pflichtete Oaks ihr bei. »Meine Agenten und Ihr Mitarbeiter haben sich umgesehen. Keine zerbrochenen Fenster, keine Lücke im Zaun, keine Beschädigung der Glasschiebetüren.«

»Aber dann sind sie in die Küche gegangen und dort hat sie irgendwann gemerkt, dass er gefährlich war. Was wissen wir über Wendy Kaplan?«

Oaks holte sein Smartphone heraus und scrollte durch einige Unterlagen. »Mein Team hat, wie Sie wissen, jeden gecheckt, der Amy und Colin Ross nahestand. Kaplan stand mit dem Kindermädchen ganz oben auf der Liste. Da ist sie – sie war älter als Amy, Ende fünfzig. Geschieden, keine Kinder. Kein Partner. War viele Jahre lang in New York im Verlagswesen tätig. Jetzt arbeitete sie freiberuflich von zu Hause aus. Dieses Haus hat sie vor etwa drei Jahren gekauft. Kein Eintrag im Strafregister. Unverdächtig. Für den Zeitpunkt von Lucys Verschwinden hatte sie ein Alibi – sie befand sich mit mehreren Kollegen in einem Skype-Meeting. Die haben bestätigt, dass sie dabei war. Auch der Verbindungsnachweis und die Verlaufsdaten im Computer sind eindeutig.«

»Sie hat allein gewohnt?«

»Ja.«

»Eine Frau, die allein in einer großen Stadt gelebt hat, würde nie einen Fremden einfach so in ihr Haus lassen«, sagte Josie.

»Vielleicht hat er sie bedroht«, mutmaßte Oaks. »Hat ein Messer oder sogar eine Schusswaffe gezogen und sich so Einlass verschafft.«

»Haben Sie etwas von den Nachbarn herausbekommen?«, wollte Josie wissen. »Von denen direkt gegenüber?«

»Meine Leute befragen sie noch. Aber als Erstes sind wir zum Haus direkt gegenüber auf der anderen Straßenseite gegangen. Da war niemand zu Hause. Heute ist ein Wochentag. Die meisten Bewohner sind auf der Arbeit.«

»Aber er muss ein Fahrzeug gehabt haben, um herzukommen«, warf Josie ein.

»Sicher«, bestätigte Oaks. »Deshalb habe ich ein paar Agenten losgeschickt, damit sie alle Anwohner in der Siedlung befragen. Vielleicht hat jemand, der zufällig zu Hause war, ein ungewöhnliches Fahrzeug gesehen.«

Josie sah sich noch einmal in der Küche um. »Wenn er sie bereits an der Tür bedroht hätte, hätte sie sich schon dort gewehrt. Sie hätte ihn gar nicht erst hereingelassen.«

»Woher wollen Sie das wissen?«

Josie deutete auf das Chaos um sie herum. »Ich kenne diese Art von Kampf. Ich habe selbst solche Kämpfe durchgestanden. Wer sich so verbissen wehrt – und eine allein lebende Frau wehrt sich so vehement –, lässt keinen fremden Mann in ihr Haus.«

»Klingt ja sehr wissenschaftlich«, erwiderte Oaks. Zunächst dachte Josie, er sei sarkastisch, aber als sie ihn lächeln sah, wusste sie, er scherzte. Mehr oder weniger. Er hatte ja recht, ein besonders gutes Argument war das nicht. Weder auf Fakten noch auf wissenschaftlichen Erkenntnissen beruhend, sondern allein auf ihrem Bauchgefühl. Aber das täuschte sie selten.

»Wie also hat er sie dazu bekommen, ihn hereinzulassen?«

Josie zuckte die Schultern. »Mit einem Trick. Ich würde überprüfen lassen, ob bei Wendy Reparaturen anstanden oder sonst ein Besuch für heute geplant war. Vielleicht hat er sich für jemand anderen ausgegeben. Oder er hat sie angelogen, tischte ihr eine gute Story auf, und sie hat ihn hereingelassen. Dann sind sie in die Küche gegangen und dort hat sie dann irgendwann gemerkt, dass er ihr wehtun oder sie umbringen wollte, und versucht, ihn abzuwehren.«

Josie ging zurück in die anderen Zimmer und sah sich etwas genauer um. Das Wohnzimmer war spartanisch eingerichtet und enthielt lediglich eine einzelne Couch mit Tisch und einem großen TV-Monitor an der Wand. Es war unverkennbar das Wohnzimmer eines Singles, aber es hatte eine entspannte, heitere Atmosphäre mit farbenfrohen, modernen Kunstwerken an den Wänden und einer kleinen Statue auf dem Couchtisch, die einen zufriedenen Buddha darstellte. Das Esszimmer war eher ein Homeoffice mit Schreibtisch und mehreren Bücherregalen. Auf dem Schreibtisch stand ein geöffneter Laptop. Links davon lag ein Stapel bedruckter Seiten – ein Manuskript, wie Josie feststellte. Der Titel lautete *Die Verwechslung*, aber der Name des Autors war abgerissen worden. Vielleicht hatte sie es als Schmierpapier verwendet. Dahinter stand auf einem Stapel Bücher eine Kaffeetasse mit der Aufschrift *Trink Kaffee. Lies Bücher. Sei glücklich.* Kaplan hatte die Tasse als Stifthalter verwendet. Vielleicht hatte sie telefoniert und schnell etwas aufschreiben müssen, einen Stift aus der Tasse geholt und die Notiz auf das nächste Stück Papier gekritzelt – die Titelseite des Manuskripts.

Rechts neben dem Laptop lag eine drahtlose Maus. Josie fasste sie mit Handschuhen an und bewegte sie. Prompt leuchtete der Bildschirm auf. Sie beugte sich vor und sah, dass

Wendy zuletzt ihre Mails gelesen hatte. Sie schien in den nächsten Wochen eine Reise nach New York geplant zu haben, wie aus der Korrespondenz hervorging. Der Schreibtischstuhl stand ein gutes Stück vom Tisch entfernt. Hatte sie hier gesessen und die Reise geplant, als der Mörder an ihre Tür klopfte?

Josie versuchte, den Ablauf zu rekapitulieren. Wendy sitzt an ihrem Schreibtisch und plant einen Besuch bei alten Freunden in New York. Sie geht zur Tür und dort steht ein Mann, den sie nicht kennt. Er sagt etwas zu ihr, was sie veranlasst, ihn hereinzulassen.

»Hat sich jemand das obere Stockwerk angesehen?«, fragte sie.

Oaks streckte seinen Kopf aus der Küche. »Wir haben nachgesehen, ob dort jemand ist, aber es noch nicht genau untersucht, weil es so aussieht, als habe der Kampf hier unten stattgefunden.«

Josie ging nach oben und sah sich genauer um, aber Oaks hatte recht: Hier schien nichts angefasst worden zu sein. Sie glaubte nicht, dass der Mörder einen Grund gehabt hatte, ins obere Stockwerk zu gehen. Als sie wieder unten war, wartete sie neben der Eingangstür, während die Spurensicherung in der Küche war. Sie sah sich ein weiteres Mal das Wohnzimmer und dann das Ess- beziehungsweise Schreibzimmer an. Ihr Blick blieb am Schreibtischstuhl hängen. Er hatte keine Räder, was nicht verwunderlich war, da der Raum mit Teppich ausgelegt war. Rollen hätten sich auf dem Teppich schwer bewegen lassen, denn Kaplan hatte keine dieser Kunststoffmatten unter den Stuhl gelegt.

Oaks trat neben sie. »Was geht Ihnen durch den Kopf?«

Josie deutete auf den Bürostuhl. »Das hier.«

»Das Büro?«

»Der Stuhl. Wenn sie aufgestanden wäre und den Stuhl nach hinten geschoben hätte, stünde er nicht so weit weg.« Josie ging zurück in das Zimmer und stellte sich zwischen Stuhl und Schreibtisch. Oaks folgte ihr.

»So viel Platz bräuchte man nur, wenn man unter den Schreibtisch kriechen müsste.«

»Vielleicht war ihr etwas hinuntergefallen«, spekulierte Oaks.

Josie ging auf Hände und Knie und warf einen Blick unter den Schreibtisch. Ganz hinten an der Wand lag ein Stück weißes Papier. Josie kramte mühsam ihr Smartphone aus dem Schutzanzug, aktivierte die Taschenlampen-App und leuchtete auf das zerknüllte Papier.

Oaks ging in die Hocke und sah ihr über die Schulter. »Sehen Sie«, sagte er. »Sie hat ein Stück Papier fallen lassen.«

Josie sah es sich genauer an und erkannte sogleich, dass sie so etwas schon einmal gesehen hatte. »Das ist kein Stück Papier. Das ist eine Chrysalis.«

»Eine was?«, fragte Oaks.

»Ein Schmetterlingskokon. Er sieht genauso aus wie der, den ich in der Schule unter Lucys Schreibtisch gesehen habe. Oaks, sie war hier. Lucy war hier. Der Mörder hat sie hierher mitgebracht. Deshalb hat ihn Wendy Kaplan hereingelassen. Sie hat Lucy hier hereingesetzt, während sie und der Typ in der Küche miteinander geredet haben.«

»Das bedeutet, dass Lucy möglicherweise den Kampf und den Mord mitansehen musste«, schloss Oaks.

»Vielleicht hat sie das Ganze auch nur gehört und sich unter dem Schreibtisch verkrochen. Als er fertig war, ist er hereingekommen und hat nach ihr gesucht.«

»Er hat den Stuhl zurückgerissen«, folgerte Oaks, »und sie unter dem Schreibtisch hervorgezogen.«

»Aber sie hat das zurückgelassen«, fügte Josie hinzu.

»Denken Sie, dass eine Siebenjährige clever genug ist, uns einen Hinweis zu geben, dass sie noch lebt?«

»Ich glaube, das war für sie eine Möglichkeit, sich auf etwas zu konzentrieren, während das alles im Nebenraum vor sich ging. Sie tut, was sie kann, um sich psychisch von dem, was sie sieht und erlebt, zu distanzieren«, spekulierte Josie. »Aber wenn sie noch lebt, dann haben wir auch eine Chance, sie lebendig heimzubringen.«

DREISSIG

Als ich aufwachte, war sie weg. Meine Nase fühlte sich kalt an. Ohne sie im Bett wärmte mich die Decke kaum. Ich kroch aus dem Bett zur Tür, die einen Sprung hatte. Die Räume dahinter waren dunkel. Selbst das Leuchten des Fernsehers war erloschen. Dann sah ich sie. Sie war nur ein Schatten, der sich durch die Räume bewegte. Ich beobachtete sie minutenlang. Sie trug eine Art Sack und warf Sachen hinein. Schließlich kam sie zur Tür. »Du bist wach«, sagte sie. »Das ist gut.«

Ich starrte sie an. Sie kniete sich hin und berührte mein Gesicht. »Ich habe dir doch gesagt, dass wir hier weggehen. Erinnerst du dich?«

»Um heimzugehen?«

»Ja.«

Ich nickte.

»Wir gehen jetzt. Du musst ganz still und leise sein, verstehst du?«

Wieder nickte ich. Sie hob mich hoch und trug mich durch die Dunkelheit. Unendlich langsam drehte sie die beiden Schlösser der großen Tür, die nach draußen führte, und zog sie Stück für Stück auf. Die frische Luft fühlte sich auf meiner

Haut gut an. In meinem Nacken spürte ich ein Kribbeln der Vorfreude. Ich konnte es nicht erwarten, hier wegzukommen.

Kaum war sie nach draußen in die dunkle Nacht gegangen, begann sie zu laufen, sodass ich auf ihrem Arm hin und her hüpfte und dabei immer wieder gegen sie stieß. Ihre nackten Füße klatschten auf den Boden. Während wir flohen, schienen über uns Lichter und warfen Kreise auf den Gehweg vor uns. Ihr Atem ging stoßweise. Sie presste mich so sehr an sich, dass meine Rippen schmerzten.

Nach mehreren Minuten wurde sie langsamer und lockerte ihren Griff um mich. Sie sah sich um und als sie sich wieder zu mir drehte, begann sie zu lächeln. Es war das strahlendste Lächeln, das ich je gesehen hatte.

»Hörst du das?«, flüsterte sie.

Verwirrt blickte ich mich um und horchte, so fest ich konnte. Da war nichts. »Was soll ich hören?«, fragte ich.

»Die Stille«, erwiderte sie. »Wir haben es geschafft.« Sie setzte mich ab, hielt aber weiter meine Hände. »Komm. Wir haben noch einen langen Weg vor uns.«

Sie hatte nun eine Leichtigkeit an sich, eine Art Freude, die von ihr ausging. Ich fühlte, wie sie auch mich erfasste. Ich begann neben ihr her zu hüpfen, um mitzuhalten. Sie sagte mir nicht einmal, dass ich aufhören solle.

Erst als hinter uns ein helles Licht erschien, spürte ich, wie ihre Hand verkrampfte. Dann hörte ich einen röhrenden Lärm, der die Stille der Nacht durchbrach. Sie blickte sich um, stieß einen Schrei aus, drehte sich wieder und rannte zwischen zwei Häusern hindurch, während sie mich hinter sich herzerrte. Ich sah hinter mich und erkannte zwei helle Lichter. Sie folgten uns und blieben dann stehen. Eine Tür wurde zugeschlagen. Unsere Körper prallten gegen einen Zaun. Dann hörte ich seine Stimme. Ein Schauder wie Eis lief mir über den Rücken.

»Was denkt ihr euch eigentlich? Geht in den scheiß Pick-up Truck zurück. Sofort.«

»Nein«, keuchte sie. »Nein.«

Eine Hand griff grob nach unseren aneinandergepressten Körpern und riss uns zurück. Ich klammerte mich fest an ihren Hals, wollte nicht von ihr getrennt werden.

»Wenn du denkst, dass ich dich das Kind mitnehmen lasse, dann hast du dich getäuscht. Ich habe dir gesagt, dass ich dich umbringen werde.«

Er stieß uns in das Führerhaus seines Pick-ups. Als er die Tür zuschlug, klang es wie das Letzte, was ich je in meinem Leben hören würde.

EINUNDDREISSIG

Mettner wurde die undankbare Aufgabe übertragen, zum Haus der Familie Ross zurückzukehren und die beiden darüber zu informieren, dass Wendy Kaplan ermordet worden war. Noch während Josie und Oaks am Tatort waren, rief Gretchen an und teilte ihnen mit, dass der Insektenexperte John Bausch auf dem Polizeirevier wartete.

»Bereite schon mal alles vor«, instruierte Josie sie. »Ich bin unterwegs.« Sie beendete das Gespräch und sah Oaks an. »Mein Team hat John Bausch da. Aber bevor ich fahre, sollten wir uns die Liste der Leute, die Amy und Colin – speziell Amy – nahestehen, noch einmal sehr viel genauer ansehen.«

»Sie denken also, was ich denke«, erwiderte Oaks.

»Dass dieser Kerl über Menschen, die Amy nahestehen, einen Kontakt zu ihr herstellt, damit er nicht zu einem Telefon zurückverfolgt werden kann, das er selbst erworben hat?«

»Genau. Mit der heute verfügbaren Technologie könnten wir seinen Standort rasch und ziemlich genau ermitteln, wenn er uns anrufen würde. Sobald wir seine Nummer hätten, würden wir über den Provider herausfinden, wo sich sein

Telefon befindet. Das hätte uns zu Lucy geführt, bevor es überhaupt so weit gekommen wäre wie jetzt.«

»Aber wenn er in die Wohnungen der Leute aus dem Umfeld der Familie Ross eindringt und ihre Telefone benutzt, kann er sich aus dem Staub machen, ohne dass wir ihn nachverfolgen können.«

»Richtig«, stimmte Oaks zu. »Wirklich clever.«

»Ja. Aber das bedeutet, dass er wie wir eine Liste ihrer Kontakte hat. Wir müssen herausfinden, wer die oder der Nächste auf der Liste ist, bevor er sich wieder bei Amy meldet.«

»Wir sind schon dran«, sagte Oaks.

Auf dem Weg zur Polizeistation dachte Josie über den Papierkokon nach, den Lucy in Wendys Haus zurückgelassen hatte. Allein der Gedanke, dass das Mädchen noch am Leben war, ließ ihr Herz vor Freude hüpfen. Aber die Hoffnung wurde jäh von ihrer Angst erstickt, dass der Entführer sie umbringen könnte, bevor sie die Gelegenheit bekämen, seinem grausamen Spiel ein Ende zu bereiten. Denn es war ein Spiel. Und er war dabei, es zu gewinnen.

Das von Pressefahrzeugen umlagerte Polizeigebäude kam in Sicht. Bis vor fünfundsechzig Jahren hatte das historische Bauwerk als Rathaus der Stadt gedient, war dann aber zu einem Polizeirevier umfunktioniert worden. Der riesige graue Block mit kunstvollem Zierrat über den vielen zweiflügeligen Bogenfenstern hatte in einer Ecke sogar einen alten Glockenturm. Josie parkte auf dem Gemeindeparkplatz am Hintereingang, um den vor dem Haus wartenden Reportern zu entgehen. Sie marschierte direkt in den ersten Stock, vorbei an dem Großraumbüro, in dem die Schreibtische der Detectives standen, und durch einen langen Flur zu einer Tür, die zu einem der Vernehmungsräume führte. Bevor sie eintrat, schrieb sie Gretchen noch eine Nachricht, dass sie angekommen war.

Einen Augenblick später ging die Tür auf. Gretchen winkte sie herein, aber kaum war Josie eingetreten, blieb sie wie erstarrt stehen. Am Tisch saß ein leicht übergewichtiger Mann, gut und gern in den Sechzigern, mit langen grauen Haaren, die er im Nacken zu einem Pferdeschwanz zusammengebunden hatte, und einem lichten grauen Bart. Er lächelte sie freundlich an. »Detective Josie Quinn«, stellte Gretchen sie vor. Und an Josie gewandt sagte sie: »Das ist Mr John Bausch.«

Josie starrte ihn einen Augenblick lang völlig perplex an, bevor sie mit Mühe hervorbrachte: »Tut mir leid, Sir. Ich muss kurz mit Detective Palmer allein sprechen.«

Ohne auf eine Antwort zu warten, machte Josie auf der Stelle kehrt und ging aus dem Raum. Gretchen folgte ihr zum Beobachtungsraum ein paar Türen weiter, wo sie den Mann im Vernehmungszimmer per Videoüberwachung im Auge behalten konnten.

»Was ist los?«, fragte Gretchen.

Josie deutete auf den Monitor. »Das ist nicht John Bausch.«

Verdutzt zog Gretchen eine Augenbraue hoch. »Doch. Gemäß seinem Führerschein ist er es.«

Josie sah ihn sich noch einmal an. »Dann ist es nicht der Mann, der Lucys Schule besucht hat. Hat die Schule die Fotos geschickt, die Violet Young an dem Tag gemacht hat, als er in der Schule war? Wir haben ihnen einen Durchsuchungsbeschluss geschickt.«

»Einen Augenblick«, erwiderte Gretchen. »Ich suche sie raus.«

Während Josie wartete, beobachtete sie den Mann im Vernehmungsraum. Er saß ruhig mit vor dem Bauch gefalteten Händen da und pfiff leise vor sich hin. Völlig entspannt.

Irgendetwas stimmte hier ganz und gar nicht.

»Du hast recht«, meinte Gretchen, als sie zurückkehrte. Sie gab Josie ihr Smartphone, auf dem eines der Fotos zu sehen war, das Violet Young von dem jungen Mann gemacht hatte, der sich als John Bausch ausgegeben hatte.

Josie deutete auf den Monitor der Überwachungskamera.

»Das ist anscheinend der echte John Bausch. Wenn er dir seinen Ausweis gezeigt hat, muss er es sein. Aber er war nicht in der Denton West Elementary, um seine Insekten vorzuführen.«

»Aber er sagt, er hätte hier in Denton Schulen besucht«, entgegnete Gretchen.

Josie gab Gretchen das Smartphone zurück. »Das hat er gesagt? Dass er Schulen besucht hat? Mehr als eine?«

Gretchen begriff sofort, worauf Josie hinauswollte, und fragte: »Wie viele Grundschulen gibt es in Denton?«

»Fünf«, antwortete Josie. »Einschließlich der katholischen Schule.«

»Aber er weiß, dass er wegen Lucy Ross hier ist. Er weiß, dass sie vermisst wird. Er sagt, er kann sich nicht an sie erinnern, aber er weiß noch, dass er einen Vortrag in ihrer Schule gehalten hat.«

»Hat er explizit die Denton West erwähnt?«

»Nein«, erwiderte Gretchen. »Er sagt, er hat zur fraglichen Zeit mehreren Schulen in Denton einen Besuch abgestattet.«

Sie gingen wieder in den Vernehmungsraum. Gretchen bombardierte ihn sogleich mit ihren Fragen. »Mr Bausch, können Sie sich konkret an die Namen aller Grundschulen erinnern, die Sie hier in Denton besucht haben?«

Bausch lächelte. »Detective, ich besuche jedes Jahr Hunderte Schulen. Ich kann mir nicht alle Namen merken. Meine Frau führt meinen Terminkalender. Sie gibt mir eine Adresse, ich gebe sie in mein Navi ein und fahre hin. Ich war, wie gesagt, hier in Denton und habe eine ganze Reihe von Schulen besucht, aber das ist schon Monate her. Details weiß ich leider nicht mehr.«

Josie schaltete sich ein. »Sie haben Detective Palmer gesagt, dass Sie in vielen Schulen in Denton waren. Hat eine Ihren Besuch storniert?«

Er kratzte sich am Kopf. »Jetzt, wo Sie es sagen, glaube ich, hat tatsächlich eine abgesagt. Aber ich hatte an dem Tag eine

Buchung für den Morgen hier in Denton und am Nachmittag eine in Bellewood gut sechzig Kilometer von hier. Deshalb bin ich nur nach Bellewood gefahren und habe mir nicht viel dabei gedacht. Wie gesagt, meine Frau macht die ganzen Termine. Sie können gern mit ihr reden. Von ihr bekommen Sie alle Unterlagen, die Sie brauchen.«

Gretchen nickte Josie zu, tippte ein paarmal auf ihr Handy und ging hinaus. Josie wusste, sie würde Bauschs Frau anrufen und um die Belege bitten. Josie holte ihr Smartphone heraus und suchte die Fotos, die Gretchen ihr soeben von dem Mann geschickt hatte, der sich in Lucys Schule als John Bausch ausgegeben hatte. Sie hielt ihm das Display hin und fragte: »Kennen Sie diesen Mann?«

Bausch sah sich das Foto einen Augenblick lang an. Josie zeigte ihm noch weitere Bilder, aber Bausch schüttelte den Kopf. »Nie gesehen.«

»Sie haben keine Assistenten oder Helfer?«, wollte Josie wissen. »Angestellte?«

»Nein. Meine Frau und ich machen das ganz allein. Wir hatten nie Helfer. Haben sie auch nie gebraucht. Ich verdiene nicht genug, um Angestellte bezahlen zu können.«

»Haben Sie einen Sohn? Jemanden, dem Sie das Geschäft übergeben können, wenn Sie aufhören?«

»Nein, keine Söhne. Ich habe einen Schwiegersohn, aber der ist beim Militär und gerade in Texas stationiert. Seit ungefähr einem Jahr, glaube ich. Aber das auf den Fotos ist nicht er. Er muss sein Haar bei den Marines kurz tragen. Aber ich nehme an, Sie wollen seinen Namen und das ganze Zeugs trotzdem haben.«

Josie lächelte. »Ja, bitte.«

Eine halbe Stunde später traf auch Oaks auf dem Revier ein. Er sah erschöpfter denn je aus. Unter seinen Augen hingen große Tränensäcke, der Anzug war fleckig. Josie ging mit ihm in den Konferenzraum im Erdgeschoss und informierte ihn über John Bausch. Oaks rieb sich mit der Hand die grauen Stoppeln auf seinem Kinn und seufzte. »Wer dieser Entführer auch ist, er hat das von langer Hand geplant.«

»Ich denke, davon sollten wir ab jetzt ausgehen«, sagte Josie. »Wir geben sein Foto an die Presse und lassen den Mann als Zeugen suchen. Wir haben zwar nur ein Foto, auf dem er von der Seite zu sehen ist, aber vielleicht bringt es etwas. Violet Young hat ihn von Nahem gesehen. Wir könnten mit ihrer Hilfe ein Phantombild anfertigen lassen.«

»Ich schicke einen Zeichner zu ihr in die Schule. In der Zwischenzeit arbeiten wir mit dem, was wir haben. Wir retuschieren die Kinder aus dem Bild und stellen etwas zusammen«, schlug Oaks vor.

»Womit ich bei meinem nächsten Problem wäre«, meinte Josie.

»Und das wäre?«

»Der Kerl hat Lucy. Wir wissen, dass sie lebt – oder wenigsten heute Morgen noch gelebt hat, als der Entführer von Wendy Kaplans Telefon aus angerufen hat. Lucys Foto wurde in der ganzen Stadt gezeigt, war im Fernsehen und in den sozialen Medien zu sehen. Die Freiwilligen haben sogar Flugblätter erstellt und sie überall aufgehängt.«

Oaks nickte, während Josie sprach. Er lehnte sich mit der Hüfte an den Tisch im Konferenzraum und verschränkte die Arme vor der Brust. »Sie möchten wissen, wo er sie festhält?«

»Wenn er sie in einem Hotel oder Motel untergebracht hätte, hätte sie schon längst jemand erkannt.«

»Aber nicht jeder hätte es gemeldet«, gab Oaks zu bedenken. »Vor allem nicht in einem der zweifelhafteren Etablissements. Haben Sie ein paar Leute, die diese Absteigen abklappern können und sehen, ob sie etwas herausfinden?«

»Ja. Außerdem sollten wir ein paar Leute zu den Jagdhütten in der Umgebung schicken. Die Umgebung von Denton ist ziemlich ländlich. Da gibt es viele entlegene Hütten, die zu dieser Jahreszeit nicht genutzt werden. Wenn ich nicht auffallen wollte und ein kleines Mädchen zu verstecken hätte, dessen Gesicht mir von allen möglichen Flugblättern und Plakaten entgegenlacht, würde ich versuchen, eine verlassene Jagdhütte zu finden oder irgendwo im Wald zu campen. Ich kann die Staatspolizei und das Büro des Sheriffs bitten, alle Hütten zu überprüfen. Im ganzen County.«

»Ich lasse einige meiner Leute dabei mithelfen. Wir sollten auch alle Campingplätze abklappern«, schlug Oaks vor.

Das Geräusch einer aufgehenden Tür unterbrach ihr Gespräch. Mettner steckte den Kopf herein. »Boss«, begann er.

»Josie«, korrigierte sie ihn, wohl wissend, dass es keinen Sinn hatte.

»Wir haben herausgefunden, wer der Typ mit dem Tweedsakko ist. Ein Psychologe mit einer Privatpraxis hier in Denton.«

»Hat ihn jemand befragt?«, wollte Josie wissen.

»Ich. Er sagte, er sei zum Spielplatz gekommen, um seine Dienste anzubieten. Kostenlos.«

»Hat er ein Alibi für die Zeit, in der Lucy verschwunden ist?«

Mettner kratzte sich an der Schläfe. »Nein. Er sagt, er war am Sonntag allein zu Hause und hat gelesen.«

Josie und Oaks sahen sich an.

»Soll ich ihn holen lassen?«, wollte Mettner wissen.

»Noch nicht«, erwiderte Josie.

»Oder lassen wir ihn überwachen?«

»Uns wird das Personal jetzt schon knapp«, wandte Oaks ein. »Ich schlage vor, dass ihn mein Team überprüft. Mal sehen, ob sich irgendetwas Verdächtiges ergibt. Und Sie versuchen herauszufinden, ob zwischen ihm und der Familie Ross eine Verbindung besteht.«

»Alles klar«, erwiderte Mettner.

»Ich frage Amy und Colin, ob sie ihn kennen. Wie heißt er, Mett?«, wollte Josie noch wissen.

»Bryce Graham. Ich schicke euch meine Notizen über ihn mitsamt seiner Adresse und allen anderen Daten.«

»Danke, Mett«, erwiderte Josie. Als er weg war, wandte sie sich wieder an Oaks. »Ist Ihr Team bei den Nachbarn in Wendy Kaplans Siedlung weitergekommen?«

Oaks schüttelte den Kopf. »Wir haben nichts von Bedeutung herausgefunden. Eine Frau meint, einen weißen Pick-up gesehen zu haben, der in den Stunden zuvor in der Siedlung herumgefahren sei, aber das war es auch schon. Es lässt sich nicht feststellen, ob das etwas mit Wendy Kaplans Ermordung zu tun hat. Kann irgendjemand gewesen sein. Ohne Marke, Modell oder Kennzeichen kommen wir da nicht weiter. Keiner der Nachbarn hat draußen Überwachungskameras.«

»Das wundert mich nicht«, entgegnete Josie.

Oaks zog eine Augenbraue hoch. »Mich schon. Wo ich herkomme, hat jeder vor dem Haus eine Kamera.«

»Hier in Denton haben wir eine ziemlich niedrige Verbrechensrate, ob Sie es glauben oder nicht. Die Leute sehen einfach keine Veranlassung für Überwachungskameras.«

Oaks wirkte noch immer etwas verdutzt, fuhr aber fort. »Wir haben unter Kaplans Fingernägeln und an einer der zerbrochenen Keramiktassen DNA-Spuren gefunden, die aller Wahrscheinlichkeit nach vom Mörder stammen. Möglicherweise hat ihm Kaplan während des Kampfes eine Wunde zugefügt.«

»Haben Sie Blutspuren von ihm?«

Oaks nickte. »Wahrscheinlich ja. Wir untersuchen das gerade zusammen mit den Hautresten unter Kaplans Nägeln und vergleichen es mit der Haut, die wir unter Jaclyn Underwoods Nägeln gefunden haben.«

»Aber selbst wenn sie von ein und derselben Person stammen und beweisen, dass diese Person an beiden Tatorten war, hilft uns das nicht, sie zu finden. Denn wie Sie bereits sagten, gibt es für die DNA unter Jaclyns Nägeln keinen Treffer in der Datenbank.«

»Stimmt«, räumte Oaks ein. »Das bringt nur dem Bezirksstaatsanwalt etwas, wenn wir diesen Dreckskerl erwischen und er angeklagt wird.«

»Also gehen wir weiter jeder Spur nach«, sagte Josie.

»Aber da ist noch etwas, was Sie erledigen sollten.«

»Und das wäre?«, fragte Josie.

»Sie müssen noch einmal mit Mrs Ross reden. Wegen der Liste, über die wir heute schon gesprochen haben.«

»Mit den Leuten, die ihr nahestehen?«

»Ja, genau. Da steht niemand sonst darauf.«

»Was?« sagte Josie.

»Das Kindermädchen und Kaplan waren die Einzigen, zu denen sie regelmäßig Kontakt hatte, behauptet sie.«

»Nur zwei Leute?«, fragte Josie ungläubig.

»So ganz unwahrscheinlich ist das nicht, nach dem, was wir bereits über sie wissen. Alle, mit denen wir geredet haben, sagen dasselbe: dass sie ruhig und zurückhaltend ist. Isoliert. Geistesabwesend«, sagte Oaks.

»Ich weiß, das stimmt. Aber der Entführer wird sich wieder jemanden suchen, um mit Lucys Eltern Kontakt aufzunehmen. Und wir müssen vorab herausfinden, wer dieser Jemand sein könnte, damit nicht noch ein weiterer Mord geschieht.«

»Ich denke, die besten Chancen, etwas aus ihr herauszubekommen, haben Sie«, meinte Oaks. »Unterdessen schicke ich ein paar Einheiten zu den Müttern, die Sie und Mettner schon einmal befragt haben. Ich weiß, dass sie Ihnen gesagt haben, sie hätten keinen engen Kontakt zu Amy Ross gehabt, aber mehr haben wir nun einmal nicht.«

»Gute Idee«, pflichtete Josie ihm bei.

»Ich lasse mein Team auch noch einmal ihre Vergangenheit überprüfen. Vielleicht haben wir ja etwas übersehen. Eventuell müssen wir noch etwas tiefer graben.«

»Ausgezeichnet«, sagte Josie. »Dann fahre ich mal zum Haus von Lucys Eltern.«

Draußen holte sie ihr Handy heraus und schrieb Trinity:

Was Neues?

Die Antwort kam binnen Sekunden.

Ich bin dran. Sag dir Bescheid, sobald ich etwas weiß.

Amy saß hinter dem Haus auf einem Stuhl, den sie neben Lucys Spielhäuschen gezogen hatte. In ihren Armen hielt sie ein Stoffeinhorn, das Josie auf Lucys Bett gesehen hatte. Amys Gesicht war angeschwollen, fleckig und tränennass. Als Josie sich ihr näherte, sagte sie: »Man hat mir gesagt, was mit Wendy passiert ist.«

»Es tut mir leid«, erwiderte Josie. »Wirklich sehr leid.«

»Wir waren nicht einmal groß befreundet«, fügte Amy mit rauer Stimme hinzu.

»Aber Sie haben ein paarmal in der Woche miteinander gegessen, oder?«

Amy nickte und drückte das Einhorn noch fester an ihre Brust.

»Wendy war wie ich zugezogen. Geschieden. Sie war über das Alter hinaus, in dem sie Kinder bekommen konnte, und wollte weder einen Freund noch wieder heiraten. Sie war sehr menschenscheu. Wie ich, nehme ich an.«

»Sie hatte hier nicht viele Freunde?«, hakte Josie nach.

»Nein. Nicht viele.«

»Worüber haben Sie beim Essen gesprochen?«, wollte Josie wissen.

»Über das, was in der Welt täglich passierte, über Projekte, an denen sie arbeitete, über Bücher. Ich habe viel über Lucy geredet. Wendy scheint das nichts ausgemacht zu haben, obwohl sie selbst keine Kinder hatte. Sie war nett zu mir.«

Amy presste die Lider zusammen und kämpfte gegen die neuerliche Welle aus Tränen, die ihr in die Augen traten. »Ich kann nicht fassen, was gerade passiert.«

»Wo ist Colin?«, erkundigte sich Josie.

»Ich weiß es nicht«, sagte Amy. »Wahrscheinlich oben.«

»Ich muss mit Ihnen beiden reden.«

Von der Gartentür war Colins Stimme zu hören. »Ich bin hier. Haben Sie etwas herausgefunden? Was ist los?«

Als er in den Garten trat, stand Amy auf und drückte das Einhorn noch stärker an ihre Brust. »Was ist?«

»Wir glauben, dass Lucy mit dem Entführer in Wendys Haus war.«

»Was?«, stieß Colin hervor. »Sie glauben ... Sie denken, dass sie mitansehen musste, was mit Wendy passiert ist?«

»Heißt das, dass sie noch lebt?«, fragte Amy.

Josie hob die Hand. »Wir glauben nicht, dass sie Wendys Ermordung direkt miterleben musste, obwohl sie wahrschein-lich gehört hat, was geschah. Wir haben eine Chrysalis aus Papier unter Wendys Schreibtisch gefunden.«

Die Falten in Colins Gesicht wurden tiefer. »Was? Wovon reden Sie?«, fragte er verwirrt.

Amys ließ ein verächtliches »Ts« hören. »Du bekommst aber auch gar nichts mit, oder? Du weißt wirklich nicht, was eine Chrysalis ist?«

Colin sah seine Frau wütend an. »Woher zum Teufel soll ich das wissen? Was hat das mit unserer Tochter zu tun?«

Amys Stimme wurde immer lauter. Sie knetete den Kopf des Einhorns. »Das ist ein Kokon, Colin. Eine Puppe. Du weißt schon, was aus Raupen entsteht, bevor sie sich in Schmetterlinge verwandeln. Vielleicht erinnerst du dich ja daran, dass deine Tochter von Schmetterlingen begeistert ist. Oder kannst du dir das nicht merken, weil du so sehr damit beschäftigt bist, durch die Welt zu stapfen und Kranken überteuerte Krebsmedikamente anzudrehen?«

Colin trat zurück, als hätte man ihn geohrfeigt. Selbst Josie war einen Augenblick wie vor den Kopf gestoßen. Amy stieß ihre gehässigen Vorwürfe mit einer Feindseligkeit aus, die sie bisher noch nicht an ihr bemerkt hatte.

Bevor Colin etwas erwidern konnte, holte Josie ihr Handy hervor und rief das Foto auf, das ihr Oaks' Experten von der Spurensicherung zugeschickt hatten. »Das ist die Chrysalis. Wir glauben, dass Lucy ein Stück Papier von einem Manuskript auf Wendys Schreibtisch abgerissen und den Kokon daraus gebastelt hat.« Sie hielt ihm ihr Handy hin. Beide Eltern kamen näher, um einen Blick darauf zu werfen.

»Sie lebt, mein Gott, unsere Kleine lebt«, keuchte sie. Sie nahm eine Hand vom Stoffeinhorn und presste sie auf Colins Unterarm.

»Woher wollen Sie wissen, dass Lucy das gemacht hat?«, fragte Colin. »Wie kommen Sie überhaupt darauf, dass das ein Kokon sein soll? Was, wenn Wendy nur ein Stück Papier abgerissen, es zerknüllt und auf den Boden geworfen hat?«

»Das ist von Lucy!«, behauptete Amy mit Nachdruck.

»Ich habe genau das gleiche in der Ablage unter ihrem Tisch in der Schule gefunden. Ich glaube, das hat Lucy gebastelt«, sagte Josie.

»Will sie uns damit ein Zeichen geben, dass sie noch lebt?«, fragte Amy hoffnungsvoll.

»Vielleicht.«

»Mein Gott«, stieß Colin hervor und begann hin und her zu gehen. »Was für ein Albtraum.«

Amy drehte sich zu ihm. »Wie kannst du das sagen? Unsere

Tochter lebt. Sie lebt! Wir haben noch eine Chance, sie lebend wiederzubekommen.«

Colin blieb stehen und deutete auf Josies Telefon. »Wann haben Sie das gefunden? Vor ein paar Stunden? Er kann sie inzwischen umgebracht haben.«

»Hör auf!«, schrie Amy. »Sag das nicht.«

Tränen glänzten in Colins Augen. »Du musst dich auf das Schlimmste gefasst machen, Ame. Der Typ, der sie hat – er ist ein Killer. Er hat Jaclyn und Wendy umgebracht, als wäre das nichts. Was hält ihn davon ab, Lucy zu töten?«

»Wir«, warf Josie ein.

Beide Eltern erstarrten und drehten sich zu ihr. Josie fuhr fort: »Nach den jüngsten Informationen, die wir haben, lebt Lucy noch. Wir arbeiten unter dieser Prämisse weiter und tun alles, um sie so rasch wie möglich zu finden. Das Beste, was Sie beide für Lucy tun können, ist, ruhig zu bleiben und alle unsere Fragen zu beantworten.«

Colin verdrehte die Augen, was ihm einen bösen Blick von seiner Frau einbrachte. »Fragen und noch mehr Fragen. Und dann?«

Josie ignorierte seinen Sarkasmus: »Kennt jemand von Ihnen einen Mann namens Bryce Graham?«

»Nein«, antwortete Colin. »Nie gehört.«

»Wer ist das?«, wollte Amy wissen.

»Ein Psychologe aus Denton. Er hat sich neulich an der Suchaktion im Park beteiligt. Hat seine Dienste vielen der Freiwilligen angeboten. Kostenlos. Wir wollten nur wissen, ob Sie ihn persönlich kennen.«

»Nein«, erwiderten Amy und Colin gleichzeitig. Dann fragte Amy: »Denken Sie, dass er Lucy entführt hat?«

»Nein, das ist so gut wie ausgeschlossen«, entgegnete Josie. »Er ist uns nur aufgefallen, als wir die Fotos und Filme von der Suche gesichtet haben, weil er einen Anzug trug.«

»Da muss doch noch mehr dahinterstecken«, warf Colin ein. »Sonst würden Sie uns nicht nach ihm fragen.«

»Anscheinend hat er kein Alibi für die Zeit, in der Lucy entführt wurde.«

Amy schnappte nach Luft. »Aber ... ein Psychologe? Was sollte er denn von Lucy wollen?«

Josie hob die Hand. »Ich habe nicht gesagt, dass er verdächtig ist. Nur, dass er kein Alibi hat. Wir haben keinen Grund zu der Annahme, dass er irgendwie an Lucys Entführung beteiligt ist. Vielmehr suchen wir gerade nach jemand anderem.« Sie holte wieder ihr Handy heraus und rief das Foto des Mannes auf, der sich in Lucys Schule für John Bausch ausgegeben hatte. Dann reichte sie das Handy Amy, die sich das Bild ansah, während Colin ihr über die Schulter blickte. »Da sind noch drei weitere Aufnahmen«, sagte Josie. »Wischen Sie nach links und sagen Sie mir, ob Sie den Mann auf den Fotos erkennen.«

Amy und Colin sahen sich die Fotos genau an. Colins Miene blieb ausdruckslos. Auf Amys Stirn bildeten sich waagerechte Falten. »Ich kenne ihn nicht. Wer ist das?«, wollte sie wissen.

»Sie haben ihn noch nie gesehen?«

Amy gab Josie das Handy zurück. »Nein, ich glaube nicht. Ich meine, ich kann sein Gesicht nicht sehen, nur sein Profil. Aber er kommt mir nicht bekannt vor.« Sie wandte sich ihrem Mann zu. »Kennst du ihn?«

Colin schüttelte den Kopf. »Ich hab den Typen noch nie gesehen.«

»Wer ist das?«, hakte Amy nach. »Glauben Sie, dass er derjenige ist, der Lucy entführt hat?«

»Der Mann auf den Fotos war in Lucys Schule«, erklärte Josie. »Er hat der Klasse etwas über Insekten erzählt.«

»Oh«, rief Amy. »Der Insektenfachmann. Ich erinnere mich, dass Lucy von ihm gesprochen hat. Er hat einen Schmetterling mitgebracht – natürlich – und eine ganze Reihe anderer Insekten. Sie war ganz begeistert von der Gespenstschrecke.«

»Ich erinnere mich auch, dass sie darüber geredet hat«, pflichtete ihr Colin bei. »Glauben Sie, dass er etwas mit ihrem Verschwinden zu tun hat?«

»Das untersuchen wir gerade. Die Schule hatte jemanden namens John Bausch gebucht. Der echte John Bausch ist ein Mann in den Sechzigern. Jemand hat sein Büro angerufen und die Vorführung abgesagt. Dann ist dieser Mann in Lucys Schule aufgetaucht und hat der Klasse etwas über Insekten erzählt.«

»Was sagen Sie da?«, rief Colin. Seine Schultern verkrampften sichtlich.

»Ich sage, dass dieser Mann sich für den echten John Bausch ausgegeben hat, was schon sehr verdächtig ist. Er muss Lucy also begegnet sein. Sie hat mit Sicherheit großes Interesse an seinem Vortrag gezeigt.«

»Natürlich«, stieß Amy mit rauer Stimme hervor. »Sie hat gesagt, dass er der interessanteste Gast war, den sie je in der Klasse gehabt hätten.«

»Aber Sie beide erinnern sich nicht, ihn danach noch gesehen zu haben? Lucy hat Ihnen den Mann nie gezeigt? Sie sind ihm nie begegnet?«

»Nein«, antwortete Amy. »Hat sie nicht. Ich bin mir sicher, dass sie es getan hätte, wenn sie ihn gesehen hätte.«

Und Colin fügte hinzu: »Ich erinnere mich nur daran, dass sie mir von seinem Besuch in der Schule erzählt hat. Danach hat sie ihn nie wieder erwähnt.«

Josie steckte ihr Handy wieder ein. »Das ist inzwischen zwei Monate her. Wäre es möglich, dass Lucy ihn gesehen hat oder mit ihm zusammen war, ohne dass Sie es mitbekommen haben?«

Colin antwortete nicht. Vermutlich, wie Josie annahm, weil er nicht oft oder lang genug zu Hause war, um mit Lucy selbst etwas zu unternehmen.

Amy dachte einen Augenblick lang nach. »Wenn, dann höchstens, als sie mit Jaclyn unterwegs war. Ich würde mich sicher daran erinnern, wenn sie mit einem Fremden gesprochen hätte, während wir irgendwo waren.«

»Wo sind Sie mit Lucy in den letzten zwei Monaten gewesen?«

Colin starrte seine Frau erwartungsvoll an.

»Das habe ich Ihnen doch schon gesagt«, antwortete Amy. »In der Schule, im Park ... das war's. Alltagssachen eben. Wir führen kein besonders aufregendes Leben.«

»Haben Sie Lucy je mit zum Einkaufen genommen?«

»Na klar, manchmal.«

»Waren Sie mit ihr auch im Einkaufszentrum?«

»Ja, ein paarmal. Da gibt es einen neuen Indoorspielplatz. Man kann dort essen und an den Automaten diese virtuellen Games spielen. Eine ihrer Freundinnen hat dort vor Monaten eine Geburtstagsparty gefeiert. Und kürzlich war ich noch einmal mit ihr dort – nur wir zwei. Aber Lucy ist erst sieben. Ich lasse sie nicht aus den Augen, wenn wir miteinander unterwegs sind.«

Josie dachte an den Mann, den Ingrid Saylor auf dieser Geburtstagsparty gesehen hatte und der Lucy am Skee-Ball-Gerät geholfen hatte, während Amy Wechselgeld geholt hatte. »Nicht einmal für ein paar Augenblicke?«

»Eigentlich nicht, also, nein.«

»Können Sie mir in etwa das Datum sagen, an dem Sie im Einkaufszentrum waren? Nach dieser Geburtstagsparty?«

»Ich denke schon. Ich kann es versuchen. Ich muss nur meine Kontoauszüge durchgehen – oder Sie machen das. Wir haben dem FBI den Zugriff auf alle unsere Konten erlaubt. Ich habe eine Bankkarte, mit der ich direkt Geld von dem Konto abheben kann, das Colin für mich eingerichtet hat. Ich hebe normalerweise jede Woche eine bestimmte Summe Bargeld damit ab, nutze sie aber manchmal auch zum Bezahlen. Da müsste der Indoorspielplatz dabei sein.«

»Was ist mit dem Supermarkt? Verwenden Sie die Karte dort oder zahlen Sie bar?«

Amy zuckte die Schultern. »Mal so, mal so. Warum? Wieso fragen Sie?«

»Es ist nur eine kleine Chance, die wir haben«, erläuterte Josie. »Die meisten Geschäfte speichern die Aufnahmen ihrer Überwachungskameras nicht besonders lang. Aber ich möchte mein Team in den Indoorspielplatz und zum Supermarkt schicken. Sie sollen nachsehen, ob es noch Material von dem Zeitpunkt gibt, als Sie mit Lucy dort waren. Vielleicht finden wir so heraus, ob der Kerl Ihnen gefolgt ist.«

»Ich hole die Kontoauszüge«, schaltete sich Colin ein. »Dann liste ich die Orte auf, an denen Amy in den letzten beiden Monaten die Karte zum Bezahlen benutzt hat.«

»Danke«, erwiderte Josie.

Als er ins Haus gegangen war, ließ sich Amy wieder in ihren Stuhl sinken. »Glauben Sie, dass uns der Mann gestalkt hat? Die ganze Zeit? Dass er Lucy beobachtet hat?«

Plötzlich überkam Josie starke Übelkeit. Sie legte eine Hand auf ihren Magen. Ihr Gesicht wurde ganz heiß. Sie hoffte, sich vor Amy nicht übergeben zu müssen. »Ich weiß es nicht«, erwiderte sie und versuchte, die Übelkeit zu unterdrücken. »Aber ich halte es für äußerst wahrscheinlich. Diese Entführung wurde von langer Hand geplant und ohne einen einzigen Fehler durchgezogen. Hätte der Kidnapper auch nur einen gemacht, hätten wir schon etwas herausgefunden. Aber bisher ist uns das nicht gelungen.«

Amy drückte das Stoffeinhorn fest an ihre Brust. »Es ist so unheimlich. So schrecklich. Ich kann das alles gar nicht glauben. Dieses ... dieses Ungeheuer hat meine Kleine die ganze Zeit verfolgt und ich habe es nicht einmal mitbekommen. Was ist das für eine Mutter, die nicht merkt, dass jemand ihr sieben-jähriges Kind stalkt?«

Josie atmete mehrmals tief ein, woraufhin sich ihre Übelkeit allmählich wieder legte. Erneut schoss ihr die Frage durch den Kopf, ob in ihr ein Kind – ihr eigenes Kind – heranwuchs, aber sie schob sie beiseite. Sie musste sich auf den Fall konzentrieren. Sie dachte daran, was Oaks ihr auf dem Revier gesagt hatte.

»Amy«, fuhr sie fort. »Ich möchte, dass Sie mir sehr gut zuhören. Dieser Mann, der Lucy in seiner Gewalt hat, hat es auf Leute in Ihrem Umfeld abgesehen. Über sie nimmt er mit Ihnen Kontakt auf.«

»Er bringt sie um, um an mich heranzukommen?

»Er nutzt ihre Handys, damit wir ihn nicht zurückverfolgen können und er den Tatort verlassen kann, bevor wir eintreffen. Er bringt sie um, damit sie ihn nicht identifizieren können – aber auch, um Ihnen, Amy, wehzutun, wie ich glaube. Die ganze Zeit haben wir uns auf Colin konzentriert, aber Colin hatte weniger Kontakt mit Jaclyn als Sie. Und ich denke, er kannte Wendy kaum.«

»Er hat sie nur ein-, zweimal getroffen«, pflichtete Amy ihr bei.

»Wen nimmt er sich als Nächstes vor? Das müssen wir wissen.«

Amy starrte sie an, als erwarte sie von Josie eine Antwort auf ihre eigene Frage.

»Amy«, redete Josie auf sie ein. »Verstehen Sie, was ich Sie frage? Ich muss wissen, wer als Nächstes an der Reihe ist.«

»Ich kann … ich weiß nicht … da ist niemand.«

»Sie haben Jaclyn fast jeden Tag gesehen. Sie haben mit Wendy ein paarmal in der Woche zu Mittag gegessen. Mit wem hatten Sie sonst noch regelmäßigen Kontakt?«

»Mit niemandem. Auf jeden Fall nicht das, was man Kontakt nennen könnte. Wenn ich im Supermarkt einkaufen gehe, bin ich meistens bei der gleichen Kassiererin. Wir haben denselben Postboten.«

»Das meine ich nicht, das wissen Sie.«

»Detective Quinn ...«

»Josie bitte.«

»Josie, ich habe nicht viele Freunde. Eigentlich keine. Nicht mehr. Wendy war meine Freundin. Das war's auch schon. Jaclyn hat mich mit Lucy unterstützt. Ich bin Mutter. Das ist mein Job.«

»Wen würden Sie anrufen, wenn Sie ein Problem hätten? Wenn Sie einmal Ihr Herz erleichtern müssten?«, fragte Josie.

»Meinen Mann.«

Josie seufzte. »Ich bin sicher, dass Colin nicht in Gefahr ist. Er bleibt hier bei uns, bis alles vorbei ist. Aber Amy, Sie müssen wirklich ganz fest nachdenken, denn dieser Kerl wird nicht aufhören. Wir kennen jetzt seine Forderung – eine Million Dollar. Aber er hat Ihnen nicht gesagt, wann Sie das Geld wohin bringen sollen. Das heißt, er muss sich erneut mit Ihnen in Verbindung setzen. Dazu wird er wieder jemanden brauchen. Wen?«

»Ich weiß es nicht«, erwiderte Amy flehentlich. »Ich sage doch, da ist niemand.«

»Was ist mit alten Freundinnen? Jemandem aus New York oder aus Ihrer Kindheit?«

»Ich habe zu niemandem mehr Kontakt«, antwortete Amy. »Ich sage doch, da ist niemand. Ich hatte nur meine Mutter, und sie ist vor Jahren gestorben. Ich war noch nie gut darin, Freundschaften zu schließen. Die Menschen ... sie schüchtern mich ein, machen mich nervös. Ich habe meinen Mann und meine Tochter. Sie sind die Einzigen, die mir geblieben sind.«

Noah saß im Großraumbüro des Polizeireviers von Denton an seinem Schreibtisch, als Josie im Lauf des Nachmittags zu der von Special Agent Oaks und Chief Chitwood geplanten gemeinsamen Pressekonferenz eintraf. Jemand hatte einen Schreibtischstuhl herbeigerollt, auf den er sein Gipsbein gelegt hatte. »Hey«, begrüßte er Josie, als sie zu ihm kam und ihre Hand auf seine Schulter legte. »Bist du wegen der Pressekonferenz hier?«

»Ja«, antwortete sie. »Wie bist du hergekommen?«

»Einer der FBI-Leute hat mich von der mobilen Kommandozentrale mitgenommen.«

»Beschäftigen Sie dich?«

»Ja, ganz ordentlich. Sie haben jetzt ein Phantombild nach Violet Youngs Angaben erstellt.«

»Zeig es mir«, bat Josie.

Mit einigen Mausklicks holte Noah die Porträtzeichnung des Mannes auf den Bildschirm, der den Kindern in der Schule die Insekten vorgeführt hatte. »Erkennst du ihn?«, fragte er.

Josie runzelte die Stirn. »Nein.«

»Sie verwenden es auf jeden Fall in der Pressekonferenz.

Eine Hotline wurde bereits eingerichtet. Vielleicht meldet sich ja anhand der Zeichnung und des Profilfotos jemand, der ihn gesehen hat und weiß, wo er sich befindet. Sind die Eltern auch hier?«

»Sie sind unten«, sagte Josie. »Mett hat sie in den Konferenzraum gesetzt, bis die Pressekonferenz anfängt. Sie werden vor die Kameras treten, aber Oaks hat entschieden, dass sie nichts sagen müssen.«

»Wie machen sie sich?«

»Jetzt, seitdem sie wissen, dass Lucy heute Vormittag noch am Leben war, etwas besser.«

»Hat Oaks keine Angst, dass der Entführer anruft, während sie hier sind?«, fragte Noah.

»Die Agenten, die ihre Telefone überwachen, sind auch unten«, klärte ihn Josie auf. »Aber ich bezweifle, dass der Typ zwei Morde an einem Tag begeht. Und nach dieser Pressekonferenz weiß er, dass wir an ihm dran sind.«

Gretchen eilte mit einem Papierstapel in der Hand ins Zimmer. »Ich habe Durchsuchungsbeschlüsse für den Supermarkt und den Indoorspielplatz im Einkaufszentrum. Soeben unterzeichnet. Wenn es dort noch Aufnahmen der Überwachungskameras gibt, sind wir gut beschäftigt damit, sie alle durchzugehen.«

Noah hob die Hand. »Ich sitze gern hier am Schreibtisch und helfe dabei.«

»Großartig«, antwortete Gretchen. »Übrigens, den Schwiegersohn des echten John Bausch können wir ausschließen.«

»Das habe ich mir gedacht«, erwiderte Josie.

Mettner kam herein, schnappte sich die Fernbedienung für den Fernseher, der in einer Ecke des Raums an der Wand hing, und schaltete ihn ein. Als das Bild erschien, war bereits der Sender WYEP eingestellt. Er übertrug die Konferenz, die auf dem Gemeindeparkplatz vor dem Gebäude stattfand. Drinnen im Polizeirevier war nicht genug Platz für die vielen Journalisten gewesen. Die vier sahen, wie Special Agent Oaks, gefolgt von Chief Chitwood, Colin und Amy, zu einem von Mikrofonen umstandenen Podest ging. Die Eltern klammerten sich aneinander. Sie sahen verängstigt und verstört aus.

»Solltest du nicht unten sein?«, fragte Noah Josie. »Oaks hat dich auf Amy angesetzt, soviel ich weiß.«

Josie deutete auf ihr Gesicht, auf dem noch blaue Flecken um die Augen zu sehen waren. »Chitwood will nicht, dass man mich so sieht. Er meint, das würde nur von der Sache ablenken.«

Gretchen telefonierte und wenig später kamen einige uniformierte Polizisten herein, um ihr die Durchsuchungsbeschlüsse für die Geschäfte zu bringen, in denen Amy in den letzten zwei Monaten mit Lucy gewesen war, damit sie so schnell wie möglich zugestellt werden konnten.

Als die Pressekonferenz draußen begann, wurde es still im Raum. Oaks informierte kurz über den neuesten Stand der Ermittlungen, zeigte die Fotos und das Phantombild des falschen Insektenexperten und bat die Öffentlichkeit um ihre Mithilfe. Er beantwortete kurz die Fragen der Journalisten und beendete danach die Pressekonferenz. Josie wusste, dass Oaks beschlossen hatte, weder Colin noch Amy sprechen zu lassen, um dem Entführer nicht die Genugtuung zu geben, die Eltern leiden zu sehen. Gleichzeitig war es wichtig, dass sie vor die Kameras traten und im Fernsehen zu sehen waren, weil die Menschen da draußen dadurch eher bereit waren zu helfen. Sie hatten nicht wenig Überzeugungsarbeit leisten müssen, Amy vor die Kamera zu bekommen. Schließlich hatte sie sich unter der Bedingung einverstanden erklärt, nichts sagen zu müssen.

»Hoffentlich läuft die Hotline heiß«, bemerkte Noah.

»Das FBI nimmt die Anrufe entgegen«, erwiderte Gretchen. »Ich denke, wir sollten alle nach Hause gehen, etwas schlafen und morgen ausgeruht wieder hier aufkreuzen.«

»Das musst du mir nicht zweimal sagen«, sagte Noah.

Wieder zurück zu Hause, ließ Josie Noah in der Küche mit Misty allein. Misty hatte Unmengen Auberginen-Parmigiana gekocht – viel mehr, als drei Erwachsene und der kleine Harris bewältigen konnten. Der Geruch verfolgte Josie noch bis ins Wohnzimmer, doch wurde ihr eher schlecht davon, als dass sie Hunger bekam. Sie verdrängte die Übelkeit und rief Trinity an. »Sag mir, dass du was für mich hast«, begann sie, gleich nachdem ihre Schwester abgehoben hatte.

Trinity seufzte. »Ich habe Konkurrenz bekommen, das ist es, was ich habe. Das FBI ist gerade hier aufgeschlagen, als handle es sich um einen verdammten nationalen Notstand.«

»Ja, das machen die manchmal.«

»Auf jeden Fall habe ich das Haus gefunden, das einmal einer Dorothy Walsh gehört hat. Vor siebzehn Jahren wurde es von Renita Walsh verkauft. Ich bin nicht an die alten Kaufverträge gelangt, aber Renita scheint das Haus nach dem Tod ihrer Mutter geerbt zu haben und hat dort ein paar Jahre gelebt, bis sie weggezogen ist. Eine Renita Walsh konnte ich nicht finden – jedenfalls nicht hier. Allerdings bin ich auf eine Renita Desilva gestoßen, die ungefähr das gleiche Alter hat und heute in Binghamton im Bundesstaat New York lebt. Ich habe versucht, sie anzurufen, und ihr auf Band gesprochen, aber noch keine Antwort erhalten. Eine ältere Nachbarin erinnert sich an sie. Was sie mir erzählt hat, passt zu dem, was wir herausgefunden haben: Mutter und Schwester starben bei einem Autounfall. Renita ist noch ein paar Jahre lang im Haus geblieben und hat es dann an eine junge Familie verkauft.«

»Das ist alles? Erinnert sich die Nachbarin an Amy? Hat sie etwas über sie gesagt?«

»Nur, dass sie ein nettes Mädchen war. Sehr ruhig.«

Josie atmete tief durch. »Na, das ist ja höchst verdächtig, nicht wahr?«

Trinity lachte. »Ich gebe noch nicht auf. Morgen gehe ich in die Highschool und sehe nach, ob ich ein paar alte Jahrbücher bekomme. Die alte Nachbarin kann sich nicht erinnern, dass Amy je einen Freund gehabt hätte. Aber wenn der gewalttätige Freund, den Amy erwähnt hat, wirklich ›Jugendkram‹ war, findet sich vielleicht etwas darüber in den Jahrbüchern. Dann gehe ich in die Bibliothek und suche das dortige Archiv nach alten Zeitungsartikeln der *Fulton Daily News* durch. Vielleicht steht darin etwas über die Walsh-Frauen. Wenn ich bis dahin noch nichts von Renita Desilva gehört habe, fahre ich nach Binghamton und stehe bei Desilva direkt auf der Matte.«

»Großartig«, erwiderte Josie. »Danke. Ich weiß das wirklich zu schätzen.« Sie wollte gerade auf den Auflegen-Button tippen, da hörte sie Trinity sagen: »Josie?«

Josie hielt sich das Handy wieder ans Ohr. »Ja?«

»Geht es dir gut? Du hörst dich in letzter Zeit etwas verändert an.«

»Mir geht es gut«, log Josie und legte eine Hand auf ihren Magen.

»Bist du sicher?«, hakte Trinity skeptisch nach.

»Ja«, entgegnete Josie. »Alles okay.«

»Davon werde ich mich selbst überzeugen, wenn ich dich sehe. Ich brauche nur noch ein paar Tage. Höchstens zwei.«

———

Am nächsten Morgen meldeten sich Josie und Noah im Kommandozelt zurück. Dank Gretchens Durchsuchungsbeschlüssen konnten einige Filme von Überwachungskameras verschiedener Örtlichkeiten gesichert werden, die Amy mit Lucy in den Wochen vor der Entführung besucht hatte. Josie saß neben Noah, als er das Material zu sichten begann. »Wir fangen mit dem Film hier an«, sagte er. »Er stammt vom Indoorspielplatz. Wie aus der Liste hervorgeht, die Colin anhand der Kontoauszüge und Kreditkartenabrechnungen erstellt hat, war Amy mit Lucy vor drei Wochen dort, damit Lucy ein paar Spiele spielen konnte.«

»Sehen wir sie uns an«, schlug Josie vor.

Noah rief die Filme des Indoorspielplatzes auf, in dem mehrere Überwachungskameras installiert waren. Die einzelnen Filme waren jeweils in einem separaten Fenster auf dem Bildschirm zu sehen.

»Das dauert ewig«, schimpfte Noah.

»Nicht unbedingt«, entgegnete Josie. »Du siehst dir die Filme links an und ich die auf der rechten Bildschirmhälfte.«

Fünfzehn Minuten später sagte sie plötzlich: »Stopp. Hier, diese Kamera.« Sie deutete auf eines der Fenster rechts. »Kannst du das vergrößern? Nur diesen Film?«

Noah klickte ein paarmal, bis das kleine Fenster den ganzen Bildschirm füllte. Die Aufnahmen waren von einer leicht erhöhten Position schräg nach unten gefilmt und erfassten mehrere Automaten in einer Ecke der Spielhalle. Ein Automat bestand aus einem großen Monitor mit einer Bodenplatte davor, auf der einige Felder in unterschiedlichen Farben aufleuchteten. Josie beugte sich nach vorn und sah, dass das Spiel *Dance Off* hieß. Auf dem Monitor bewegten sich mehrere computeranimierte Figuren, während davor ein kleines blondes Mädchen stand und mithilfe der Felder unter ihren Füßen versuchte, deren Bewegungen nachzuahmen.

»Das ist Lucy Ross, oder?«, fragte Noah.

»Ich glaube schon«, antwortete Josie.

»Wo ist Amy?«

Sie suchten den Bildausschnitt ab. In der linken unteren Ecke stand eine Frau mit einem Handy am Ohr, mit dem Rücken zu Lucy. »Da«, sagte Josie. »Das muss sie sein.«

Nach einigen Sekunden drehte sich die Frau um, sodass sie ihr Gesicht sehen konnten. »Sie ist es definitiv«, bestätigte Noah, hielt den Film an und zoomte sie heran.

»Ja«, pflichtete Josie ihm bei.

Er zoomte zurück und startete den Film noch einmal. Amy warf einen Blick hinüber zu Lucy, die auf der Plattform des *Dance-Off*-Automaten herumsprang und tanzte. Dann drehte sie sich wieder weg. »Mit wem sie wohl telefoniert?«, fragte Noah.

»Mit ihrem Mann, jede Wette. Sie hat sonst niemanden in ihrem Leben, von dem wir wissen.«

Ein paar Sekunden später kam eine weitere Person in das Bild und trat hinter Lucy.

»Sieh dir diesen Kerl an«, murmelte Noah.

Der Mann trug Jeans, Stiefel, ein Sweatshirt und eine Baseballkappe, die er sich tief ins Gesicht gezogen hatte. Unter dem Cap war braunes Haar zu sehen. »Man kann es nicht genau erkennen, aber er sieht aus wie der Typ aus Lucys Schule. Der falsche Insektenexperte.«

»Mal sehen, ob ich ein paar Standbilder machen kann«, meinte Noah.

»Sehen wir uns erst einmal den ganzen Film an. Wir sollten auch die der anderen Kameras durchgehen. Vielleicht bekommen wir ein besseres Bild von seinem Gesicht, wenn er hineingeht und wieder hinaus.«

Noah ließ den Film weiterlaufen. Der Mann sah Lucy ein paar Sekunden lang zu. Plötzlich drehte sie sich um, sah zu ihm hoch und strahlte. Sie stieg von der Plattform herunter und hob die Arme, als wollte sie ihn umarmen. Aber er wich zurück und zeigte mit einer Hand zu ihrer Mutter.

»Mein Gott«, rief Lucy. »Sie hat ihn schon gekannt.«

»Sehr gut sogar«, fügte Noah hinzu. »Sie sieht aus, als würde sie ihm gleich in die Arme fallen.«

Auf dem Bildschirm war zu sehen, wie Lucy erstarrte, nickte und sich wieder ihrem Spiel zuwandte, diesmal jedoch mit weit weniger Begeisterung.

»Er muss sie schon vorher eine ganze Weile bearbeitet haben«, stellte Josie fest. »Er brauchte ihr lediglich ein kleines Signal zu geben – eine Handbewegung in Amys Richtung – und schon wusste sie, dass sie so tun musste, als würde sie ihn nicht kennen. Sie wusste, dass sie ihre Mutter nicht beunruhigen durfte.«

»Das ist unheimlich«, bemerkte Noah.

Der Mann ließ sie noch einige Sekunden lang spielen und drehte immer mal wieder den Kopf leicht, um nach Amy zu sehen. Dann stieg er zu Lucy auf die Plattform. Sie tanzten ein paar Augenblicke zu zweit mit dem Rücken zur Kamera. Lucys Bewegungen wurden immer begeisterter. Als auf dem Bildschirm ein Feuerwerk zu sehen war, klatschten sie sich ab. Danach warf der Mann erneut einen Blick in Amys Richtung, holte etwas aus der Tasche und gab es Lucy. Er beugte sich zu ihr hinunter und flüsterte ihr etwas ins Ohr, bevor er davoneilte.

»Das Beängstigende daran ist, dass er einen enormen Aufwand betrieben haben muss, um sich ihr Vertrauen zu erschleichen und sie auf seine Linie zu bringen, ohne dass irgendein Erwachsener in ihrer Umgebung das mitbekommen hat«, sagte Josie. Ihre Hand wanderte unbewusst zu ihrem Magen.

Auf dem Bildschirm war zu sehen, wie Amy zum *Dance-Off*-Automaten ging. Nun telefonierte sie nicht mehr, sondern suchte in ihrer Geldbörse nach etwas. Sie hatte den Mann nicht einmal bemerkt.

»Halt den Film mal an«, bat Josie. »Was hat er ihr gegeben?«

Es dauerte eine Weile, bis Noah den Film zurückgespult und versucht hatte, einen guten Blick auf das Objekt zu bekommen, bevor er heranzoomte. Das Bild war körnig, doch Josie war sich der Größe und roten Farbe nach zu schließen relativ sicher, dass es sich um den Marienkäfer-Schlüsselanhänger handelte, den Lucy in ihrem Schmetterlingsrucksack gehabt hatte, als sie entführt wurde.

»Der Schlüsselanhänger«, stellte Noah fest, als habe er ihre Gedanken gelesen.

»Ja. Lass den Film weiterlaufen.«

Er zoomte zurück und klickte wieder auf ›Play‹. Lucy beobachtete, wie ihre Mutter auf sie zukam, und drückte das kleine Objekt an ihre Brust. Als Amy sich der *Dance-Off*-Plattform bis auf ein paar Schritte genähert hatte, drehte sich Lucy von ihr weg und stopfte den Anhänger in ihre Hosentasche. Dann war Amy bei ihr und streckte ihr die Hand entgegen. Lucy nahm sie und hüpfte neben ihrer Mutter her, während sie aus dem Bild gingen.

»Himmel«, stieß Josie aus.

Noah rief die restlichen Filme auf und suchte nach dem Mann. Sie entdeckten ihn, als er kurz nach Amy und Lucy eintraf. Er stand zunächst in der Nähe eines Wechselautomaten herum, ohne ihn zu benutzen. Anschließend folgte er Lucy, bis sie *Dance Off* zu spielen begann. Nachdem er Kontakt mit ihr gehabt hatte, verließ er die Spielhalle sofort wieder.

»Er ist auf keiner Kamera in einem Winkel zu sehen, von

dem aus man sein Gesicht gut erkennen kann – vor allem wegen dieses Caps«, stellte Noah fest.

»Natürlich. Er wusste, was er tat. Mach so viele Standbilder wie möglich«, sagte Josie. »Dann sehen wir uns die übrigen Filme an.«

»Unglaublich«, staunte Noah. Er deutete auf den Bildschirm, nachdem er den Film in dem Augenblick angehalten hatte, als der Mann zu Lucy ging, während diese *Dance Off* spielte. »Amy steht direkt daneben. Hier ist sie. Und sie sieht diesen Typen nicht.«

»Sie nimmt ihn nicht zur Kenntnis«, berichtigte Josie ihn. »Weil er mit der Umgebung verschmilzt. Er ist keine Bedrohung. Sie sieht ihn nie mit Lucy sprechen und ist außerdem abgelenkt. Wie auf dem Spielplatz, als Lucy verschwand. Jeder konnte sie sehen, aber niemand hat sie registriert. Wir gehen doch alle durch den Tag und sehen Menschen oder Dinge, ohne sie richtig wahrzunehmen.«

»Wie oft, denkst du, hat er das wohl gemacht?«

»Oft. Jedenfalls so oft, dass sie ihn als Freund betrachtet hat. Als jemanden, dem sie entgegenlaufen wollte, jemanden, den zu sehen sie sich gefreut hat.«

»In den meisten Fällen muss das im Park gewesen sein, meinst du nicht auch? Während sie mit dem Kindermädchen dort war.«

»Ja. Und eine der anderen Mütter hat ausgesagt, dass Jaclyn oft telefoniert hat.«

»Und im Park gibt es keine Kameras«, fügte Noah hinzu. »Da ist auch das Karussell. Der Typ hat sich an sie rangemacht, ohne dass es jemand bemerkt hat.«

Josie dachte kurz darüber nach – über die ganze Planung, die dafür notwendig war. »Das Kindermädchen hatte einen unbekannten Gast – eine Frau, die irgendwann bei ihr übernachtet hat. Ihre Fingerabdrücke haben wir auch in Lucys Zimmer gefunden.«

»Das heißt, wir wissen, dass sie daran beteiligt war«, folgerte Noah. »Übrigens konnte Oaks' Team eine von Jaclyns Freundinnen ausfindig machen. Sie hat ausgesagt, dass eine Weile eine junge Frau bei Jaclyn gewohnt habe, die sie aber nie getroffen habe. Sie habe Jaclyn nach ihr gefragt, doch die habe gesagt, dass sie nur jemandem helfe, den sie auf dem Campus kennengelernt habe. Angeblich einem Mädchen, das vorübergehend keine Wohnung hatte. War vor fünf, sechs Monaten.«

»Also hat die geheimnisvolle Frau Freundschaft mit Jaclyn geschlossen, sie manipuliert, sie dazu bekommen, sie eine Weile bei sich übernachten zu lassen, und es geschafft, niemandem von Jaclyns Bekannten zu begegnen. Sie muss ziemlich clever sein«, stellte Josie fest.

»Ja«, stimmte Noah ihr zu. »Ihre Aufgabe war es, sich einen Überblick über Lucys Leben und das ihrer Familie zu verschaffen.«

»Genau. Über ihren Tagesablauf, ihre Gewohnheiten, ihren Alltag. Über das, was Lucy mag und nicht mag.«

»Die Unbekannte erstattet dem Entführer Bericht. Sie erzählt ihm, dass Lucy ganz begeistert ist von Schmetterlingen«, führte Noah ihren Gedankengang weiter.

»Er sieht darin eine Gelegenheit, mit ihr in Kontakt zu kommen, indem er sich in der Schule als der Insektenexperte ausgibt.«

»Woher aber wusste er, dass Bausch der Denton West einen Besuch abstatten würde?«, warf Noah ein.

»Das stand auf der Website der Schule«, antwortete Josie. »Im Terminkalender, in dem alle Besuche und Veranstaltungen aufgeführt sind. Die öffentlichen, nicht die privaten. Er musste nur die Homepage aufrufen. Dort konnte er sehen, dass Bausch gebucht war.«

»Und entweder er oder seine Komplizin haben dann den echten Bausch angerufen, sich als jemand von der Denton West ausgegeben und den Termin abgesagt. Wow. Der Typ ist echt dreist.«

»Ja«, pflichtete Josie ihm bei. »Sich als Bausch auszugeben war wahrscheinlich das größte Risiko, das er eingegangen ist, denn er musste sich aus der Deckung wagen, war ungeschützt. Die beiden müssen das von langer Hand geplant haben. Er hat das möglicherweise als seine beste und vielleicht einzige Gelegenheit gesehen, sich Lucys Vertrauen zu erschleichen.«

»Denn wenn sie ihm in einer geschützten Umgebung – der Schule – begegnet, fasst sie Vertrauen zu ihm.«

»Genau. Nähert er sich ihr dann außerhalb der Schule, sieht sie ihn nicht mehr als Fremden.«

»Das nutzt er, um bei jeder Gelegenheit Kontakt zu ihr aufzunehmen.«

»Baut eine Beziehung auf. Eine Freundschaft.«

»Aber wie hat er sie dazu bekommen, mit ihm zu gehen?«, fragte Noah.

Josie dachte an Lucys Zeichnung: sie und ein Mann in einem hellbraunen Anzug wie dem, den der Entführer in der Schule getragen hatte, als er sich für John Bausch ausgegeben hatte, beide mit Schmetterlingsnetzen auf der Jagd nach farbenfrohen Insekten. »Er sagt ihr, dass sie Schmetterlinge fangen gehen«, antwortete Josie.

»Was? Das ist absurd.«

»Nein, überhaupt nicht«, entgegnete Josie. »Amy hat mir erzählt, dass sie mit Lucy im Schmetterlingshaus der Naturwissenschaftlichen Akademie in Philadelphia gewesen sei und Lucy geschwärmt habe, dass sei der schönste Tag ihres Lebens gewesen. Der Entführer muss von ihrer Begeisterung für Schmetterlinge gewusst haben. Er muss ihr etwas ganz Besonderes versprochen haben. So verlockend, dass sie nicht widerstehen konnte.«

»Was? Ein Schmetterlings-Märchenland oder so etwas«, fragte Noah. »Ist das dein Ernst?«

»Lucy ist sieben. Erinnerst du dich noch daran, als du sieben warst?«

»Ich erinnere mich kaum an gestern«, brummte Noah.

»Sie ist noch ein Kind, Noah. Sie hat viel Fantasie, ist begeistert von Schmetterlingen, und nach allem, was ich gehört habe, ist sie einsam und möchte gefallen. Da muss es der Entführer leicht gehabt haben, ihr Vertrauen zu gewinnen. Er hat sich sehr um sie gekümmert, war ihr heimlicher Freund. Sie war ganz verschossen in ihn, dem Verhalten nach zu urteilen, das sie gezeigt hat, als sie ihn sah. Sie würde ihm gefallen wollen. Also hat sie getan, was er gesagt hat, und ihn vor ihrer Mutter verheimlicht.«

»Und vor allen Erwachsenen in ihrem Umfeld.«

»Ja«, pflichtete Josie ihm bei. »Er hat wahrscheinlich versprochen, sie irgendwohin mitzunehmen. Zu so etwas wie dem Schmetterlingshaus in der Naturwissenschaftlichen Akademie – nur dass er es ihr viel größer und aufregender beschrieben hat. Natürlich war das eine reine Erfindung, denn er hatte nie vor, sie dorthin zu bringen. Er wollte ihr nur etwas versprechen, was für sie die Erfüllung ihres schönsten Traumes gewesen wäre. Etwas, wofür sie sogar mit ihm weggegangen ist, obwohl ihre Eltern da waren.«

»Denkst du, dass er ihr versprochen hat, sie wieder zurückzubringen?«

»Klar«, meinte Josie. »Er hat ihr wahrscheinlich gesagt, dass sie jetzt ein Abenteuer erleben würde und noch in derselben Nacht wieder in ihrem Bett schlafen würde. Alles, was der Typ gemacht hat, war Manipulation.«

»Aber warum?«, fragte Noah. »Warum hat er sie nicht einfach entführt? Weshalb die ganze Vorbereitung? Wenn du recht hast und der Kerl eine Komplizin hat, die sich vor sechs Monaten bei dem Kindermädchen eingeschlichen hat, also lange bevor er Lucys Schule einen Besuch abgestattet hat, dann wäre das ein ziemlicher Aufwand für eine Entführung. Ein unnötiger Aufwand. Vor allem, wenn er auf ein Lösegeld aus ist. Wenn das Kindermädchen immer dann telefoniert hat, während sie mit Lucy auf dem Spielplatz war, hätte er sie dort jederzeit mitnehmen können. Warum macht er das alles?«

»Er spielt ein Spiel«, erwiderte sie. In ihrem Kopf drehte sich alles. »Es geht ihm gar nicht um ein Lösegeld. Nicht wirklich.«

»Worum dann?«, fragte Noah.

»Ich weiß es nicht. Aber ich muss jetzt jemanden anrufen.«

Er brachte sie nicht um. Aber er tat ihr mehr weh als je zuvor. Sie lag lange auf dem Bett, während ich auf dem Boden saß und hoffte, dass sie sich bewegte. Ich leckte mir die Finger und versuchte mit ihnen, etwas Blut von ihrem Gesicht zu wischen, aber es war dick und krustig. Es verschmierte, gelangte in ihre Haare und auf das Kopfkissen. Wir hatten nur ein Kopfkissen, das sie nur selten waschen durfte. Ich wusste, sie würde wütend werden, wenn ich es schmutzig machte. Deshalb hörte ich auf damit. Ich war erleichtert wie nie zuvor in meinem Leben, als sie wieder mit mir sprach.

Sie streckte mir eine Hand entgegen. Ich nahm sie. »Bist du jetzt wach?«

Sie nickte schwach.

»Können wir heimgehen?«

»Noch nicht.«

»Habe ich etwas falsch gemacht?«

Ihre Augenlider flatterten. »Nein, natürlich nicht. Das ist nicht deine Schuld. Das musst du dir merken. Nichts von alledem ist deine Schuld.« Ihre Hand drückte meine. »Ich muss mich jetzt ausruhen, okay?«

Ich nickte, obwohl sie ihre Augen schon wieder geschlossen hatte. Ihre Nase pfiff, während sie schlief. Als sie wegdämmerte, lockerte sich ihr Griff und ich nahm meine Hand weg. Ich ging zurück zum Fenster und starrte nach draußen. Die Silberfrau war wieder in ihrem Garten. Vielleicht konnte sie uns ja heimbringen. Ich hob meine Hand, um an das Fenster zu klopfen, zögerte aber.

Ich drehte mich um und sah ihr blutiges Gesicht und die geschwollenen Augen. Obwohl sie nichts sagte, hörte ich ihre Stimme. *Du musst so ruhig sein, wie es nur geht.*

Ich wollte nicht der Grund sein, warum er ihr wieder wehtat.

Josie ging vor das Zelt und hielt sich dabei das Handy ans Ohr. Während sie darauf wartete, dass Trinity den Anruf annahm, sah sie hinüber zum Karussell, wo immer noch Tische für Essen und Kaffee aufgestellt waren. Nach wie vor standen einige Freiwillige herum, die sich an der Suche beteiligt hatten. Josie erkannte Ingrid Saylor neben dem Tisch von Komorrah's Koffee. Sie sprach mit dem Mann im Tweedanzug. Josie versuchte, sich an seinen Namen zu erinnern. Bryce Graham. Daneben hielten sich einige weitere Helfer auf, die eigene Such- und Rettungshunde mitgebracht hatten, darunter auch Luke. Er winkte ihr zu, doch sie wandte sich rasch ab und lief aus dem Park zu ihrem Auto.

Beim achten Klingeln hob Trinity endlich mit einem atemlosen »Hallo« ab.

»Ich bin hundertprozentig sicher, dass es bei dem Kidnapping um Amy geht«, begann Josie.

»Kidnapping? Keine Entführung?«, fragte Trinity.

Josie schnaubte genervt. »Wo zum Teufel ist da der Unterschied?«

»Wenn man von Kidnapping spricht, hört sich das für mich

an, als sei ein Kinderschänder am Werk. Aber bei einer Entführung denke ich an Lösegeld.«

»Letztlich macht es für mich keinen Unterschied«, brummte Josie. »In beiden Fällen muss ich Lucy Ross so bald wie möglich finden.«

»Okay, okay«, beschwichtigte Trinity sie. Sie schien Josies Frustration herausgehört zu haben, denn sie versuchte nicht, ihr – absichtlich oder unabsichtlich – Informationen über den Fall zu entlocken, die sie für eine Story verwenden konnte. Stattdessen sagte sie: »Du denkst, in dieser Sache geht es um Amy.«

»Ja. Es geht um Amy. Jemand will ihr wehtun.«

»Der netten, ruhigen Amy, deren Leben so langweilig wie der Tag lang ist?«, spottete Trinity.

»Ja«, erwiderte Josie. »Sag mir, dass du etwas herausgefunden hast. Irgendwas.«

»Ich habe ein Foto aus einem Jahrbuch. Das ist bis jetzt das Einzige. Außerdem bin ich unterwegs zur Bibliothek. Von Renita habe ich noch keine Rückmeldung bekommen. Ich schicke dir erst einmal das Jahrbuchfoto.«

Sekunden später brummte Josies Handy. Sie hielt es ein Stück von sich weg, sodass sie den Text lesen konnte, den Trinity mit einem Foto einer Jugendlichen geschickt hatte. Unter dem Bild stand der Name »Amy Walsh«. Josie sah sich das Foto genauer an. Es war körnig und zeigte ein Mädchen mit dunklen Locken sowie einem schüchternen Lächeln. Die Ähnlichkeit mit Amy Ross war bestenfalls schwach. Sie hörte Trinitys Stimme durch das Telefon. »Ich bin ihr noch nicht direkt begegnet. Das ist sie, oder?«

Josie sah sich das Foto noch einmal einen Augenblick lang an. »Wenn sie ihr Haar geschnitten, gefärbt und geglättet hat, könnte es hinkommen. Ich bin wirklich froh, dass ich nicht mehr so aussehe wie auf meinem Jahrbuchfoto.«

»Das FBI ist mir dicht auf den Fersen«, fügte Trinity hinzu. »Haben die schon etwas herausgefunden?«

»Ich glaube nicht«, entgegnete Josie. »Ich frage mal Agent Oaks. Und jetzt fahre ich zum Ross-Haus. Sag Bescheid, wenn du in der Bibliothek etwas Neues ausgräbst oder mit Renita gesprochen hast.«

»Mach ich«, versprach Trinity und legte auf.

Josie betrachtete das Jahrbuchfoto von Amy Walsh noch einmal. Sie versuchte, es zu vergrößern, doch wurde es dadurch nur verschwommener.

»Boss.« Mettner war von hinten an sie herangetreten.

Josie machte sich diesmal nicht die Mühe, ihn zu korrigieren. »Was ist, Mett?«

»Die Teams haben eine Jagdhütte in South Denton entdeckt, in die eingebrochen wurde. Der Waffenschrank war aufgebrochen, der Inhalt gestohlen.«

Josie warf einen letzten Blick auf das Foto und seufzte. »Gehen wir. Ich rufe von unterwegs Oaks an und halte ihn auf dem Laufenden.«

South Denton bestand zu einem Großteil aus Ladenzeilen und weiteren gedrungenen Flachdachgebäuden einschließlich einer Mietlagerhalle sowie einer Autovermietung, die so etwas wie Betoninseln in dem ansonsten dicht begrünten Stadtteil waren. Die wenigen Wohnhäuser waren dünn gesät und lagen weit verstreut. Da es sich um ein Gewerbegebiet handelte, hatte man viele inzwischen in Geschäftsgebäude umgewandelt, darunter ein Diner, ein Antiquitätenladen und ein Antiquariat. Direkt am Stadtrand schlängelten sich mehrere einspurige Straßen in die Berge. Josie und Mettner fuhren auf einer davon rund drei Kilometer weit in den Wald hinein, bis sie am Ende eines Kieswegs, der nur durch zwei rote Reflektoren zu beiden Seiten gekennzeichnet war, zwei Streifenwagen der Polizei von Denton stehen sahen. Josie stellte ihr Auto hinter einem der Wagen ab und ging mit Mettner die Zufahrt entlang zu einer kleinen Hütte. Das rechteckige, einstöckige Gebäude hatte Wände aus Blockhausimitat und ein Dach aus rotem Wellblech, das spitz zulief, damit der Schnee abrutschen konnte. Links neben der kleinen Veranda befand sich eine quadratische Rasenfläche und ein, zwei Schritte davon entfernt eine Feuerstelle aus Stein, um die Gartenstühle herumstanden. In einem der Metallstühle saß ein kleiner, dicklicher Mann mit weißem Haar, der Besitzer der Hütte, wie Josie vermutete. Vor ihm standen zwei uniformierte Polizisten, von denen einer sprach und der andere sich Notizen machte. Auf der Veranda sah Josie Officer Hummel. Er hatte sich einen Schutzanzug angezogen und sprach mit einem weiteren Uniformierten, der ein Klemmbrett in der Hand hielt.

»Was gibt es Neues?«, fragte Josie, als sie mit Mettner die Veranda betrat.

Hummel zeigte über die Schulter zum Besitzer und den anderen Beamten. »Die Hütte gehört diesem Herrn. Er wohnt in der Stadt und war schon über einen Monat nicht mehr hier draußen. Wir haben, wie du angeordnet hast, alle Hütten der Gegend überprüft. Bei der hier haben wir festgestellt, dass das Fenster hinten zerbrochen war. Also haben wir den Eigentümer angerufen und ihn gebeten, herzukommen. Er sagt, nichts sei angerührt außer dem Waffenschrank. Jemand hat die Glasfront zerbrochen und alle Schusswaffen gestohlen.«

»Hatte er seine Waffen nicht in einem Waffentresor?«, fragte Mettner.

Hummel schüttelte den Kopf. »Hierher kommt niemand. Er dachte, ein einfacher Schrank würde reichen. Er war verschlossen, aber jemand hat, wie gesagt, das Glas zerbrochen, um an die Waffen zu gelangen. Der Besitzer sagt, er hat die

Hütte seit dreißig Jahren und bis jetzt noch nie Probleme gehabt.«

»Was für Waffen hatte er?«, wollte Josie wissen.

Hummel sah den Beamten neben sich an, der eine Seite auf seinem Klemmbrett aufschlug. Hummel las, was darauf gekritzelt war. »Eine Winchester 101, ein Marlin-Unterhebelrepetierer 30/30, eine Remington 700 und eine Glock 19.«

»Er hatte eine Pistole in seiner Jagdhütte?«

»Die hatte er im Gürtel stecken, wenn er auf dem Anwesen arbeitete.«

»Wahrscheinlich gegen Kojoten«, mutmaßte Josie. »Eine Pistole lässt sich leichter mitführen als ein Gewehr, wenn man nur vorhat, Unkraut zu jäten oder am Lagerfeuer zu sitzen.«

Mettner nickte.

»Denkst du, dass derjenige, der hier eingebrochen ist, sich länger hier aufgehalten hat?«, fragte Josie.

»Nein«, erwiderte Hummel. »Wie gesagt, das Einzige, was angefasst wurde, ist der Waffenschrank. Wir sind mit dem Besitzer alles durchgegangen. Er sagte, alles sonst sei genauso, wie er es verlassen hat.«

Was bedeutete, dass sie kaum oder gar keine verwertbaren Spuren finden würden.

»Denkst du, dass es sich um unseren Entführer handelt?«, fragte Mettner Josie.

»Schwer zu sagen«, meinte sie. »Wie viele Einbrüche wie diesen haben wir im Jahr?«

»Einen. Bestenfalls zwei«, antwortete Hummel. »Meistens sind es Jugendliche, die einen Platz suchen, wo sie in Ruhe trinken können. Normalerweise interessieren die sich nicht für Gewehre.«

»Genau«, sagte Josie. »Jagen ist hier eine ziemlich heilige Angelegenheit. Man vergreift sich nicht an den Gewehren anderer.«

Hummel nickte. »Möchtest du dich umsehen? Meine Leute

untersuchen den Tatort, aber du kannst rein. In meinem Kofferraum sind Anzüge und Handschuhe.«

Josie zog sich an. Der Polizist mit dem Klemmbrett registrierte sie, woraufhin sie in die Hütte ging. Sie war nicht viel größer als ein Wohnwagen. Wo das Wohnzimmer endete und die Küche begann, konnte man nur am Übergang zwischen braunem Zottelteppich und Fliesenbelag erkennen. Dahinter befand sich ein kurzer Flur mit zwei Türen. Eine führte in das Schlafzimmer, die andere in ein Bad. Hummel hatte recht: Das Einzige nicht Saubere und Ordentliche in der Hütte war der Schrank mit der zerschmetterten Glastür. Sie nickte den beiden Beamten drinnen zu, die den Schrank und das zerbrochene Glas fotografierten und Fingerabdrücke davon nahmen.

Anschließend sah sie sich das Zimmer genauer an. An der Wand rechts hingen drei präparierte Hirschköpfe, daneben stand der Schrank mit der eingeschlagenen Glastür. Linker Hand befand sich der Wohnbereich mit einem zweisitzigen Sofa und zwei Sesseln vor einem Fernsehgerät auf einem niedrigen Tischchen. Wäre sie ein verängstigtes siebenjähriges Mädchen in Begleitung eines furchteinflößenden Mannes, der das Glas im Waffenschrank zerschlug, wo würde sie sich verkriechen?

Sie ging auf Hände und Knie und kroch hinter den nächsten Fernsehsessel.

Mettner erschien im Schutzanzug hinter ihr. »Wonach suchst du, Boss?«, fragte er.

»Nach einer Chrysalis«, antwortete sie. Unter dem Sessel war nichts. Sie kroch zum Sofa. Auch nichts. Als sie den Kopf auf den Boden legte, um einen Blick unter den letzten Sessel zu werfen, bemerkte sie ein kleines grünes Objekt. »Ich brauche eine Taschenlampe«, rief sie über die Schulter hinweg.

Schon reichte Mettner ihr sein Smartphone mit bereits eingeschalteter Taschenlampen-App. Sie leuchtete den grünen Gegenstand an – er war zylindrisch und leicht gekrümmt. »Ich hab sie«, rief sie mit klopfendem Herzen. »Ich mache ein paar Fotos davon, dann untersucht ihr es. Mettner, ich fotografiere es mit deinem Handy und du schickst es mir. Kannst du mal den Sessel hochheben? Vorsichtig, ja?«

Mettner kippte den Sessel nach vorn, sodass sich die Hinterbeine vom Teppich hoben. Josie machte ein paar Fotos, bevor sie Mettner bedeutete, den Sessel wieder zurückzustellen. Sie gab ihm das Smartphone zurück. Als er die Bilder durchging, sagte er: »Diesmal hat sie Blätter verwendet. Ich glaube nicht, dass wir davon Fingerabdrücke nehmen können.«

»Darum geht es gar nicht«, entgegnete Josie. »Wir wissen jetzt, dass sie wahrscheinlich noch am Leben ist. Das ist es, was zählt. Außerdem steht fest, dass er mit mehr bewaffnet ist als nur einem Messer.«

ACHTUNDDREISSIG

Josie ließ Mettner beim Kommandozelt aussteigen. Als die Freiwilligen, die sie zuvor schon gesehen hatte, in Sichtweite kamen, meinte sie: »Du könntest mit einigen von denen zur Hütte hinausfahren, nachdem Hummels Team dort fertig ist. Sie sollen die Wälder absuchen. Vielleicht finden sie ja etwas.«

Mettner nickte. »Gute Idee. Ich gebe ihnen etwas zu tun. Außer dem Psychologen vielleicht.«

Josie folgte Mettners Blick und sah Bryce Graham auf einer Bank am Spielplatz sitzen, während er mit einer der Mütter sprach, die sie bereits am Abend nach Lucys Entführung befragt hatten. Sie erkannte Zoey. Leichter Ärger stieg in ihr hoch. Sie kannte den Mann nicht, aber es schien, als wollte er die Tragödie der Familie Ross nutzen, um sein Geschäft anzukurbeln.

»Sieht aus, als hätte er genug Arbeit da draußen«, bemerkte Josie.

Sie fuhr ein paar Blocks weiter zum Haus der Familie Ross. Zweimal musste sie um den Block fahren, bis sie zwischen den vielen Pressefahrzeugen einen Parkplatz gefunden hatte. Als sie zur Haustür ging, bombardierten sie die Journalisten im

Vorgarten mit Fragen. Ein FBI-Agent ließ sie herein. »Sie sind im Esszimmer«, teilte er ihr mit.

Als sie hinter ihm den Raum betrat, hörte sie Oaks' Stimme. »Denken Sie daran, was wir besprochen haben. Wenn der Entführer das nächste Mal anruft, möchte ich, dass Sie beide bereit sind.«

Amy und Colin saßen am anderen Ende des Esstisches und starrten ihn an. »Ich habe schon einmal einen Beweis verlangt, dass sie noch lebt«, warf Colin ein. »Das ist danebengegangen.«

Josie trat neben Oaks. Colin und Amy sahen sie an und wandten sich wieder Oaks zu.

»Das ist eine Verhandlungssituation«, erwiderte Oaks. »Sie sollten ihm deshalb nicht gleich alles geben, was er fordert, sonst wird er immer mehr verlangen. Haben Sie eine Million Dollar?«

Colin und Amy sahen sich an. Colin rutschte unruhig hin und her. »Nicht sofort. Ich habe angefangen, einige Vermögenswerte aufzulösen. Ich könnte relativ rasch achthunderttausend Dollar beisammen haben. Aber die restliche Summe aufzutreiben dauert länger.«

»Trotzdem sollten Sie einen Beweis fordern, dass Lucy noch lebt«, riet ihm Oaks. »Das war schon gut so beim letzten Mal.«

»Den wird er uns nicht liefern«, warf Colin ein.

»Das wissen Sie nicht. Er will Geld. Die Chancen, Lucy zurückzubekommen, stehen am besten, wenn wir auf eine Art Vereinbarung mit diesem Ungeheuer hinarbeiten. Wir müssen ihm zeigen, dass wir bereit sind, sein Spiel mitzuspielen.«

»Ich glaube, das ist ein Fehler«, schaltete sich Amy mit zitternder Stimme ein. »Warum setzen wir das Leben unserer Tochter aufs Spiel?«

»Haben wir überhaupt eine Wahl?«, fragte Colin.

Oaks sah Josie an. »Ihr Beamter, Hummel, hat uns eine Liste der gestohlenen Waffen und ihrer Seriennummern geschickt. Haben Sie in der Jagdhütte sonst noch etwas gefunden?«

Josie holte ihr Handy heraus und zeigte die Fotos vom Kokon.

»Mein Gott!«, rief Amy. »Sie lebt.«

Colins Augen glänzten, als er sich die Fotos ansah. »Das wissen wir nicht. Wir wissen nicht, wie lang es her ist, dass sie in der Hütte waren«, sagte er.

»Stimmt«, räumte Josie ein.

»Und jetzt ist er auch noch bewaffnet«, fügte Colin hinzu.

»Er war immer bewaffnet«, wandte Amy ein. »Er hat Jaclyn und Wendy umgebracht. Die Polizei sagt, er hat sie erstochen.«

Das Klingeln eines Handys unterbrach sie. Amys Körper begann zu zittern, aber es war nicht ihr Smartphone. Oaks holte sein Handy aus der Jackentasche und wischte darüber. »Hier Oaks«, bellte er hinein. Einen Augenblick lang hörte er zu, dann fragte er: »Seid ihr sicher?« Er stand stirnrunzelnd auf. »Ja, schickt es her. Sofort, bitte. Danke.« Er beendete das Gespräch und sah Amy und Colin an. »Alles in Ordnung«, beruhigte er sie. »Ich muss nur kurz mit Detective Quinn sprechen, wenn es Ihnen nichts ausmacht.«

»Natürlich«, erwiderte Colin, als seine Frau nickte.

Josie folgte Oaks in den Garten. »Was ist los?«, wollte sie wissen.

»Gerade hat mich einer meiner Agenten aus New York angerufen. Amy Walsh starb mit zweiundzwanzig Jahren.«

»Was sagen Sie da?«, rief Josie und fühlte ihr Herz schneller schlagen.

Oaks öffnete ein Dokument auf seinem Smartphone und zeigte es Josie. Es war eine Todesurkunde von 1997, ausgestellt vom Bundesstaat New York auf den Namen Amy Walsh. Während sie sie auf dem winzigen Display überflog, sagte Oaks: »Todesursache: mehrfaches stumpfes Trauma.«

Josie fand die betreffende Stelle und las weiter: »Todesart: Unfall.«

»Da drinnen sitzt gar nicht Amy Walsh«, sagte Oaks.

»Sie hat die Identität von jemandem gestohlen. Das Foto im Jahrbuch sah ihr gerade so ähnlich, dass man sie bei flüchtiger Betrachtung für Amy halten konnte.«

Oaks schnaubte. »Kein Wunder, dass sie den Lügendetektortest nicht bestanden hat.«

Josie wandte sich von ihm ab und begann im Garten auf und ab zu gehen. »Ich glaube trotzdem nicht, dass sie etwas mit Lucys Entführung zu tun hat.«

Oaks kratzte sich die Stoppeln am Kinn. »Detective Quinn, ich halte Sie nicht für leichtgläubig. Ich habe über Sie gelesen und Sie im Fernsehen gesehen. Sie haben das Schlimmste erlebt, was man sich denken kann. Sie glauben trotzdem nicht, dass diese Frau da drin in der Lage ist, die Entführung ihrer eigenen Tochter zu inszenieren?«

Josie blieb stehen und sah ihn an. »Ich weiß es nicht.«

»Es würde erklären, warum sie so geistesabwesend ist. Sie haben es ja selbst gesagt: Jeder, mit dem Sie und Ihr Team gesprochen haben, erwähnte, dass sie oft abwesend wirkte.«

Bei diesen Worten musste Josie an die Aufzeichnungen denken, die sie und Noah am Morgen gesehen hatten. »Sie wirkt geistesabwesend, ja. Aber nicht, weil sie Lucys Entführung inszeniert hat. Erinnern Sie sich, was ich Ihnen über die Aufnahmen der Überwachungskamera in dem Indoorspielplatz erzählt habe, die Noah und ich uns angesehen haben? Amy hatte keine Ahnung, dass der Mann sie verfolgte. Außerdem haben wir Zugang zu all ihren Unterlagen: Kontoauszügen, Telefonverbindungen, E-Mails. Sie hat uns bereitwillig Zugriff auf alles gegeben. Wenn sie wirklich die Entführung geplant hätte, hätten wir schon längst Hinweise darauf gefunden.«

»Ich denke, wir sollten sie trotzdem festnehmen. Und verhören.«

»Nein«, widersprach Josie. »Noch nicht. Sie arbeitet mit uns zusammen.«

»Sie verschweigt ihre wahre Identität, Quinn.«

»Ich weiß«, erwiderte Josie. »Aber wir brauchen sie jetzt. Lucys Leben hängt möglicherweise von ihrer Mitarbeit ab. Wenn wir sie ab jetzt wie eine Kriminelle behandeln, macht sie völlig zu. So gestört das Verhältnis zwischen ihr und ihrem Mann im Moment auch ist, Colin wird seine Frau instinktiv beschützen und sofort einen Anwalt hinzuziehen, sobald er glaubt, dass wir sie als Verdächtige behandeln. Wer immer dieser Entführer ist, die Sache muss mit ihrer Vergangenheit zu tun haben.«

»Eine Vergangenheit, über die wir absolut nichts wissen«, hob Oaks hervor. »Weil sie uns die ganze Zeit angelogen hat.«

»Ich verstehe, was Sie sagen wollen. Unter anderen Umständen würde ich sie aufs Polizeirevier schaffen und ihr die Hölle heiß machen. Aber jetzt ist definitiv nicht der richtige Zeitpunkt dafür. Lassen Sie mich noch einmal mit ihr reden. Vielleicht bekomme ich noch etwas aus ihr heraus.«

Oaks seufzte. »Gut. Aber wenn Sie nichts bei ihr erreichen und die Sache sich noch lange so hinzieht, haben wir keine Wahl mehr, Quinn.«

»Ich weiß. Geben Sie mir noch etwas Zeit.«

NEUNUNDDREISSIG

Amy war wieder in Lucys Zimmer gegangen. Sie saß auf Lucys Sitzsack und hielt einen Stoffmarienkäfer im Arm. Das Sonnenlicht fiel durch die dünnen Vorhänge auf die glitzernden Kinderschätze, die ein Kaleidoskop aus Farben an die Wände warfen. Josie schloss die Tür hinter sich und setzte sich mit überkreuzten Beinen vor Amy.

»Wozu braucht er Gewehre, der Kidnapper?«, fragte Amy. »Was will er damit?«

»Ich weiß es nicht«, antwortete Josie wahrheitsgemäß. »Amy, ich muss mit Ihnen reden. Es ist sehr wichtig.«

Amys verschwommener Blick wurde klarer. Sie sah Josie an. »Ist etwas passiert?«

Josie schüttelte den Kopf. »Noch nicht. Ich möchte Sie warnen. Bald, sehr bald sogar, kommen meine Kollegen. Sie werden Sie mit aufs Revier nehmen, in einen Verhörraum setzen und Ihnen ein paar unangenehme Fragen stellen.«

Amys Finger kneteten den Marienkäfer. »Wovon reden Sie? Denken die, ich habe das getan? Glauben die wirklich, ich hätte etwas mit Lucys Entführung zu tun?«

»Die wissen, dass Sie uns anlügen. Dass Sie nicht Amy Walsh sind.«

Amy wollte etwas sagen, aber die Worte blieben ihr im Hals stecken. Sie drehte sich weg und legte eine Hand auf den Mund.

»Ich will nicht glauben, dass Sie etwas mit dieser Entführung zu tun haben«, redete Josie auf sie ein. »Aber, Amy, aus unserer Sicht sieht es nicht gut aus für Sie.«

Amy blieb eine ganze Weile still. Als sie Josie wieder ansah und zu sprechen begann, war sie so leise, dass Josie sie kaum verstehen konnte. »Was soll ich machen?«

»Mir die Wahrheit sagen. Jetzt. In diesem Zimmer. Wenn Sie nichts mit Lucys Entführung zu tun haben, dann ist es egal, was Sie uns verschweigen.« Josie deutete auf die geschlossene Tür. »Exakt in diesem Augenblick beginnen meine Kollegen, sich auf Sie zu konzentrieren, was absolut verständlich ist. Wenn man herausfindet, dass jemand einem allerlei Lügen auftischt – über wichtige Dinge –, dann ist die Annahme, dass er auch dann lügt, wenn es um die Aufklärung eines Verbrechens geht, nicht weit hergeholt.«

»Ich habe nichts mit Lucys Einführung zu tun«, erwiderte Amy mit fester Stimme. »Ich schwöre es. Ich will sie nur wieder zurückhaben.«

»Ich auch«, erwiderte Josie. »Ich konzentriere mich auf Lucy. Alles andere ist mir im Augenblick völlig egal – ich will das Mädchen retten. Lebend. Das ist alles. Wenn Sie also nichts damit zu tun haben, spielt nichts, was Sie mir erzählen, kein Geheimnis, das Sie mir verraten, eine Rolle. Es ist mir egal, ob Sie jemanden umgebracht haben, Amy, aber Sie müssen es mir sagen. Jetzt. Bevor meine Kollegen durch diese Tür kommen und die ganze Sache außer Kontrolle gerät.«

Tränen rannen über Amys Gesicht. Sie klammerte sich erneut an den Marienkäfer. Wieder bekam sie diesen verschwommenen, leeren Blick.

»Warum haben Sie Amy Walshs Identität angenommen?«, drängte Josie.

Amy blinzelte. Unvermittelt sah sie Josie an, dann wanderte ihr Blick zurück zur anderen Seite des Zimmers, wo der Schmetterlingsgarten hing. »Ich musste. Ich brauchte eine.«

»Weiß Colin davon?«

»Natürlich nicht«, entgegnete Amy. »Er hat nicht die leiseste Ahnung.«

»Wie haben Sie das gemacht?«

»Ich kannte Amy Walsh. Sie war meine Freundin. Ihre Mutter hat mich aufgenommen. Hat mich bei sich wohnen lassen. Ich war nur ein paar Monate dort. Dann sind sie beide gestorben. Bei einem Autounfall. Renita war nicht im Auto, deshalb ist ihr nichts passiert. Aber sie wollte nicht, dass ich bleibe. Sie hat mich nie gemocht. Ich habe Amys sämtliche Unterlagen mitgenommen und bin nach New York gegangen. Ich ... habe angefangen, ihre Identität anzunehmen. Dabei habe ich ständig in Angst gelebt, dass es jemand herausfindet. Aber niemand hat etwas gemerkt. Bis jetzt. Wussten Sie, dass ich gar nicht vierundvierzig Jahre alt bin? Ich bin erst vierzig.«

Josie ließ das unkommentiert. »Warum haben Sie das gemacht?«

»Nicht alles, was ich Ihnen erzählt habe, war gelogen.«

»Sie sind vor jemandem weggelaufen«, folgerte Josie. »Einem Liebhaber, der Sie schlecht behandelt hat?«

Amy schluckte und wurde rot. »Kein Liebhaber«, presste sie hervor.

»Vor einem Freund? Einem Ehemann?«

»Ich war eine Gefangene, verstehen Sie? Eingesperrt. Ich bin geflüchtet. Ich hatte keine Wahl.«

»Wer war er, Amy?«

Sie schüttelte vehement den Kopf. »Ich habe Ihnen doch gesagt, dass er tot ist. Ich werde nie wieder seinen Namen aussprechen.«

»Amy, ich brauche die Wahrheit.«

In ihren Augen blitzte etwas auf. »Ich sage die Wahrheit.«

»Wie also hießen Sie, bevor Sie Amy Walsh wurden?«

»Wenn Sie wissen, dass ich nicht Amy Walsh bin, dann müssen Sie meinen richtigen Namen doch kennen.«

Josie wollte ihr nicht verraten, dass sie diese Information noch nicht hatten, und sagte daher: »Ich möchte es von Ihnen hören.«

Amy sagte nichts. Wieder liefen ihr Tränen über das Gesicht. »Die Person, die ich früher war, ist ein Geist. Eine Erfindung. Immer gewesen.«

Josies Ärger über Amys kryptische Antworten wuchs. Sie hatte den Drang, die Frau zu schütteln. Gleichzeitig aber war ihr klar, dass sie noch nie ehrlicher gewesen war als jetzt. »Sie waren jemand anderes, bevor Sie Amy Walshs Identität angenommen haben. Ich muss jetzt wissen, wer«, drängte Josie.

Amy sah zurück zum Schmetterlingsgarten. Falten bildeten sich auf ihrer Stirn. »Nein«, sagte sie leise. »Ich glaube nicht, dass ich jemand anderes war. Ich war niemand.«

»Amy«, beschwor Josie sie und versuchte, sich den Ärger nicht anmerken zu lassen. »Ich möchte, dass Sie mir jetzt klar antworten. Hören Sie auf, um den heißen Brei herumzureden.«

Wieder ein leises, bitteres Lachen. »Um den heißen Brei? Das ist jetzt alles zwanzig Jahre her und ich habe mir selbst noch keinen Reim darauf machen können.«

Josie fragte sich, ob die nervliche Belastung durch die Entführung und die Ermordung der Menschen, die ihr so nahestanden, sie allmählich in den Wahnsinn trieben. Sie nahm Amys Hand. »Erzählen Sie mir etwas über Ihr Leben, bevor Sie Amy Walsh wurden. Etwas, was wahr ist.«

Amy dachte einen Augenblick nach. Dann begann sie: »Ich habe in Buffalo gelebt.«

Josie hatte keine Gelegenheit mehr, ihr noch weitere

Fragen zu stellen. Unten im Erdgeschoss war ein Tumult zu hören, dann kam jemand die Treppe herauf. Oaks stieß die Tür auf. »Mrs Ross' Telefon klingelt. Gehen Sie nach unten. Sofort.«

VIERZIG

Alle drei rannten die Treppe hinab und in das Esszimmer. Auf dem Tisch klingelte Amys Handy. Josie beugte sich vor und sah auf das Display. Es war keine von Amys Bekannten. »Wissen Sie, welche Nummer das ist?«

Amy schüttelte den Kopf. »Ich ... ich weiß nicht.«

»Wir sind dran«, sagte einer der Agenten und tippte etwas in seinen Laptop.

»Glauben Sie, dass er es ist?«, fragte Amy.

»Es gibt nur einen Weg, das herauszufinden«, bemerkte Oaks.

Colin griff nach dem Handy und nahm das Gespräch an.

Die Stimme des Entführers füllte den Raum und ließ beide Eltern erschaudern. »Hallo, Colin. Ich möchte bitte mit deiner lieben Frau reden.«

Colin schloss die Augen und atmete tief ein, während er das Handy an sein Ohr gepresst hielt. »Sie kann jetzt gerade nicht reden. Aber wir können über das Geld sprechen. Hören Sie, ich kann nicht ...«

Er öffnete die Augen und sah Oaks an, der den Kopf schüttelte und mit den Lippen das Wort *Wie?* formte. Schon vorher hatte er sie instruiert, auf jede Forderung des Entführers mit einer Wie-Frage zu reagieren. »Wie soll ich eine Million Dollar auftreiben?«, wollte Colin wissen.

»Gib mir Amy.«

Der Agent flüsterte. »Die Anruferinformationen wurden gesperrt. Ich brauche noch einen Augenblick, um den Namen und die Adresse zu ermitteln.«

»Wie soll Amy Ihnen helfen? Ich bin für unsere Finanzen zuständig. Ich kann Ihnen achthunderttausend besorgen, aber ich brauche einen Beweis, dass Lucy noch lebt.«

Die Stimme des Entführers wurde noch kälter. »Hol mir Amy ans Telefon.«

Colin sah Oaks an, der ihm zunickte und bedeutete, weiterzumachen. »Sie möchten mit ihr reden, das verstehe ich, aber wir müssen zuerst über das Geld sprechen. Ich kann, wie gesagt, den größten Teil der Summe besorgen, aber ich brauche ein Lebenszeichen von Lucy.«

»Ein Festnetzanschluss«, flüsterte der Agent. »Angemeldet auf Bryce Graham.«

Josie drehte den Kopf abrupt in seine Richtung. »Was?«, flüsterte sie.

Oaks ging zu Amy und stellte sich zwischen sie und Colin. »Detective Quinn hat mir erzählt, dass Sie Bryce Graham nicht kennen. Warum ruft der Entführer Sie dann von seinem Telefon aus an?«, fragte er sie leise, aber sie hörte ihm nicht zu. Sie starrte Colin nur an und knetete nervös ihre Finger vor ihrer Brust.

In der Leitung war ein Rascheln zu hören. »Du möchtest ein Lebenszeichen?«, stieß der Entführer hervor. »Ich geb dir ein Lebenszeichen.«

Josies Herz blieb einen Augenblick lang stehen und pochte gleich darauf wieder so stark gegen ihr Brustbein, dass sie sicher war, jeder im Raum konnte sehen, wie sich ihr Shirt bewegte. Sie winkte Oaks herbei. »Bryce Graham war noch im Stadtpark, als ich von dort weggefahren bin. Aber der Entführer befindet sich offensichtlich in seiner Wohnung.«

Oaks starrte auf den Bildschirm, las Grahams Adresse und gab sie einem der Agenten, die in der Tür standen. »Schickt sofort ein paar Einheiten dorthin«, befahl er.

Der Agent nickte und ging. »Ich rufe meine Leute an. Sie sollen Graham im Park ausfindig machen«, sagte Josie.

»Sie sollen ihn in Sicherheitsgewahrsam nehmen«, flüsterte Oaks.

Josie verließ kurz den Raum, um Gretchen anzurufen und sie in aller Kürze zu instruieren. Dann kehrte sie zurück, ging zu Amy und fasste sie am Unterarm. »Sie sagten, Sie kennen Bryce Graham nicht. Warum ruft der Entführer dann von seiner Wohnung aus an?«, fragte sie, aber ihre Worte wurden von einem Schrei in der Telefonleitung übertönt. Der Ton drang wie ein Stachel in Josie. Ihre Knie wurden weich. Es war die Stimme eines Mädchens, schrill und hoch. Keine Worte. Nur der herzzerreißende Schrei eines verängstigten Kindes und dazu das Brüllen des Entführers: »Hier hast du dein Lebenszeichen, du eingebildeter Drecksack. War es das, was du wolltest? Ist es so recht?«

Amy lief zu ihrem Mann und entriss ihm mit beiden Händen das Handy. »Nicht!«, rief sie. »Aufhören! Stopp! Ich bin ja hier. Ich höre zu. Hören Sie einfach nur auf. Lassen Sie sie in Ruhe! Lassen Sie Lucy in Ruhe. Bitte!«

Das Schreien brach abrupt ab, aber Josie konnte zwischen den Worten des Entführers ein leises Wimmern hören. »Sag ihm, er soll in Zukunft die Hände vom Telefon lassen, Amy.«

Colin fiel mit aschfahlem Gesicht auf die Knie. Einen Augenblick lang dachte Josie, er würde sich übergeben.

»Er geht nicht mehr ans Telefon«, sagte Amy. »Ich verspreche es. Sie können mit mir reden. Aber tun Sie Lucy nichts mehr. Sagen Sie mir, was ich tun soll.«

»Eine Million Dollar.«

»Ja.«

Oaks Kinnlade klappte nach unten.

Amy drehte sich von ihm weg und presste das Handy mit beiden Händen an ihr Ohr. Ihre Brust hob und senkte sich schwer, während sie auf weitere Anweisungen wartete.

»Du teilst es. In zwei Pakete.«

»Zwei Pakete«, wiederholte Amy.

Im Hintergrund erstarb Lucys Wimmern.

»Du gehst zu Walmart und kaufst zwei wasserdichte Reisetaschen. Sie müssen wasserdicht sein. Hast du verstanden?«

»Wasserdicht, ja«, keuchte Amy.

»In jede Tasche steckst du die Hälfte des Geldes.«

»Okay, also fünfhunderttausend in jede Tasche.«

»Bis morgen achtzehn Uhr dreißig hast du die Taschen mit dem Geld vorbereitet.«

»Mach ich. Was muss ich dann tun?«

Die Verbindung wurde unterbrochen.

Amy nahm das Telefon von ihrem Ohr und starrte es ungläubig an. Sie legte es wieder ans Ohr. »Hallo? Hallo? Sind Sie noch dran? Wohin soll ich das Geld bringen? Hallo? Was muss ich tun? Was soll ich mit dem Geld machen?«

»Er hat aufgelegt«, sagte einer der Agenten an seinem Laptop.

»Nein!«, schrie Amy. »Nein, nein, nein!«

EINUNDVIERZIG

Amy brach zusammen. Sie fiel zu Boden, lag zusammengekauert da und zitterte am ganzen Körper. Das Handy glitt ihr aus der Hand, Tränen rannen über ihr Gesicht. Colin kroch zu ihr und nahm sie in die Arme. Josie und Oaks sahen sich an. »Sie müssen zu Graham«, sagte Josie. »Ich fahre gleich zum Polizeirevier.«

Er lief aus dem Zimmer. Josie ging in die Küche. Sie wusste, dass Amys Xanax auf der Arbeitsplatte neben dem Toaster lag. Als sie das Fläschchen nahm, hörte sie die Tabletten darin klappern. Sie holte eine Flasche Wasser aus dem Kühlschrank und ging zurück ins Esszimmer, schüttelte eine Tablette auf ihre Hand und hielt sie Amy hin. Colin stupste Amy leicht an und bedeutete ihr, sie zu nehmen. Sie steckte sie in den Mund und spülte sie mit dem Wasser hinunter, das Josie ihr gebracht hatte.

»Sie sind vor Ort«, sagte einer der Agenten und tippte auf die Kopfhörer, die er sich aufgesetzt hatte, als Oaks und sein Team aufgebrochen waren.

Josie ließ Amy noch eine Minute zur Ruhe kommen, dann halfen Colin und sie ihr auf und setzten sie behutsam auf einen

Stuhl. »Amy, kennen Sie Bryce Graham?«, wollte Josie von ihr wissen.

Amy antwortete nicht.

»Das Haus ist sauber. Niemand dort«, sagte der Agent.

»Amy?«, insistierte Josie. Ihre Stimme wurde schärfer.

Amy hob den Kopf, damit sie Josie ansehen konnte. »Ja, ich kenne ihn. Ich war ... ich war bei ihm in Therapie.«

»Was?«, stieß Colin hervor. »Du gehst zu einem Therapeuten und sagst mir nichts?«

»Es ist schon lange her«, murmelte sie.

»Und dir ist nie in den Sinn gekommen, das der Polizei zu sagen?« Colins Stimme wurde vor Ärger lauter.

»Wie lange ist das her?«, wollte Josie wissen.

»Das letzte Mal war ich vor vier Monaten bei ihm.«

»Und wie lange ging das schon?«, hakte Colin nach.

Amy blickte zu Boden. »Seit Lucys Geburt.«

Colin warf die Hände in die Luft. »Himmel, Amy. Warum hast du mir nie was davon erzählt?« Als sie nicht antwortete, fragte er: »Wie oft warst du bei ihm?«

»Anfangs ein paarmal in der Woche. Dann einmal die Woche. Wir hatten einen festen Termin. In Kontakt traten wir nur, wenn einer von uns absagen musste.«

»Hast du mit ihm gevögelt?«, fragte Colin.

Sowohl Josie als auch Amy drehten den Kopf ruckartig in seine Richtung.

»W...was?«, stammelte Amy.

»Du warst jahrelang mehrmals in der Woche bei ihm, ohne mir je etwas davon zu sagen. So etwas macht man doch nur, wenn man eine Affäre hat.«

»Colin«, beschwor ihn Amy. »Du weißt, dass ich immer schon mit Depressionen und Angstzuständen zu kämpfen hatte. Ich habe Hilfe gebraucht.«

»Niemand braucht so viel Hilfe. Nicht jemand wie du. Du

brauchst nicht zu arbeiten, bist den ganzen Tag zu Hause, zum Teufel noch mal. Was stimmt mit dir nicht?«

Amy sagte nichts.

»Wie hast du ihn bezahlt?«

»Ich habe das Geld von dem Konto verwendet, das du für mich eingerichtet hast. Er hat nicht viel verlangt.«

Colin raufte sich die Haare und stieß ein frustriertes Knurren aus. »Was verheimlichst du noch, Amy? Begreifst du nicht, dass das Leben unserer Tochter auf dem Spiel steht? Hast du irgendetwas damit zu tun?«

Josie hatte geglaubt, dass Amy nicht noch verletzlicher und niedergeschlagener aussehen konnte, als es bereits der Fall war, doch sie hatte sich getäuscht. »Wie kannst du nur so etwas sagen?«

»Woher weißt du, dass dieser Psychologe Lucy nicht entführt hat? Was, wenn er es war? Du hast gesagt, du kennst ihn nicht. Er hat kein Alibi für den Tag, an dem Lucy verschwunden ist.«

»Er würde sie nie entführen!«, schrie Amy. »Ich weiß das. Ich war einfach der Meinung, es sei nicht wichtig. Ich dachte, wenn ich jedem erzähle, dass ich bei ihm in Therapie war, gäbe es einen Streit zwischen uns, was die Suche nach Lucy vielleicht beeinträchtigt hätte. Ich bin seit Monaten nicht mehr bei ihm gewesen. Er hatte nichts mit Lucy zu tun. Er hat sie nie gesehen und würde ihr auch nie so etwas antun.«

»Warum soll ich dir glauben?«, fuhr Colin sie an. »Wie kann ich überhaupt noch irgendetwas glauben, was du sagst? Woher weiß ich, dass du kein Verhältnis mit diesem Typen hattest? Vielleicht habt ihr ja den Plan gemeinsam ausgeheckt, um an Lucy und mein Geld zu kommen.«

»Das ist verrückt«, entgegnete Amy. »Du bist doch nicht mehr bei Sinnen. Warum sollte ich so etwas tun?«

Das Klingeln von Josies Handy unterbrach die angespannte

Situation. Gretchen war am Apparat. »Wir haben Graham. Er ist in Sicherheit. Wir behalten ihn fürs Erste auf dem Revier.«

»Ich komme«, sagte Josie. Sie legte auf und blickte von einem Elternteil zum anderen. »Ich muss gehen. Wenn ich Sie wäre, würde ich mich darauf konzentrieren, das Geld zusammenzubekommen. Lucy lebt noch. Hören Sie auf zu streiten. Retten wir lieber Lucy.«

ZWEIUNDVIERZIG

Als Josie zum Polizeirevier fuhr, piepste ihr Telefon mehrere Male. Nachdem sie sich zwischen den Pressefahrzeugen hindurchgeschlängelt hatte, fuhr sie auf den Gemeindeparkplatz und schnappte sich das Handy vom Beifahrersitz. Trinity hatte mehrere Textnachrichten und ein Foto geschickt. Josie stellte den Motor ab, atmete tief durch und las, was sie geschrieben hatte.

Amy ist nicht die, die sie zu sein vorgibt.

Es hat Stunden gedauert, aber ich habe etwas in den Archiven der Fulton Daily News gefunden.

Sieh dir das an. Dorothy Walsh hatte drei Töchter: Renita, Amy und Pamela. Dorothy, Amy und Pamela sind bei einem Autounfall ums Leben gekommen.

Es folgte ein Foto von dem Zeitungsartikel, den Trinity ausgegraben hatte. Er stammte vom 27. Oktober 1997. Die Schlagzeile lautete: *Drei Frauen kommen bei Autounfall in*

South Fulton ums Leben. Sie überflog den Text. »Himmel«, murmelte sie. Der Artikel nannte alle drei Walsh-Frauen und enthielt Informationen über die Beisetzung, erwähnte aber keine weiteren Insassen. Doch Josie ging sowieso davon aus, dass die falsche Amy nicht im Fahrzeug gesessen hatte, als der Unfall passierte.

Sie schrieb Trinity:

Ich brauche einen Namen. Amy weiß inzwischen, dass wir von ihrer falschen Identität wissen, aber ich bekomme keinen Namen aus ihr heraus. Wir glauben, dass Amy Ross mit der echten Amy Walsh befreundet war. Die Zeit drängt. Das FBI ist an der Sache dran, aber du hast mit Renita bereits eine Spur. Hat sie dich zurückgerufen?

Mehrere Sekunden vergingen, bis Trinity antwortete. Ohne es zu merken, hatte Josie die ganze Zeit den Atem angehalten.

Bin gerade unterwegs zu Renita.

Josie atmete laut aus, steckte ihr Handy ein und ging auf das Revier, um mit Bryce Graham zu sprechen. Gretchen und Mettner standen vor der Konferenzraumtür im Erdgeschoss. Mettner reichte ihr einen Becher Kaffee. Bei dem Geruch wurde ihr sogleich übel. Einen Augenblick lang signalisierte ihr Gehirn, dass das nicht der Stress sein konnte. Es musste der andere Grund sein. Ein Baby. Wessen Baby? Noahs? Oder vielleicht Lukes? Nein, dafür hatte sie jetzt keine Energie. Noch nicht. Nicht jetzt. Josie umklammerte krampfhaft den Becher und rang sich ein Lächeln ab. »Danke, Mett.«

Er nickte. »Ich habe soeben mit einem der FBI-Agenten in Grahams Haus gesprochen. Die Hintertür war eingetreten, das Schloss aufgebrochen. Im Haus scheint nichts angefasst worden zu sein. In der Küche liegt dort, wo das Telefon steht, ein umgeworfener Stuhl. Allerdings haben sie nirgends, äh, so einen Kokon entdeckt. Das war's.«

Wieder kam Josie Lucys Schrei in den Sinn, was ihr noch mehr Übelkeit verursachte. Sie wollte gar nicht daran denken, warum der Stuhl umgeworfen worden war.

»Das FBI-Team sichert die Spuren«, fügte Gretchen hinzu. »Wir haben schon kurz mit Dr. Graham gesprochen. Es hat eine Weile gedauert, bis wir ihn überzeugen konnten, dass er hier sicherer ist.«

»Danke«, erwiderte Josie. »Lasst mich mit ihm reden.«

Bryce Graham saß seelenruhig auf einem der Stühle im Konferenzraum, vor sich eine volle Tasse Kaffee. Als Josie sich vorstellte, erhob er sich und schüttelte ihr die Hand. Sie setzte sich neben ihn, stellte ihre Kaffeetasse auf den Tisch und schob sie weit weg, um den Geruch nicht in die Nase zu bekommen.

»Was kann ich für Sie tun, Detective?«, fragte Graham. Er lächelte sie an, sodass sich Fältchen um seine blauen Augen bildeten. Sein Gesichtsausdruck und der Ton seiner Stimme wirkten zugewandt und vertrauenserweckend. Kein Wunder, dass viele Freiwillige mit ihm geplaudert hatten.

»Amy Ross war Ihre Patientin«, begann Josie. »Sie haben sich im Park aufgehalten, seit ihre Tochter verschwunden ist, sind aber dort nie an sie herangetreten. Außerdem haben Sie keinem unserer Beamten mitgeteilt, dass sie Ihre Patientin war.«

»Höre ich da eine Frage heraus, Detective?«, fragte Graham. Seinem Lächeln und sanften Tonfall entnahm sie, dass das nicht provozierend gemeint war.

»Warum haben Sie Amy Ross nicht angesprochen, als Sie in den Park kamen?«

»Ich kenne keine Amy Ross«, antwortete er nüchtern.

Ärger stieg in Josie hoch. Sie hatte inzwischen die Nase voll von rätselhaften Antworten. »Ein siebenjähriges Mädchen ist verschwunden, Dr. Graham. Ihr Leben ist in Gefahr. Ich wäre

Ihnen wirklich sehr dankbar, wenn Sie mit dem Bullshit aufhören und offen mit mir reden würden.«

Er faltete die Hände über seinem Bauch. »Ich bin mir durchaus bewusst, was in dieser Stadt vorgeht.«

Josies Handy piepste. Sie hob die Hand, um ihm zu bedeuten, dass er sie für einen Augenblick entschuldigen sollte. Ein kurzer Blick auf das Display zeigte Josie, dass eine Nachricht von Trinity gekommen war. Sie öffnete sie.

Ihr Name war Tessa. Ihren Nachnamen weiß Renita nicht mehr. Amy ist ihr im Waschsalon begegnet. Sie war obdachlos. Dorothy ließ sie bei sich einziehen. Ich versuche, noch mehr von Renita herauszubekommen, aber nach der langen Zeit erinnert sie sich nur noch lückenhaft.

Josie schrieb zurück.

Amy sagt, sie habe in Buffalo gelebt.

Trinity antwortete umgehend.

Bin dran.

Josie legte ihr Handy auf den Tisch und wandte sich wieder Dr. Graham zu. »Amy Ross hat mir erzählt, dass Sie sie mehrere Jahre lang behandelt haben.«

»Ich habe Amy Ross nicht behandelt«, widersprach er.

»Was, wenn ich mir Ihre Patientenakten ansehe und wir danach weiterreden?«

Sein Lächeln verschwand. »Das können Sie nicht machen. Dafür gilt die Schweigepflicht. Sie bekommen von mir nicht die Erlaubnis, sie einzusehen.«

»Ich kann mir einen Durchsuchungsbeschluss besorgen«, wandte Josie ein.

»Das glaube ich nicht. Ich habe mit dem Fall, an dem Sie arbeiten, nichts zu tun. Ich bin auch Lucy Ross nie begegnet.«

»Sie haben kein Alibi für den Tag, an dem Lucy verschwunden ist. Jemand ist in Ihr Haus eingebrochen, um Lucys Mutter anzurufen und Lösegeld zu fordern. Ich denke, dass das locker für die Vermutung reicht, dass Sie doch mit dem Fall zu tun haben.«

»Ich dachte, ich sei hier, weil ich zu Hause nicht sicher bin. Wollen Sie mir erzählen, ich sei jetzt ein Tatverdächtiger?«

»Ich weiß nicht. Sind Sie denn einer?«

»Ganz sicher nicht«, entgegnete er scharf und veränderte seine Sitzposition. Er lehnte sich nach vorn, die Hände auf den Knien.

»Erzählen Sie mir etwas über Amy Ross«, insistierte Josie.

»Ich kenne keine Amy Ross.«

Josie lehnte sich in ihrem Stuhl zurück und starrte ihn an. Sie schob die Hand über den Tisch, bis sie ihr Handy ertastete, nahm es und steckte es in ihre Jackentasche. Mit den Augen folgte er ihren Bewegungen. Er öffnete den Mund, als wollte er etwas sagen, entschied sich jedoch dagegen, schloss ihn wieder und wandte den Blick von ihr ab.

»Aber Tessa kennen Sie, nicht wahr?«

DREIUNDVIERZIG

Bryce Grahams sah sie erstaunt an. Josie wartete darauf, dass er etwas sagte, aber als er weiterschwieg, fuhr sie fort. »Erzählen Sie mir etwas über Ihre Patientin Tessa.«

»Ich kann nicht. Die Schweigepflicht. Ich …«

»Sie können mir bestätigen, dass Sie eine Patientin von Ihnen ist. Das verstößt nicht gegen die Schweigepflicht«, argumentierte Josie.

Er seufzte und wandte sich mit zusammengekniffenem Mund von ihr ab. Dann nickte er.

Josie lehnte sich nach vorn. »Sie bestätigen also, dass Sie eine Patientin namens Tessa haben?«

»Ja«, antwortete er leise.

»Tessa und weiter? Ich brauche einen Nachnamen.«

»Das Vertrauen auf meine Verschwiegenheit, das mir meine Patienten entgegenbringen, ist für meine Arbeit von größter Bedeutung, Detective Quinn.«

Josie stand auf und beugte sich über ihn. »Ich sage das jetzt noch einmal, denn anscheinend haben Sie mich beim ersten Mal nicht verstanden: Da draußen befindet sich ein siebenjähriges Mädchen in der Hand eines kaltblütigen Killers. Jede

Sekunde meiner Zeit, die Sie in diesem Raum verschwenden, ist eine Sekunde, die ich draußen sein und versuchen könnte, sie wieder nach Hause zu holen. Ist Ihnen die Schweigepflicht gegenüber einer Patientin – der Mutter dieses Kindes – wirklich wichtiger als das Leben von Lucy Ross?«

»Meine Schweigepflicht hat nichts mit Lucys Entführung zu tun«, entgegnete Graham.

Josie wandte sich von ihm ab. »Dann sind wir hier fertig. Ich besorge mir einen Durchsuchungsbeschluss – und ich *bekomme* einen. Ein entführtes Mädchen befindet sich in der Gewalt eines Mannes, der seine Mutter vernichten will. Besagte Mutter hat falsche Angaben über ihre Identität gemacht und einen Lügendetektortest nicht bestanden. Besagte Mutter hat auch zugegeben, dass sie Ihre Patientin war. Unsere Ermittlungen haben ergeben, dass ihr richtiger Name Tessa ist, und Sie haben eingeräumt, dass Sie eine Patientin dieses Namens haben. Da wir nicht wissen, was Tessa – oder Amy – verschweigt, wird ein Richter feststellen, dass das, was sich in Ihren Patientenakten findet, für die Ermittlung von Bedeutung sein könnte. Und Sie bleiben in Sicherheitsgewahrsam, bis wir Lucys Entführer gefasst haben.«

»Detective«, rief er hinter ihr her. »Bitte. Wenn meine Patienten herausfinden, dass die Polizei meine Akten durchsucht hat, dann würde sich das auf meine berufliche Tätigkeit sehr nachteilig auswirken.«

Josie drehte sich um. »Dann erzählen Sie mir etwas über Tessa. Sie sagen mir, was Sie über sie wissen, dann muss ich Ihre Praxis nicht durchsuchen lassen.«

»Ich wusste nicht, dass sie Amy Ross heißt«, begann er. »Sie hat diesen Namen nie verwendet. Sie kam eines Tages in meine Praxis. Hat bar bezahlt und mir gesagt, dass ihr Name Tessa sei. Da die Behandlung nicht über eine Versicherung lief, brauchte ich weder ihren Führerschein noch sonst eine Legitimierung.«

»Tessa und wie noch?«

»Lendhardt«, seufzte Graham. »Tessa Lendhardt.«

Josie zog ihr Handy heraus und schickte den Nachnamen sogleich an Trinity. »Wann haben Sie herausgefunden, dass sie eine andere Identität hat?«

Er lächelte sie schief an. »Als ich sie am Morgen nach Lucys Verschwinden im Park gesehen habe. Ich war tatsächlich dort, um meine Hilfe anzubieten. Dann merkte ich, dass es sich bei der Mutter, also Lucys Mutter, um Tessa handelte. Ich war völlig perplex.«

Josie setzte sich wieder neben ihn. »Haben Sie versucht, mit ihr zu reden?«

»Nein. Sie wirkte viel zu gestresst. Ich wusste, dass sie mich angelogen hatte. Sie wird ihre Gründe gehabt haben, dachte ich. Ich wollte alles nicht noch schlimmer für sie machen.«

Josie dachte an Colins Anschuldigung. »Dr. Graham, ich muss Sie das fragen: Hatten Sie eine Affäre mit Tessa Lendhardt?«

Er winkte ab und schüttelte den Kopf. »Nein, nein. Sie war nur meine Patientin. Ich bin professioneller Psychologe und würde nie ein Verhältnis mit einer Patientin anfangen. Und selbst wenn sie nicht meine Patientin wäre: Sie ist viel jünger als ich.«

Josie sah ihn mit zusammengekniffenen Augen an. »Das ist nicht immer ein Hinderungsgrund.«

»Ich kann Ihnen versichern, wir hatten ausschließlich eine Therapeut-Patient-Beziehung.«

»Warum sind Sie nicht zur Polizei gegangen, als Sie erkannten, dass sie Ihnen eine falsche Identität angegeben hatte?«

»Aus dem gleichen Grund, aus dem ich gerade eben nicht bereit war, Ihnen Informationen über sie preiszugeben«, brummte er.

»Ach so, die Schweigepflicht.« Josie wollte sich jetzt, da er offener redete, nicht wieder auf eine Diskussion darüber einlassen. »Warum ist Tessa zu Ihnen gekommen?«

»Depressionen«, antwortete er. »Sie dachte, sie hätte eine Wochenbettdepression. Sie kam etwa sieben Wochen nach der Geburt ihrer Tochter zu mir, weil sie fand, sie hätte Schwierigkeiten, eine Beziehung zu dem Kind aufzubauen.«

»Hatte sie das?«

Graham nickte. »Ich denke schon. Allerdings war ich mir nicht sicher, ob das an einer Wochenbettdepression lag.«

»Was könnte sonst der Grund gewesen sein?«, fragte Josie.

»Tessa weigerte sich, mit mir über ihre Kindheit zu sprechen. Sie hat mir nur verraten, dass ihr Vater abwesend war und ihre Mutter sie vernachlässigt hat. Aber ich vermute, sie hat irgendwann ein starkes Trauma erlebt, das sie daran hinderte, eine Bindung zu ihrem Kind aufzubauen. Wenigstens am Anfang. Sie hat sich sehr bemüht und es schließlich tatsächlich geschafft, eine Bindung zu Lucy aufzubauen. Es war ein echter Triumph für sie.«

»Kann dieses Trauma aus einer toxischen Beziehung in ihrem frühen Erwachsenenalter herrühren?«, hakte Josie nach.

Graham zuckte die Schultern. »Möglich, ja. Ich konnte das nie herausfinden. Sie hat nie über irgendetwas gesprochen, was vor der Geburt ihrer Tochter passiert ist. Und wenn, dann nur sehr, sehr allgemein.«

»Hat sie je etwas von einer toxischen Beziehung erwähnt?«

»Nein. Sie erzählte mir, dass ihr Mann sehr liebevoll sei. Das war ja Teil des Problems. Sie hatte alles, war dabei aber nicht glücklich.«

»Ich meine, bevor sie ihren Mann kennengelernt hat. Hat sie mit Ihnen je über Beziehungen vor ihrer Heirat geredet?«

»Nein. Sie hat sich geweigert. Ich habe mich sehr bemüht, Vergangenes zur Sprache zu bringen. Ich bin der festen Überzeugung, dass die Verarbeitung von Ereignissen in der Vergangenheit einer Person viel dazu beiträgt, dass diese Person ein glücklicheres, erfüllteres Leben in der Gegenwart führen kann.«

»Sie hat also mit Ihnen nie über ihre Kindheit oder über sonstige Beziehungen außer der zu ihrem Mann gesprochen?«

»Nein.«

»Worüber hat sie dann gesprochen?«

»Tessa hat sehr unter Ängsten gelitten. Lähmenden Ängsten. Sie erzählte mir, dass sie sehr häuslich sei. Anfangs, als ihre Tochter noch ein Säugling und dann ein Kleinkind war, hatte sie damit ziemlich zu kämpfen. Sie war die meiste Zeit mit dem Kind allein zu Hause und dachte, sie wäre nicht in der Lage, sich ohne fremde Hilfe um die Kleine zu kümmern. Sie war ... sie hatte die ganze Zeit Angst.«

»Wovor?«

Er zuckte wieder die Schultern. »Ich weiß es nicht. Sie war nur ... völlig verängstigt. Ich habe es bei ihr mit Atemübungen, Meditation und anderen Methoden versucht, die ihr helfen sollten, diese Ängste unter Kontrolle zu bringen. Sie hat auch lange Medikamente genommen. Ihr Hausarzt hat sie ihr verschrieben. Wie Sie sicher wissen, bin ich nicht berechtigt, Medikamente zu verschreiben. Ich habe ihr geraten, einen Psychiater aufzusuchen, damit er die Dosierung festlegt, aber sie ist nur zu ihrem Hausarzt gegangen.«

»Hat sie Ihnen verraten, was sie genommen hat?«, hakte Josie nach. »Xanax?«

»Für ihre akuten Zustände ja. Ich glaube aber, sie hat noch weitere Antidepressiva genommen. Medikamente gegen eine chronische, tieferliegende Depression. Irgendwann hat sie es geschafft, davon loszukommen. Ihre Angstzustände haben sich mit der Zeit gebessert.«

»Wann hat sie die Antidepressiva abgesetzt?«, fragte Josie.

»Vor etwa zwei Jahren, denke ich. Das müsste gewesen sein, als ihre Tochter etwa fünf war.«

»Als Lucy in die Schule kam?«, fragte Josie.

»Ich erinnere mich wirklich nicht daran«, erwiderte

Graham. »Ich weiß nur, dass sie in den letzten Jahren große Fortschritte gemacht hat.«

»War es ihr Wunsch, die Therapie zu beenden?«

»Ja, sie war der Ansicht, dass sie einen Punkt erreicht hatte, an dem sie stabil war. Ich habe ihr gesagt, dass sie sich jederzeit wieder an mich wenden könne, und ihr viel Glück gewünscht.«

»Wann war das?«

»Vor vier, fünf Monaten. Danach habe ich sie erst im Park wieder gesehen. Da wurde mir auch klar, dass sie einen anderen Namen verwendet hatte.«

»Glauben Sie, dass sie die Wahrheit sagte, als sie behauptete, Tessa Lendhardt zu sein?«

Er lächelte traurig. »Oh, Detective. Ich glaube, dass diese arme Frau noch nie gewusst hat, wer sie wirklich ist.«

VIERUNDVIERZIG

Während Mettner dafür sorgte, dass Bryce Graham in einem Hotel unterkam und dort unter ständiger Bewachung stand, ging Josie nach oben in das Großraumbüro, in dessen Mitte die Schreibtische der Detectives dicht zusammengestellt standen. An einer Wand führte eine Tür zu Chitwoods Büro. Sie war geschlossen. Josie fragte sich, ob er dort drinnen saß und vielleicht die polizeilichen Routineangelegenheiten von Denton erledigte, da alle seine Leute am Fall Lucy Ross arbeiteten. Sie setzte sich an ihren Schreibtisch und rief die TLO-XP-Datenbank auf, die die Strafverfolgungsbehörden für die Ermittlung personenbezogener Daten nutzten. Während sie »Tessa Lendhardt« und »Buffalo, New York« eintippte, trat Gretchen von hinten an sie heran.

»Die freiwilligen Helfer haben die Gegend um die Jagdhütte, in die eingebrochen wurde, durchsucht und nichts gefunden«, informierte sie Josie. »Oaks ist mit Bryce Grahams Haus fertig. Er müsste jede Minute hier sein.«

»Hervorragend«, antwortete Josie. »Dann warten wir auf ihn und bringen alle auf den neuesten Stand. Ich brauche auch

Mett und Noah hier. Und wenn Chitwood ebenfalls informiert werden will, dann ist jetzt die beste Gelegenheit dafür.«

»Alles klar, Boss«, erwiderte Gretchen und verschwand wieder.

Auf dem Bildschirm erschienen die Suchergebnisse. Kein Treffer zu Tessa Lendhardt in Buffalo, New York. Josie erweiterte die Suche auf Tessa Lendhardt im gesamten Bundesstaat New York. Nichts. Sie weitete die Suche auf das ganze Land aus. Wieder nichts.

»Das gibt es doch nicht«, murmelte sie.

»Quinn!« Bob Chitwoods Stimme donnerte durch den Raum, als er aus dem Treppenhaus kam. Ihm folgten Agent Oaks, Gretchen und Mettner. Das Schlusslicht bildete Noah, der auf Krücken hereinhumpelte.

»Chief?«, empfing ihn Josie.

»Ich möchte, dass Sie mir Bericht erstatten. Jetzt.«

Noah zog einen Stuhl unter dem Schreibtisch hervor, setzte sich darauf und legte seinen Gipsfuß auf die Tischfläche. Gretchen und Mettner saßen an ihren Plätzen, während Oaks und Chitwood stehen blieben. Alle wirkten erschöpft, abgekämpft und etwas zerzaust. Mettner holte das Handy heraus und rief seine Notizbuch-App auf. Gretchen saß mit gezücktem Stift über ihrem bewährten Notizblock.

»Es gibt viel zu besprechen«, begann Josie. Sie unterrichtete sie über alles, was sie heute erfahren hatte: dass Amy zugegeben hatte, eine Patientin von Bryce Graham gewesen zu sein, dass sie sich bei ihm als Tessa Lendhardt vorgestellt hatte und dass sie zugegeben hatte, die Identität von Amy Walsh nach deren Tod angenommen zu haben. Sie gingen noch einmal die wenigen Informationen durch, die Bryce Graham über Tessa alias Amy preisgegeben hatte.

»Ich habe die TLO-XP-Datenbank nach ihr abgesucht, aber weder im Bundesstaat New York noch sonst wo im Land gibt es eine Tessa Lendhardt.«

»Das kann nicht sein«, warf Chitwood ein.

Josie deutete auf ihren Computer. »Jeder kann das gegenchecken und eventuell noch eine andere Datenbank zurate ziehen. Ich habe bei der Suche bisher nur eine einzige Schreibweise des Nachnamens verwendet. Vielleicht sollten wir es einmal mit anderen Schreibweisen probieren.«

»Wir könnten auch nach anderen Personen namens Lendhardt in Buffalo im Bundesstaat New York suchen«, schlug Noah vor. »Dann machen wir sie ausfindig und sehen, ob jemand von ihnen Tessa kennt.«

»Ich kann ein paar Außenagenten aus dem Büro in Buffalo auf die Sache ansetzen«, meinte Oaks.

»Vielleicht war Lendhardt ja ihr Ehename«, gab Gretchen zu bedenken. »Sie kann doch verheiratet gewesen sein. Wir wissen eigentlich gar nichts über diese Frau.«

»Ein gutes Argument«, meinte Josie. »Wir haben auch ihre Fingerabdrücke. Nachdem wir die Nachricht des Entführers im Teddybären entdeckt hatten, mussten wir Amy als Täterin ausschließen, und haben sie von ihr genommen. Ich hole sie mir von Hummel, dann sehen wir, ob sie bereits in der Fingerabdruck-Datenbank gespeichert sind.«

Chitwood schüttelte den Kopf. »Wenn sie kein Verbrechen begangen hat, bringt das gar nichts. Sie sagten, sie hätte behauptet, sie sei erst vierzig Jahre alt, oder? Wenn sie Amy Walshs Identität vor zweiundzwanzig Jahren angenommen hat, müsste sie damals gerade achtzehn geworden sein. Das bedeutet, dass sie jedes Verbrechen, mit dem sie normalerweise im System gelandet wäre, als Jugendliche begangen hätte. Dann ist sie nicht registriert.«

»Vielleicht doch«, warf Gretchen ein. »Wenn sie mit achtzehn verhaftet wurde, aber geflohen ist.«

»Nach alledem, was sie uns erzählt hat«, wandte Oaks ein, »ist es wahrscheinlicher, dass sie vor einem gewalttätigen Partner davongelaufen ist. Quinn, Sie haben am meisten Zeit mit dieser Frau verbracht und mit ihrem Therapeuten geredet. Glauben Sie, dass sie mit achtzehn kriminell war?«

»Das glaube ich nicht«, antwortete Josie. »Vielleicht bringt es tatsächlich nichts, ihre Fingerabdrücke zu überprüfen. Trotzdem denke ich, dass wir es versuchen sollten, um auf Nummer sicher zu gehen.«

Mettner räusperte sich. »Oder wir konfrontieren sie mit dem, was wir wissen. Wir könnten sie sogar verhaften.«

»Mit welcher Begründung?«, fragte Noah.

Mettner zuckte die Schultern. »Behinderung der Justiz oder der Ermittlung. Identitätsdiebstahl. Hochstapelei.«

»Dann nimmt sie sich einen Anwalt«, gab Gretchen zu bedenken. »Einen teuren Anwalt. Und arbeitet nicht mehr mit uns zusammen. Ihr Mann vielleicht auch nicht.«

»Bis zur Lösegeldübergabe sind es keine vierundzwanzig Stunden mehr«, fügte Josie hinzu. »Die ist vielleicht unsere einzige Chance, den Kerl zu fassen. Wir brauchen die Unterstützung der Eltern. Wenn wir Amy verhaften, könnte das zu ernsthaften Problemen führen.«

»Sie hat gegen das Gesetz verstoßen«, entgegnete Mettner.

»Ja«, pflichtete Josie ihm bei. »Und wenn das hier alles vorbei ist, können wir uns mit dem Identitätsdiebstahl befassen. Aber im Moment ist es durchaus möglich, dass Lucy noch am Leben ist. Und Amy ist die einzige Person, mit der der Entführer reden will. Wir brauchen sie.«

»Colin und Amy sind gerade auf der Bank und veräußern Vermögenswerte, um das Geld zusammenzubekommen«, warf Oaks ein. »Danach fahren meine Agenten mit ihnen zu Walmart und besorgen die wasserdichten Reisetaschen.«

»Wasserdicht. Was hat der Typ vor?«, fragte Noah.

»Wissen wir nicht«, antwortete Josie. »Aber das heißt auch, dass er noch einmal anruft.«

»Was für jemanden in dieser Stadt ein Problem sein wird«, fügte Gretchen hinzu. »Bryce Graham hat Glück gehabt. Die nächste Person, deren Telefon der Entführer benutzt, kommt vielleicht nicht so glimpflich davon.«

»Deshalb muss Quinn noch einmal mit Amy reden und versuchen, mehr von ihr zu erfahren«, drängte Oaks. »Keine Geheimnisse mehr jetzt. Ihre Heimlichtuerei hätte Bryce Graham heute ins Grab bringen können.«

Josie fuhr sich mit einer Hand über die Augen. Sie spürte in jeder Zelle ihres Körpers die Müdigkeit des langen Tages. »Ich kann es versuchen, bin mir aber nicht sicher, ob ich noch rechtzeitig etwas Nützliches aus ihr herausbekomme.«

»Und wir können sie nicht verhaften, wenn wir wollen, dass sie im Spiel bleibt«, fügte Noah hinzu. »Also hast du kein Druckmittel in der Hand.«

»Höchstens ihre Schuldgefühle«, warf Gretchen ein.

»Das habe ich bereits probiert«, sagte Josie. »Sie hat mir da schon nichts über Bryce Graham verraten. Ich bezweifle, ob sie diesmal auskunftswilliger ist.«

»Sollen wir ihren Mann einweihen?«, fragte Noah.

Josie und Oaks sahen sich an. Oaks nickte Josie zu. Sie streckte sich und sah sich in der Gruppe um. »Nein.«

Mettner öffnete den Mund, um etwas zu sagen, aber Josie hob die Hand. »Die gehen sich im Moment sowieso schon ständig an die Kehle. Colin bräuchte Zeit, um sich an den Gedanken zu gewöhnen, dass seine Frau nicht die ist, die zu sein sie vorgibt, und dass sie ihn angelogen hat, seit sie sich kennen. Und diese Zeit haben wir nicht. Ich bezweifle auch, dass sie dann eher geneigt wäre, reinen Tisch vor ihm zu machen. Er wäre sicher wütend. Ich denke, sie würde angesichts seines Ärgers ganz zumachen. Außerdem müssen wir uns auf Lucy konzentrieren – vor allem so kurz vor der Übergabe. Es ist wichtig, dass die Eltern nicht im Clinch liegen, sondern zusammenarbeiten und ein einziges Ziel im Auge behalten: ihre Tochter wiederzubekommen.«

Auch Chitwood meinte: »Ich glaube, wir sollten uns im

Moment mehr auf die Übergabe konzentrieren. Wir wissen noch nicht einmal, wo sie stattfinden soll. Was, wenn der Kerl um sechs anruft und will, dass die Eltern losziehen und das Geld um halb sieben übergeben?«

»Wir müssen imstande sein, schnell alles zu mobilisieren«, pflichtete Oaks ihm bei. »Wie eine Soforteingreiftruppe. Die Eltern müssen bereit sein, auf Kommando loszulegen. Wir müssen das Lösegeld präparieren, indem wir die Seriennummern erfassen und die Taschen mit Trackern ausstatten. Mein Team kann das erledigen.«

»Was, wenn der Entführer anruft und sagt, dass er weder Polizei noch FBI noch Tracker sehen will?«, fragte Mettner.

»Ich werde dem Typen keine Gelegenheit geben, davonzukommen«, antwortete Oaks. »Nicht, wenn Lucys Leben auf dem Spiel steht. Wir können uns im Hintergrund halten, aber ein Tracker muss in die Taschen.«

»Das finde ich auch«, warf Josie ein. »Treffen wir alle nötigen Vorbereitungen, damit wir loslegen können, wenn der Entführer wieder anruft. Ich fahre zurück zu den beiden und versuche heute Abend, mit Amy zu reden.«

Chitwood klatschte in die Hände. »Sieht aus, als würde keiner heute Nacht ein Auge zutun.«

FÜNFUNDVIERZIG

Im Haus der Familie Ross hatte das FBI Colins Arbeitszimmer in Beschlag genommen und präparierte dort das Geld. Amy saß mit angezogenen Beinen und um die Brust geschlungenen Armen im Esszimmer auf einem Stuhl. Sie starrte auf die Handys, die auf dem Tisch lagen. Hinter ihr ging Colin auf und ab. Josie wollte Amy gerade etwas fragen, als ihr eigenes Smartphone klingelte. Sie zog es aus der Tasche und sah Trinitys Nummer auf dem Display. Rasch verließ sie den Raum und ging durch die Hintertür nach draußen. »Was ist los?«, fragte sie.

Trinity stieß einen bedeutungsschweren Seufzer aus. »Tessa Lendhardt existiert nicht. Weder in Buffalo noch sonst wo.«

»Ja, das weiß ich schon«, erwiderte Josie. »Aber danke für die Mühe.«

Trinitys Lachen war aus dem Handy zu hören und durchbrach die Stille der Terrasse. »Denkst du wirklich, ich hätte nicht mehr herausgefunden?«

Josie spürte vor Aufregung ein Kribbeln. Hoffentlich hatte

ihre Schwester etwas Verwertbares. »Was hast du ausgegraben?«

»Ich habe alle Lendhardts in Buffalo durchgecheckt«, verriet ihr Trinity. »Insgesamt habe ich sechs gefunden, lauter Männer. Zwei sind schon tot. Einer der toten Lendhardts hat eine siebenundachtzigjährige Witwe namens Betty.«

»Wie alt war der andere, der gestorben ist?«

Josie hörte Papier rascheln, dann sagte Trinity: »Er ist vor zwei Jahren mit sechsundsechzig Jahren gestorben.«

»Zu alt. Ich gehe davon aus, dass der Lendhardt, den Amy Ross eventuell geheiratet hat – wenn wir einmal davon ausgehen, dass sie mit ihm verheiratet und nicht nur befreundet war –, ungefähr in ihrem Alter ist. Sie hat mir heute verraten, dass sie in Wirklichkeit vierzig ist. Gibt es jemanden um die vierzig auf der Liste?«

Trinity war eine Weile still, dann las sie das Alter der anderen vier Lendhardts vor. »Sechsundzwanzig, dreiundsiebzig, siebenundfünfzig und achtzig.«

»Das kommt nicht einmal annähernd hin«, murmelte Josie und versuchte, die Enttäuschung in ihrer Stimme zu verbergen. »Ich muss noch einmal mit ihr sprechen.«

»Und ich rede morgen als Erstes mit den Lendhardts, die ich noch auftreiben kann, und den Nachbarn derjenigen, die gestorben sind.«

»Und du meinst, die reden mit dir?«

»Ich bin berühmt, liebe Schwester. Mit mir redet jeder. Hör zu, ich habe eine Idee. Kannst du mir ein Foto von Amy Ross schicken? Ein aktuelles?«

Josie dachte nach. Mit dem Telefon am Ohr ging sie in das Haus zurück durch die Küche und ins Wohnzimmer, wo mehrere gerahmte Bilder der Familie Ross hingen. »Ja«, antwortete sie. »Kann ich.«

»Großartig, schick es mir bitte gleich.«

»Okay.«

Josie legte auf und sah sich die verschiedenen Aufnahmen an, bis sie ein gutes, scharfes Bild gefunden hatte. Mit ihrem Handy fotografierte sie Amys lächelndes Gesicht ab und schickte die Aufnahme Trinity. Dann steckte sie das Handy weg und machte sich auf die Suche nach Amy.

Die saß nach wie vor zusammengekauert auf dem Stuhl im Esszimmer. Ihre Blicke trafen sich. Josie deutete mit dem Kopf ins Wohnzimmer. Mit sichtlicher Mühe stand Amy auf und trottete hinter Josie her.

»Wo ist Colin?«, wollte Josie wissen.

»Er ist ins Bett gegangen. Ich bezweifle zwar, dass er schläft, aber er sagte, er wolle eine Weile allein sein.«

»Setzen Sie sich«, bat Josie sie und deutete auf die Couch. »Wir müssen reden.«

Amy ließ sich in die Polster fallen. »Werden Sie mich verhaften?«

»Nein. Sollte ich?«

Amy starrte ausdruckslos vor sich hin und schüttelte den Kopf. »Nein.«

»Warum haben Sie mir nicht gesagt, dass Sie Tessa Lendhardt heißen?«

Amy starrte Josie erschrocken an. »Wie haben Sie das herausgefunden?«

»Was glauben Sie?«

Amy wandte den Blick wieder ab. Sie fasste sich an den Kragen ihres Pullovers, zog daran und knetete ihn mit den Fingern. »Bryce«, erwiderte sie. »Die FBI-Agenten haben gesagt, dass es ihm gutgeht. Es ist ihm nichts passiert.«

»Genau«, bestätigte Josie. »Er ist in Schutzgewahrsam.«

»Ich habe es Ihnen nicht erzählt, weil es nicht wichtig ist«, erklärte Amy.

»Das sagen Sie, aber Bryce hätte heute umgebracht werden können. Wir hätten den Entführer schnappen können, wenn Sie uns von Bryce erzählt hätten. Wir hätten Einheiten vor seinem Haus postieren und auf den Kidnapper warten können.«

Amys nervöse Finger wanderten vom Kragen zu ihrer Stirn. Sie lehnte sich nach vorn. Ihr Körper wurde von Schluchzern geschüttelt. »Es tut mir leid. Ich dachte ... ich wusste das doch nicht. Ich wollte weder Bryce noch sonst jemanden in Gefahr bringen.« Sie blickte wieder zu Josie auf. »Ich schwöre Ihnen, dass ich die letzten zweiundzwanzig Jahre nicht mehr Tessa Lendhardt gewesen bin. Sie ist nicht mehr wichtig. Sie war es nie. Sie war niemand und sie hatte niemanden. Herrgott, ich war nur ein Kind.«

»Wer war Tessa Lendhardt?«

»Das habe ich Ihnen doch schon erzählt. Eine Erfindung. Ein Geist.«

»Amy, wir haben keine Zeit für kryptische Antworten. Morgen ist die Geldübergabe. Der Entführer wird bald wieder anrufen. Das heißt, dass er aufs Neue jemanden finden wird, den Sie kennen, wahrscheinlich jemanden, der Ihnen am Herzen liegt. Dann wird er sie oder ihn umbringen. Wenn Sie mir verraten, wen er ins Visier nehmen könnte, haben wir die Möglichkeit, ihn daran zu hindern. Können die ganze Sache schon im Vorfeld stoppen. Und Lucy vielleicht noch vor der Geldübergabe befreien.«

Amy beugte sich nach vorn, streckte ihre Arme und nahm Josies Hände. Tränen liefen ihr über das Gesicht. »Ich sage Ihnen doch, ich weiß es nicht. Da ist niemand mehr. Ich schwöre es.«

»Das haben Sie beim letzten Mal auch schon gesagt. Daraufhin haben wir einen Anruf aus dem Haus Ihres Therapeuten bekommen.«

»Das war ein Fehler. Ich hätte Ihnen von Bryce erzählen sollen. Aber ich dachte, dass es nicht wichtig ist. Ich war schon Monate nicht mehr bei ihm gewesen und hatte auch nicht die Absicht, ihn noch einmal aufzusuchen.«

»Dann erzählen Sie mir jetzt noch etwas, von dem Sie glauben, dass es nicht wichtig ist. Menschen sterben, gerade weil sie mir Dinge nicht erzählen. Vielleicht auch Lucy.«

Amy zog an Josies Arm. »Bitte«, bettelte sie. »Ich sage die Wahrheit. Da ist niemand mehr.«

»Warum erzählen Sie mir nicht etwas über Tessa Lendhardt?«, bohrte Josie nach. »Was verbergen Sie? Amy, ich habe Ihnen schon gesagt, dass es mir egal ist, was Sie getan haben. Ich möchte nur, dass wir Lucy retten. Was ist das Schlimmste, das Sie getan haben? Haben Sie jemanden umgebracht? Es ist mir egal.«

»Das ist nicht das Schlimmste«, murmelte Amy.

»Nicht? Sagen Sie mir, Amy, was ist das Schlimmste? Was hat Tessa Lendhardt getan, weswegen Sie all die Jahre, die Sie Tessa gewesen sind, verheimlicht haben? Selbst jetzt noch, wo das Leben Ihrer Tochter auf dem Spiel steht?«

»Nichts. Ich habe es Ihnen doch gesagt. Ich war ein Kind. Ich war in einer Notlage.«

»Hatten Sie einen gewalttätigen Partner – einen Ehemann, Freund oder Liebhaber?«

Amy zögerte. »Nichts von alledem.«

Josie zog ihre Hand weg und seufzte verärgert.

»Warten Sie, ich erzähle Ihnen die Wahrheit.«

Josie schüttelte den Kopf. »Tut mir leid, Amy. Ich glaube nicht, dass Sie noch wissen, was die Wahrheit ist.«

SECHSUNDVIERZIG

Oaks saß im Esszimmer vor einem Laptop und schrieb seinen Bericht. Neben sich hatte er eine dampfende Tasse Kaffee stehen. Er blickte auf, als Josie hereinkam und zog fragend eine Braue hoch. Josie schüttelte den Kopf. Sie bekam aus Amy nichts mehr heraus. Nichts, was einen Sinn ergab. Im Augenblick konnten sie nichts weiter tun, als auf die Geldübergabe zu warten und zu hoffen, dass sie den Entführer erwischten und Lucy zurückbekamen. Lebend.

Oaks deutete auf seine Tasse. »Holen Sie sich einen Kaffee – oder eine Mütze Schlaf. Mr Ross hat gesagt, dass sie ein Gästezimmer oben haben, das wir benutzen können.«

Josie versuchte, im Gästezimmer ein bisschen zu schlafen – sie und Mettner wechselten sich ab –, konnte aber kein Auge zutun. Die Stunden zogen sich endlos hin in der Grabesstille, die über dem ganzen Haus lag. Amy saß allein in Lucys Zimmer, während Colin im Esszimmer hin und her lief. Der Morgen kam und ging. Es wurde Nachmittag. Jemand bestellte Essen, aber niemand bekam einen Bissen hinunter. Jede Minute, die verstrich, erschien ihnen wie ein Totengeläut.

Niemand sprach es aus, aber Josie war sich sicher, dass alle dasselbe dachten: Würde er anrufen?

Als Amys Handy schließlich klingelte, durchdrang das Geräusch die Stille im Haus wie eine Alarmglocke. Amy rannte die Treppe hinab, stolperte und fiel die letzten Stufen. Colin eilte zu ihr und half ihr auf. Halb zog und halb trug er sie ins Esszimmer. Amys Hände zitterten, als sie das Telefon vom Esszimmertisch nahm und über den Annehmen-Button wischte. Oaks, Mettner, Colin und einige Agenten drängten sich im Raum und hörten zu. Amy meldete sich mit zitternder Stimme. »Hallo?«

Erneut füllte die Stimme des Entführers den Raum. Dieses Mal klang er nicht so hämisch wie sonst. »Hallo, Amy.«

Sie schloss die Augen. Ihre Hand verkrampfte sich um das Telefon, bis ihre Knöchel weiß wurden. »Haben Sie Lucy? Lebt sie noch?«

»Keine Fragen. Du bringst das Geld heute Abend. Achtzehn Uhr.«

Amy sah sich mit großen Augen im Zimmer um. »Sie sagten achtzehn Uhr dreißig.«

»Und jetzt sage ich sechs. Denk dran, nicht du machst die Regeln. Punkt sechs. Keine Polizei. Kein FBI. Nur du und dein Mann.«

Amy sah zu Oaks. Er schüttelte den Kopf und tippte auf sein Handgelenk, als trage er dort eine Uhr. Die Zeit reichte nicht.

»Das ist zu früh«, stieß Amy hervor. »Wir sind noch nicht ... wir haben noch nicht das ganze Geld beisammen.«

»O Amy«, höhnte er mit einem gespielten Seufzer. »Möchtest du Lucy wiedersehen oder nicht?«

»Natürlich. Bitte, ich ...«, flehte sie ihn an.

»Ich bin sicher, das bekommt ihr hin. Denk dran, keine Polizei. Kein FBI. Wenn ich auch nur einen Polizisten oder

Agenten an einem der Übergabeorte sehe, ist Lucy tot. Hörst du mich? Tot.«

Josie und Oaks sahen sich an. Sie formte mit den Lippen die Worte: *an einem der Übergabeorte?* Er schüttelte den Kopf. Das war kein gutes Zeichen.

»Bitte«, weinte Amy. »Tun Sie ihr nicht weh. Ich mache alles, was Sie sagen. Wir brauchen nur noch etwas Zeit. Das Geld ...«

»Heute Abend. Achtzehn Uhr. Ihr beide. Allein. Keine Tracer, kein Peilsender, keine markierten Scheine. Nichts, was es dem FBI ermöglicht, das Geld nachzuverfolgen. Hast du verstanden?«

»Ja, ich habe verstanden«, antwortete Amy.

»Du bringst die Hälfte des Geldes zur Mitte des Football-feldes der Denton East High School. Du. Nur du. Verstehst du das?«

»Ja. Nur ich. Das Footballfeld.«

»Dein Mann bringt die andere Hälfte zur Höhle der Liebenden.«

Amy runzelte die Stirn. »Warten Sie. Höhle der Lieben-den? Was ist das?«

»Du hast eine ganze Armee aus Polizisten und FBI-Agen-ten. Finde es heraus.«

»Okay, okay«, erwiderte Amy. »Wir finden es heraus. Aber bitte tun Sie ihr nicht weh. Bitte.«

»Ich werde ihr wehtun, wenn du mich anlügst, Amy.«

»Ich lüge nicht.«

»Ihr lasst beide die Polizei und das FBI zu Hause. Verstanden?«

»Ja, ich verspreche es. Was ist mit Lucy? Bringen Sie sie mit? Wie bekommen wir sie zurück?«

Es herrschte einen Augenblick lang Stille. Dann sagte er: »Wenn du tust, was ich sage, wird sie vierundzwanzig Stunden nach der Übergabe freigelassen. Genau an dem Ort, an dem du sie verloren hast.«

»Sie meinen beim Karussell?«, fragte Amy, aber da hatte er bereits aufgelegt.

Amy legte das Handy weg und blickte alle im Raum an. Einer der Agenten am Laptop sagte: »Die Nummer ist auf eine Violet Young registriert.«

»O Gott«, stieß Josie aus.

Amy schrie »Nein!« und schlug die Hände vor den Mund.

»Was ist?«, fragte Colin.

»Das ist Lucys Lehrerin«, antwortete Amy. »Mein Gott.«

SIEBENUNDVIERZIG

Josie drängte sich zwischen Oaks und Mettner hindurch hinter den Agenten am Laptop, um einen Blick auf die Karte zu werfen. Der Agent deutete auf einen kleinen roten Kreis auf dem Bildschirm und sagte: »Das ist Violet Youngs Adresse, aber nicht der Ort, an dem das GPS ihr Handy erfasst hat.«

»Dann ist sie entweder nicht zu Hause oder er hat ihr Smartphone gestohlen«, vermutete Josie. »Wo ist es?«

Der Agent drückte einige Tasten und zog seine Finger über das Touchpad. Es erschien eine neue Karte von East Denton, auf der ein weiterer kleiner roter Kreis die Stelle markierte, an der ein Arm des Susquehanna durch die Stadt floss. »Da ist eine Brücke«, rief Josie. Darunter hielten sich viele Obdachlose und Drogenabhängige auf. War Violet Young dort in der Nähe gewesen? Hatte der Mörder nur ihr Handy genommen und war zur Brücke gefahren, um anzurufen? Oder hatte er sie entführt, ihre Leiche irgendwo deponiert und ihr das Telefon abgenommen?

»Los geht's«, rief Oaks.

Gemeinsam rasten Josie und Mettner hinter einer Kolonne aus FBI-Fahrzeugen durch Denton, bis sie bei der Brücke waren. Während Mettner fuhr, rief Josie Noah an und erklärte ihm, was passiert war. »Ruf die Schule an«, bat sie ihn, »und versuche ihren Mann aufzutreiben.«

»Mach ich«, erwiderte er. »Und sei vorsichtig da draußen.«

Mettner hielt hinter der Kolonne. Sämtliche Fahrzeuge drängten sich am Straßenrand, einem mit Unkraut bewachsenen Kiesstreifen kurz vor der Brücke. Agenten mit kugelsicheren Westen, auf denen die Buchstaben FBI zu sehen waren, schwärmten überallhin aus. Josie und Mettner zogen ihre eigenen Westen aus dem Kofferraum und warfen sie über. Alle sammelten sich um Oaks, der schreien musste, um im Lärm des über die Brücke donnernden Verkehrs und des Flussrauschens gehört zu werden. »Wir empfangen noch immer ein starkes Telefonsignal von hier. Deshalb teilen wir uns in sechs Zweierteams auf. Drei auf dieser Seite und drei auf der anderen. Wir treffen uns in der Mitte unter der Brücke.«

»Warten Sie«, rief Josie. »Sie sollten wissen, dass unter der Brücke ein großes Obdachlosenlager ist. Da werden viele Drogen umgeschlagen. Seien Sie vorsichtig.«

Sie formierten sich zu Teams und liefen hinab auf das Areal unter der Brücke, um nach Violet Young, dem Kidnapper oder beiden zu suchen. Am Flussufer standen mehrere behelfsmäßige Zelte. Josie und Mettner blieben zusammen, überprüften jedes Zelt und fanden nichts. Keiner der Obdachlosen wollte mit Polizisten reden.

Die sechs Teams trafen sich unter der Brücke wieder. Niemand hatte eine Spur von Violet oder dem Entführer entdeckt. »Das Telefon muss hier sein. Wir sollten ausschwärmen und unsere Suche auf den Bereich entlang des Flussufers ausweiten«, sagte Josie.

Oaks nickte und bedeutete seinen Agenten mit Handzeichen, loszulegen. Josie und Mettner suchten das Ufer direkt am Fluss ab. Sie stiegen über Steine und wateten durch den Schlamm. Gleichzeitig durchkämmten zwei FBI-Teams parallel zu ihnen das Areal in einiger Entfernung vom Wasser. Als Josie bereits fast einen Kilometer von der Brücke entfernt war, entdeckte sie im Schlamm einen kleinen farbigen Gegenstand. Sie lief hin, um ihn sich genauer anzusehen. Es war ein Handy mit einer leuchtend violetten Glitzerhülle. »Mett«, rief sie und winkte ihren Kollegen herbei.

Er warf einen Blick auf das Handy und rief die übrigen Teams. Als die Spurensicherung des FBI eintraf, traten sie ein Stück zurück. Wenige Minuten später bestätigte Oaks, dass das Smartphone Violet Young gehörte.

Josies Handy klingelte. Sie holte es heraus und sah, dass es Noah war. Sie nahm an und fragte: »Was ist?«

»Violet ist heute Morgen wie immer um sieben Uhr dreißig in die Schule gefahren. Während der Nachmittagspause, also ungefähr um dreizehn Uhr dreißig, ist sie mit den Kindern in den Schulhof gegangen, aber nicht mehr zurückgekommen.«

»Hat jemand gesehen, wo sie hin ist?«

»Als die Rektorin und andere Lehrerinnen die Kinder gefragt haben, meinten ein paar von ihnen, dass Violet anscheinend etwas auf der Straße beobachtet hätte. Sie sagte zu einem Mädchen, dass sie gleich wieder da sei, und verließ den Schulhof. Niemand hat gesehen, wohin sie danach gegangen ist.«

»Hast du den Film der Überwachungskameras in der Nähe des Schulhofs gesichtet?«, fragte Josie.

»Gretchen hat das gemacht, aber da ist nur Violet zu sehen, wie sie auf die Straße starrt und dann den Schulhof verlässt.«

»Mein Gott. Hast du mit Violets Mann gesprochen?«

»Er ist geschäftlich in Orlando. Genauer gesagt am Flughafen dort. Die Rektorin hat ihn angerufen, als Violet aus der Pause nicht zurückkehrte. Er bat sie, die Polizei zu verständigen, was sie auch gemacht hat. Die Einsatzleitstelle hat den Anruf entgegengenommen und eine Einheit zur Schule geschickt.«

»Und niemand hat im Kommandozelt angerufen?«, fragte Josie.

Noah seufzte. »Warum auch? Die Leitstelle konnte ja nicht wissen, dass es sich um Lucy Ross' Lehrerin handelt.«

Das stimmte, doch Lucy fragte sich trotzdem, ob Violet nicht gerettet hätte werden können, wenn eines der mit dem Fall Ross betrauten Teams losgeschickt worden wäre. »Wann hat Violets Mann das letzte Mal mit ihr gesprochen?«

»Gestern Nacht. Er ist gerade auf dem Rückweg.«

»Violets Auto?«, wollte Josie wissen.

»Steht noch auf dem Schulparkplatz.«

Josie seufzte. »Danke. Ich gebe Oaks Bescheid.«

»Ich habe Hummel gebeten, Amy Ross' Fingerabdrücke in die AFIS-Datenbank einzugeben, um zu sehen, ob sie registriert sind. Ich weiß, dass Chitwood das nicht für nötig hielt, aber ich habe Hummel trotzdem darauf angesetzt. Ich weiß nicht, wann er Ergebnisse liefern kann. Ich musste ihn zur Schule schicken, damit er Gretchen bei der Befragung der Lehrkräfte unterstützt und herausfindet, welche Kinder gesehen haben, wie Violet den Schulhof verlassen hat.«

»Die Übergabe ist um achtzehn Uhr«, stöhnte Josie. »Amy und Colin müssen noch vorbereitet werden. Außerdem müssen wir die Übergabeorte überwachen. Jetzt wird auch noch Violet Young vermisst und verblutet wahrscheinlich gerade irgendwo, während wir hier am Fluss herumstehen. Er hält uns ganz schön auf Trab.«

»Das kann man wohl sagen.«

Josie sah, wie Oaks zu ihr herüberkam. »Ich muss los, Noah. Danke für deine Hilfe.«

ACHTUNDVIERZIG

Josie versuchte, sich auf Oaks' Worte zu konzentrieren, überlegte aber gleichzeitig fieberhaft. Es war fast sechzehn Uhr. Sie verloren wertvolle Zeit. Es gab noch so viel zu tun. Sie konnten die beiden Eltern auf keinen Fall allein zu den Übergabeorten schicken. Das bedeutete, dass sie an jedem Ort sehr sorgfältig Einsatzkräfte postieren mussten. Für ausgefeilte Strategien war keine Zeit – eigentlich war für nichts Zeit. Der Entführer hatte genau das beabsichtigt – er wollte ihnen fast keine Zeit für Vorbereitungen lassen. Außerdem hatte er dafür gesorgt, dass sie nichts über Violet Youngs Verbleib wussten, damit sie ihre Ressourcen großflächig verteilen mussten.

»Detective Quinn?«, stoppte Oaks ihren Gedankenfluss abrupt. »Hören Sie mir zu?«

Josie rang sich ein gequältes Lächeln ab. »Tut mir leid«, sagte sie. »Fahren Sie bitte fort.«

»Ich sagte, das Handy gehört Violet Young. Einer meiner Mitarbeiter hat eine Frau dazu gebracht, mit ihm zu reden. Sie sagte, sie habe einen Mann gesehen, auf den die Beschreibung des Verdächtigen passt: braunes Haar, Baseballkappe, Mitte zwanzig, Weißer. Er stand in der Nähe des Ufers und hat in ein

Handy gesprochen, bevor er es in den Schlamm warf. Sie erinnerte sich, weil das Telefon violett war, und sie meinte, sie hätte noch nicht viele Männer mit einer violetten Handyhülle gesehen.«

Josie informierte Oaks darüber, was Noah und Gretchen über Violets Verschwinden herausgefunden hatten.

»Sie glauben, dass ihn Violet Young vom Schulhof aus gesehen und erkannt hat?«, hakte Oaks nach.

Josie zuckte die Schultern. »Entweder das oder er hat sie mit Lucy aus dem Hof gelockt. Er muss in einem Fahrzeug gesessen haben. Vielleicht ist er vorgefahren und hat ihr gezeigt, dass Lucy mit im Auto war, sodass sie nach draußen gelaufen ist. Wenn sie nur ihn gesehen hätte, hätte sie wahrscheinlich gleich die Polizei gerufen. Aber weil sie Lucy direkt vor sich hatte, ist sie wahrscheinlich hingegangen.«

»Er entführt sie also direkt vor der Schule mit Lucy im Auto, tötet sie, legt ihre Leiche irgendwo ab und fährt dann hierher, um Amy anzurufen.« Oaks drehte sich um und ließ seinen Blick über die Agenten schweifen, die die Gegend absuchten. »Er hat seine Vorgehensweise geändert. Normalerweise bringt er seine Opfer zu Hause um. Was hat er vor?«

»Er weiß, dass wir Violet finden müssen. Er beansprucht unsere Zeit, bindet unsere Ressourcen und versucht, uns aus dem Konzept zu bringen, damit wir nicht voll einsatzfähig sind, wenn die Übergabe stattfindet.«

»Verflucht«, fluchte Oaks. »Ich lasse zwei Agenten hier, die das Flussufer drei Kilometer in jede Richtung nach Violet Youngs Leiche absuchen. Der Rest sammelt sich in zwanzig Minuten im mobilen Kommandoposten. Ich brauche auch Ihre Leute.«

»Die bekommen sie«, versprach Josie.

»Wir brauchen vier Teams. Eines muss zu dieser Höhle der Liebenden. Wissen Sie, wo das ist?«

»Ja, im Stadtpark, im Wald.«

»Okay. Sie zeigen es mir, wenn wir zurück im Zelt sind. Jedenfalls brauche ich ein Team dort, eines am Footballfeld, eines, das Colin Ross fährt, und eines als Begleitung für Amy Ross.«

»Fünf Teams«, widersprach Josie. »Ein weiteres, das Violet Young ausfindig macht.«

»Violet Young ist tot«, sagte Oaks. »Wir müssen Prioritäten setzen und Lucy Ross befreien.«

Josie stützte eine Hand in die Hüfte. »Sie wissen nicht, ob Violet Young tot ist.«

»Der bisherigen Vorgehensweise des Entführers nach zu urteilen ist sie tot. Wäre sie noch am Leben, hätte sie sich inzwischen schon gemeldet.«

»Nicht, wenn sie gefesselt oder sonst wie handlungsunfähig ist«, beharrte Josie. »Was, wenn sie ernsthaft verletzt irgendwo liegt? Wir können nicht riskieren, die Suche nach ihr aufzuschieben.«

»Detective Quinn. Ich bin schon sehr lange in diesem Geschäft. Sie können nicht jeden retten. Auf der Grundlage der mir zur Verfügung stehenden Informationen ist es sehr wahrscheinlich, dass Violet Young tot ist. Lucy dagegen lebt noch, soweit wir wissen. Ich muss mich darauf konzentrieren, sie zu retten.«

»Ich habe nie gesagt, dass Sie das nicht tun sollten.«

»Wir haben im Moment nicht die Leute für eine groß angelegte Suche nach Violet Young.«

»Ich brauche von Ihnen nur eines: Haben Sie jemanden, der den GPS-Verlauf von Violets Handy nachvollziehen kann?«, fragte Josie.

»Natürlich«, erwiderte Oaks. »Ich habe meine Leute schon entsprechend instruiert. Sie arbeiten daran. Aber der GPS-Verlauf auf ihrem Handy wird nur einmal in der Stunde aktualisiert. Das bedeutet, wenn der Mörder sie entführt und zwischen diesen Updates umgebracht hat, finden wir sie über diese Schiene nicht.«

»Aber was ist, wenn das GPS, sagen wir, eine halbe Stunde vor ihrer Entführung aktualisiert wurde? In diesem Fall fände die nächste Aktualisierung eine halbe Stunde nach der Entführung statt. Sie war länger als eine halbe Stunde in der Gewalt des Kidnappers. Wir wissen das, weil er sie um dreizehn Uhr dreißig entführt und Amy Ross erst kurz vor fünfzehn Uhr angerufen hat. Wir haben noch eine kleine Chance, Violet Young über den GPS-Verlauf zu finden.«

»Also gut«, räumte Oaks ein. »Aber noch einmal: Ich habe im Moment nicht die Leute dafür. Nicht jetzt, wenige Stunden vor der Übergabe.«

Josie blieb hartnäckig. »Ich habe Leute, die nach Violet suchen können«, insistierte sie.

»Ich brauche auch Ihre Leute für Lucy Ross«, wandte Oaks ein.

»Ich muss dafür niemanden vom Ross-Fall abziehen«, versprach Josie.

Oaks warf die Hände in die Luft. »Also gut. Legen wir los. Die Zeit läuft uns davon.«

NEUNUNDVIERZIG

Der Mann war wieder fort. Sie verriet mir nicht, wo er hingegangen war. Aber es war schön, wenn er nicht da war. So konnte ich durch alle Zimmer hüpfen, konnte springen und laufen und so viel Lärm machen, wie ich wollte. Meistens. Sie erinnerte mich trotzdem daran, dass ich wieder still sein musste, wenn er zurückkehrte. Sie muss sich schuldig gefühlt haben, denn sie sagte: »Ich habe heute etwas Besonderes für dich.«

Ich lief in die Küche und kletterte auf einen der Stühle, die um den Tisch standen. »Ist der für mich?«, fragte ich und deutete auf einen kleinen Teller mit einem Cookie in der Mitte.

Sie lächelte. Bei diesem Anblick blieben mir die Worte im Hals stecken. Denn sie lächelte nie. »Ja«, antwortete sie. »Der ist für dich.«

Ich wollte, dass dieser Moment ewig dauerte, aber der Cookie – und ihr Lächeln – waren schnell verschwunden. »Mehr?«, fragte ich.

»Es tut mir leid. Du hast in letzter Zeit nicht viel zu essen bekommen. Ich möchte nicht, dass du krank wirst. Zu viel Zucker ist nicht gut.«

Ich ließ die Schultern hängen. Sie berührte meine Hand.

»Wenn ich dich nach Hause bringe, kannst du so viele Cookies essen, wie du willst.«

Ich lächelte sie an.

»Geh spielen«, sagte sie. »Bevor er zurückkommt.«

Ich sprang vom Sofa auf den Sessel, als plötzlich jemand an die große Tür nach draußen klopfte. Sie kam aus der Küche, einen Finger an ihre Lippen gepresst. Ich musste wieder still sein. Sie deutete in das Zimmer, aber ich wollte nicht wieder dort hinein. Also sprang ich auf den Boden und versteckte mich hinter dem Stuhl. Ich horchte auf ihre Schritte. Dann öffnete sich die Tür und eine Stimme, die ich nie zuvor gehört hatte, sagte: »Guten Tag.«

Ich steckte meinen Kopf nur eine Sekunde lang hinter dem Stuhl hervor, aber lang genug, um zu sehen, dass die Silberfrau in der Tür stand. Ich bemühte mich, all ihre Worte zu verstehen, hörte aber nur einige: »... nebenan ... ich dachte, ich sage Hallo ... Hilfe brauchen ...«

Ohne ein Wort schlug sie der Silberfrau die Tür vor der Nase zu, drehte sich um und drückte ihren Rücken gegen die Tür, als versuche die Silberfrau, hereinzukommen. Doch wir hörten beide, wie sich ihre Schritte entfernten.

Ihre Finger zitterten, als sie den Schlüssel im Schloss umdrehte. Über ihre Schulter hinweg sagte sie zu mir: »Sie hat dich nicht gesehen. Sie hat nichts gesehen.«

Ich lief hinter dem Stuhl hervor. »Weil du sie nicht hereingelassen hast. Du musst sie hereinlassen. Sie kann uns vielleicht helfen.«

»Nein.« Sie schüttelte den Kopf. »Nein. Niemand kann uns helfen.«

FÜNFZIG

Im mobilen Kommandozelt drängten sich zwei Dutzend FBI-Agenten, Oaks, Chitwood, Josie, Noah, Mettner, Gretchen und mehrere uniformierte Polizisten aus Denton. In der Nähe des Zelteingangs befanden sich außerdem Offiziere der Staatspolizei sowie Sicherheitskräfte, die das Büro des County-Sheriffs zur Verfügung gestellt hatte. Es herrschte eine fast elektrisch aufgeladene Atmosphäre. Die Anspannung war geradezu greifbar. Ständig hörte man Ausrüstung rascheln und Füße über den Boden stapfen. In einer Ecke des Zelts standen Amy und Colin mit den Agenten, die den Befehl erhalten hatten, den beiden kugelsichere Westen anzuziehen, die sie unter der Kleidung tragen mussten. Neben ihnen lagen zwei große Reisetaschen voller Geld. Oaks unterrichtete alle über den neuesten Stand der Dinge und erteilte Einsatzbefehle, woraufhin sich der Kreis der Anwesenden lichtete. Josie wartete, bis Amy alleine war, und ging dann zu ihr.

»Amy«, sagte sie leise. »Bevor Sie das tun, müssen wir miteinander reden. Selbst wenn wir Lucy morgen wiederbekommen, müssen Sie begreifen, dass jeder Sie verdächtigen wird, mit der Sache zu tun zu haben, wenn Sie uns keine klaren

Antworten auf unsere Fragen geben. Der Kerl hat zwei Menschen kaltblütig ermordet – und jetzt vielleicht auch noch Violet.«

»Ich ... warum lassen die mich das hier machen, wenn sie denken, dass ich etwas damit zu tun habe?«, fragte Amy.

»Weil Lucys Leben auf dem Spiel steht«, antwortete Josie. »Und bis jetzt haben wir keinen Beweis, dass Sie Ihre Finger im Spiel haben, nur einen Verdacht. Ich kann diesen Verdacht zerstreuen, wenn Sie mir die Wahrheit über Ihre Vergangenheit erzählen. Sie sagten, Tessa Lendhardt sei eine Erfindung. Tatsächlich finden wir keinen Hinweis darauf, dass sie je existiert hat. Sie hatten noch eine Identität, bevor Sie Tessa waren, stimmt's? Das ist Ihr Geheimnis. Wie heißen Sie wirklich? Nicht Tessa Lendhardt. Wer waren Sie davor?«

Amy sah sich im Raum um. Als ihr Blick wieder auf Josies Gesicht fiel, waren ihre Augen groß und voller Angst. »Sie würden mir nicht glauben«, flüsterte sie.

»Warum nicht?«, fragte Josie.

»Weil ich mich nicht daran erinnere.«

»Sie erinnern sich nicht? Was meinen Sie damit?«

Bevor Amy antworten konnte, donnerte Oaks' Stimme durch das Zelt. »Mr und Mrs Ross, bitte kommen Sie hierher.«

Amy lief an Josie vorbei und folgte Colin zu der Stelle, an der Oaks wartete, um sie zu instruieren. Josie blieb allein zurück. Sie war frustrierter denn je über das Verhalten dieser Frau, atmete ein paarmal tief durch und zählte bis zehn. Mettner kam zu ihr und sagte etwas zu ihr, aber sie hörte nicht zu. Als er mit der Hand vor ihrem Gesicht herumwedelte, erschrak sie und starrte ihn an. »Sorry, Mett«, entschuldigte sie sich. »Was ist?«

»Ich bleibe beim Team, das zur Höhle der Liebenden fährt, weil ich den Ort und den Park kenne.«

»Das ist eine gute Idee. Ich fahre mit Amy und den Leuten,

die zum Footballfeld fahren – bin schließlich auf die Denton East High School gegangen. Kommt Gretchen mit mir?«

Er nickte. »Ach, da ist noch was. Lamay steht draußen und wartet auf dich.«

»Perfekt.«

Josie ging vor das Zelt und ließ ihren Blick über die Leute schweifen, bis sie Dan Lamay, den diensthabenden Sergeant, entdeckte. Er gehörte seit mehr als vierzig Jahren zur Polizei von Denton und hatte fünf Polizeichefs kommen und gehen sehen – Josie eingeschlossen. Inzwischen war er im Pensionsalter, hatte ein kaputtes Knie und einen Bauch, der immer dicker wurde. Aber Josie hatte ihn während ihrer Amtszeit als Polizeichefin behalten, weil sich seine Frau von einer Krebserkrankung erholte und seine Tochter noch auf das College ging. Er war ihr gegenüber absolut loyal und hatte ihr geholfen, als sie es am dringendsten gebraucht hatte. Sie befürchtete, dass Chief Chitwood ihn eines Tages loswerden wollen würde, aber bislang hatte er ihn noch nicht auf dem Radar.

»Danke, dass du gekommen bist, Dan«, begrüßte sie ihn. »Hast du die Jungs aus dem College herholen können?«

»Die mit den Drohnen?«, fragte er. »Ja, die sind dabei.«

Josie wurde immer aufgeregter. »Fantastisch.«

Lamay trat von einem Fuß auf den anderen. »Boss, ich, also, ich bin nicht sicher, ob ich genau verstanden habe, was du von mir willst.«

»Ich möchte, dass du Violet Young findest.«

Lamay sah sich um, als wollte er sichergehen, dass niemand zuhörte. »Boss, ich bin nicht mehr ganz so mobil. Bist du sicher, dass ich der Beste für diese Aufgabe bin?«

Josie lachte. »Du musst nicht durch den Wald marschieren, Dan. Du sollst nur die Suche koordinieren. Das FBI hat zwei Orte ermittelt, an denen sich das GPS von Youngs Handy zwischen ihrem Verschwinden aus der Schule und dem Anruf des Entführers bei Amy Ross eingeloggt hat. Du musst einfach nur in der Mitte zwischen diesen beiden Punkten anfangen, denke ich, und dich von dort nach außen vorarbeiten.«

Sie gab den Passcode in ihr Smartphone ein und rief die Karte auf, die ihr einer von Oaks' Agenten geschickt hatte. Lamay zog eine Lesebrille aus der Brusttasche und sah sich die Karte an. »Okay. Ich weiß, wo das ist. Aber, Boss, wen soll ich koordinieren?«

»Als Erstes machst du Luke Creighton ausfindig. Ich schicke dir seine Nummer. Ruf ihn an. Er sollte noch in der Stadt sein. Er hat einen Bluthund. Frag Luke, ob er sich an der Suche nach Violet Young beteiligt. Macht er ganz sicher. Dann rufst du die Collegestudenten zurück und sagst ihnen, wo sie dich mit ihren Drohnen treffen sollen. Als Nächstes rufst du Youngs Mann an und bittest ihn um Erlaubnis, in seine Wohnung gehen zu dürfen und etwas zu holen, was Violet vor Kurzem getragen hat. Sieh im Korb mit der schmutzigen Wäsche nach. Nimm dir vielleicht den Pyjama, den sie letzte Nacht anhatte. Sag ihm, du hast einen Spür- und Rettungshund, den du bei der Suche nach Violet einsetzen möchtest. Er wird nicht Nein sagen. Dann rufst du WYEP an. Sag dem Sender, dass du dringend Helfer für die Suche nach der vermissten Lehrerin Violet Young brauchst. Sie sollen einen Aufruf in den sozialen Medien starten und angeben, an welchem Ort Freiwillige in der nächsten halben Stunde aufschlagen sollen. Luke und die Jungs mit den Drohnen bekommen so einen Vorsprung.«

»Denkst du wirklich, dass wir so kurzfristig Leute zusammenbekommen?«, fragte Lamay.

»Natürlich. Wir sind in Denton«, erwiderte Josie.

Lamay sah nicht völlig überzeugt aus, aber er nickte. »Ich gebe mein Bestes, Boss.«

Josie lächelte ihn an. Er hatte sie noch nie im Stich gelassen. »Das weiß ich, Dan.«

EINUNDFÜNFZIG

Auf dem Gelände der Denton East High School herrschte gespenstische Stille. Oaks und sein Team hatten sich gut versteckt. Alle Sportaktivitäten waren abgeblasen worden. Obwohl Josie niemanden sehen konnte, wusste sie, dass das FBI das Gebäude und das Footballfeld umstellt hatte. Josie und Gretchen kamen an einem Polizeibeamten vorbei, der rund eineinhalb Kilometer vom Schuleingang entfernt in seinem Streifenfahrzeug saß. Sie nickten ihm zu, bevor Josie ihr Zivilfahrzeug auf den Parkplatz fuhr, der normalerweise den Lehrkräften vorbehalten war.

»Hier bist du zur Schule gegangen?«, fragte Gretchen.

»Ja«, antwortete Josie. »Das Feld ist direkt auf der anderen Seite des Gebäudes.« Sie deutete durch die Windschutzscheibe auf ein Areal hinter dem Schulgebäude, auf dem man gerade noch einige hoch aufragende Torpfosten erkennen konnte.

Josie stellte den Motor ab. Sie blieben noch eine Weile im Auto sitzen. Ein Mann mit Windjacke, Jogginghose und Baseballkappe führte entlang des Rasens, der sich um das Areal herumzog, einen kleinen Hund spazieren. »Den kenne ich. Das ist einer von Oaks' Leuten«, sagte Gretchen.

»Der Entführer muss sich doch denken können, dass wir hier sind«, meinte Josie.

»Ich bin mir nicht sicher, ob wir hier sein sollten«, sagte Gretchen. »Wenn er dich sieht, erkennt er dich vielleicht aus den Nachrichten.«

»Er wird ganz auf Amy fixiert sein«, entgegnete Josie. »Und er kann die Augen nicht überall haben. Komm. Ich zeige dir einen geheimen Eingang, der unter die Tribüne führt.«

Sie überprüften ihre Waffen. Josie holte zwei kugelsichere Westen vom Rücksitz, die sie sich eilends unter ihre Jacken zogen. Sie waren ziemlich dick, aber Josie hoffte, dass der Entführer nicht merken würde, dass sie unnatürlich massig wirkten, wenn er alles, was auf dem Schulgelände vor sich ging, von Weitem beobachtete. Über die Westen streiften sie sich Poloshirts der Denton East High School. Aus dem Kofferraum nahm Josie eine Netztasche mit Football-Schulterpolstern. Jemand hatte sie kurz vorher aus der Schule geholt. Josie und Gretchen wollten sie unter die Tribüne legen. Wenn der Entführer oder sein Komplize sie sah, sollten sie den Anschein erwecken, als seien sie Angestellte, die Footballausrüstung in die Sportanlage brachten.

An beiden Längsseiten des Spielfelds zogen sich aus Ziegelsteinen gemauerte Tribünen entlang. Auf der Rückseite einer Tribünenreihe fand Josie die alte Metalltür, die unter den Sitzreihen zu einer Kabine und einigen Toiletten führte. Sie war mit Brettern verkleidet und gestrichen worden, seit Josie auf die Denton East gegangen war. Oaks' Leute waren bereits hier gewesen und hatten die Tür geöffnet, sodass beide Teams sie benutzen konnten, ohne sofort gesehen zu werden. Die Holzplatte neben dem Türgriff hatte man weggehebelt. Josie schob ihre Finger hinter den Türrand und zog die Tür auf. Sie öffnete sich quietschend. Sie und Gretchen betraten einen schwach ausgeleuchteten Betongang und legten die Taschen mit der Ausrüstung vor der Innenseite der Tür ab.

Sie gingen durch den Gang zu einer weiteren unverschlossenen Tür, die in eine Art Heizungsraum führte. Von hier aus gelangten sie in einen kleinen Vorraum mit Metallbänken und Verkaufsautomaten, in dem sich Oaks und sein Team befanden. Von kleinen Fenstern aus konnte man auf das Spielfeld blicken.

Josie stellte sich auf die Zehenspitzen und sah nach draußen. Man hatte einen guten Überblick über das Feld. Direkt gegenüber erstreckte sich die zweite Tribüne. An einem Ende des Felds ragte hinter dem Torpfosten das Schulgebäude auf, der zweite Pfosten stand vor einem Wald.

»Ich habe Scharfschützen auf dem Dach der Schule und oben auf den Tribünen postiert«, informierte Oaks sie.

Josie suchte die Tribünen ab, sah aber niemanden. »Sie sind gut versteckt. Wo ist Mrs Ross?«

»Im mobilen Kommandoposten. Sie kommt mit ihrem eigenen Auto und geht allein auf das Spielfeld. Wir haben ihr eine kugelsichere Weste angezogen«, sagte Oaks.

Gretchen stand neben Josie und starrte nach draußen. »Ich kann mir nicht vorstellen, dass das funktioniert. Warum will der Entführer, dass sie das Lösegeld in der Feldmitte deponiert? Wenn er dorthin geht, ist er völlig ungeschützt.«

»Ich glaube nicht, dass es ihm um das Lösegeld geht«, entgegnete Josie.

»Du meinst, er lässt das Geld einfach da draußen liegen? Er kann sich doch denken, dass wir ihn beobachten. Meint er ernsthaft, wir ziehen uns einfach zurück?«, fragte Gretchen. »Und dann will er, dass die Eltern noch vierundzwanzig Stunden warten, bis sie Lucy zurückbekommen?«

»Deshalb glaube ich, dass er sie irgendwo versteckt hält. Gehen wir einmal davon aus, dass er sich uns heute zeigt. Töten können wir ihn nicht, da er sonst Lucys Versteck mit ins Grab nimmt.«

»Und wenn wir ihn schnappen, wird er ihr Versteck als

Druckmittel benutzen. Aber warum das hier? Warum diese große offene Fläche, wo jeder exponiert ist?«, fragte Gretchen.

»Weil er einfach in die Mitte des Felds gehen und sich mit dem Geld davonmachen kann, ohne dass wir ihm etwas anhaben können. Andernfalls laufen wir Gefahr, Lucy zu verlieren.« Josie ließ den Blick über das Feld wandern und drehte sich dann langsam um. »Oaks?«, sagte sie.

Er trat neben sie. »Ja?«

»Haben Sie Leute, die das Feldende im Auge behalten? Dort, wo der Wald ist?«

Er nickte. »Natürlich. Dahinter ist nichts als felsiges Gelände.«

»Da sind die Stacks«, erwiderte Josie und meinte damit das Gestein, das sich im Lauf der Zeit von den Berghängen hinter der Schule gelöst und große Halden aus Felsplatten gebildet hatte.

»Die was, bitte?«

»Die Kids nennen sie Stacks. Wenn die Jugendlichen zusammen rumhängen, trinken und rauchen wollen, gehen sie dorthin.«

»Ja, unsere Leute haben sie gesehen«, pflichtete Oaks ihr bei.

»Vom obersten Punkt der Halde aus hat man einen guten Überblick. Einen knappen Kilometer dahinter steht die alte, stillgelegte Textilfabrik.«

»Sie glauben, dass er aus dieser Richtung kommt?«, fragte Oaks.

Josie nickte. »Wenn ich er wäre, würde ich es so machen.«

»Ich schicke jemanden in den Wald. Sie sollen den Kamm entlanggehen. Ich rufe auch den Sheriff an. Ein paar Einheiten sollen zur Fabrik fahren.«

»Die Leute im Wald dürfen nicht gesehen werden«, warnte Josie. »Wenn er tatsächlich von dort kommt und unsere Leute entdeckt, haben wir verloren.«

Oaks nickte. »Wir passen auf.«

Er nahm sein Handy und erledigte zwei Anrufe. Während sie ihm zuhörte, wie er seinen Leuten Instruktionen gab, spürte sie Erleichterung. Gleichzeitig stieg ein ungutes Gefühl in ihr hoch. Sie kannte die Wälder um Denton in- und auswendig, schließlich hatte sie einen Großteil ihrer Kindheit dort verbracht. Wenn Agenten auf dem Kamm oberhalb der Stacks patrouillierten, war das Gebiet gut unter Kontrolle. Josie wusste allerdings auch, dass es dort mehrere Felsspalten und -formationen gab. Sie eigneten sich bestens als Versteck für jemanden, der nicht gesehen werden wollte. Der Entführer konnte bereits dort warten und wäre somit im Vorteil: So sehr sie auch versuchten, in Deckung zu bleiben, er würde sie doch kommen sehen. Hätten sie mehr Zeit, würde Josie ihr eigenes Team zur Überwachung des Walds hinschicken, da es sich im Areal zwischen den Stacks und der Fabrik wesentlich besser auskannte.

Gretchen reichte ihr einen Kopfhörer, der mit einem kleinen Empfangsgerät verbunden war. »Setz das auf. Die Agenten verständigen sich über diese Funkfrequenz. So können wir hören, was abläuft.«

»Danke«, meinte Josie abwesend.

»Du wirkst nicht sehr überzeugt. Hast du gehört, was Oaks gesagt hat? Dass seine Leute die Gegend bereits unter die Lupe genommen haben, als sie angekommen sind.«

»Ich weiß«, murmelte Josie. »Ich werde nur das dumme Gefühl nicht los, dass hier irgendwas ganz, ganz schiefläuft.«

Hinter ihnen meldete sich Oaks wieder. »Es ist gleich so weit.«

ZWEIUNDFÜNFZIG

Es war, als sei die Welt in eine seltsame, stille Trance verfallen. Nichts und niemand bewegte sich. Es war ihnen gelungen, eines der Fenster aufzuschieben, damit sie jedes Geräusch von außerhalb der Tribüne vernehmen konnten. Aber draußen war nicht das Geringste zu hören. Nicht einmal der Wind oder Vögel. Josie warf einen Blick auf ihr Smartphone. Zwei Minuten vor sechs. Das einzige Geräusch war das Summen der Verkaufsautomaten auf der anderen Seite des Raums, das Atmen von Gretchen und Oaks und die leisen Gesprächsfetzen, die über Funk zu ihnen drangen. Eine Stimme in ihrem Ohr sagte: »Team an Standort zwei positioniert. Schicken gleich das Paket hinein.« Josie wusste, dass es sich um das Lösegeld in der Höhle der Liebenden handelte.

»Verstanden«, antwortete Oaks. »Team an Standort eins in Position. Paket bereit?«

Eine andere Stimme meldete sich. »Die Mutter hat gerade ihr Fahrzeug abgestellt. Sie hat das Paket bei sich. Geht zum Feld.«

Die drei warteten und starrten zum Fenster hinaus. Eine Minute später kam Amy durch den Eingang des Footballfeldes, der dem Gebäude am nächsten war. In der Hand trug sie eine Reisetasche.

»Wie viel wiegt die Tasche?«, wollte Gretchen wissen.

»Wie sich herausgestellt hat, wiegt eine halbe Million Dollar ungefähr zehn Kilo«, antwortete Oaks.

Amy ließ einen Träger los und legte sich eine Haarsträhne hinter das Ohr. Josie konnte sehen, dass ihre Finger zitterten.

Oaks sprach in das Funkgerät: »Team an Standort eins deponiert gerade das Paket. Haltet euch bereit.«

Und eine Stimme antwortete: »Verstanden. Team an Standort zwei deponiert das Paket ebenfalls.«

Amy ging langsam und unsicher über das Feld. Sie hatte sichtlich Mühe mit dem Gewicht der kugelsicheren Weste, während sie die Reisetasche trug. Oaks hatte Amy instruiert, die Tasche auf der Fünfzig-Yard-Linie in der Mitte der Zeichnung abzulegen, die das Maskottchen der Denton East, einen Blauhäher, zeigte.

»Team an Standort zwei hat das Paket deponiert. Mr Ross kommt zu uns zurück. Wir halten uns bereit.«

Es wurde still in der Leitung, als Amy die Mitte des Spielfeldes erreichte und die Tasche auf den Boden stellte. Josie hörte ihren Herzschlag in den Ohren pochen. Aus dem Funkgerät drang eine Stimme, die sie nicht kannte. »Melde Bewegung am Ostrand des Waldes von Standort eins.«

Amy drehte sich langsam und suchte das ganze Stadion ab, bis ihre Augen auf die Tribüne fielen, unter der sich Oaks, Josie und Gretchen versteckten

»Was macht sie?«, fragte Gretchen.

»Sie wartet«, erwiderte Josie. »Darauf, dass etwas passiert.«

»Melden Sichtung eines Verdächtigen am Kamm im Wald bei Standort eins«, meldete sich die fremde Stimme wieder.

Oaks winkte aus dem Fenster, um Amy auf sich aufmerksam zu machen, aber sie bewegte sich immer noch nicht.

»Sie weiß doch, dass der Entführer Lucy nicht herbringt«, rätselte Gretchen.

Nach einer gefühlten Ewigkeit begann Amy in ihre Richtung zu gehen.

Plötzlich durchbrach ein Schuss die Stille. Alle erstarrten. Amy ging in die Hocke und schlang die Arme über ihren Kopf.

»Agenten, erwarte Bericht. Erwarte Bericht«, rief Oaks in das Empfangsgerät.

»Woher kam das?«, fragte Gretchen.

»Von den Stacks«, antwortete Josie. »Das muss von den Stacks gekommen sein.«

Amy blieb, wo sie war. Sie ließ die Arme sinken und blickte sich suchend um.

Da ertönte ein weiterer Schuss.

»Agenten, erwarte Bericht«, brüllte Oaks. Er rannte aus dem Raum.

Draußen auf dem Spielfeld hatte Amy wieder die Arme um ihren Kopf geschlungen. Dann sah sie sich um, sprang auf und begann zum Eingang zu sprinten.

Erneut war eine Stimme aus dem Empfangsgerät zu hören. »Standort eins, Mann getroffen! Mann getroffen! Auf dem Kamm. Verdächtiger männlich, Größe etwa ein Meter achtzig, bewaffnet mit ...« Dann brach die Verbindung ab.

Oaks schrie: »Agent Morgan, Bericht! Bericht! Einheiten zum Kamm.«

Ein dritter Schuss fiel. Amy bäumte sich auf und fiel um. Plötzlich waren aus dem Empfangsgerät viele Stimmen zu hören, die Befehle riefen und Positionen durchgaben. Josie zog ihre Glock und lief aus dem Raum. Draußen im Vorraum führte eine Treppe zu ihrer Linken nach oben auf das Spielfeld. Sie rannte die Stufen hoch. Hinter ihr rief Gretchen: »Nicht, Boss! Draußen bist du die ideale Zielscheibe.«

»Ich kann sie nicht da liegen lassen«, rief Josie über ihre Schulter zurück. »Wenn sie getroffen ist, kann sie verbluten.«

»Warte doch«, keuchte Gretchen hinter ihr her. »Warte auf Hilfe.«

Als Josie ins Tageslicht lief, sah sie Amys zusammengesunkene Gestalt in knapp zwanzig Meter Entfernung auf dem Spielfeld liegen. Hinter sich hörte sie Gretchen schwer atmen. »Los!«, rief sie. »Ich gebe dir Deckung.«

Mit dem Lauf ihrer Waffe auf den Boden gerichtet rannte Josie zu Amy. Sie lag auf dem Rücken, die Augen zum Himmel gerichtet. »Bitte, Gott, oh, bitte, bitte«, murmelte sie immer und immer wieder. Unter ihr bildete sich eine Blutlache. Josie kniete sich hin und suchte den Körper der Frau mit einer Hand nach der Schusswunde ab. »Wo sind Sie getroffen?«

»Ich weiß es nicht«, keuchte Amy. »Ich glaube, ich glaube, da unten ...« Sie presste eine Hand auf ihren Unterleib knapp unter der Weste. »Hier.«

Josie entdeckte die Stelle, an der Blut austrat. Sie war in die untere rechte Bauchseite getroffen worden. Josie steckte die Waffe ins Holster, nahm Amys Hand und legte sie auf die Wunde in ihrem Becken. »Halten Sie Ihre Hand da drauf. Drücken Sie, so fest Sie können.«

Sie schob einen Arm unter Amys Beine und den anderen unter ihre Schultern. Dann hob sie ihren Körper hoch. Zum Glück war Amy klein und wog nicht viel.

»Ich muss überleben. Ich muss Lucy zurückbekommen«, flüsterte Amy.

»Los geht's.«

Gretchen kam gerannt und half Josie, Amy zu tragen. Zusammen schleppten sie sie in Richtung der Tür, die in der Mitte des unteren Tribünenrands nach drinnen führte. Sie hatten gerade die halbe Strecke geschafft, als ein weiterer Schuss fiel. Josie wartete auf die Wirkung der Kugel, darauf, dass sie einen nicht geschützten Teil ihres Körpers oder von Gretchens Körper durchschlug oder Amy traf und ihnen aus den Armen riss. Aber sie spürte nichts.

Sie warfen sich durch die Tür. Amy schrie vor Schmerzen. Drinnen trugen sie sie die Treppe hinunter in den Vorraum und legten sie vorsichtig auf den Boden. Josie drückte mit beiden Händen auf die Wunde, während Gretchen den Rettungsdienst anrief.

»Halten Sie durch«, beschwor Josie Amy. »Halten Sie bitte durch.«

DREIUNDFÜNFZIG

Das Rettungsfahrzeug hatte bereits für den Fall bereitgestanden, dass jemand während der Aktion Verletzungen davontrug. Innerhalb von fünf Minuten war es hinter der Tribüne, in die sich Josie und Gretchen gerettet hatten. Die Sanitäter kamen und kümmerten sich sofort um Amy. Josie hörte unterdessen die Gespräche über Funk ab. Sie entnahm ihnen, dass Oaks' Agenten den Wald durchkämmten.

»Bleib bei ihr«, bat sie Gretchen. »Ich gehe zu ihnen.«

Sie rannte über den Hintereingang hinaus und folgte zwei FBI-Agenten, die in taktischer Ausrüstung unterwegs zu den Stacks waren. Sie liefen geduckt und mit gezückten Waffen hintereinander, obwohl seit mehreren Minuten kein Schuss mehr abgefeuert worden war. Knapp hinter der Waldgrenze sahen sie einen weiteren Agenten, der auf dem Boden lag, und liefen zu ihm. Als Josie näherkam, erkannte sie erleichtert, dass er noch lebte.

»Er hat mich umgestoßen«, berichtete der Verletzte mit schmerzverzerrtem Gesicht. »Ich glaube, mein Bein ist gebrochen.«

Während seine Kollegen den Rettungsdienst riefen, lief

Josie die Felswand entlang und suchte die Abkürzung, die sie schon als Jugendliche benutzt hatte – einen mit Erde gefüllten Spalt im Gestein, schmal genug, dass man sich an den Baumwurzeln zu beiden Seiten festhalten und rasch zum Grat hochklettern konnte. Als sie ihn gefunden hatte, steckte sie die Waffe in ihr Holster, zwängte sich in die Felsspalte, griff die nächstbeste Baumwurzel und hatte sich binnen Sekunden hochgearbeitet. Sie sah sich um und lief geduckt zum zweiten im Wald postierten FBI-Agenten. Er lag auf der Seite und hielt sich mit beiden Händen das Bein.

Josie kniete sich neben ihn und prüfte seinen Puls. Er war kräftig. »Was ist passiert?«, fragte sie.

»Er hat auf mich geschossen, das ist passiert«, antwortete der Agent. »Hat mich ins Bein getroffen. Wie aus dem Nichts ist er plötzlich hinter uns erschienen. Hat Morgan von der Klippe gestoßen. Ich habe auf ihn gefeuert und er hat zurückgeschossen und mich getroffen. Verflucht. Ich muss in ein Krankenhaus.«

Josie sah, wie Blut zwischen seinen Fingern hervorquoll, während er sich die Hand seitlich an den Schenkel presste. »Ich brauche hier oben Hilfe«, rief sie. »Mann getroffen.«

Sie presste ihre Hand auf die seine, um den Druck auf der Wunde zu halten. »Haben Sie ihn gesehen?«, fragte sie und hoffte, ihn am Reden und wach zu halten, bis sich Helfer auf den Grat hochgekämpft hatten.

»Ja. Gut einsachtzig. Braunes Haar. Ein Weißer. Jung, vielleicht Mitte, Ende zwanzig. Ist in den Wald zurückgelaufen. Aber ich denke, da war noch jemand bei ihm. Ich habe jemanden hinter ihm gesehen.«

»Wahrscheinlich die Frau«, fügte Josie hinzu. »Hey, sehen Sie mich an. Halten Sie durch, okay?«

Er nickte, war aber blass und schien mit jedem Atemzug schwächer zu werden. »Ich brauche hier oben Hilfe«, schrie sie wieder aus Leibeskräften über die Hangkante hinunter.

Einen Augenblick später hörte sie schwere Stiefeltritte auf dem Waldboden. Erleichtert sah sie zwei weitere Agenten und zwei Sanitäter mit Trage herbeieilen. Sie hievten den Verletzten darauf und begannen nach unten zu gehen, wobei sie diesmal den längeren, nicht so steilen Weg nahmen. Die beiden Agenten blieben zurück. Josie deutete vom Abhang weg in den Wald hinein, wo das Areal sanft anstieg. »In diese Richtung. Wir sollten uns verteilen. Er hat eine Frau bei sich.«

Sie nickten ihr zu und liefen mit gezogener Waffe in verschiedene Richtungen in den Wald. Josie hielt sich südlich und schlich von Baum zu Baum. Im Geiste legte sie sich eine Karte des vor ihr liegenden Areals zurecht. Als Jugendliche waren sie und ihr verstorbener Mann Ray oft in diesem Wald unterwegs gewesen, wenn sie auf den Stacks herumgehangen hatten. Wenn die Polizei die Gegend durchforstete, flohen sie auf Pfaden, die nur sie kannten, immer tiefer in den Wald hinein. Manchmal verkrochen sie sich in geheimen Verstecken, dann wieder stiegen sie auf den Gipfel und kletterten auf der anderen Seite zur Fabrik hinunter, von wo aus sie nach Hause gingen. Sie entdeckte einen der schmalen Pfade, an den sie sich noch erinnerte, und blieb auf ihm. Je höher sie kam, desto steiler und schwieriger wurde er. Trotzdem blieb sie auf ihm, denn sie erinnerte sich an eine Höhle auf dieser Seite des Hügels. Sie war nicht tief und gerade so groß, um vor Regen geschützt darin auszuharren.

In der Nähe knackte ein Zweig. Sie erstarrte, presste den Rücken gegen einen Baum und lauschte mit gezogener Waffe in den Wald hinein. Das Stimmengewirr über Funk dröhnte und rauschte in ihren Ohren. Sie riss sich den Ohrhörer heraus und ließ ihn an ihrem Kragen herunterhängen. Wieder horchte sie angestrengt in die Stille. Vor sich glaubte sie Schritte zu vernehmen. Sie versuchte, ihnen zu folgen und aufzuholen, ohne dass der Verfolgte es merkte. Zu ihrer Rechten schob sich die Höhle ins Blickfeld. Aus der Öffnung ragte ein Fuß.

Josie schlich mit klopfendem Herzen näher heran. Das Blut rauschte in ihren Ohren. Sie presste den Rücken gegen den Fels am Höhleneingang. Kein Geräusch war zu hören, keine Schritte, kein Rascheln, kein Atmen oder sonst eine Bewegung. Sie warf einen raschen Blick um die Ecke, in die Höhle hinein. Der Fuß hatte sich nicht bewegt. Josie sprang in die Höhle und schwenkte den Lauf ihrer Waffe hin und her. Der Fuß gehörte einer Frau, die in einer Lache aus Blut und Erde lag. Sie war jung, blass und hatte ihr dunkles Haar zu einem Pferdeschwanz gebunden. Als Josie näherkam, erkannte sie, dass der Frau in den Kopf geschossen worden war. An ihrer rechten Schläfe sah sie eine Eintrittswunde mit Sprenkeln darunter, was auf einen Schuss aus nächster Nähe hindeutete. Wer auch immer sie getötet hatte, hatte ihr die Waffe direkt an den Kopf gehalten und den Abzug betätigt. Die Spritzer an der Höhlenwand links neben ihrem Kopf waren noch nass und tropften.

Josie dachte an die Schüsse, die sie gehört hatten, als Amy das Geld in der Mitte des Spielfelds deponiert hatte. Bevor Amy getroffen worden war, hatte man zwei Schüsse gehört – vermutlich von dem FBI-Agenten, der auf den Entführer geschossen hatte, und dem Entführer, der das Feuer erwidert hatte. Dann hatte der Kidnapper auf Amy geschossen. Anschließend waren bis zum nächsten und letzten Schuss mehrere Minuten vergangen. Hatte der Mörder seine eigene Komplizin umgebracht? Warum? Was hatte er vor? Das ganze Geld für sich behalten? Das ergab keinen Sinn, denn wie es schien, hatte er nicht einmal das Geld genommen. Sie hatte dem Funkverkehr nur mit halbem Ohr zugehört, wusste aber, dass das Team an der Höhle der Liebenden keinerlei Bewegungen gemeldet hatte, seit Colin das Geld dort deponiert hatte.

Es schien, als hätte der Entführer nichts weiter im Sinn gehabt, als Amy umzubringen.

Hatte diese Frau versucht, ihn aufzuhalten? Hatte sie ihren

Anteil am Geld eingefordert? Was auch immer geschehen war, jetzt lag sie tot da. Josie holte ihr Handy heraus, rief Oaks an und flüsterte: »Ich habe die Komplizin gefunden. Sie ist tot.« Sie gab ihm den Standort durch, so gut sie konnte, und legte auf. Dann schlich sie zur anderen Seite des Höhleneingangs und horchte wieder angestrengt in den Wald. Sie glaubte, raschelnde Blätter zu hören, war sich aber nicht sicher.

Schließlich schlich sie aus der Höhle. Sie hielt sich dicht an der äußeren Felswand und behielt die Bäume und Büsche im Auge, konnte aber niemanden entdecken. Dann bewegte sie sich auf dem Weg weiter, lief von Baum zu Baum und versuchte, sich dabei klein zu machen. Das Vorankommen wurde immer schwieriger, der Boden unter ihren Füßen steiler und steiler. Ihre Lunge brannte. Schließlich gelangte sie zu einer kleinen Lichtung und wusste, dass sie nicht mehr weit vom Gipfel entfernt war. Auf dem Gelände lagen mehrere große Felsbrocken. Ein Ring kleiner Steine säumte einen Aschehaufen. Bierdosen lagen verstreut herum. Jugendliche aus der Gegend kamen den ganzen Weg hierher, um ungestört zu sein.

Aus den Augenwinkeln nahm sie eine Bewegung zu ihrer Linken wahr. Sie ging in Schusshaltung und zielte in die Richtung. Da sah sie das zerzauste braune Haar des Mannes. Er trug ein dunkelgrünes Hemd und schmutzige blaue Jeans und trat hinter einem dicken Baumstamm hervor, einen Gewehrriemen über seiner Brust. Der Lauf des Gewehrs ragte hinter seiner linken Schulter nach oben. »Stehenbleiben«, rief sie. »Polizei. Hände nach oben.«

Er drehte sich zu ihr. In diesem Augenblick bemerkte sie die Pistole in seiner Hand. Sie schossen gleichzeitig. Josie spürte den Aufprall seiner Kugel in ihrem Magen. Sie wurde von den Beinen gerissen und durch die Luft geschleudert. Dann fiel sie den Hang hinunter.

VIERUNDFÜNFZIG

Josie lag auf dem Rücken und schnappte verzweifelt nach Luft. Vergeblich – der Druck auf ihrem Bauch war enorm. *Ich muss die Weste loswerden, runter damit, runter!!!* Sie versuchte, die Worte herauszupressen, aber die Luft blieb ihr weg. Ihre Lunge brannte, Panik lähmte sie. Sie konnte nicht atmen. Ihre Waffe war weg, der Mörder noch immer frei, irgendwo über ihr. Neben ihrem Kopf hörte sie Laub rascheln. Sie wollte sich drehen, sich hochkämpfen, schreien, doch es gelang ihr nicht. Da drückten Hände ihr auf die Schultern.

»Halten Sie still«, hörte sie eine Männerstimme sagen.

Als sich die Gesichter zweier FBI-Agenten in voller taktischer Montur in ihr Blickfeld schoben, durchlief sie eine Welle der Erleichterung.

»Sie hat einen Treffer auf die Weste bekommen«, sagte einer der beiden.

»Ziehen wir sie ihr aus.«

Sie nahmen ihr die Weste ab und richteten sie auf. Die Bewegung verursachte einen stechenden Schmerz in ihrer Körpermitte. Schließlich gelang es ihr, wieder zu atmen. Keuchend deutete sie auf den oberen Abschnitt des Hangs. »Er

ist dort oben. Ich habe auf ihn geschossen, ihn aber wahrscheinlich verfehlt.«

»Weitere Leute von uns sind aus der anderen Richtung
hierher unterwegs«, sagte einer der Agenten. »Wir bringen Sie
zur Schule zurück. Dort wartet ein Rettungsfahrzeug.«

Sie hoben sie auf die Beine. »Ich brauche keine Sanitäter«,
entgegnete Josie.

»Sie sollten durchgecheckt werden.«

»Nein«, insistierte sie. »Mir fehlt nichts. Ich muss nur ... ich
muss heim ... oder ich ... ich brauche meine Waffe. Meine
Waffe.«

Einer der Agenten hielt sie in der Hand. »Hier. Jetzt weg
von hier. Sie sollten nicht verletzt hier herumlaufen.«

Sie nahm ihre Waffe und steckte sie ins Holster. Schon
diese kleine Bewegung verursachte ihr Schmerzen im Bauch.
»Ich bin nicht verletzt.«

»Das wird sich herausstellen«, erwiderte einer der Männer,
während sie sie den Hang hinunterführten.

Sie brachten sie zu einem Rettungsfahrzeug mit geöffneter
Heckklappe. Aber kaum waren die beiden Agenten in den
Wald zurückgegangen, erklärte Josie den beiden Sanitätern,
dass ihr nichts fehlte, und ging zu ihrem Auto. Während sie
versuchte, sich gerade zu halten, tobte ein brennender Schmerz
in ihrer Körpermitte.

Sie rief Noah an, stellte auf laut und warf ihr Smartphone
auf den Beifahrersitz. »Hallo«, antwortete er. »Geht es dir gut?
Ich habe gehört, dass bei euch die Hölle los ist.«

Das Fahren tat weh. Alles tat weh. Josie biss die Zähne
zusammen und bemühte sich, so normal wie möglich zu klin-
gen. »Mir geht es gut. Ja, es war verrückt.« Sie informierte ihn
über alles, außer dass auf sie geschossen worden war. »Ich habe
Oaks nicht gesehen, als ich wieder zurück war.«

»Er ist in der alten Fabrik, das ist das Letzte, was ich gehört
habe. Es gibt Hinweise darauf, dass der Entführer und seine

Komplizin sich dort versteckt haben. Von Lucy aber keine Spur. Ich meine, sie haben sie dort nicht gefunden.«

»Er hat sie woanders hingebracht. Ist Gretchen im Krankenhaus?«

»Ja«, erwiderte Noah. »Sie ist bei Amy Ross geblieben. Ihr Mann ist auch dort. Mrs Ross wird gerade operiert.«

»O nein. Was sagen sie? Wird sie es schaffen?«

»Ist noch nicht sicher. Die Kugel steckt in ihrem Becken. Sie hat viel Blut verloren. Ich habe aber auch gute Nachrichten.«

Josie konnte sich kaum Nachrichten vorstellen, die man in diesem Albtraum, unter dem die Stadt gerade litt, als gut bezeichnen konnte. »Und die wären?«, fragte sie.

»Wir haben Violet Young gefunden. Besser gesagt, das Team um Lamay hat sie entdeckt. Luke Creightons Hund hat sie im Wald aufgespürt. Sie hat eine Stichwunde ...«

»In der Brust?«, unterbrach Josie ihn und stöhnte unter der Anstrengung, die ihr diese Worte abverlangten. Sie war fast zu Hause.

»Ja. Der Stich hat ihr Herz verfehlt, aber eine üble Wunde verursacht. Die Ärzte denken, dass sie überlebt. Sie wurde ziemlich tief im Wald zurückgelassen und hat versucht, herauszukommen, war aber durch den Blutverlust zu stark geschwächt. Also hat sie sich unter Büschen versteckt, damit der Entführer sie nicht finden würde, falls er zurückgekommen wäre. Das ist alles, was sie aus ihr herausbekommen haben, bevor sie ins Krankenhaus gebracht wurde.«

Josie war so erleichtert, dass sie das Gefühl hatte, endlich wieder atmen zu können.

»Josie?«, fragte Noah.

»Das ist großartig«, brachte sie mühsam hervor. »Veranlass bitte, dass jemand ihre Aussage aufnimmt. Vielleicht Gretchen, sie ist ja schon im Krankenhaus.«

»Mach ich«, erwiderte Noah.

»Und ruf bitte noch im Büro von Dr. Feist an. Sie sollen die Hand der toten Verdächtigen auf Schmauchspuren überprüfen.«

Sie hörte, wie er eine Seite umblätterte, und wusste, dass er ihre Anweisungen in sein Notizbuch schrieb. »Geht es dir gut?«, fragte er erneut. »Du hörst dich seltsam an.«

»Mir geht es gut«, antwortete sie, obwohl der Schmerz in ihrem Bauchraum bis in den unteren Rücken ausstrahlte. »Ich muss mich nur umziehen. Ich bin durch die Aktion auf dem Berg von oben bis unten verdreckt.«

»Okay. Vielleicht kommst du aufs Revier, wenn du fertig bist. Oaks ist noch immer draußen und sucht nach dem Kerl, während Chitwood und der Pressesprecher des FBI etwas zusammenzuschustern versuchen, das sie den Journalisten draußen vorsetzen können. Wir könnten einen kühlen Kopf hier brauchen.«

Josie bog in die Einfahrt ein. Sie freute sich, Mistys Wagen dort stehen zu sehen. »Du bist der kühle Kopf«, sagte sie. »Sag ihnen, wir haben noch nicht genug Informationen für eine Presseerklärung beisammen. Ich komme vorbei, sobald ich kann.«

FÜNFUNDFÜNFZIG

Kaum war Josie drinnen, lehnte sie sich gegen die Tür. Im Wohnzimmer hörte sie den Fernseher laufen. Sekunden später erschien Misty in der Tür. Sie trug ein zu großes T-Shirt und eine Jogginghose. Ihre Haare hatte sie zu einem zerzausten Knoten hochgebunden. »Josie? Mein Gott, alles okay?«

Josie lächelte gequält und hielt sich den Bauch. »Kannst du mir nach oben helfen?«

Misty riss erschrocken die Augen auf, als sie näherkam. »Himmel, du bist ja ganz blutig. Soll ich den Rettungsdienst rufen? Bist du verletzt? Was ist los?«

Mit jeder Frage wurde Mistys Stimme panischer. Josie winkte mit ihrer freien Hand ab. »Mir geht es gut. Ist nicht mein Blut.«

»Ach so«, meinte Misty schnippisch. »Na, da bin ich ja beruhigt. Ich rufe jetzt den Rettungsdienst an.«

»Nein, musst du wirklich nicht. Ich brauche keinen Arzt. Mir geht es gut. Ich ... bin hingefallen. Ich brauche einfach nur ein bisschen Hilfe, um ins Badezimmer hochzukommen und mich zu waschen. Bitte.«

»Soll ich Noah anrufen?«, fragte Misty und legte vorsichtig einen Arm um Josies Taille.

»Nein, bloß nicht. Du kannst mir doch auch helfen. Wo ist Harris?«

Misty führte sie langsam die Treppe hoch. »Er schläft im Gästezimmer.«

»Gut.«

Kaum waren sie im Bad, setzte sich Josie auf den Rand der Badewanne. Sie zog am Saum ihres Shirts. »Auf mich ist geschossen worden.«

»Mein Gott! Josie, du hast gesagt, das ist nicht dein Blut! Wir müssen dich ins ...«

»Ich hatte eine kugelsichere Weste an. Die Kugel ist nicht durchgegangen.«

Misty legte eine Hand auf ihre Brust. »Gott sei Dank. Was ist passiert?«

»Hilf mir, das Shirt auszuziehen, dann erzähle ich es dir.«

Als Misty ihr das Oberteil über den Kopf zog, begann Josie ihr in Kürze die Ereignisse des Tages zu schildern. Während sie redete, half Misty ihr aus den blutverschmierten Jeans. »Ich werfe sie weg«, schlug Misty vor. »Außer du willst, dass ich sie wasche.«

»Nein. Schon okay.«

Misty machte einen Waschlappen mit heißem Wasser nass und gab ihn Josie. Sie sah zu, wie Josie sich das Gesicht und die Arme abwischte. »Josie«, beschwor Misty sie. »Das sieht nicht gut aus. Oh, wow, sieh dir deinen Bauch an.«

Josie sah an sich herunter. Auf ihrer Haut bildete sich ein violettroter Fleck. Sie legte eine Hand darauf. Tränen traten ihr in die Augen.

»Ich denke, du solltest wirklich ins Krankenhaus und das untersuchen lassen. Was, wenn du innere Verletzungen hast?«

»Da ist etwas, das du zuerst für mich tun musst«, entgegnete Josie. »Bitte.«

Misty hörte aufmerksam zu, während Josie ihr erklärte, was sie von ihr wollte. Dann stützte sie eine Hand in die Hüfte und meinte: »Bist du sicher, dass ich nicht noch jemanden anrufen soll? Deine Großmutter? Deine Schwester? Deine Mutter?«

»Nein, danke«, wiegelte Josie ab. »Bitte. Mach einfach nur, was ich gesagt habe.«

Misty ging aus dem Bad. »Na gut. Ich bringe dir aber erst einmal etwas Frisches zum Anziehen. Kommst du zurecht, wenn Harris aufwacht, während ich weg bin?«

Josie nickte. »Ja. Aber bitte beeil dich.«

SECHSUNDFÜNFZIG

Eine halbe Stunde später saßen beide auf dem Rand der Badewanne und starrten auf das weiße Teststäbchen zwischen sich.

»Warum hast du mir nichts gesagt?«, fragte Misty. »Oder jemand anderem?«

Josie lachte. »Ich habe es ja nicht einmal mir selbst gesagt. Ich meine, natürlich dachte ich, so wie ich mich fühle, könnte ich schwanger sein. Aber irgendwie wollte ich es mir einfach nicht eingestehen. Nicht einmal mir selbst.«

Misty lächelte. »Weißt du, das ist gar nicht schlimm. Du wärst eine großartige Mutter. So wie du mit Harris umgehst. Er ist hin und weg von dir.«

Josie lächelte zurück. »Ich mag ihn auch sehr. Das ist es nicht. Es ist nur ... Als Ray und ich verheiratet waren, bevor wir uns trennten und er dir begegnete, hatten wir beschlossen, nie Kinder zu bekommen. Wir hatten beide so viel Böses in der Welt gesehen und fast alles davon in unseren eigenen Familien. Was, wenn wir allein durch unsere DNA ein Ungeheuer in die Welt setzen, dachten wir.«

»Aber ihr wart da doch komplett auf dem falschen Dampfer«, warf Misty ein. »Die Frau, die dich aufgezogen hat, war ja gar nicht blutsverwandt mit dir.«

»Ich weiß«, entgegnete Josie. »Das war schon eine Erleichterung. Aber ich habe seitdem nicht mehr darüber nachgedacht, ob ich Kinder will.«

Misty winkte ab. »Du und Noah, ihr passt doch wunderbar zusammen.«

Josie legte vorsichtig ihre Finger auf die empfindliche, blutunterlaufene Stelle auf ihrem Bauch, die inzwischen von einem T-Shirt verdeckt wurde. »Nur, dass es da ein Problem gibt. Als ich letzten Monat an dem großen Fall dran war, musste ich ins Sullivan County fahren, um einen Zeugen zu befragen. Dort habe ich Luke getroffen.«

»Luke, deinen Ex?«, fragte Misty.

Josie nickte. »Da lief es gerade zwischen mir und Noah nicht gut. Er wollte eine Auszeit. Ich war verletzt und habe mich geärgert. Ich habe bei Luke übernachtet.«

Misty fiel die Kinnlade herunter. »Du hast mit ihm geschlafen?«

»Nein«, antwortete Josie. »Also, ich weiß nicht. Ich war betrunken und hatte einen Filmriss. Als ich aufgewacht bin, lagen wir zusammen im Bett. Ich habe keine Ahnung, was passiert ist.«

»Aber du denkst, dass du mit ihm geschlafen hast?«

»Nein, eigentlich nicht. Aber, um ehrlich zu sein: Ich habe keine Ahnung.«

»Ihr habt nicht darüber gesprochen?«

Die Scham trieb Josie die Röte ins Gesicht. »Nein. Ich bin weg, bevor er aufgewacht ist.«

Sie beugte sich über das Teststäbchen und sah dann auf ihr Handy. Noch eine Minute, bis das Ergebnis des Schwangerschaftstests sichtbar sein würde. »Warum dauert das mit den Dingern nur so lange?«

»Du solltest mit Luke reden«, riet ihr Misty. »Wenn nichts

passiert ist, dann weißt du es wenigstens und kannst beruhigt sein.«

Josie nickte. »Das wäre wohl das Beste, aber ...«

»Aber was, wenn er dir etwas sagt, was du nicht hören willst?«

»Genau. Ich ... ich will Noah nicht wehtun.«

»Also gut«, sagte Misty und nahm das Stäbchen. »Ich kann nicht beurteilen, ob du ihm wehtun würdest oder nicht. Aber auf jeden Fall musst du ihm das mit Luke nicht erzählen, wenn du nicht willst. Der Test ist negativ.«

»Was?«, keuchte Josie. Sie riss Misty das Stäbchen aus der Hand und starrte auf das Minuszeichen im kleinen Fenster in der Mitte.

»Du bist nicht schwanger«, sagte Misty.

»Ach du lieber Gott«, seufzte sie. Sogleich überkam sie Erleichterung, aber nicht aus dem Grund, aus dem sie gedacht hatte. Sie war nicht erleichtert, weil sie nicht schwanger war, sondern weil die Kugel, die ihre Weste getroffen hatte, dem Baby nicht geschadet hatte – da es gar kein Baby gab. Gleichzeitig machte der Gedanke, dass da nichts war, sie traurig, obwohl ihr Verstand ihr nüchtern sagte, dass sie in ihrem Beruf sowieso kein Kind gebrauchen konnte und deshalb alles gut war, wie es war.

Misty sah sie eindringlich an. Josie war sich kaum bewusst, dass ihr Tränen über das Gesicht liefen, bis Misty eine davon mit dem Daumen wegwischte. »Oh, Josie«, tröstete sie sie. »Vielleicht solltest du trotzdem mit Luke reden. Und auch mit Noah.«

Das musste sie, aber nicht jetzt. Lucy war noch immer nicht gerettet. »Ich gehe ins Krankenhaus«, beschloss sie, »und lasse das checken. Ich wollte nur nicht dort erfahren, dass ich schwanger bin, und dann vielleicht hören müssen, dass ich das Kind verloren habe. Nicht an so einem Ort. Mit lauter Fremden um mich herum.«

Misty nickte. »Ich weiß, dass du Krankenhäuser nicht magst. Ich bin auch nicht gerade ein Fan von ihnen. Ich rufe jetzt einfach jemanden aus deinem Team an und sage, sie sollen dich holen.«

»Danke, Misty«, schluchzte Josie. Sie konnte die Gefühle, die sie überkamen, nicht mehr länger unterdrücken.

Misty beugte sich zu ihr und schlang die Arme um ihren Hals, was einen stechenden Schmerz in Josies Bauch verursachte. Aber sie ließ sich nichts anmerken und spürte nur Dankbarkeit für Mistys Freundschaft, Dankbarkeit, dass sie nicht allein war – so wie Amy allein war, selbst wenn sie sich in Gesellschaft befand.

SIEBENUNDFÜNFZIG

Mettner fuhr Josie zum Denton Memorial Hospital, wo man eine ganze Reihe Untersuchungen an ihr durchführte und sie schließlich für diensttauglich erklärte. Sie hatte von ihrem Sturz den Hang hinunter nach wie vor Schmerzen und am ganzen Körper Schnitte sowie andere Blessuren, die sie noch gar nicht bemerkt hatte, fühlte sich aber wieder klarer im Kopf. Als sie dem Arzt von ihrer ständigen Übelkeit erzählte, führte er dies auf Stress zurück, gab ihr etwas gegen den Brechreiz und riet ihr, den Hausarzt aufzusuchen, wenn es nicht besser werden würde. Mit den schriftlichen Untersuchungsergebnissen in der Hand ging Josie zu den Fahrstühlen und fuhr in den vierten Stock. Dort traf sie Gretchen, die vor dem Wartezimmer zur Chirurgie auf und ab ging.

»Hey«, begrüßte Gretchen sie. »Ich habe mir schon Sorgen gemacht. Alles okay mit dir?«

Josie legte sich die Hände auf den Bauch, der sich noch immer anfühlte, als hätte sie tausend Sit-ups gemacht. »Mir geht es gut, danke. Was Neues von Amy?«

Gretchen schüttelte den Kopf. »Ich warte noch.«

Durch die Fenster konnten sie Colin sehen. Er saß zwischen zwei FBI-Agenten im Wartezimmer. Graue Stoppeln bedeckten sein Gesicht. Er hatte sich in seinem Stuhl nach vorn gebeugt, die Ellbogen auf die Oberschenkel gestützt und die Hände unter dem Kinn gefaltet. Seine Lippen bewegten sich, doch keiner der Agenten schien auf seine Worte zu reagieren.

»Er betet«, sagte Gretchen, als hätte sie Josies Gedanken gelesen.

»Keine schlechte Idee«, murmelte Josie. »Hast du was von Oaks gehört?«

»Er ist noch in der alten Fabrik. Das Areal zwischen der Fabrik und der Highschool ist ein ziemlich großer Tatort, den sie untersuchen müssen.«

»Wurde die Tote schon identifiziert?«, fragte Josie.

»Noch nicht«, antwortete Gretchen. »Sie arbeiten daran.«

»Was ist mit dem Geld?«

»Liegt noch immer dort, wo Amy und Colin es abgelegt haben. Oaks lässt jede Tasche von zwei Agenten observieren. Sobald sich jemand nähert, wird er festgenommen.«

»Gut. Aber das Geld kann nicht ewig mitten auf dem Footballfeld der Denton East bleiben.«

»Stimmt«, pflichtete Gretchen ihr bei.

»Wir sollten es so lange dort lassen, bis die Zeit verstrichen ist, innerhalb derer er Lucy ihren Eltern zurückgeben wollte.«

»Denkst du wirklich, dass er sie freilässt?«, fragte Gretchen.

Wieder stieg Übelkeit in Josie hoch. »Nein«, räumte sie ein. »Das glaube ich nicht. Ich denke, er will einzig und allein Amy wehtun. Und solange sie noch lebt, will er sie weiter quälen. Hast du mit Violet Young geredet?«

»Nein. Die Ärzte waren noch bei ihr und haben sie behandelt.«

»Ich versuche, mit ihr zu reden«, sagte Josie. Da piepste ihr Handy. Sie las die Nachricht. »Oaks. Er ist mit Dr. Feist unten im Leichenschauhaus. Ich gehe zuerst zu ihnen hinunter. Dann sehen wir, ob wir mit Violet reden können. Bleib hier und halte mich auf dem Laufenden.«

»Mach ich, Boss.«

ACHTUNDFÜNFZIG

Das Leichenschauhaus von Denton befand sich im Keller des Denton Memorial Hospital. In den fensterlosen, düsteren Räumen hatte sich ein Geruch aus Chemie und biologischem Verfall festgesetzt. Die Wände des langen Flurs waren ursprünglich weiß gewesen, aber schon so lange nicht mehr gestrichen worden, dass sie ein stumpfes Grau angenommen hatten, und auch die Bodenfliesen waren schon vor langer Zeit an Gelbsucht erkrankt. Im ganzen Krankenhaus, vermutlich sogar in der ganzen Stadt gab es keinen ruhigeren Ort. In der Regel verursachte die Stille bei Josie Gänsehaut, doch nach dem Chaos der letzten vierundzwanzig Stunden empfand sie sie als Erleichterung. Kaum hatte sie den Untersuchungsraum betreten, sah sie auch schon Oaks. Sein Anzug war völlig verdreckt, das Gesicht ausgezehrt. Er stand etwa einen Meter neben dem Edelstahltisch, auf dem die Frau lag, die Josie erschossen in der Höhle entdeckt hatte. Dr. Feist beugte sich über den Kopf der Toten und hielt ihr etwas, das wie ein Führerschein aussah, neben das Gesicht.

»Alles okay?«, fragte Oaks, als er Josie sah.

»Mir geht es gut«, antwortete Josie. »Was ist los? Haben Sie die Frau identifiziert?«

Oaks nickte. »Wir haben in einem Raum im zweiten Stock der alten Fabrik einen Rucksack mit einer Brieftasche gefunden. Der Führerschein steckte auch darin. Im Moment untersuchen wir, ob ihre Fingerabdrücke zu denen aus der Wohnung von Jaclyn Underwood und aus Lucys Zimmer passen, aber vermutlich sind sie identisch. Dr. Feist vergleicht sie gerade. Außerdem haben wir von ihrer Leiche eine DNA-Probe entnommen. Womöglich passt sie zu der des Haares vom Kissen in Jaclyns Schrank.«

»Wer ist sie?«, fragte Josie.

Dr. Feist kam herbei und gab Josie den Führerschein. »Natalie Oliver. Vierundzwanzig.«

Die Frau auf dem Führerscheinfoto starrte Josie mit herausfordernd vorgeschobenem Kinn und durchdringenden braunen Augen an. Sie sah aus, als hätte sie versucht, für das Foto gefährlich dreinzublicken, auf Josie aber wirkte sie einfach nur verletzlich. »Sie ist aus West Seneca im Bundesstaat New York«, sagte Josie. »Was hat sie hier gemacht?«

»Das wissen wir noch nicht«, antwortete Oaks. »Jetzt, da wir ihre Personalien haben, überprüfen meine Leute sie gerade.«

Josie gab Oaks den Führerschein zurück und zog ihr Handy heraus, um auf Google Maps nach West Seneca zu suchen. »Das ist gar nicht weit von Buffalo entfernt«, stellte sie fest. »Da muss es eine Verbindung zu Tessa Lendhardt geben.«

»Meine Außenagenten in Buffalo haben bis jetzt noch nichts herausgefunden«, informierte Oaks sie. »Es gibt dort ein paar Lendhardts, aber lauter Männer.«

»Habe ich schon gehört«, erwiderte Josie und hoffte, dass Trinity mit ihren Befragungen weitergekommen war. »War Hummel schon da?«

»Wegen möglicher Schmauchspuren an ihren Händen?«, fragte Dr. Feist. »Ja, er müsste jede Minute Ergebnisse liefern.«

Josie sah Oaks an. »Ich denke, wir sollten uns in einer Stunde zusammensetzen«, schlug er vor. »Im mobilen Kommandozelt. Im Augenblick geht es rasant voran.«

»Stimmt«, pflichtete Josie ihm bei. »Aber erst möchte ich mit Violet Young sprechen.«

NEUNUNDFÜNFZIG

Violet Young lag auf der Intensivstation. Zwischen all den Geräten, an die sie angeschlossen war, wirkte ihr kleiner Körper noch winziger. Als Josie den Raum betrat, wurde ihr für einen kurzen Augenblick schwindlig. Sie musste an den Fall der vermissten Mädchen denken, als sie ihren damaligen Verlobten Luke Creighton genauso hatte daliegen sehen – nur in einem wesentlich schlimmeren Zustand. In einer dunklen Ecke des Raums saß Violets Mann auf einem großen Plastikstuhl. Er sprang auf, als Josie und Oaks eintraten.

»Wer sind Sie?«, herrschte er sie an. Sein mächtiger Körper füllte fast den halben Raum.

Josie stellte sich und Oaks vor. Sogleich entspannte sich der Mann sichtlich. Er schüttelte beiden die Hände. »Entschuldigung«, sagte er. »Es war ein harter Tag. Ich kann noch gar nicht glauben, was hier passiert. Ich dachte, ich hätte Violet verloren.« Er sah zu seiner Frau und wischte sich Tränen von den Wangen.

»Ich weiß, das ist kein günstiger Zeitpunkt, aber wenn es Ihnen nichts ausmacht, möchten wir Violet gern ein paar Fragen stellen«, sagte Josie.

»Natürlich«, erwiderte er. »Sie war gerade noch wach, als Sie hereingekommen sind. Violet? Vi? Die Polizei ist hier. Sie wollen mit dir reden.«

Josie und Oaks traten seitlich an das Bett. Ihre Augenlider flatterten, dann öffnete sie die Augen und rang sich sogar ein Lächeln ab. »Hallo«, begrüßte sie Josie und Oaks mit belegter Stimme.

»Es dauert nicht lange«, versprach Josie. »Wir haben nur ein paar Fragen. Er hat Sie vor der Schule entführt, nicht wahr?«

Violet nickte. Ihr Mann war auf die andere Seite des Betts getreten und hielt ihre Hand. »Ich war zur Nachmittagspause draußen. Da habe ich sie gesehen. Lucy.«

»Lucy war dabei?«, fragte Josie nach.

»Ja, in einem schwarzen Auto. Sie fuhren ein paarmal an der Schule vorbei. Ich dachte beim ersten Mal, ich würde mir das nur einbilden, aber das Auto kam zurück und da sah ich sie drinnen auf dem Rücksitz. Sie hatte die Hände an die Scheibe gedrückt, als wollte sie um Hilfe rufen.«

Bei dem Gedanken an die arme kleine Lucy schnürte es Josie die Brust zusammen. »Da sind Sie zum Auto gegangen.«

»Ja. Ich weiß, das hätte ich nicht tun dürfen. Ich hätte in die Schule gehen und die Polizei rufen sollen, aber ich dachte, dann sind sie weg. Ich habe einfach nicht klar gedacht. Als ich zum Auto ging, sah ich, dass darin ein Mann und eine Frau saßen. Aus irgendeinem Grund glaubte ich, dass ...«

»Sie dachten, von der Frau ginge keine Gefahr aus«, ergänzte Josie.

Violet nickte. »Ich schäme mich dafür, aber ja, genau so war es.«

»Haben die beiden Sie gezwungen, einzusteigen?«, schaltete Oaks sich ein.

Tränen glänzten in Violets Augen. »Ja. Der Mann zog eine Pistole und sagte, er würde schießen, wenn ich nicht einsteige.

Ich wollte nicht, dass Kinder verletzt wurden, also bin ich in das Auto.«

»Wie ging es Lucy?«, fragte Josie.

Eine Träne lief Violet über die Wange. »Sie war verängstigt. Klammerte sich an mich. Ich habe versucht, sie zu beruhigen. Der Mann ist gefahren. Sobald wir in eine entlegenere Gegend kamen, blieb er stehen und zog mich aus dem Auto. Die arme Lucy. Sie schrie und weinte und hielt sich an mir fest. Aber er war zu kräftig. Er nahm mir mein Handy ab und sperrte mich in den Kofferraum.«

»Was war das für ein Auto?«, wollte Oaks wissen.

»Ein kleines schwarzes. Vier Türen. Marke oder Modell weiß ich nicht. Ich war in so etwas noch nie gut.«

»Was ist dann passiert?«, fragte Josie weiter.

»Wir fuhren immer weiter. Ein paarmal hat er angehalten. Manchmal konnte ich Lucy weinen hören. Einmal hat sie geschrien, dann war sie plötzlich still und ich habe sie nicht mehr gehört.« Wieder rannen ihr Tränen über das Gesicht. Über dem Bett begannen die Monitore zu piepen. Ihr Blutdruck und die Atemfrequenz stiegen.

»Schon gut, schon gut«, beschwichtigte Josie sie. »Sie haben alles getan, was Sie konnten, um Lucy zu helfen. Sie hatten Glück, dass Sie noch am Leben sind. Wir suchen noch nach Lucy, und was Sie uns da erzählen, ist sehr nützlich. Nur noch ein paar Fragen, dann dürfen Sie sich ausruhen.«

Violet nickte. Sie sah ihren Mann an, der ihre Hand mit seinen beiden großen Händen drückte und sie aufmunternd anlächelte.

»Was ist danach passiert?«, fragte Josie weiter.

»Sie sind weitergefahren. Dann haben sie angehalten. Er hat mich aus dem Auto geholt und ist mit mir in den Wald gegangen. Dabei hat er mir eine Pistole an den Kopf gehalten. Ich hatte zu viel Angst, um zu flüchten. Und die Frau, die hinter ihm ging, schrie ständig. Immer wieder hat sie gerufen:

›Warum hast du das gemacht? Das hättest du nicht tun dürfen.‹«

»Haben die beiden gestritten?«

»Ja, sie war wütend auf ihn, weil er ihrer Meinung nach schuld war, dass der Plan schiefgelaufen war. Er hat ihr immer wieder gesagt, dass sie ruhig sein soll. Dann befahl er ihr, zum Auto zurückzugehen. Sie weigerte sich und er hat sie geschlagen. Hat sie richtig umgehauen. Und ihr gesagt, dass er das Sagen habe und den Plan nun eben geändert habe. Sie ist aufgestanden und weggegangen. Dann hat er ... hat er auf mich eingestochen. Er hatte dieses Messer. So eine Art Jagdmesser. Es steckte in seinem Gürtel. Ich hatte es vorher nicht bemerkt, weil ich zu sehr auf die Pistole fixiert war. Ich habe versucht, mich zu wehren, aber er war zu kräftig. Ich hatte schreckliche Angst.«

»Haben die beiden sich mit Namen angesprochen? Haben sie überhaupt je Namen genannt?«, wollte Oaks wissen.

Violet nickte. »Er hat sie Nat genannt. Sie dagegen hat seinen Namen nicht erwähnt.«

Natalie Oliver, dachte Josie bei sich.

»Er hat also auf Sie eingestochen«, nahm Josie den Faden wieder auf. »Sie haben miteinander gekämpft. Was ist dann passiert?«

»Die Frau ist zurückgekommen. Sie hat ihm mit etwas auf den Kopf geschlagen. Dann haben sie wieder angefangen zu streiten. Fast wäre ich aufgestanden und weggelaufen, aber ich habe geblutet. Ich wollte nicht, dass sie auf mich aufmerksam werden, und habe mich ganz still verhalten. Er kam zu mir, nachdem sie aufgehört hatten zu streiten, und hat mich ein paarmal in die Rippen getreten. Ich habe versucht, nicht zu reagieren. Sie sagte: ›Gehen wir‹, und er meinte nur, dass er jetzt die Sache zu Ende bringen würde.«

Sie machte eine Pause und atmete einige Male tief durch. Ihr Gesicht war noch blasser geworden als vorhin, als sie in das Zimmer gekommen waren. »Lassen Sie sich Zeit«, sagte Josie.

Nachdem sie noch ein paarmal tief durchgeatmet hatte, fuhr Violet fort. »Sie sagte, dass ich schon tot sei. Ich spürte ihre Hände auf mir. Sie hat meinen Puls gefühlt. An meinem Hals. Sie muss gemerkt haben, dass ich noch lebe – mein Herz hat gehämmert wie wild. Aber sie hat zu ihm gesagt: ›Siehst du, ich habe dir ja gesagt, dass sie tot ist. Lass sie, wir müssen weg hier.‹«

Josie und Oaks tauschten einen fragenden Blick aus. »Sie hat Ihnen das Leben gerettet«, meinte Josie schließlich.

Violet nickte wieder. »Keine Ahnung, warum. Es kann nicht sein, dass sie nicht gespürt hat, wie mein Herz schlug. Aber sie hat ihn überzeugt, dass ich tot war. Ich habe gehört, wie sie weggegangen sind. Kurze Zeit später habe ich versucht, aufzustehen und zu gehen. Aber ich bin nicht sehr weit gekommen. Ich war zu schwach. Es tat zu sehr weh.«

»Jetzt sind Sie in Sicherheit«, beruhigte Josie sie. »Ruhen Sie sich einfach nur aus. Danke, Mrs Young.«

Josie und Oaks ließen die Youngs allein. Sie gingen den Flur entlang zu den Aufzügen. »Klingt nicht besonders gut«, meinte Oaks.

»Nein, allerdings nicht«, stimmte Josie ihm zu. »Hat Ihr Team herausgefunden, ob Lucy in der Fabrik war?«

»Wir sichern noch Spuren, aber bisher nicht, nein.«

Sie sagten nichts, aber Josie wusste, dass sie beide das Gleiche dachten: Die Wahrscheinlichkeit, dass Lucy nicht mehr lebte, war groß.

SECHZIG

Ich wachte frierend auf. Sie war wieder weg, verschwunden in die Dunkelheit. Ich wusste, wenn sie nicht mit mir im Zimmer war, würde sie wieder vorbereiten, dass wir uns nach Hause aufmachten. Ich lief zur Tür, spähte durch den Riss und wartete, dass ihr Schatten erschien. Aber sie kam nicht. Meine Beine waren steif, mein Mund trocken. Ich lauschte angestrengt auf ihre Schritte, konnte sie aber nicht hören. Sie war schon immer gut darin gewesen, sich lautlos zu bewegen. Als das Tageslicht ins Wohnzimmer zu kriechen begann, drang mir die Angst wie ein Stachel ins Herz.

Wo war sie?

Ich weiß nicht, wie lange es dauerte, bis er aus einem der anderen Zimmer kam, aber es schienen viele Stunden vergangen zu sein. Ich beobachtete ihn, ohne ein Wort zu sagen. Er trug sein übliches Flanellhemd, Jeans und schwere Stiefel. Sein dünnes braunes Haar war zu einer Seite gekämmt. Wie immer zog er den Geruch von Zigarettenrauch hinter sich her. Er roch sogar nach Zigaretten, wenn er nicht rauchte. Er sah mich in der Tür auf der Schwelle sitzen. »Suchst du sie?«

Ich bewegte mich nicht.

»Kannst du nicht reden? Sag was, Kind.«

»Ich ... ich ...«

Er schüttelte den Kopf. »Egal. Sie ist fort.«

»Fort?«, wiederholte ich.

»Sie ist gegangen. Hat ihr Zeug genommen und ist weg.«

Ich lief zum Ausgang, aber er packte mich am Kragen meines Hemdes.

»Ich gehe mit ihr«, rief ich.

Er warf mich durch die Luft, als würde ich nichts wiegen. Ich krachte gegen die Wand und glitt zu Boden. Mein ganzer Körper war Schmerz. Etwas kochte in mir hoch – brennender Zorn – und ohne nachzudenken sprang ich auf und warf mich auf ihn. Ich packte seinen dicken, haarigen Unterarm und schlug meine Zähne hinein.

Er versuchte, mich wegzuscheuchen, als sei ich ein Insekt. »Verdammt, Kind. Lass das.«

Ich hörte nicht auf. Ein grollendes Geräusch stieg aus meiner Kehle auf. Blut floss in meinen Mund. Mit seiner anderen fleischigen Pratze schlug er mir den Handrücken ins Gesicht. Ich sah Sterne vor den Augen. Mein Kinn fiel schlaff herunter. Ich sank zu Boden. »Jetzt schau dir an, was du gemacht hast, du blödes Kind«, brummte er. Blut floss über seinen Arm zu seinem Handgelenk und zwischen die Finger. Ich hatte ihn bluten lassen, so wie er es viele Male mit ihr gemacht hatte.

Ich wollte aufstehen, doch mir wurde schwindlig. »Wo willst du hin?«, fragte er.

»Ich gehe sie suchen«, erwiderte ich.

»Du gehst nicht mit ihr. Du bleibst bei mir.«

»Sie kommt wieder zurück«, stieß ich hervor.

Plötzlich war sein Gesicht nur Zentimeter von meinem entfernt. Ich roch seinen stinkenden, heißen Atem.

»Sie kommt nie mehr zurück«, fauchte er. »Verstehst du das, Kind? Nie mehr.«

Tränen traten mir in die Augen. »Ich will nach Hause.«

»Du wirst nie nach Hause gehen.«

EINUNDSECHZIG

Als Josie und Oaks im Stadtpark eintrafen, ging es im mobilen Kommandoposten hoch her. Die Parkbeleuchtung tauchte den Spielplatz in helles Licht, sodass man die vielen Beamten, die vor dem Zelt herumliefen, und die freiwilligen Helfer, die Josie für die Suche nach Violet Young eingespannt hatte, gut sehen konnte. Josie erkannte Lukes Bluthund Blue, der bei den Schaukeln herumlief und am Boden schnüffelte. Sie ging zu ihm hinüber, kniete sich hin und rief mit gedämpfter Stimme seinen Namen. Er erkannte sie, lief schwanzwedelnd zu ihr und drückte seinen Körper der Länge nach in ihre Arme. Sie kratzte ihn am Rücken, rieb ihm die Flanken und sprach leise mit ihm. Luke stand nicht weit von ihnen entfernt und unterhielt sich gerade mit einem Hilfssheriff. Als er sie sah, lächelte er, verabschiedete sich vom Deputy und kam zu ihr herüber.

»Schön, dass es dir gut geht«, begann er. »Es hat sich herumgesprochen, dass du einen Schuss in den Magen abbekommen hast. Jeder hier war völlig außer sich, bis wir hörten, dass du eine Weste anhattest.«

Josie nickte. »Bin etwas lädiert, aber das ist auch schon alles.

Ich wollte dir – und Blue – für eure Hilfe beim Aufspüren von Violet Young danken.«

Luke lächelte und deutete auf Blue. »Das ist allein ihm zu verdanken. Ich bin nur sein Chauffeur.«

»Auf jeden Fall hatten wir Glück, dass ihr beide hier wart.«

»Das war das Mindeste, was ich tun konnte, vor allem nach dem, was neulich bei mir geschehen ist. Weißt du, ich wollte an dem Tag Frühstück machen, aber als ich aufgewacht bin, warst du weg. Das muss ja eine wichtige Spur gewesen sein, der du nachgegangen bist.«

Für einen kurzen Augenblick senkte Josie den Blick. Dann nahm sie sich zusammen und sah ihm wieder in die Augen. »War es auch«, antwortete sie. »Aber weil wir schon dabei sind, Luke: Was ist in dieser Nacht passiert?«

Die Kinnlade fiel ihm hinunter. »Du erinnerst dich nicht?«

»Tut mir leid, ich erinnere mich an ... an das Abendessen. Dann bin ich losgefahren, umgekehrt und wir haben was getrunken. Viel getrunken. Ich weiß noch, dass wir zusammen ferngesehen haben. Und gelacht haben. Irgendwann bin ich in deinem Bett aufgewacht. Ich muss wissen, ob ...«

»Du hattest einen Filmriss?«

Josie wurde rot vor Scham. »Ja. Ich habe dir ja gesagt, dass ich in den Monaten davor nichts getrunken hatte. Das soll keine Entschuldigung sein. Es tut mir sehr leid, ich kann mich an nichts erinnern. Aber wenn das mit mir und Noah weitergehen soll, muss ich die Wahrheit wissen.«

Luke sah zum Zelt, wo Noah die ganze Nacht ausgeharrt hatte, wie Josie wusste. Er hatte den Telefondienst übernommen und am Laptop gearbeitet, weil er wegen seines gebrochenen Beins nicht draußen mit dabei sein konnte. »Ach so, du denkst, wir hätten ... dass wir miteinander geschlafen haben?«

»Nicht?«, fragte Josie. Sie versuchte, sich innerlich gegen die Riesenwelle der Erleichterung zu stemmen, zumindest bis sie alles erfahren hatte.

Luke lachte. »Nein, Josie, haben wir nicht. Natürlich ist mir das in den Sinn gekommen. Ich meine, du und ich ... wir hatten eine großartige Zeit miteinander. Aber ich wusste ja, wie wichtig dir Noah ist, also habe ich es gar nicht erst versucht. Ich hab dir doch gesagt, dass ich keine Hintergedanken habe.«

»Ich erinnere mich, ja«, erwiderte Josie mit glühenden Wangen.

»Das habe ich auch so gemeint. Wir haben ferngesehen und uns bei irgendeiner Comedy-Sendung, die lief, kaputtgelacht. Du hast gesagt, das sei eine schöne Ablenkung. Als es vorbei war, hast du angefangen zu weinen.«

»Was?«, rief Josie etwas forscher als beabsichtigt. Normalerweise hatte sie nicht besonders nahe am Wasser gebaut.

»Ja. Du warst nicht zu bremsen und hast alles erzählt, wie Noah dich vor den Kopf gestoßen hat. Und wie sehr du ihn liebst.«

»O Gott«, murmelte Josie.

Luke winkte ab. »Das braucht dir nicht peinlich zu sein. Es war süß. Ich wusste, dass du verletzlich bist, denn als wir noch zusammen waren, hast du wenig über dich preisgegeben und immer alles für dich behalten. Deshalb habe ich auch ein paar Sachen von mir erzählt.«

»Welche denn?«

Er wandte den Blick von ihr. »Darüber möchte ich in nüchternem Zustand lieber nicht reden.«

»Luke, bitte.«

Er sah ihr wieder in die Augen. »Sagen wir mal so. Ich habe immer noch Albträume wegen all dem, was damals passiert ist: dass mein bester Freund vor meinen Augen starb, dass ich gefoltert wurde, dass ich eine Zeit lang im Gefängnis war. Ich ... habe Angstzustände. Ich habe dir erzählt, dass ich mir aus diesem Grund Blue zugelegt habe. Ich fühle mich einfach sicherer, wenn er in der Nähe ist. Deshalb wohne ich auch noch bei Carrieann. Ich ertrage es nicht, allein zu sein.«

»Das tut mir leid.«

»Du hast dich zum Schlafen in mein Bett gelegt und ein paar Stunden später bin ich auch gekommen ... ich hatte einfach nur Angst. Es fühlte sich für mich besser an, dir nahe zu sein. Sehr männlich, ich weiß.«

»O Luke. Ich verstehe das. Wirklich, glaub mir.« Josie sah hinunter zu Blue, der sich inzwischen neben Lukes Füße gelegt hatte. »Aber Luke, Blue war vor der Schlafzimmertür. Als ich aufgewacht bin, war sein Hundebett leer und er lag davor.«

»Direkt gegen die Tür gelehnt, oder?«

»Ja, genau. Ich wäre fast über ihn gestolpert. Ich habe mich gefragt, ob du ihn hinausbefördert hast, weil wir ... du weißt schon.«

Wieder lachte Luke. Er beugte sich zu Blue hinunter und tätschelte seinen Kopf. »Blue kann Türen öffnen, hast du das vergessen?«

Jetzt fiel es Josie wieder ein.

»Meine Schlafzimmertür fällt zu, wenn man sie nicht festklemmt«, fügte Luke hinzu.

Beide drehten sich um, als jemand Josies Namen rief. Noah stand im Zelteingang auf Krücken. Er balancierte auf einem Bein und winkte sie zu sich.

»Manchmal, wenn ich eine sehr schlechte Nacht habe, schläft er vor der Tür und drückt sich gegen sie. So muss jeder, der zu mir will, zuerst an ihm vorbei. Ich habe ihm das nicht beigebracht. Das hat er sich ganz allein ausgedacht. Deshalb ist er ein so besonderer Hund.«

Josie lächelte Blue an. »Oh, das ist nicht das Einzige, was ihn so besonders macht. Bleib bitte noch etwas. Wir können eure Hilfe bei der Suche vielleicht noch brauchen.«

Luke sah von ihr zu Noah und wieder zu ihr. »Geh. Dort ist dein Platz.«

Als sie zum Zelt und zu Noah ging, blickte sie ein letztes Mal über ihre Schulter zu Luke. »Danke, Luke.«

ZWEIUNDSECHZIG

Noah humpelte ihr vom Zelteingang aus entgegen. »Warum hast du mir nichts gesagt?«, schimpfte er. »Warum sagst du nicht, dass man auf dich geschossen hat? Himmel, Josie!«

Josie blieb abrupt stehen. Sein Ton ließ keinen Zweifel daran, dass er ehrlich aufgebracht war. »Tut mir leid, Noah. Ich hielt es nicht für so wichtig. Ich hatte ja eine Weste an.«

»Auch Amy Ross hatte eine Weste an und kämpft jetzt trotzdem um ihr Leben. Du weißt verdammt gut, dass Westen einen nicht unverwundbar machen. Du hättest sterben können.«

»Noah, es tut mir wirklich leid.«

»Ich musste es von ein paar FBI-Agenten erfahren, die dich aus dem Wald getragen haben. Warum hast du mir nichts gesagt?«

Josie stemmte eine Hand in die Hüfte. »Sie haben mich nicht getragen.«

Er deutete mit dem Finger auf sie. »Lenk nicht ab.«

Was sollte sie sagen? Dass sie es ihm verschwiegen hatte, weil sie zuerst nach Hause wollte, um sicherzugehen, dass sie nicht schwanger war, bevor man sie im Krankenhaus untersuchte? Weil sie, wenn sie schwanger gewesen wäre, nicht sicher gewusst hätte, wer der Vater ist? Da hatte sie ja ein schönes Durcheinander verursacht.

»Josie, ich habe gerade meine Mutter verloren. Ich kann dich nicht auch noch verlieren.«

»Du wirst mich nicht verlieren«, erwiderte Josie, nun in sanfterem Ton. »Das verspreche ich.«

»Das kannst du gar nicht«, widersprach er. »Nicht in diesem Beruf.«

»Du aber auch nicht«, entgegnete sie. »Bald bist du wieder voll einsatzfähig und mit mir im Außeneinsatz.«

Darauf entgegnete er nichts.

»Es tut mir leid, dass ich dir nicht die Wahrheit gesagt habe«, entschuldigte sich Josie. »Moment mal. Sagtest du, Amy Ross lebt? War die Operation erfolgreich?«

Noah wandte den Blick von ihr ab. Sie konnte an seinen zuckenden Wangenmuskeln sehen, dass er sich einen Augenblick sammeln musste. Dann sah er sie wieder an. »Ja, sie hat es geschafft. Sie erholt sich gerade. Ist noch stark sediert. Sie mussten ihr einen Eierstock und einen Eileiter entfernen, konnten aber den Uterus retten.«

»Mein Gott«, murmelte Josie. Traurigkeit überkam sie. Fast unwillkürlich wanderte ihre Hand zu ihrem lädierten Bauch. Amy war vierzig und hatte wahrscheinlich nicht vor, weitere Kinder zu bekommen. Trotzdem wirkten sich ihre Verletzungen entscheidend auf etwaige bereits geschmiedete Pläne über weiteren Nachwuchs aus. Lucy wurde vermisst, eine Million Dollar standen auf dem Spiel, und nun hatte Amy auch noch mit irreparablen körperlichen Schäden zu leben. Was musste diese Frau noch erdulden?

»Gehen wir nach drinnen«, schlug Noah vor. »Oaks möchte eine Lagebesprechung.«

Josie folgte ihm ins Zelt, wo sich wieder einmal Dutzende Agenten, Staatspolizisten, Hilfssheriffs und etliche Mitglieder

der Polizei von Denton einschließlich Gretchen, Mettner, Chitwood und Lamay um Oaks versammelt hatten und darauf warteten, dass er etwas sagte. Er hob die Hand, signalisierte den Anwesenden, noch fünf Minuten Geduld zu haben, und ging zu Josie. »Sind Sie okay?«, fragte er sie.

Sie nickte. »Mir geht es gut«, antwortete sie, obwohl exakt das Gegenteil der Fall war.

»Ich möchte, dass Sie die Leute darüber informieren, was auf dem Footballfeld passiert ist.«

»Natürlich«

Oaks bat alle um Aufmerksamkeit. Josie berichtete, was sich auf dem Spielfeld und dahinter sowie im Wald hinter den Stacks zugetragen hatte. Dann erhob sich Gretchen und informierte alle über Amys Gesundheitszustand. Mettner gab den Anwesenden eine Zusammenfassung über das Deponieren des Lösegelds in der Höhle der Liebenden, die unspektakulär und ohne Zwischenfall verlaufen war. Außerdem teilte er ihnen mit, dass das von Colin hingebrachte Geld nach wie vor unangerührt dort lag. Lamay gab Auskunft über die Rettung von Violet Young. Dann ging Oaks auf das ein, was Josie von Violet erfahren hatte.

»Irgendwann zwischen Mrs Youngs Entführung vor der Schule und dem Anruf des Kidnappers bei der Familie Ross, bei dem er die letzten Anweisungen für die Geldübergabe übermittelte, haben die Täter etwas mit Lucy Ross gemacht. Wir wissen noch nicht, was.«

»Aber«, sagte Josie, »sie hatten Violet Youngs Handy dabei. Deshalb denke ich, wir sollten mit der Suche in einem Dreikilometerradius um den Ort, wo sie Violet Young liegen gelassen haben, beginnen.«

Mettner zog eine große Schaumstofftafel mit einer angehefteten Karte in die Zeltmitte. »Das ist der Radius«, erklärte er und deutete auf einen rot umrandeten Bereich in West Denton. »Hier wurde Violet Young gefunden.«

Und Josie fügte hinzu: »Möglicherweise hat der Entführer Lucy vor dem Deponieren des Geldes irgendwo in diesem Bereich versteckt und ist dann zurückgekehrt, um sie woanders hinzubringen. Aber auf jeden Fall ist das ein guter Ausgangspunkt für unsere Suche. Wir wissen nicht sicher, ob er sie wirklich hier zurückgelassen hat, weshalb wir uns von dort aus nach außen vorarbeiten sollten. Wenn wir Hinweise darauf finden, dass sie inzwischen an einem anderen Ort ist, müssen wir dem sofort nachgehen.«

Jemand vom hinteren Ende des Zelts warf ein: »Hieß es nicht, dass der Kidnapper Lucy morgen beim Karussell freilässt?«

»Wir müssen die Möglichkeit in Betracht ziehen, dass er nicht die Absicht hat, das zu tun«, erwiderte Josie. »Er hat das Geld nicht abgeholt und unserer Ansicht nach außerdem seine eigene Komplizin, Natalie Oliver, ermordet. Wir wissen von Violet Young, dass beide vor der Geldübergabe Streit hatten. Außerdem steht fest, dass beide an der Denton East waren und sich überhaupt nicht um die Übergabe bei der Höhle der Liebenden gekümmert haben. Was genau sie vorhatten, wissen wir nicht, aber wir sind sicher, dass der Verdächtige vom Plan abgewichen ist und Natalie Oliver damit wohl nicht einverstanden war.«

Sie nickte Oaks zu, der zurücknickte und nun selbst das Wort ergriff. »Natalie Oliver hatte Schmauchspuren an den Händen. Bei der Kugel, die die Ärzte aus Amy Ross' Becken entfernt haben, handelt es sich um eine .308, die, wie Sie alle wissen, aus einem Gewehr stammt.«

»Einem Gewehr mit einer so starken Schusskraft, dass sie durchaus von der Höhle aus, in der sich Natalie Oliver versteckte, abgefeuert hätte werden können«, fügte Josie hinzu.

»Bei der Kugel, die die Gerichtsmedizinerin aus Natalie Olivers Gehirn geholt hat, handelt es sich dagegen um eine Neun-Millimeter-Patrone. Nach den Schädelverletzungen zu urteilen stammt sie vermutlich aus einer Pistole«, ergänzte Oaks.

»In beiden Fällen könnte es sich um eine der Schusswaffen handeln, die aus der Jagdhütte entwendet wurden«, schaltete sich Gretchen ein. Sie blätterte eine Seite in ihrem Notizblock um. »Die .308 kann mit der Remington 700 verschossen werden und die Neun-Millimeter-Patrone ist die passende Munition für die Glock 19.«

Josie nickte und fuhr fort. »Wir glauben, dass der Entführer sich in den Stacks unweit des Footballfeldes versteckt hatte. Vermutlich sollte Natalie Oliver bei der Höhle der Liebenden bleiben, aber aus irgendeinem Grund – möglicherweise wegen der Meinungsverschiedenheit zwischen den beiden – kam sie zur Denton East, wo sie sich in der Höhle in der Nähe versteckte. Wir glauben nicht, dass der Entführer wusste, dass sie sich dort befand. Das wurde ihm erst klar, als sie Amy Ross angeschossen hatte. Sie nutzte die Gelegenheit, auf Amy Ross zu feuern, als der Kampf zwischen dem Entführer und den am Hügelkamm patrouillierenden Agenten begann. Der Entführer machte sie in der Höhle ausfindig, schoss ihr in den Kopf und nahm ihr Gewehr an sich.«

»Das heißt, wir stehen vor einer ganz neuen Situation«, warf Noah ein. »Der Täter befindet sich auf der Flucht. Ohne Komplizin und ohne Geld.«

»Genau«, pflichtete Oaks ihm bei. »Wir wissen nicht, was er als Nächstes tun wird. Kehrt er zu einem der Übergabeorte zurück und schnappt sich das Geld oder holt er Lucy aus ihrem Versteck und startet einen neuen Erpressungsversuch? Immer vorausgesetzt, dass sie noch am Leben ist.«

»Aber welchen Grund hatte Natalie Oliver, auf Amy Ross zu schießen?«, fragte Gretchen.

Josie seufzte. »Das können wir nur raten. Eifersucht? Oder sie hatte das Gefühl, dass das Bedürfnis des Kidnappers, Amy zu quälen, sich negativ auf den Entführungsplan auswirkte. Für ihn war das Lösegeld anscheinend zweitrangig. Außerdem forderte er wasserdichte Taschen und ließ die Eltern dann das Geld dort deponieren, wo Nässe gar kein Thema war. Vielleicht dachten sie, es würde regnen, vielleicht hatten sie die Geldübergabe ursprünglich aber auch in der Nähe des Flusses geplant und dann umdisponiert. Möglicherweise war das der Auslöser für den Streit. Wir wissen nicht, was sie dachten oder was zwischen ihnen ablief. Aber im Augenblick ist es auch wichtiger, Lucy zu finden.«

»Oder ihre Leiche zu bergen«, warf Chitwood ein.

»Und den Dreckskerl zu finden, bevor er wieder tötet«, fügte Oaks hinzu.

»Haben Ihre Leute in New York inzwischen etwas über Oliver herausgefunden?«, wollte Josie wissen.

Oaks nickte. Er blätterte die Papiere in seiner Hand durch. »Natalie Oliver, vierundzwanzig Jahre alt. Ein Pflegekind, seit sie ein Baby war. Von einer Familie zur anderen weitergereicht. Lebte bis zu ihrem achtzehnten Lebensjahr in einer Wohngruppe, die sie aber verlassen musste, weil sie zu alt dafür wurde. Verschiedene Gelegenheitsjobs: Kellnerin, Rezeptionistin in einem Fitnessstudio. Verdiente etwas Geld als Uber-Fahrerin, arbeitete in einem Einkaufszentrum. Hat ein paar Semester am Erie Community College in Buffalo studiert. Gewann vor zwei Jahren in der New Yorker Lotterie hunderttausend Dollar. Sie kündigte ihren Job im Einzelhandel und zog in eine schönere Wohnung in West Seneca. Bezahlte dort die Miete für ein Jahr im Voraus. Weder der Vermieter noch die Nachbarn haben sie in den letzten sechs Monaten zu Gesicht bekommen.«

»Fahrzeuge?«

»Ja«, antwortete Oaks. »Besitzt einen schwarzen Honda Accord, zugelassen auf ihre Adresse in West Seneca.«

»Können Sie die Überwachungsvideos an Mautstellen

überprüfen lassen? Hat sie einen elektronischen Pass zur automatischen Erfassung der Mautgebühren?«

Oaks ging seine Unterlagen durch. »Nein, aber ein Team geht die Videos der Überwachungskameras durch. Außerdem haben wir ihr Kennzeichen für den Fall an die Presse gegeben, dass der Entführer noch im Besitz des Fahrzeugs ist und damit herumfährt.«

»Was ist mit Freunden, Kollegen?«, fragte Josie.

»Überprüfen wir noch. Im Moment habe ich Einheiten in der Denton East und an der Höhle der Liebenden postiert, die das Geld im Auge behalten. Colin ist bei Amy im Denton Memorial Hospital. Ich habe ihnen drei Agenten zur Seite gestellt – einer ist damit befasst, die Handys der beiden zu überwachen. Weitere Einheiten durchsuchen den Bereich in dem von Detective Quinn umrissenen Dreikilometerradius um den Punkt, an dem wir Violet Young gefunden haben. Das Büro des Sheriffs ist mit einer Hundestaffel vor Ort, die die ganze Nacht nach Lucy sucht. Und natürlich haben wir auch Leute im Park, die das Karussell für den unwahrscheinlichen Fall im Auge behalten, dass der Entführer Lucy dort freilässt.«

»Ich möchte außerdem Leute für den Fall bereithalten, dass sich etwas an den Geldübergabeorten oder bei der Suche nach Lucy tut«, ergänzte Josie. »Jede verfügbare Kraft sollte sich an der Suche beteiligen.«

Als sich die Menge auflöste, meinte Oaks zu Josie: »Sie sollten heimgehen. Schlafen Sie ein paar Stunden.«

»Ich kann nicht«, erwiderte Josie, obwohl jede Faser ihres Körpers nach Schlaf oder wenigstens ein bisschen Ruhe auf ihrem behaglichen Bett schrie.

»Er hat recht, Boss«, schaltete sich Gretchen ein. »Wir waren alle den ganzen Tag auf den Beinen. Vielleicht sollten wir uns wie beim letzten Mal abwechseln. Du und Noah, ihr könntet euch ein paar Stunden hinlegen, dann löst ihr uns ab.«

Und Chitwood fügte hinzu: »Wenn sich irgendetwas ergibt, Quinn, sind Sie die Erste, die es erfährt.«

Alle vier Detectives der Polizei von Denton starrten ihn an. So nett und zuvorkommend wie jetzt war er ihr gegenüber noch nie gewesen. »Chief?«, fragte Josie ungläubig.

Chitwood verdrehte die Augen. »Sie sind am besten, wenn Sie klar im Kopf sind. Sie haben, wenn ich mich nicht irre, heute eine schwer verletzte Frau vom Footballfeld getragen, sind einen Berg hochgeklettert, wurden angeschossen, sind einen Hang hinuntergefallen und noch immer hier. Haben Sie heute überhaupt schon etwas gegessen?«

»N-nein«, stammelte Josie. »Ich ... dafür war keine Zeit.«

»Damit dürfte die Sache klar sein«, erwiderte Chitwood. »Schnappen Sie sich Fraley, essen Sie etwas und hauen Sie sich aufs Ohr. In drei Stunden sind Sie wieder hier, um Gretchen und Mettner abzulösen.«

Josie ließ den Blick von einem zum anderen wandern. Lamay stand auf. »Boss«, sagte er. »Ich bleibe hier. Wenn sich was Neues ergibt – irgendetwas –, rufe ich dich an.«

Noah stemmte sich hoch und steckte seine Arme in die Krücken. »Auf geht's«, sagte er zu Josie. »Die Zeit läuft.«

DREIUNDSECHZIG

Auf dem Weg nach Hause besorgten sich Josie und Noah noch schnell etwas zu essen. Misty und Harris schliefen bereits im Gästezimmer. Sie schlangen ihre Mahlzeit in der Küche hinunter. Unterdessen schrieb Josie Trinity eine Nachricht und fragte, ob sie noch wach sei. Schon Sekunden später rief Trinity an.

»Bist du noch auf?«, wunderte sich Josie, nachdem sie den Anruf angenommen hatte.

»Nicht mehr lange«, erwiderte Trinity. »Ich hatte gehofft, dass du dich meldest. Die Polizei gibt nichts an die Presse, aber wie ich erfahren habe, sind bei euch in der Gegend jede Menge Sicherheitskräfte unterwegs. Meine Kontaktperson bei WYEP hat mir außerdem verraten, dass Amy Ross im Krankenhaus liegt. Was ist los?«

»Es hat einige neue Entwicklungen gegeben. Amy wurde verletzt. Mehr kann ich dir nicht sagen.«

Kurzzeitig war es still in der Leitung. Dann antwortete Trinity: »Wenn du nicht meine Schwester wärst, würdest du damit nie im Leben durchkommen. Eines sage ich dir: Wenn alles vorbei ist, möchte ich ein Exklusivinterview. Ich arbeite hier für dich und du sagst mir nichts.«

Josie lachte. »Weil ich nicht kann. Das weißt du doch.«

»Keine Angst, ich kriege die Story. Immer.«

Wieder lachte Josie. »Weiß ich. Ich nehme an, du hast heute nichts Verwertbares über Amy – oder Tessa – erfahren, sonst hättest du angerufen.«

»Tut mir leid, Josie. Ich habe zwei der noch lebenden männlichen Lendhardts hier in Buffalo angerufen und die Witwe von einem befragt, der bereits gestorben ist. Keiner kannte eine Tessa und keiner hat Amy auf dem Bild oder anhand des künstlich verjüngten Fotos, das ich gemacht habe, erkannt.«

»Künstlich verjüngt?«

»Ja. Vor ein paar Jahren haben wir über ein Genealogieunternehmen berichtet, das mit spezieller Software beschädigte oder zerstörte Fotos wieder herstellt. Mit dem Programm können die auch Fotos von Vorfahren bearbeiten oder einfach nur aus Spaß künstlich verjüngen, damit man sieht, wie die Verwandten als Kinder ausgesehen haben. Auf jeden Fall kenne ich noch eine Angestellte der Firma und habe sie gebeten, Amy auf dem Bild in eine Sechzehn- bis Achtzehnjährige zu verwandeln, damit ich es bei meinen Recherchen verwenden kann. Ich habe zwar auch das aktuelle Foto von ihr herumgezeigt, aber ich dachte mir, da sie vor mindestens zweiundzwanzig Jahren hier gelebt hat, erkennen die Leute sie vielleicht eher wieder, wenn sie ein Bild vorgelegt bekommen, das Amy oder Tessa oder wie sie auch heißt so zeigt, wie sie früher ausgesehen hat.«

»Erstaunlich, was es alles gibt«, wunderte sich Josie.

»Morgen mache ich die anderen beiden noch lebenden Lendhardts ausfindig und interviewe die Nachbarn des anderen Verstorbenen, da er anscheinend keine Familie hatte.«

»Sag Bescheid, wenn du etwas herausfindest.«

Sie beendete das Gespräch und half Noah die Treppe zu

ihrem Schlafzimmer hoch. Noah setzte sich auf die Bettkante und lehnte die Krücken gegen den Beistelltisch. »Wie lange, denkst du, wird Misty noch hierbleiben?«, fragte er.

Josie suchte in ihrer Kommode nach etwas Bequemem zum Anziehen. »Keine Ahnung«, antwortete sie. »Bis sie sich zu Hause wieder sicher fühlt.«

Noah lachte. »Du weißt schon, dass das vielleicht nie mehr der Fall ist, oder?«

»Nein«, widersprach Josie. »Misty ist stark und unabhängig. Aber dieser Entführungsfall macht ihr zu schaffen. Ich denke, wenn das Ganze vorbei ist, wird sie auch wieder gern zu Hause wohnen.«

Josie zog sich aus, ließ ihre Kleider auf dem Boden liegen und streifte sich ein großes T-Shirt über. Sie legte sich auf das Bett und streckte sich aus. »Stört es dich so sehr, dass sie da ist?«

»Nein«, entgegnete Noah. »Überhaupt nicht. Ich vergesse nur immer wieder, dass wir ruhig sein müssen, damit wir Harris nicht aufwecken.«

Er hievte sein Gipsbein auf das Bett und schob sich nach oben, sodass er sich mit dem Rücken an das Kopfende lehnen konnte. Dann fasste er zu ihr hinüber und strich ihr über das Haar. »Was war der wahre Grund, warum du mir heute nicht gesagt hast, dass auf dich geschossen wurde?«

»Ich dachte, ich sei schwanger«, gab Josie zu.

»Bist du es?«

»Nein«, flüsterte Josie.

Eine Zeit lang sagte keiner der beiden etwas. Noah fuhr weiter mit seinen Fingern zärtlich über ihren Kopf.

Schließlich meinte er: »Ich war eigentlich auch der Meinung.«

Josie sah ihn an. »Warum hast du nichts gesagt?«

»Ich dachte, du würdest mir es schon sagen, wenn du bereit dafür bist. Und mit diesem Fall gerade ...«

Josie kroch näher an ihn heran. Er ließ sich nach unten

rutschen, bis er auf dem Rücken lag. Sie legte ihren Kopf auf seine Brust. Tränen rannen ihr über das Gesicht und bildeten einen nassen Fleck auf seinem T-Shirt. »Ich muss dir etwas beichten.«

Er legte seine Hand auf ihren Rücken und fuhr mit den Fingern über ihre Schulterblätter. »Was denn?«

»Als ich letzten Monat wegen der Ermordung deiner Mutter ermittelt habe und nach Sullivan County gefahren bin, um einer Spur nachzugehen, habe ich die Nacht bei Luke verbracht.«

»Ich weiß.«

Sie fuhr hoch und sah ihm in die haselnussbraunen Augen. »Was?«

»Wir konnten dich nicht finden, erinnerst du dich? Ich war derjenige, der Trinity vorschlug, dass sie nachsieht, ob du nicht vielleicht bei Lukes Schwester bist. Ich dachte mir, dass das der einzige Ort in Sullivan County ist, den du kennst, also würdest du wahrscheinlich dorthin fahren.«

»Wusstest du, dass Luke dort sein würde?«

Noah zuckte die Schultern. »Wo sollte er nach seiner Entlassung aus dem Gefängnis sonst hin? Das war sein Elternhaus, oder?«

»Ja, allerdings. Hast du dir keine Sorgen gemacht?«

»Weswegen?«

»Ich weiß nicht. Dass etwas zwischen mir und Luke sein würde.«

»Josie«, sagte Noah. »Du bist viel, aber sicher nicht unehrlich. Deshalb: Nein, das kam mir nicht in den Sinn.«

»Aber da ist noch etwas.«

»Und das wäre?«

»Ich habe mich betrunken. So sehr, dass ich einen Filmriss hatte. Ich bin mit Luke im Bett aufgewacht. Angezogen, aber im selben Bett. Aber ich habe nicht mit ihm geschlafen.«

»Woher weißt du das?«

»Hat er mir gesagt. Ich habe mit ihm geredet. Heute Nacht. Tut mir leid.«

»Naja. Ich glaube, ich war zu der Zeit ein ziemliches Arschloch.«

»Das ist keine Entschuldigung für mein Verhalten.«

Eine Weile sagte keiner von beiden ein Wort. Noahs Hand erkundete weiter ihren oberen Rücken und Nacken. Schließlich sagte er: »Also hatte ich doch recht.«

»Womit?«

»Ich dachte nicht, dass du mit Luke schlafen würdest. Und das hast du ja auch nicht getan, nicht einmal sturzbetrunken.«

»Jetzt bist du aber viel zu nachsichtig mit mir«, meinte Josie.

»Du warst nachsichtig, nachdem ich mich so danebenbenommen habe, als meine Mutter ermordet wurde«, erinnerte er sie.

»Das ist etwas anderes«, warf Josie ein.

»Egal«, entgegnete Noah. »Ich kann so nachsichtig mit dir sein, wie ich will.«

Josie lächelte, schloss die Augen, drückte ihr Gesicht noch fester an seine Brust und sog seinen Geruch ein. »Ich bin nicht so nachsichtig wie du.«

»Manche Sünden sind lässlicher als andere. Reden wir jetzt über die Schwangerschaft?«

»Da war keine Schwangerschaft«, widersprach Josie.

Noah drückte ihre Schulter. »Du weißt, was ich meine, Josie.«

»Nein, wir reden nicht darüber.«

»Was, wenn du schwanger gewesen wärst?«

»Hör auf.«

»Du wärst eine tolle Mutter, Josie.«

Sie hob den Kopf und sah ihm in die Augen. »Das hat Misty auch gesagt, aber woher willst du das wissen? Wie kannst du das wissen? Ich war noch nie Mutter. Ich habe keinen Vergleich. Ich weiß gar nicht, wie Muttersein geht.«

Noah wischte ihr ein paar braune Locken aus den Augen. »Das würdest du schon lernen. Du würdest dein Kind lieben. Alles andere ergibt sich von selbst.«

»Wirklich? Manche Mütter bauen keine Beziehung zu ihrem Kind auf. Sie schaffen es einfach nicht. Sieh dir Amy an. Nach dem, was Bryce Graham mir erzählt hat, liebt sie ihre Tochter über alles und hatte doch Schwierigkeiten, sie anzunehmen.«

»Aber letztlich hat sie es doch geschafft. Außerdem machen sie anfängliche emotionale Schwierigkeiten nicht gleich zur schlechten Mutter.«

»Ich wollte damit nur sagen, dass Mutterliebe sich nicht immer automatisch einstellt. Wenn man Schreckliches durchmacht, verändert einen das. Mich auch. Was ich in meiner Kindheit erlebt habe, hat mich verändert.«

»Stimmt«, pflichtete Noah ihr bei. »Es hat dich zu einem besseren, stärkeren, liebevolleren Menschen gemacht.«

»Schön, dass du das von mir denkst. Aber können wir jetzt bitte nicht mehr darüber reden? Wir brauchen Schlaf. Lucy Ross wird noch immer vermisst. Ich will mich ganz darauf konzentrieren, sie zu finden.«

Noah lachte leise und küsste sie auf die Stirn. »Damit bestätigst du nur, was ich gerade gesagt habe.«

»Ich kann dich nicht hören«, murmelte sie. »Ich schlafe schon.«

VIERUNDSECHZIG

Ein paar Stunden später lösten sie Gretchen und Mettner ab. Die Nacht wich dem Morgen und die Sonne schob sich mit unerbittlicher Strahlkraft über Denton, ohne Rücksicht auf die Wirren zu nehmen, unter denen die Stadt gerade litt. Oaks versicherte Josie, dass seine Außendienstkollegen in Buffalo intensiv daran arbeiteten, etwaigen Spuren nachzugehen. In Denton entdeckte eine Streife der örtlichen Polizei Natalie Olivers Honda Accord verlassen in einem Graben neben einer Landstraße in den Bergen. Der Tag zog sich hin. Josie ließ Noah im Kommandozelt zurück, um gemeinsam mit Helfern das Gebiet in dem Dreikilometerradius um Violet Youngs Fundort zu durchkämmen, doch fanden sie keinerlei Hinweise auf Lucy oder ihren Entführer. Auch war das Geld noch nicht abgeholt worden. Die Frist, innerhalb derer der Kidnapper Lucy zum Karussell hatte zurückbringen wollen, verstrich, ohne dass das Mädchen auftauchte.

Amys Zustand hatte sich nicht gebessert, aber es mussten Entscheidungen getroffen werden. Deshalb schickte Josie Mettner ins Krankenhaus, um Colin zu holen. Inzwischen bedeckte ein dünner grauer Bart Colins Gesicht. Er wirkte blass und ausgemergelt, als hätten ihn die letzten Tage um Jahrzehnte altern lassen. Josie bot ihm Kaffee an, doch er lehnte ab und sank lediglich in einen Klappstuhl neben Noah, den Blick auf den Boden gerichtet. Er sah aus, als sei er völlig am Ende.

Oaks und Josie blickten sich an. Sie bedeutete ihm mit einem Nicken, loszulegen. »Mr Ross«, begann Oaks. »Wir können das Geld nicht ewig an den Übergabeorten lassen. Ein paar Tage sind noch drin, aber irgendwann braucht die Schule das Spielfeld wieder. Was sollen wir Ihrer Ansicht nach tun?«

Colin schüttelte den Kopf. »Ich weiß es nicht. Wie soll ich in meiner Situation eine Entscheidung treffen? Wir wissen nicht einmal, ob Lucy noch lebt. Meine Frau ...« Er brach ab. Tränen glänzten in seinen Augen. Er sah von Oaks zu Josie. »Was würden Sie tun?«

Josie wand sich verlegen. »Ich habe keine Kinder, Mr Ross«, erwiderte sie leise.

»Aber ich habe Sie an dem Tag, an dem Lucy verschwand, mit Ihrem Sohn gesehen. Im Park.«

Josie lächelte gequält. »Harris ist nicht mein Sohn. Ich habe für eine Freundin auf ihn aufgepasst.«

Er nahm das zur Kenntnis, die Augen wieder auf den Boden gerichtet. Seine Wangenmuskeln zuckten. »Meine Frau vertraut Ihnen«, sagte er schließlich.

»Ja«, pflichtete Josie ihm bei.

»Mr Ross, wir können diese Entscheidungen nicht für Sie treffen«, warf Oaks ein.

»Glauben Sie, dass Lucy noch lebt?«

»Wir wissen es nicht«, antwortete Josie ehrlich. »Aber wir werden weiter nach ihr suchen.«

»Glauben Sie, dass er noch einmal zurückkommt, um das Geld zu holen?«

»Ich glaube nicht«, erwiderte Oaks. »Aber wir können nicht abschätzen, was er vorhat.«

»Er hat nicht mehr angerufen. Ihre Agenten haben Amys

Handy die ganze Zeit überwacht.« Er legte das Gesicht in die Hände. »Mein Gott, das kann nicht sein. Meine kleine Lucy. Sie kann nicht einfach nicht mehr wiederkommen.«

Josie wartete einen Augenblick und als er nichts mehr sagte, begann sie: »Es gibt noch eine Möglichkeit.«

Colin sah wieder hoch. »Wir könnten Sie vor die Kamera stellen. Eine Pressekonferenz anberaumen. Dort können Sie ihn direkt ansprechen.«

»Was soll ich ihm sagen?«, fragte Colin.

»Geben Sie ihm Anweisungen.«

»Gar keine schlechte Idee«, schaltete sich Oaks ein. »Wir haben keine Möglichkeit, mit dem Kerl Kontakt aufzunehmen. Auch können wir nicht abschätzen, was in seinem Kopf vorgeht, jetzt, nachdem sein ganzer Plan gescheitert ist.«

»Die Presse ist unsere einzige Chance, ihn noch zu erreichen«, meinte Josie. »Sie sagen ihm, was er tun soll. Vielleicht können wir ihn so ködern.«

»Er kann das Geld haben«, sagte Colin. »Ich bringe es irgendwo hin, sodass er es sich holen kann. Ich will nur Lucy zurück.«

»Okay, wir besprechen das, legen Ort und Zeit fest und kontaktieren die Presse«, schlug Oaks vor. »Sie könnten erst mal nach Hause gehen und sich frisch machen. Duschen und die Kleidung wechseln. Sobald Sie zurück sind, haben wir alles geklärt und bereiten Sie darauf vor, was Sie wie sagen.«

Colin stand auf. »Ja. Kann ich machen.«

»Ich fahre mit«, sagte Josie. »Ich würde gern ein paar Sachen aus Lucys Zimmer mitbringen, wenn es Ihnen nichts ausmacht. Wenn dieser Typ noch einen letzten Funken Menschlichkeit in sich hat, können wir ihn vielleicht dort packen. Wir erinnern ihn daran, dass Lucy nur ein kleines Mädchen ist und für nichts irgendetwas kann, ganz gleich, welchen Hass er auf Amy hat.«

Josie ging mit Colin zu ihrem Auto. Sie fuhren die paar Blocks zu seinem Haus. »Die Presse ist weg«, stellte er fest.

»Sie haben sich an den anderen Schauplätzen postiert und hoffen, dort etwas aufzuschnappen, was eine Nachricht wert ist. Wenn sie wüssten, dass Sie hier sind, kämen sie sofort.«

»Ihr Kollege, Mettner, glaube ich, heißt er, ist ihnen gut ausgewichen, als wir das Krankenhaus verlassen haben.«

»Mett ist ein guter Polizist«, pflichtete Josie ihm bei, als sie ausstiegen und zur Eingangstür gingen.

Colin schloss auf und sie betraten das Haus. Drinnen herrschte eine gespenstische Stille. Es roch nach verdorbenem Essen. Josie rümpfte die Nase. »Wahrscheinlich steht noch Essen in der Küche«, meinte Colin. »Wir sind neulich Hals über Kopf aufgebrochen und ich war seitdem nicht mehr hier.«

Josie deutete auf die Treppe. »Machen Sie sich bereit für die Kameras. Ich räume unterdessen die Küche auf.«

Colin ging zur Treppe, blieb aber stehen und legte die Hand auf das Geländer. »Detective Quinn, gestern Nacht hat mir Agent Oaks mitgeteilt, dass meine Frau ... dass sie ... dass Amy nicht ihr richtiger Name ist. Sie hieß angeblich früher anders. Tessa irgendwas. Stimmt das? Sie ist nicht die, als die sie sich ausgegeben hat?«

»Ja, das stimmt. Tut mir sehr leid.«

»Wissen Sie, was ... was mit ihr passiert ist? Warum sie die Identität von jemand anderem angenommen hat?«

»Ich weiß es nicht«, sagte Josie. »Tut mir leid. Sie hat angedeutet, dass sie einen gewalttätigen Partner hatte. Wir sind gerade dabei, mehr über ihre Vergangenheit herauszufinden.«

»Ich wusste das nicht«, sagte Colin. »Ich hatte keine Ahnung davon. Sie war immer so ängstlich. Ich habe versucht, mitfühlend zu sein, verständnisvoll, aber ... letztlich war ich es doch nicht. Ich hätte das, was ich neulich gesagt habe, nicht sagen sollen. Ich habe es nicht so gemeint. Und jetzt ... vielleicht habe ich nie wieder Gelegenheit, ihr das zu sagen.«

»Das wissen Sie nicht. Sie kann es schaffen. Dann können Sie ihr alles sagen, was Ihnen auf dem Herzen liegt. Aber jetzt müssen wir uns ganz auf Lucy konzentrieren. Je eher Sie fertig sind, desto schneller sind wir zurück im Kommandozelt und können die Pressekonferenz planen.«

Colin nickte und stapfte die Treppe hoch. Josie ging in die Küche und wollte gerade aufräumen, als ihr Handy klingelte. Es war Trinity. »Hallo«, antwortete sie. »Hast du etwas herausgefunden?«

»Martin Lendhardt ... einer der beiden bereits verstorbenen Lendhardts ... ich habe mit seinen früheren Nachbarn gesprochen. Keiner hat sich an ihn erinnert.«

»Das bringt uns gar nicht weiter.«

»Wart's ab«, sagte Trinity. Josie konnte die Aufregung in ihrer Stimme hören. »Einer der Nachbarn hat sein Haus von einer älteren Dame gekauft, die noch lebt und ganz in der Nähe in einem Altersheim untergebracht ist. Ich habe mit ihr geredet. Sie erinnerte sich an Martin Lendhardt. Sie sagte, er sei von Grund auf böse gewesen. Ist vor sechsundzwanzig Jahren mit seiner jungen Frau in das Haus neben ihrem gezogen.«

»Seiner jungen Frau?«, wiederholte Josie.

»Ja. Einer jungen Frau namens Tessa.«

»Ist das dein Ernst?«

»Mein voller Ernst.«

Josie rechnete nach. »Warte. Sechsundzwanzig Jahre. Das heißt, Amy wäre damals vierzehn gewesen. Und die ehemalige Nachbarin hat tatsächlich ›seine Frau‹ gesagt?«

»Hat sie. Sie sind damals neu zugezogen. Die Frau hat nie ein Wort mit jemandem gewechselt. Sie sagt, man habe sie oft schreien hören. Sie war sicher, dass er sie geschlagen hat. Aber immer wenn jemand die Polizei gerufen hat, sei Martin mit irgendeiner Erklärung gekommen, etwa dass der Fernseher zu laut gewesen sei. Und Tessa habe nichts weiter gesagt, als dass ihr Mann ihr nichts getan hätte.«

»Himmel. Ich frage mich, ob es dazu noch Polizeiberichte gibt.«

»Das bezweifle ich. Er wurde nie verhaftet. Zumindest nicht wegen häuslicher Gewalt.«

»Weswegen dann?«

»Tja, und da wird es erst richtig interessant.«

Josies Herz klopfte schneller. »Sag schon.«

»Tessa und Martin Lendhardt hatten ein Kind.«

»Was?«

»Die Nachbarin sagt, als sie eingezogen sind, hat sie oft ein Baby weinen hören. Eines Tages, sagte sie, habe sie sich endlich ein Herz gefasst und sei hinübergegangen, als Martin bei der Arbeit gewesen sei. Sie habe an die Tür geklopft und Tessa gefragt, ob sie Hilfe brauche, aber Tessa habe ihr die Tür vor der Nase zugeschlagen.«

»Aber es gibt keinerlei Hinweis darauf, dass Tessa Lendhardt je existiert hat«, warf Josie ein. »Wie kann sie da ein Kind bekommen haben?«

»Vielleicht war es eine Hausgeburt. Es hört sich auf jeden Fall so an, als habe Martin sie nicht oft aus dem Haus gelassen. Falls überhaupt.«

»War es ein Junge oder ein Mädchen?«, wollte Josie wissen.

»Das wusste sie nicht. Sie haben das Kind nie aus dem Haus gelassen.«

»Woher wusste sie dann, dass da überhaupt ein Kind war?«

»Sie weiß es wohl auch nicht. Jedenfalls nicht mit Sicherheit. Aber da ist noch was.«

»Abgesehen von dem Baby, das vielleicht existiert hat?«

»Darauf komme ich noch zurück«, erwiderte Trinity. »Die Frau glaubt, dass Martin Tessa umgebracht hat.«

»Wie kommt sie darauf?«

»Fünf Jahre nachdem sie eingezogen sind, verschwand Tessa. Die Nachbarin sagt, sie hätte sie fast jeden Tag hinter dem Fenster, das zu ihrem Grundstück zeigte, herumgehen sehen. Dann war sie eines Tages plötzlich weg und Martin war schlimmer denn je. Sie hat ihn gefragt, wo seine Frau hin sei, aber er sagte, dass gehe sie einen Dreck an. Sie glaubt, so wie er sie immer verprügelt hat, muss er sie umgebracht und ihre Leiche im Haus versteckt haben. Sie sagt, sie habe die Polizei gerufen, aber die sei eine Weile im Haus gewesen und dann wieder abgezogen. Sie habe nachgefragt, aber man wollte ihr nichts sagen. Und als sie wissen wollte, ob sie das Kind im Haus gesehen hätten, beschied man ihr, sich um ihren eigenen Kram zu kümmern. Es ist nichts dabei herausgekommen.«

»Vielleicht, weil es Tessa nie gegeben hat. Es gibt keinen Hinweis auf ihre Existenz. Was ist danach passiert?«

Trinity atmete scharf ein. Josie hörte Papier rascheln. »Sie ist nicht sicher, was danach passiert ist. Ihre Kinder haben sie in ein Altenheim gesteckt. Anschließend wurde ihr Haus mehrfach vermietet. Ich habe ihrem Sohn eine Nachricht hinterlassen, weiß aber nicht, ob er Unterlagen von allen Mietern hat oder ob sich auch nur einer von denen an Martin erinnert.«

»Das wäre auch zu einfach gewesen«, murrte Josie.

»Aber ich habe Martin Lendhardt gecheckt. Er wurde 2002 wegen Kindeswohlgefährdung verurteilt.«

Nun klopfte Josies Herz nicht mehr, es donnerte förmlich in ihrer Brust. »Also war da doch ein Kind.«

»Anscheinend. Mehr konnte ich nicht herausfinden. Aber vielleicht kommt ihr oder das FBI ja an die Unterlagen über die Verhaftung und Verurteilung.«

»Sicher. Ich rufe Special Agent Oaks an. Trinity, ich danke dir vielmals. Du kriegst die Exklusivstory.«

Josie beendete das Gespräch, rief Oaks an und berichtete ihm, was Trinity herausgefunden hatte. Er versprach, alles über Martin Lendhardts Verurteilung wegen Kindeswohlgefährdung herauszufinden. Josie steckte ihr Handy in die Tasche und versuchte, tief durchzuatmen. Das konnte der Durchbruch in dem Fall sein. Sobald sie mit Colin im Kommandozelt eintraf, würde Oaks sicher schon wesentlich mehr wissen.

Sie sah sich in der Küche um, in der ein ziemliches Durcheinander herrschte, und begann aufzuräumen. Auf dem Küchentisch standen mehrere halbvolle Kaffeetassen. Während das FBI und die Polizei von Denton im Haus stationiert gewesen waren, war die Kaffeemaschine der Ross' auf vollen Touren gelaufen. Josie leerte die Kanne in den Abfluss und spülte sie aus. Der eigentliche Gestank kam aus dem Abfalleimer, der voller Imbissreste war, zurückgelassen von den vielen Beamten, die hier rund um die Uhr gearbeitet hatten. Weder Amy noch Colin hatten viel hinuntergebracht, seit Lucy verschwunden war. Sie band den Müllsack zu, zog ihn aus dem Eimer und wollte gerade zur Hintertür gehen, als ihr etwas auf dem glänzenden Fliesenboden auffiel.

Ein schmutziger Fußabdruck. Dann noch ein Teilabdruck. Von jemandem, der von hinten aus dem Garten in die Küche gekommen war. Den Spuren nach zu urteilen, musste die Person, die sie hinterlassen hatte, Stiefel getragen haben. Sie ging jeden Agenten und Polizeibeamten durch, der in der letzten Woche hier im Haus gewesen war. Keiner hatte Stiefel angehabt. Außerdem hatte es nicht geregnet und im Garten war keine nackte, schlammige Erde. Josie stellte den Müllsack leise auf den Boden. Sie holte ihr Handy heraus, schrieb Noah schnell eine Nachricht – sie wusste, er würde am schnellsten reagieren – und zog ihre Dienstpistole.

FÜNFUNDSECHZIG

Während sie ins obere Stockwerk rannte, hörte sie im Badezimmer das Wasser laufen. Am Ende der Treppe wandte sie sich nach rechts und begann jedes Zimmer mit schussbereiter Glock zu überprüfen – zuerst Colins Arbeitszimmer, dann Lucys Zimmer. Als das Bad an der Reihe war, legte sie eine Hand auf den Türknopf und rief: »Mr Ross?«

Keine Antwort. Er konnte unter der Dusche stehen. Vielleicht bildete sie sich auch alles nur ein. Selbst wenn der Entführer in Amys und Colins Haus eingedrungen wäre, nachdem er auf dem Hügel hinter der Denton East auf Josie geschossen hatte, wäre er wahrscheinlich längst wieder weg. Wozu hätte er auch herkommen sollen? Vielleicht glaubte er, dass das Lösegeld hierhergebracht worden war, und wollte es holen, wenn niemand hier war.

»Mr Ross?«

Keine Antwort. Sie nahm den Türknauf in die Hand. Er ließ sich leicht drehen. Mit der Waffe im Anschlag öffnete sie die Tür. Da stand der Entführer und presste Colin an die Wand. Er drückte ihm den Unterarm auf die Kehle und hielt ihm ein großes

Messer an den Solarplexus. Beide drehten den Kopf zu ihr. Josie zielte auf den Kidnapper. Er war größer, als sie erwartet hatte. Auf dem Hügel war alles so schnell gegangen, dass sie ihn kaum wahrgenommen hatte, bevor er auf sie geschossen hatte. Nun sah sie ihn sich genauer an. Sein zerzaustes braunes Haar wirkte fettig und ungewaschen, Gesicht und Kleider waren schmutzig. Ein erstaunter Blick trat in seine braunen Augen, als er sie sah.

»Ich habe dich erschossen«, sagte er.

»Messer fallen lassen und weg von Mr Ross«, befahl sie ihm.

Mit erstickter, rauer Stimme krächzte Colin: »Lassen Sie ihn mich umbringen. Er kann das Geld haben. Ich will nur, dass meine Lucy zurückkommt. Bringen Sie sie nach Hause.«

Josie zielte auf seine Rippen, wusste aber, dass ein Schuss zu gefährlich war, wenn der Entführer sich so dicht an Colin presste. Doch sie ließ sich nichts anmerken. »Ich sagte, lassen Sie das Messer fallen und lassen Sie Mr Ross los. Sofort. Ich verhafte Sie wegen der Entführung von Lucy Ross und drei Morden.«

Er lächelte sie an. »Drei Morde?«

»Jaclyn Underwood, Wendy Kaplan und Natalie Oliver.«

Sein Lächeln erstarb. Er bewegte den Mund, sagte aber nichts.

»Sie haben richtig gehört. Wir haben die Identität Ihrer Freundin ermittelt und wissen, dass Sie sie erschossen haben. Hier ist jetzt Schluss. Ich will nicht, dass noch jemand verletzt wird, einschließlich Ihnen. Legen Sie also das Messer weg und entfernen Sie sich von Mr Ross.«

Colins Hände waren zwischen seinem Körper und dem Unterarm des Mannes eingeklemmt. Er konnte gerade noch atmen und sprechen. »Bitte«, ächzte er. »Es ist mir egal, ob er mich umbringt. Tun Sie, was er sagt, damit wir Lucy zurückbekommen. Er kann das Geld haben.«

Der Mann sah Colin kurz an. »Ich will dein Geld nicht, Arschloch.«

Josie rechnete damit, dass innerhalb der nächsten fünf Minuten Verstärkung eintreffen würde. Was allerdings diesen Typen vermutlich nicht daran hindern würde, sein Messer in Colins Brust zu rammen – und sie nicht davon abhielt, ihn zu erschießen.

»Was dann?«, fragte Colin. Die Augen traten ihm aus den Höhlen. »Was es auch ist, ich helfe Ihnen. Ich will nur Lucy zurück.«

»Vielleicht kann dir ja eines Tages deine Frau erzählen, worum es hier geht. Oder ist sie tot?«

»Tessa lebt noch.«

Erstaunt sah er Josie an. Dabei lockerte er den Griff um das Messer etwas. »Sie hat es dir erzählt?«

»Hat mir was erzählt?«, fragte Josie.

»Die Wahrheit. Was sie mir angetan hat.«

»Was hat sie Ihnen denn angetan?«

Er ließ das Messer sinken und nahm den Unterarm von Colins Kehle, fixierte ihn aber immer noch damit. »Ihr verarscht mich. Wenn sie euch erzählt hätte, was sie getan hat – die Wahrheit, die ganze Wahrheit –, hättet ihr sie verhaftet. Dann wäre sie jetzt im Knast und nicht im Krankenhaus.«

»Amy könnte nie jemandem etwas tun«, keuchte Colin. »Sie müssen sie verwechseln. Das ist alles ein großes Missverständnis. Bitte bringen Sie Lucy zurück. Was auch immer Sie glauben, dass meine Frau getan haben könnte, Sie liegen falsch. Lucy hat damit nichts zu tun. Bringen Sie sie nach Hause und ich verspreche, wir vergessen das Ganze.«

Der Mann stieß Colin brutal mit dem Unterarm. Colins Kopf wurde vor- und zurückgeschleudert, sein Hinterkopf krachte gegen die Wand. »Du bist derjenige, der falsch liegt, Arschloch. Du weißt nichts über deine Frau. Sie ist ein mieses, verlogenes Luder. Du denkst, dass ihr Lucy etwas bedeutet?

Dass sie ihr je etwas bedeutet hat? Dass ihr je irgendjemand außer ihr selbst etwas bedeutet hat? Sieh dir an, was sie mir angetan hat. Sieh her!« Mit seiner freien Hand zog er an seinem Hemd und knöpfte es auf, sodass seine blasse, spärlich behaarte Brust zu sehen war. Wo keine Haare wuchsen, verliefen große silbrige Narben – ob es verheilte Striemen oder Schnitte waren, konnte Josie nicht erkennen. Die linke untere Seite seines Rumpfs war gezeichnet von Brandwunden, die von Zigaretten stammten, und einer großen Narbe, die aussah wie der Abdruck einer Gürtelschnalle. Sie waren alt und verblasst, aber so unauslöschlich in die Haut eingraviert, dass man sie selbst jetzt noch, im Erwachsenenalter, deutlich erkennen konnte.

Narben aus der Kindheit, registrierte Josie im Unterbewusstsein, doch verdrängte sie den Gedanken, denn der Teil ihres Gehirns, der in höchster Alarmbereitschaft war, hatte registriert, dass er das Messer von Colins Körper genommen hatte und die Hand, in der er es hielt, auf der Colin abgewandten Seite herunterhängen ließ. Langsam rutschte Colin die Wand hinunter und sackte auf den Boden.

»Wenn Amy das mit Ihnen gemacht hat, müssen wir ernsthaft reden«, sagte Josie. »Legen Sie das Messer weg und ich lege meine Pistole weg. Ich bin gern bereit, mit Ihnen zu reden, aber das müssen wir nicht unter diesen Umständen tun.«

Er lachte bitter. »Doch, müssen wir. Weißt du, wann einem zugehört wird? Wenn man ein Messer in der Hand hat.«

»Was wollen Sie?«, fragte Josie.

»Ich will, dass sie dafür bezahlt.«

»Wer? Tessa? Meinen Sie nicht, dass sie genug bezahlt hat? Sie haben ihr alle genommen, die ihr etwas bedeutet haben Jaclyn, Wendy und vor allem Lucy. Jetzt liegt sie in kritischem Zustand im Krankenhaus. Was wollen Sie noch? Dass sie stirbt?«

Er schüttelte den Kopf. »Ich will, dass sie leidet. So wie ich gelitten habe.«

Josie ging fieberhaft alles durch, was sie über den Fall wusste und was Trinity ihr soeben gesagt hatte. Der Mann vor ihr konnte nicht älter als sechsundzwanzig oder siebenundzwanzig sein. Seine Komplizin war vierundzwanzig gewesen. Beide mussten noch Kleinkinder oder wenigstens sehr jung gewesen sein, als Amy alias Tessa in Buffalo gelebt hatte.

»Waren es Sie oder Natalie? Oder beide?«

»War ich oder Natalie was?«, fragte er.

»Ihre Kinder«, murmelte Josie.

Im Erdgeschoss hörte man, wie die Tür aufging und gleich darauf ein halbes Dutzend Stiefel ins Haus trampelten. »FBI«-Rufe drangen von unten herauf. Die Augen des Mannes weiteten sich. Er sah zu Colin hinunter, der sich auf den Fliesen wie ein Fötus eingerollt hatte. Der Entführer hob die Hand mit dem Messer und griff mit der anderen nach Colin. Josie feuerte. Die Kugel streifte nur seinen Oberarm, doch das reichte, dass er seinen Griff um das Messer lockerte. Es fiel zu Boden. Josie lief zu ihm, hielt ihm die Pistole an die Brust und schrie ihn an, die Hände zu heben und in die Knie zu gehen. Sie stieß das Messer mit dem Fuß unter die frei stehende Badewanne. Schon hörte sie die FBI-Agenten die Treppe heraufdonnern und nahm aus den Augenwinkeln ihre großen Schatten hinter sich in der Badezimmertür wahr. Mit einem Ausdruck der Resignation sank Lucys Entführer auf die Knie und legte die Hände hinter den Kopf.

SECHSUNDSECHZIG

Ich wartete, bis ich hörte, wie er seinen Truck startete. Als er mit quietschenden Reifen wegfuhr, ging ich zur Schlafzimmertür und begann das Schloss zu bearbeiten. Wenn er zu Hause war, ließ er mich in die anderen Zimmer gehen, solange ich still war und mich ruhig verhielt. Er ließ mich nicht so spielen wie sie – außerdem gab es nie Cookies. Meistens blieb ich in meinem Zimmer. Beim kleinsten Verstoß gegen seine Regeln schlug er mich oder dachte sich Schlimmeres aus. Manchmal blieben davon Narben zurück. Hin und wieder biss, schlug oder trat ich ihn und versuchte so, ihm ebenfalls Narben zuzufügen, wie er es mit mir tat. Das fühlte sich gut an. Wenn ich sein Blut sah, erwachte etwas in mir zum Leben, wie ein Licht, das eingeschaltet wurde. Ich träumte davon, ein Messer zu haben und seine ledrige Haut damit zu verletzen. Aber immer wenn ich ihm wehtat, schlug er mich umso schlimmer. Die letzten Tage war ich still im Wohnzimmer geblieben, damit ich mir das Schloss ansehen konnte, das er an der Tür befestigt hatte. Es war kein komplizierter Verschluss. Ein kleiner Haken. Ich nahm an, dass ich es mit einem schmalen Gegenstand von innen öffnen können würde. Ein Messer würde reichen. Bevor er mich wieder einsperrte, gelang es mir, ein Messer aus der Küche zu nehmen, ohne dass er es bemerkte. Einen Augenblick dachte ich daran, es zu behalten, bis er mich das nächste Mal herausließ. Ich konnte es in meinem Hemd verstecken und ihn damit aufschlitzen, wenn der Fernseher ihn ablenkte.

Aber ich musste meinen ursprünglichen Plan umsetzen. Ich musste fliehen, so wie sie geflohen war.

Es dauerte nicht lange, den Haken aus dem Riegel zu hebeln. Vor Aufregung spürte ich ein Kribbeln auf der Haut. Ich machte mir nicht die Mühe, Dinge einzupacken, wie sie es getan hatte. Da war nichts, was ich von hier mitnehmen wollte. Ich wollte nur weg. Obwohl ich wusste, dass er nicht da war, versuchte ich, mich so leise wie möglich zu bewegen. Vielleicht würde ich diese Gewohnheit nie ablegen können. Sekunden später war ich durch die Haustür nach draußen geschlüpft. Die ersten Strahlen der Morgensonne leuchteten über dem Horizont. Ich war so lange nicht gelaufen, dass meine Beine schon nach dem ersten Block nachgaben. Meine Lunge brannte.

In der Ferne sah ich die beiden verräterischen Scheinwerfer. So wie damals in der Nacht, als sie mich mit nach Hause nehmen hatte wollen. Mein Körper gehorchte mir nicht. *Lauf!*, schrie ich innerlich. *Schnell weg!* Stattdessen sank ich zu Boden, als hätten sich meine Knochen aufgelöst. Die Lichter stoppten kurz vor mir und blendeten mich. Eine Tür öffnete und schloss sich. Dann hoben mich Hände vom kalten Pflaster. Sie waren sanft, so wie sie, wenn sie mich angefasst hatte. Ich wollte nicht weinen, aber heiße Tränen rannen mir über das Gesicht.

Ein Gesicht, das ich nicht kannte, verdunkelte die Lichter. Eine Frau. Nicht sie und auch nicht die Silberfrau. Jemand anders. »Mein Gott«, rief sie. »Kind, bist du in Ordnung? Was ist mit dir passiert?«

Ein dicker Kloß bildete sich in meinem Hals. Ich konnte

kaum sprechen, also schüttelte ich den Kopf. Ich war nicht in Ordnung.

Sie nahm mein Gesicht in ihre Hände. »Ich rufe jetzt die Polizei. Nein, warte. Wir machen es anders. Du kommst mit mir in mein Auto und wir fahren ins Krankenhaus. Dort können sie die Polizei rufen. Auf geht's. Komm.«

Ich ließ zu, dass sie mich auf den Rücksitz ihres Autos setzte. Als sie losfuhr, fragte sie mich: »Wie heißt du, Kind? Kannst du mir deinen Namen sagen?«

Da fiel mir ein, wie mich meine Mutter immer genannt hatte. »Gideon«, sagte ich. »Ich heiße Gideon.«

SIEBENUNDSECHZIG

»Wer zum Teufel ist der Junge?« Chitwoods Frage war an niemand Konkretes gerichtet.

Josie, Noah, Mettner, Gretchen, Oaks und Chitwood hatten sich in einem der Überwachungsräume im Polizeirevier von Denton versammelt und beobachteten über Video den Mann, den sie im Haus der Familie Ross festgenommen hatten, während er allein im Verhörzimmer am Ende des Flurs wartete. Sie hatten ihm die Handschellen nicht abgenommen und so saß er mit in den Schoß gelegten, gefesselten Händen zusammengesunken auf einem der Metallstühle. Seit sie ihn hergeschafft hatten, hatte er kein einziges Wort gesprochen.

»Er ist der Sohn von Amy Ross und Martin Lendhardt«, sagte Josie. »Da bin ich mir ganz sicher.«

»Glaubst du, dass Amy ihm die ganzen Narben zugefügt hat?«, fragte Gretchen.

»Ich mochte sie nie so recht«, gab Noah zu. »Aber ich weiß nicht, ob sie in der Lage ist, einen kleinen Jungen so zu misshandeln.«

»Nein«, pflichtete Josie ihm bei. »Das war nicht sie. Martin war derjenige, den man wegen Kindeswohlgefährdung verurteilt hat. Er muss das gewesen sein.«

»Aber mit Kindeswohlgefährdung allein lassen sich die Narben, die er hat, nicht erklären«, warf Noah ein. »Kindeswohlgefährdung liegt vor, wenn man ein Kind vernachlässigt oder in eine gefährliche Lage bringt. Der hier wurde schwer misshandelt.«

»Ich weiß nicht, was passiert ist«, meinte Josie. »Aber auf jeden Fall macht er Amy für das verantwortlich, was ihm geschehen ist.«

»Wie zum Teufel heißt er noch gleich?«, fragte Chitwood.

Oaks' Handy piepste. Er hob mit einem brüsken »Hallo« ab, hörte ein paar Minuten zu und sagte schließlich: »Danke.« Dann wandte er sich Josie zu. »Einer meiner Agenten in Buffalo. Sie haben beim Büro des Bezirksstaatsanwalts in Buffalo angefragt und konnten Martin Lendhardts Akte einsehen. Er hatte einen Sohn, keine Tochter. Sein Name war Gideon. Gideon Lendhardt.«

»Wie alt?«, wollte Josie wissen.

»Sechsundzwanzig. In ein paar Minuten wollen sie mir das Führerscheinfoto zuschicken. Mal sehen, ob es unseren Verdächtigen zeigt. Er ist mit neun Jahren unterernährt und mit Narben übersät aus Martin Lendhardts Wohnung geflohen. War nie zur Schule gegangen. Martin wurde verhaftet. Gideon hatte panische Angst vor ihm und wollte nicht über ihn oder das, was in der Wohnung passiert war, reden. Martin behauptete, Gideons Mutter hätte ihn geschlagen und hungern lassen. Aber man konnte sie nicht finden.«

»Wie günstig für ihn«, meinte Josie.

»Es ließ sich nicht beweisen, dass sie es nicht gewesen war«, fuhr Oaks fort. »Man konnte ihn bestenfalls wegen Kindeswohlgefährdung drankriegen. Er saß ein Jahr im Gefängnis. Gideon kam in diversen Pflegefamilien unter und wurde hin und her geschoben, bis er achtzehn Jahre alt war.«

»Auch Natalie Oliver war ein Pflegekind«, fügte Gretchen hinzu.

»Damit ist klar, wo sie sich begegnet sind«, ergänzte Noah.

»Und wir wissen, dass Amy alias Tessa ihn zurückgelassen hat. Aber wir wissen noch immer nicht, wo Lucy ist. Ich rede mit ihm.«

ACHTUNDSECHZIG

Josie ging zu Gideon Lendhardt, um ihn sich vorzunehmen. Er starrte sie von der anderen Seite des Verhörtisches aus zornig an. Ob er mit ihr reden würde, war fraglich, doch hatte er bislang auch noch nicht nach einem Anwalt gefragt, deshalb musste Josie die Gelegenheit nutzen.

»Gideon«, begann sie. »Wessen Idee war es, Tessa aufzuspüren und sich an ihr zu rächen? Ihre oder die von Natalie?«

Er schwieg.

»Ich nehme an, Sie haben Ihr Leben lang davon geträumt, es ihr heimzuzahlen«, fuhr Josie fort, »aber erst Natalie hat tatsächlich einen Plan geschmiedet. Sie sind sich in einer Pflegefamilie begegnet, nicht wahr? Wie ich erfahren habe, waren Sie neun, als man Sie Ihrem Vater endlich weggenommen hat. Danach sind sie von einer Familie zur anderen weitergeschoben worden. Eines Tages haben Sie Natalie getroffen und sich mit ihr angefreundet. Oder sind später sogar ein Liebespaar geworden.«

An dem Flackern in seinem Blick konnte sie erkennen, dass sie einen Nerv getroffen hatte. »Sie hatten viel gemeinsam, nicht wahr? Beide Pflegekinder. Beide von einem System ausgespuckt, das sich keinen Deut mehr um Sie scherte, nachdem Sie achtzehn geworden waren. Dann haben Sie irgendwie Tessa aufgespürt. Sie stellen fest, dass sie mit ihrem Mann und ihrer Tochter in Pennsylvania lebt. Sie wollen sich an ihr rächen, wissen aber nicht, wie. Natalie sieht eine Gelegenheit, sich nicht nur an ihr zu rächen, sondern gleichzeitig ein bisschen Geld zu verdienen. Sie hat sich um die ganze Logistik gekümmert, stimmt's? Und auch die Planung. Was ist für sie herausgesprungen? Wollte sie Sie nur glücklich machen? Oder wollte sie das Geld? Ich weiß, sie hatte vorher schon erfahren, wie es ist, Geld zu haben, bevor Sie beide das durchzogen. Sie hatte in einer Lotterie gewonnen. Sie wusste, sie konnte Tessas neuen Mann um Geld erpressen, oder? Sie mussten dazu nur in den Monaten vor der Entführung irgendwie an Lucy herankommen, richtig? Mussten ihr Vertrauen gewinnen, sich mit ihr anfreunden. Ihr etwas versprechen, das sie unbedingt haben wollte – vielleicht, sie in einen Schmetterlingsgarten mitzunehmen. Wahrscheinlich hat sich Natalie das ausgedacht. Aber Sie wollten sie nur entführen, habe ich recht?«

»Das wäre wesentlich unkomplizierter gewesen«, erwiderte er.

»Ja, das kann ich mir vorstellen. Ihr Plan war ziemlich ausgeklügelt. Vor allem die Sache mit dem Karussell. Keine Kameras im Park, das war clever. Wer hat Lucy das Signal gegeben? Sie oder Natalie? Sie, nicht wahr? Natalie war im Haus der Familie und hat dort den Teddy mit Ihrer geheimen Nachricht deponiert, stimmt's?«

»Das war eine geniale Idee, wenn Sie mich fragen«, meinte er lächelnd. »Ich wollte, ich wäre dort gewesen und hätte Tessas Gesicht gesehen, als sie die Nachricht gehört hat.«

Josie wurde übel, als sie das Leuchten in seinen Augen sah, machte aber unbeirrt weiter. »Wo haben Sie Lucy hingebracht?«

»Meinst du tatsächlich, das verrate ich dir? Du bist nicht besonders clever, oder? Eher so wie Tessa.«

Josie ließ die Beleidigung unkommentiert. »Ich weiß, dass Sie ziemlich oft Ihren Standort gewechselt haben. Sie haben im Wald gecampt. Haben sich eine Weile in der alten Fabrik versteckt. Ständig in Bewegung zu sein – das war auch geschickt.«

Er antwortete nicht.

»Gideon, was haben Sie mit Lucy gemacht?«

Er blieb stumm.

»Lucy verdient das nicht, wissen Sie. Sie ist unschuldig«, drängte Josie.

»Das war ich auch«, murmelte er.

»Ja, Sie auch. Was Ihnen passiert ist, muss sehr schlimm für Sie gewesen sein.«

»Sie haben nicht die leiseste Ahnung, verdammt noch mal«, knurrte er.

»Ich weiß, dass man Sie Ihrem Vater weggenommen hat, als sie neun Jahre alt waren. Ich weiß auch, dass Ihr Vater dem Jugendamt erzählt hat, dass Ihnen Tessa die ganzen Narben zugefügt hat. Aber wenn dem so gewesen wäre, hätten die Sie ihm nicht weggenommen, oder?«

Er antwortete nicht. Auf seiner Stirn trat eine Ader hervor.

»Sie kamen nie wieder zu Ihrem Vater zurück. All die Jahre blieben sie getrennt. Wir können Ihre Pflegeakten nicht einsehen, aber ich nehme an, Sie sind nicht mehr in die Obhut Ihres Vaters gekommen, weil Sie wie er gewalttätig waren.«

»Ich bin nicht wie dieser Dreckskerl«, fauchte er.

»Sie sind auch nicht wie Ihre Mutter«, entgegnete Josie. »Sie ist sanft und nett.«

Er schob sich in seinem Stuhl etwas nach hinten, sodass dessen Beine über die Fliesen quietschten. »Sie tut nur so.«

»Woher wollen Sie das wissen?«, fragte Josie.

»Weil jedes Miststück, das sein Kind bei jemandem wie

meinem Vater lässt, nicht nett sein kann. Jedes Miststück, das sein Kind, ohne mit der Wimper zu zucken, verlässt, ist weder sanft noch nett. Ganz egal, was sie Ihnen erzählt hat, sie tut nur so.«

Josies Stimme wurde weicher. »Wie alt waren Sie, als sie Sie verlassen hat? Erinnern Sie sich überhaupt an sie?«

»Ich erinnere mich an genug. Ich erinnere mich, dass ich hungrig aufgewacht bin und sie gesucht habe, aber sie war weg. Mein Vater hat mir gesagt, dass sie uns verlassen hat. Er sagte, dass sie uns nicht lieben würde. Dass sie eine Lügnerin sei und wegen mir nicht mehr zurückkommen würde. Ich habe gewartet. Sie ist nie mehr zurückgekommen.«

»Ihre Narben ... Ihr Vater hat Ihnen das angetan, nicht wahr?«

Er senkte einen Augenblick lang den Blick. »Sie könnten genauso gut von ihr sein. Wäre sie geblieben, hätte er seinen Zorn an ihr und nicht an mir ausgelassen. Sie hätte mich mitnehmen können, aber das hat sie nicht getan. Sie ist weg, um ein schönes, nobles Leben zu führen, und hat mich in dem Drecksloch zurückgelassen, in dem mein Vater nur deshalb die Pisse aus mir herausgeprügelt hat, weil ich ihn an sie erinnert habe. Die Striemen, die Verbrennungen von den Zigaretten, ja, die sind von ihm.«

»Und die anderen sind von Pflegeeltern?«, vermutete Josie.

»Ich wäre nicht in Pflege gekommen, wenn sie nicht gewesen wäre. Sie verstehen es nicht, oder? Ich wurde gequält. Mein Leben war eine ständige Hölle. Und alles nur, weil sie mich zurückgelassen hat. Sie ist weg und hat keinen Gedanken mehr an mich verschwendet.«

Josie dachte an die Gespräche, die sie mit Amy geführt hatte. Sie hatte zu Amy gesagt, es sei ihr egal, ob Amy jemanden umgebracht hätte, sie wolle nur die Wahrheit. Woraufhin Amy geantwortet hatte: *Das ist nicht das Schlimmste.* Denn sie hatte ihr eigenes Kind zurückgelassen und es einem schlimmeren Schicksal als dem Tod ausgeliefert.

»Wie haben Sie sie gefunden?«, fragte Josie. »Woher wussten Sie überhaupt, dass sie noch am Leben war?«

»Von meinem Dad. Vor ein paar Jahren habe ich ihn besucht. Nachdem ich achtzehn war, habe ich ihn die meiste Zeit gemieden, habe aber von jemandem, der bei uns in der Nähe gewohnt hat, erfahren, dass er krank war, sehr krank. Also habe ich ihn besucht. Da war er schon nicht mehr gewalttätig. Er war harmlos geworden.«

»Er hatte Krebs.«

»Knochenkrebs, ja. Richtig schmerzhaft. Er war am Ende. Ich wusste, dass er sterben würde. Also habe ich ihn nach ihr ausgefragt. Ich wollte ein Bild. Irgendetwas. Wir hatten nie Fotos oder sonst etwas von ihr gehabt. Es war fast, als hätte sie nie existiert. Aber ich erinnerte mich. Ich wusste, dass sie einmal dagewesen war.«

»Konnte er Ihnen etwas von ihr erzählen?«, hakte Josie nach.

»Dasselbe wie immer. Dass sie eine Lügnerin gewesen sei, die uns verlassen habe. Ich fragte ihn, ob sie noch lebte. Er sagte, er habe jahrelang gedacht, dass sie tot sei, weshalb er nie nach ihr gesucht habe. Aber dann habe er eines Tages während der Chemotherapie Magazine und so Zeug durchgeblättert und da sei so ein Newsletter gewesen, den ein Pharmavertreter zurückgelassen habe, über Quarmark und dieses sensationelle neue Krebsmedikament. Er habe sich dafür interessiert, weil sie ein Medikament auf den Markt gebracht hatten, das die Ausbreitung von Knochenkrebs oder die Bildung von Meta stasen oder so verhindern konnte. Das den Krebs daran hindern konnte, andere Knochen zu befallen ... ich weiß nicht. War auch egal. Er konnte sich das blöde Medikament sowieso nicht leisten. Aber in dem Newsletter war ein Artikel über das Quarmark-Team. Sie hatten eine große, aufwendige, teure Feier in

New York veranstaltet. Und da war auf den Fotos einer der Typen von dem Team, das die Preise festlegte.«

»Und Ihr Vater hat auf den Bildern gesehen, dass er Ihre Mutter dabei hatte«, schlussfolgerte Josie.

»Genau. Da war sie, sah aus wie ein Topmodel und mein Dad verreckte in genau dem Drecksloch, in dem sie ihn zurückgelassen hatte. Am Ende war er so abgebrannt, dass die Bank alles einkassierte. Nicht einmal für mich blieb etwas übrig.«

»Da haben Sie beschlossen, es ihr heimzuzahlen«, sagte Josie.

»Ich hatte es eigentlich nur auf sie abgesehen. Aber dann habe ich herausgefunden, dass sie ein Kind hat. Da wusste ich, was ich zu tun hatte.«

»Natalie hat Ihnen geholfen.«

»Aber dann hat sie angefangen, rumzumeckern. Hat gesagt, ich würde mich nicht wie abgemacht an den Plan halten. Ihr ging es nur um das Geld. Mir war das von Anfang an egal. Ich wollte, dass Tessa leidet. Nat warf mir vor, ich würde alles vermasseln. Ich sei zu besessen von Tessa und wollte sie umbringen.«

»Also haben Sie Natalie erschossen.«

Er antwortete nicht.

Josie änderte die Taktik. »War das die einzige Sache, in der Sie sich uneins waren?«

»Sie war angepisst, als ich denen einen anderen Übergabeort genannt habe. Wir hatten andere Orte geplant, irgendwo weiter unten am Fluss, aber ich habe es mir in letzter Minute anders überlegt. Das hat ihr nicht gefallen.«

Die Auseinandersetzung an dem Tag, an dem sie Violet Young entführten, hatte also nichts mit Lucy zu tun. Trotzdem bedeutete das nicht, dass das Mädchen noch am Leben war.

Josie spürte wieder, wie Übelkeit in ihr hochstieg. »Gideon, was haben Sie mit Lucy gemacht?«

NEUNUNDSECHZIG

Gideon beugte sich in seinem Stuhl nach vorn und legte die gefesselten Hände mit gestreckten Armen so auf den Tisch, dass sie in Josies Richtung zeigten. Bei dem Grinsen, das auf seinem Gesicht erschien, bekam Josie eine Gänsehaut. »Rate mal«, sagte er.

»Sie wissen, dass Sie ganz schön in der Tinte sitzen, nicht wahr? Falls auch nur die geringste Chance besteht, dass Lucy noch lebt, dann sollten Sie jetzt nicht mehr groß pokern. Verraten Sie uns, wo sie ist, und ich rede mit dem Bezirksstaatsanwalt über einen Deal. Zum Beispiel, dass er auf die Todesstrafe verzichtet.«

Das Lächeln erstarb auf seinen Lippen.

»Oh«, sagte Josie. »Damit haben Sie nicht gerechnet, oder? New York hat die Todesstrafe abgeschafft. Nun, Pennsylvania nicht.«

Er sagte nichts. Sein Gesicht verhärtete sich. Josie konnte erahnen, wie ihn seine Opfer aus nächster Nähe gesehen haben mussten: furchterregend. Sie fügte hinzu: »Ihre einzige Chance, der Todesstrafe zu entgehen, ist es, uns zu sagen, wo Lucy ist. Was haben Sie mit ihr gemacht?«

Einen quälend langen Augenblick herrschte Stille zwischen ihnen. Josie achtete darauf, nicht als Erste den Blick abzuwenden. Schließlich seufzte sie, als sei sie gelangweilt, und stand auf, um zu gehen. Sie hatte die Hand bereits am Türgriff, als Gideon erwiderte: »Wenn Sie ich wären, was hätten Sie mit ihr getan?«

Wieder wurde Josie schlecht. Sie versuchte, nicht zu wanken, drehte sich um und sah ihn an. Ihre Stimme war ruhig, emotionslos. »Wo ist ihre Leiche?«

Sein Gesicht wurde rot. Er schlug die Hände auf den Tisch. »Fick dich!«, schrie er. »Denkst du, ich würde ein Kind umbringen?«

Josie ging zurück zum Tisch, stützte beide Hände darauf und beugte sich zu ihm. »Ja, das denke ich. Sie sind der Sohn Ihres Vaters.«

Er sprang aus seinem Stuhl auf und ging auf sie los, aber Josie wich nicht zurück, obwohl ihr Herz so sehr in ihrer Brust hämmerte, dass sie das Gefühl hatte, es würde gleich ihr Brustbein sprengen. Sein Gesicht war nur Zentimeter von ihrem entfernt. Sie roch Zigaretten und stinkenden Atem.

»Ich bin nicht wie er.«

»Wenn Sie sie nicht umgebracht haben, wo ist sie dann?«

»Versuchen Sie nicht, mich auszutricksen«, fauchte er sie an.

Josie schüttelte den Kopf. »Sie denken, ich habe Zeit für Tricks? Spielchen? Ich habe eine Aufgabe, Gideon. Eine einzige: Ich muss Lucy Ross finden. Nur das. Sonst nichts. Wenn Sie mir also nicht helfen und dadurch vielleicht Ihr eigenes Leben retten wollen, dann habe ich keine Zeit für Sie.«

Sie drehte sich um und ging. Er rief ihr nach. »Dann geh doch. So wie sie gegangen ist. Ihr Dreckstücke seid alle gleich. Du willst wissen, wo das kleine Gör ist? Finde es heraus. Was würdest du mit ihr tun, wenn du ich wärst? Wenn dir auch nur ein bisschen etwas an Lucy Ross liegt, dann weißt du es. Hey, du Miststück, geh nicht einfach weg. Hörst du nicht ...«

Sie schloss die Tür hinter sich.

Dann ging sie den Flur hinunter in den Überwachungsraum. Chitwood, Noah, Gretchen, Mettner und Oaks starrten sie an. »Das ist ja hervorragend gelaufen«, meinte Chitwood nur.

»Er hatte nie die Absicht, es mir zu sagen«, erwiderte Josie. »Er ist ein trauriger, erbärmlicher Wicht. Das Einzige, was er noch hat, ist die Kontrolle über dieses Spiel. Das gibt er nie auf. Er hat nichts mehr zu verlieren.«

»Denkst du, dass er sie umgebracht hat?«, fragte Gretchen.

»Ich weiß es nicht.«

»Also müssen wir entschlüsseln, was er gesagt hat«, meinte Noah. »Wenn wir uns in seine Lage versetzen: Was würden wir mit Lucy Ross machen, wenn der ganze restliche Plan schiefgegangen wäre?«

»Er würde sie den Eltern nicht mehr zurückgeben«, antwortete Oaks. »Ich glaube nicht, dass er je die Absicht dazu hatte.«

»Er würde sie nicht freilassen, damit Amy auf Lucy wartet und sich fragt, was mit ihr passiert ist. So wie er, als er klein war. Er hat darauf gewartet, dass sie zurückkommt. Er hat sich immer gefragt, ob und wann sie zurückkommt«, sagte Josie.

»Das muss für ihn eine Qual gewesen sein, da bin ich mir sicher«, warf Gretchen ein.

»Wenn er Lucy getötet hätte und wir ihre Leiche finden würden, wäre die Unsicherheit vorbei«, mutmaßte Noah.

Und Chitwood fügte hinzu: »Wenn er sie aber umgebracht und ihre Leiche gut genug versteckt hat, würde das für die Eltern ewige Ungewissheit bedeuten.«

Josie konnte nichts dagegen einwenden, aber sie konnte auch nicht einfach die Hoffnung aufgeben, dass Lucy noch lebte. Wenn sie noch am Leben war, dann irgendwo da draußen, allein und völlig verängstigt. Die Zeit wurde knapp.

»Nehmen wir einmal an, dass er meint, was er sagt, dass er kein Kind töten könnte.«

»Wenn sie noch lebt, dann hat er sie irgendwo zurückgelassen«, überlegte Gretchen. »Nur wo?«

»Dort, wo man sie nicht finden kann«, antwortete Noah.

»Das heißt, sie ist so gut wie tot«, fügte Oaks hinzu.

»Im Wald würde man sie nicht finden«, meinte Gretchen.

Noah stieß einen langen Seufzer aus. »Das kann überall sein. Praktisch überall außerhalb der Stadt.«

»Warum sollte er sie im Wald lassen?«, wollte Chitwood wissen.

»Weil er etwas Ähnliches durchgemacht hat«, entgegnete Josie. »Als er ein Kind war, hat Amy ihn, bildlich gesprochen, in der Wildnis allein gelassen. Sie hat ihn bei seinem gewalttätigen Vater zurückgelassen. Von da an musste er sich allein durchschlagen.«

»Aber er hat es geschafft«, ergänzte Noah. »Wenn es also zu seinem Spiel gehört, die Situation von damals nachzuempfinden – das heißt, als Kind in einer widrigen Umgebung allein überleben zu müssen –, dann muss Lucy auch tatsächlich eine Überlebenschance haben.«

»Man kann im Wald überleben«, warf Gretchen ein. »Sogar als Kind.«

»Nicht als Siebenjährige«, widersprach Josie.

»Er hat keine Vorstellung davon, wie alt man dafür sein muss«, sagte Oaks. »Er hatte keine normale Kindheit. Er musste mit sieben wesentlich mehr Überlebensstrategien entwickeln als Lucy Ross. Er denkt gar nicht daran, wie schwierig es für eine Siebenjährige ist. Er denkt nur daran, wie es für ihn war.«

»Also geht es wieder ab in die Wälder«, folgerte Chitwood.

»Besorgen wir uns eine Karte«, schlug Josie vor.

Ein paar Minuten später standen alle um Noah herum, der auf Google Earth eine Satellitenkarte des Countys aufgerufen hatte.

»Verflucht«, schimpfte Oaks. »Das wird die Suche nach der Nadel im Heuhaufen. Wie soll man eine Siebenjährige in diesen vielen Quadratkilometern Wald finden?«

Josie starrte auf die Karte. »Er hat das genau geplant. Er hat sie nicht irgendwo ausgesetzt. Auf jeden Fall nicht dort, wo sie schon nach den ersten Kilometern auf ein Wohngebiet stoßen würde. Vielleicht ist sie hier«, sie deutete auf den südlichen Teil von Denton, wo Alcott County endete und Lenore County begann. »Das ist ein staatliches Jagdrevier. Ziemlich abgelegen.«

»Da sind zu viele Leute«, widersprach Noah. »Das Gebiet ist öffentlich zugänglich. Dort sind Wanderer, Angler und Jäger unterwegs. Die Chance, dass sie da jemandem begegnet, ist zu groß.«

»Bist du sicher?«, wandte Mettner ein. »In manche dieser Gegenden kommt monatelang kein Mensch. Da gibt es jede Menge wilder Tiere. Wenn ich dieses niederträchtige Schwein wäre und ein so krankes Spiel spielen wollte, also sehen wollte, ob ein siebenjähriges Mädchen lebend aus den Wäldern herauskommt, würde ich das staatliche Jagdrevier wählen.«

»Auf jeden Fall kann es nicht allzu weit weg sein«, fügte Oaks hinzu. »Von der Geldübergabe bis zu dem Zeitpunkt, als Quinn den Kerl im Haus der Familie Ross gefasst hat, sind nur rund vierundzwanzig Stunden vergangen. Er musste erst einmal dorthin fahren, wo sie Lucy versteckt hielten, sie holen, mit ihr dorthin fahren, wo er sie aussetzen wollte, und wieder zum Ross-Haus zurückkehren.«

»Vierundzwanzig Stunden reichen, um sie innerhalb des Bundesstaats irgendwo hinzubringen. Das hört sich nach wenig Zeit an, aber es reicht, um von hier aus sechs Stunden zu fahren, ein paar Stunden zu bleiben und wieder zurückzukehren«, sagte Josie.

»Verdammt«, rief Chitwood. »Wir finden sie nie. Jemand

sollte noch einmal zu ihm reingehen und versuchen, ihn zum Reden zu bringen.«

»Zu schade, dass wir es nicht aus ihm herausprügeln können«, meinte Noah.

Alle am Tisch nickten. »Ich werde den Rest meines Lebens davon träumen, den Kerl zu verdreschen«, brummte Oaks. »Aber das ist keine Option.«

»Er ist nicht von hier«, sagte Josie. »Und auch Natalie Oliver nicht.«

»Ja, und?«, meinte Chitwood. »Ich bin auch nicht von hier. Und Palmer auch nicht. Was wollen Sie damit sagen?«

»Woher kannte er die Höhle der Liebenden? Die kennen nur die Einheimischen. Sie ist auf keiner Karte verzeichnet.«

»Sie haben die Gegend monatelang ausgekundschaftet.«

»Trotzdem«, widersprach Josie. »Chief, Sie sind schon seit über einem Jahr hier. Haben Sie vor diesem Fall von der Höhle der Liebenden gehört?«

»Nein«, räumte Chitwood ein. »Aber ich habe auch nicht nach verlassenen Orten gesucht, wo ich mich verstecken kann.«

»Jemand muss ihm von der Höhle erzählt haben. Nur Einheimische kennen sie.«

»In Komorrah's Koffee die Straße runter hängen Fotos von allen landschaftlichen Besonderheiten und Felsformationen in der Gegend«, fiel Gretchen ein. »Ich habe von der Höhle auch nur erfahren, weil dort an einer Wand Arbeiten von örtlichen Künstlern und Fotografen ausgestellt sind.«

Josie kannte die Wand. Es gab dort eine große Fläche nur mit Aufnahmen. Sie stammten von jemandem aus Denton, der Karriere gemacht hatte und nun als freier Fotograf durch die ganze Welt reiste und seine Bilder an Magazine und Websites verkaufte. Zu seinen Abnehmern zählten *National Geographic* und das Smithsonian-Institut. Seine Bilder zeigten Orte, die nur die mit der Umgebung vertrauten Einheimischen kannten, etwa die Felsformationen in den Wäldern um die Stadt. Sie kannte sie gut – das Gebrochene Herz, die Stacks, die Schildkröte, die Höhle der Liebenden und den Aussichtsfelsen.

»Mett«, sagte sie, »lauf schnell zu Komorrah's und mach ein Bild von der Wand.«

Ohne ein Wort zu sagen, sprang Mettner auf und rannte aus dem Zimmer. »Ist das Ihr Ernst, Quinn? Sie wollen nur auf der Grundlage irgendwelcher Fotos, die in einem Café hängen, nach dem Kind suchen? Ist Ihnen klar, dass Lucy da draußen umkommen kann, während Sie auf die Spielchen dieses Ungeheuers eingehen?«

»Er hat sich hier monatelang herumgetrieben. Bevor die beiden Lucy entführt haben und nach ihnen gesucht wurde, können sie oft im Komorrah's gewesen sein.«

»Es ist tatsächlich sehr bekannt«, räumte Noah ein.

Chitwood warf ihm einen bösen Blick zu.

»Vielleicht haben die beiden es eines Tages besucht und zufällig die Wand gesehen«, fuhr Josie fort. »Vielleicht ist er da auf die brillante Idee gekommen, einen der Plätze als Versteck für Lucy zu nutzen.«

»Quinn, ich glaube, Sie reden Unsinn.«

»Haben Sie eine bessere Idee, wie wir die Suche eingrenzen können, Chief?«, fragte Oaks.

Chitwood antwortete nicht. Er wandte sich ab und begann im Raum hin und her zu gehen. Da piepste Josies Smartphone. Sie rief Mettners Nachricht auf und tippte auf das Foto. »Ich sehe die Stacks. Da kann sie nicht sein. Die sind direkt hinter der Highschool, dort, wo er Oliver getötet hat. Das Gebrochene Herz ... auch das ist ganz in der Nähe der Denton East. Da würde sie recht schnell aus dem Wald herausfinden. Die Schildkröte ...«

»Die ist hinter einer Siedlung«, wandte Noah ein. »Der Wald dort ist nicht sehr groß.«

»Du hast recht«, pflichtete ihm Josie bei. »Zu klein. Das ist direkt hinter der Wohnwagensiedlung, in der ich aufgewachsen bin.«

»Was ist sonst noch zu sehen?«, drängte Noah.

»Der Aussichtsfelsen«, meinte Josie.

»Ist das auch so ein heimlicher Treffpunkt für Pärchen?«, wollte Gretchen wissen.

Josie und Noah lachten. »Nein«, entgegnete Josie. »Der Name ist eigentlich ein Witz. Der Aussichtsfelsen ist ein riesiger Stein mitten im Wald. Er ragt ziemlich steil auf, ist aber doch so weit geneigt, dass man bis zur Spitze gehen kann.«

»Und dann hinunterrutschen«, fügte Noah hinzu. »Eigentlich ist er eine gigantische Rutschbahn.«

»Er ist riesig, ungefähr so hoch wie die Bäume«, ergänzte Josie. »Und oben ganz flach.«

»Eigentlich hat man von oben überhaupt keine Aussicht auf irgendetwas«, fuhr Noah fort. »Man befindet sich lediglich auf Höhe der Baumkronen. Aber er sieht richtig cool aus. Und irgendwie ist es ein seltsames Gefühl, dort zwischen den Wipfeln zu sitzen.«

»Könnt ihr seinen Standort auf der Karte zeigen?«, fragte Gretchen.

Sie zog den Laptop zu sich, zoomte aus dem Jagdgebiet heraus, das sie sich angesehen hatten, und deutete auf verschiedene Orte, um sich zu orientieren. »Hier ist der Westen von Denton, der Stadtpark, die Grundschule, das Haus von Amy und Colin. Hier ist das Stadtzentrum, wo wir uns gerade befinden, hier die Denton East High School. Da sind die Stacks und dahinter die verlassene Textilfabrik. Wo ist der Aussichtsfelsen?«

»Weiter nördlich«, meinte Noah.

Josie deutete auf eine Landstraße, die sich aus Denton herausschlängelte und bis zum oberen Bildschirmrand verlief. »Wenn man diese Straße nach Norden fährt, liegt er linker Hand. Ein paar Wanderwege führen hin. Man kann ihn vielleicht sogar auf dem Satellitenbild sehen.« Sie klickte ein paarmal, zog das Areal in die Bildschirmmitte und zoomte es heran, bis man zwischen Baumkronen eine unregelmäßige graue Form erkennen konnte. »Da ist er.«

»Haben wir noch Hunde?«, fragte Gretchen.

»Die Hundestaffel des Sheriffs steht auf Abruf bereit«, antwortete Noah. »Und auch Luke Creighton ist mit seinem Hund noch in der Stadt.«

»Los geht's«, rief Oaks. »Ich will keine Sekunde mehr verlieren.«

SIEBZIG

Es war stockdunkel auf der Bergstraße, die in nördlicher Richtung aus Denton herausführte. Josie brauchte drei Versuche, bis sie den Wanderweg zum Aussichtsfelsen gefunden hatte. Sie hielt am Straßenrand an und stieg aus. Hinter ihr war auf der langen, kurvenreichen Straße eine durchgehende Reihe Scheinwerfer zu sehen, so weit das Auge reichte. Es war gelungen, für die Suche nach Lucy kurzfristig über siebzig Leute aufzutreiben. Einige Angehörige der Polizei von Denton waren mitten in der Nacht gekommen, obwohl sie dienstfrei hatten. Das Büro des Sheriffs hatte mehrere Hilfssheriffs geschickt und auch die Staatspolizei war mit einigen Angehörigen vor Ort. Ebenfalls dabei waren die FBI-Agenten, die sowieso schon an dem Fall arbeiteten. Sie verteilten sich von der Straße aus so, dass sie auf jeder Seite des Wanderwegs einen fast einen Kilometer breiten Streifen durchkämmen konnten.

Überall bewegten sich Taschenlampen in der Dunkelheit hin und her, als Josie das Signal gab, in den Wald zu gehen. Es war kühl geworden. Josie war etwas unwohl bei dem Gedanken, dass Lucy da draußen allein in der Kälte und Dunkelheit ausharren musste. Die Gegend hier wurde nicht einmal mehr vom Lichtschein der Stadt in der Ferne erhellt.

»Alles okay, Boss?«, fragte Gretchen, als sie an Josies Seite durch das Unterholz stapfte. Chitwood ging einen knappen Kilometer weiter südlich, Oaks im selben Abstand nördlich von ihnen. Mettner war bei Oaks geblieben.

»Okay ist erst alles, wenn wir Lucy gefunden haben«, erwiderte Josie.

Während sie tiefer in den Wald stapften, hörten sie überall Zweige knacken und Blätter rascheln, Hunde hecheln und vorauslaufen und immer wieder Stimmen, die nach Lucy riefen. Der Aussichtsfelsen war gut eineinhalb Kilometer von der Straße entfernt. Josie wusste, dass sich von ihm aus mehrere Kilometer in jede Richtung ein gänzlich von der Zivilisation unberührtes Waldgebiet erstreckte. Sie versuchte, ihre Panik zu unterdrücken, und dachte an das riesige Areal, das sie durchsuchen mussten. Zugleich hoffte sie, dass Gideon Lucy am Aussichtsfelsen gelassen hatte und das Kind entweder dort geblieben oder wenigstens nicht weit gekommen war, falls es sich, in welche Richtung auch immer, von ihm entfernt hatte.

Als sie den Felsen erreicht hatten, tauchten sie seinen Fuß mit ihren Taschenlampen in helles Licht. Sie riefen weiter Lucys Namen, doch kam keine Reaktion. Auch als sie den Boden um den riesigen Block herum absuchten, fanden sie keine Spur von ihr. »Ich klettere hinauf«, sagte Josie.

Gretchen leuchtete mit ihrer Taschenlampe nach oben. »Das ist ein ziemliches Stück, Boss. Und auch noch in der Dunkelheit.«

»Ich muss hinauf«, erwiderte Josie. »Was, wenn sie oben ist?«

Aber sie war nicht auf dem Felsen. Josie hatte seinen Gipfel bald erreicht. Außer Atem versuchte sie, in der Mitte des Plateaus zu bleiben, um nicht hinunterzufallen. Kniend leuchtete sie mit der Taschenlampe herum. Nachdem sie den Lichtkegel zweimal hin und her schweifen hatte lassen, bemerkte sie etwas. Sie kroch zu der Stelle und sah zwei flache Steine, die hochkant aneinandergelehnt und zu einem umgedrehten V aufgestellt worden waren. Darunter lag ein kleiner Haufen Laub, der zu einem Kokon geformt worden war.

»Lucy«, flüsterte Josie.

Sie kletterte wieder nach unten. Die Aufregung gab ihr neue Energie. »Sie war hier«, berichtete sie Gretchen. »Lucy war tatsächlich hier. Sie hat dort oben einen Kokon geformt.«

»Vielleicht ist sie noch in der Nähe«, meinte Gretchen. »In welche Richtung würde sie deiner Meinung nach gehen?«

Josie leuchtete mit der Taschenlampe herum, sah aber nichts als Baumstämme. Irgendwo in der Nähe heulte eine Eule. Sie dachte über Lucy nach. »Ihre Mutter hat gesagt, dass sie einen fürchterlichen Orientierungssinn hat.«

»Ja, ich erinnere mich«, pflichtete Gretchen ihr bei.

»Und sie war total begeistert von Insekten.«

Gretchen lachte. »Ich bin nicht sicher, ob uns das jetzt weiterbringt.«

»Am liebsten mochte sie Schmetterlinge und Marienkäfer.«

»Wirklich, Boss, ich weiß nicht, ob das uns in der Situation hier hilft.«

»Wenn man oben auf dem Aussichtsfelsen sitzt, wo geht dann die Sonne auf? Wo ist Osten?«

Gretchen zog ihr Smartphone heraus und tippte etwas hinein. Daraufhin wurde das Display hell. »Ich habe eine Kompass-App. Keine Ahnung, ob die hier funktioniert ... warte, da ist sie ... Osten.« Sie drehte sich und deutete vom Aussichtsfelsen weg in eine Richtung. »Hier ist Osten.«

»Dann ist sie in die andere Richtung gegangen«, meinte Josie.

»Nach Westen?«

»Ja. Wenn Marienkäfer ein Winterquartier suchen, fliegen sie zu hell gestrichenen Häusern und verkriechen sich in den

Wänden auf der Westseite, weil die von der Nachmittagssonne erwärmt werden. Lucy wusste das. Sie hat ihrer Mutter einmal erzählt, wenn sie sich je verlaufen würde, würde sie wie ein Marienkäfer nach Hause fliegen. Sie würde nach Westen gehen.«

»Aber das Haus ihrer Eltern ist nicht westlich von hier. Es ist südlich.«

»Und Lucy ist sieben«, lachte Josie. »Sie denkt nicht mit der Logik eines Erwachsenen. Sie hat wahrscheinlich die Nacht hier verbracht. Als es hell wurde, wusste sie, wo sie hin musste – in ihrem Alter hat sie bereits gelernt, dass die Sonne im Osten aufgeht. Also ist sie nach Westen. Sie wollte sozusagen heimfliegen, auf die Westseite ihres Hauses.«

Gretchen hielt ihre Taschenlampe unter ihr Kinn, sodass sie ihr Gesicht erleuchtete. »Auch auf die Gefahr hin, dass ich mich wie Chitwood anhöre: Ist das dein Ernst?«

Auch Josie hielt sich die Taschenlampe unter das Kinn und grinste. »Wir holen einen der Hunde und sehen, ob er ihre Witterung vom Aussichtsfelsen aus aufnehmen kann. Ich wette, der Hund läuft nach Westen.«

Josie machte ein paar Anrufe. Am nächsten war Luke mit Blue. Zehn Minuten später hatten er und sein Hund sich durch den Wald zum Aussichtsfelsen vorgekämpft. Blue begrüßte Josie, indem er mit seiner langen, nassen Zunge über ihre Hand leckte. »Hey, guter Junge«, begrüßte sie ihn.

Sie warteten mit angehaltenem Atem, während Blue versuchte, am Ansatz des Felsens Lucys Witterung aufzunehmen. Schließlich entdeckte er etwas und rannte in die Dunkelheit davon.

Nach Westen.

Sie liefen ihm in den dichten Wald hinterher und riefen nun noch nachdrücklicher Lucys Namen. Josies Beine begannen zu schmerzen. Sie wusste nicht, wie lange sie schon gesucht hatten, aber es fühlte sich an wie eine Ewigkeit. Da hörte sie Blues tiefes Bellen. Josie und Gretchen erstarrten und leuchteten mit ihren Taschenlampen in die Dunkelheit, um ihn zu finden. Der Hund bellte erneut. Und noch einmal.

»Hier entlang«, rief Josie.

Sie rannten in die Richtung, aus der das Bellen gekommen war. Josie flog förmlich über den Waldboden. Sie lief schnell und mit sicheren Schritten, genau wie in der Kindheit, als sie mit Ray die Wälder um Denton durchstreift hatte. Gretchen bemühte sich nach Kräften, mit ihr mitzuhalten. Da sahen sie den Schein einer Taschenlampe. Er war auf Blue gerichtet, der vor einem Baum saß.

»Er hat etwas gefunden«, berichtete Luke. »Ruhig, Blue.«

Der Hund hörte auf zu bellen und alle drei horchten in die Dunkelheit. Josie ging am Baum vorbei und suchte mit der Taschenlampe die Umgebung nach einem Lebenszeichen von Lucy ab. »Ich sehe nichts«, sagte sie schließlich.

»Pst. Hörst du das?«, flüsterte Gretchen.

Ganz aus der Nähe kam ein schwaches Wimmern. Josie drehte sich im Kreis. Wieder das leise Klagen. »Das kommt von oben«, stellte sie fest. Sie leuchtete mit der Lampe in die Baumkronen. »Sie ist auf einen Baum geklettert. Lucy!«

Über ihren Köpfen hörten sie, wie jemand erschrocken die Luft einsog. Dann erneut ein leises Wimmern. Alle drei richteten ihre Taschenlampen nach oben, bis sie schließlich im dichten Astgewirr einen kleinen Turnschuh entdeckten. Josies Herz setzte einen Schlag lang aus, um dann mit doppelter Geschwindigkeit weiterzupochen. »Lucy«, rief sie. »Hier ist die Polizei. Wir sind da, um dich nach Hause zu bringen.«

Keine Reaktion. Josie wünschte, sie könnte das Gesicht des Mädchens sehen. »Lucy, bitte. Wir wollen dich zu deiner Mom und deinem Dad bringen. Wir tun dir nichts.«

»Wo ist Natalie?«, kam ein dünnes Stimmchen.

»Sie musste weg. Aber sie wollte, dass ich dich zu deinen Eltern zurückbringe.«

»Du lügst«, rief Lucy. »Alle Erwachsenen lügen.«

»Ich nicht. Ich möchte dich nur heimbringen.«

»Hat er ihr wehgetan? Gideon? Er ist ein böser Mann. Er tut, als sei er gut. Aber das ist er nicht.«

»Ich weiß, Lucy. Es tut mir leid. Ich habe Gideon heute getroffen und ihn auch überhaupt nicht gemocht.«

Lucy sprach so leise, dass Josie Mühe hatte, sie zu verstehen. »Hat er dir wehgetan?«

»Nein«, antwortete Josie. »Er hat mir nicht wehgetan. Er ist jetzt im Gefängnis. Er kann nie wieder jemandem wehtun.«

»Aber er hat Natalie weggeschickt, oder?«

»Es tut mir leid, Lucy, aber du hast recht. Er hat sie weggeschickt.«

Danach sagte Lucy nichts mehr, aber Josie hörte ein leises Schluchzen und das Knacken eines Zweigs. »Lucy«, rief sie wieder. »Bitte komm herunter, damit wir dich nach Hause bringen können.«

Aber sie kam nicht. Inzwischen trafen immer mehr Suchhelfer ein, die von Gretchen telefonisch alarmiert worden waren. Josie versuchte es erneut. »Lucy, deine Mom und dein Dad vermissen dich sehr. Wir würden dich wirklich gern zu ihnen bringen.«

»Mein Dad ist wahrscheinlich gar nicht zu Hause«, erwiderte Lucy.

»Doch, ist er. Er ist zu Hause, seit du deinen Eltern weggenommen wurdest. Er hat die ganze Zeit nach dir gesucht. Auch deine Mom. Sie lieben dich sehr und möchten dich zu Hause haben.«

»Du kennst meine Mom und meinen Dad doch gar nicht.«

»Doch. Ich war an dem Tag da, als du Karussell gefahren bist. Erinnerst du dich? Ich hatte einen kleinen Jungen dabei, Harris. Er ist gerutscht, gerade als du die Rutschbahn hochgeklettert bist.«

Josie leuchtete sich mit ihrer Taschenlampe ins Gesicht.

Ein paar Sekunden vergingen. Josie glaubte eine blonde Haarsträhne im Geäst zu sehen. »Du siehst gar nicht aus wie die Frau.«

Josie fasste sich an die Wange. Ach ja, die Veilchen. »Ich bin hingefallen. Auf das Gesicht. Aber es geht mir gut. Erinnerst du dich an mich?«

Keine Antwort.

»Deine Mom möchte, dass du heimkommst, denn du musst bald die Schmetterlinge freilassen. Die in deinem Schmetterlingsgarten. Sie können jeden Augenblick schlüpfen. Sie sind vielleicht schon geschlüpft.«

»Hast du sie gesehen? Warst du in meinem Zimmer?«

»Ja. Deine Mom hat mir dein Zimmer gezeigt, damit ich mehr über dich erfahre. Damit wir dich finden können. Sie hat mir auch den Teddy gezeigt, den dir dein Dad geschenkt hat – der, mit dem er immer Nachrichten für dich aufnimmt.« Sie erwähnte nicht, dass Gideon sich an ihm vergriffen hatte. Wenn es nach ihr ging, würde Lucy nie wieder seine Stimme hören.

»Ich habe auch mit deiner Lehrerin gesprochen«, fuhr Josie fort. »Ich habe den Kokon unter deinem Pult gesehen und den, den du in der Wohnung der Freundin deiner Mutter gelassen hast. Auch den in der Jagdhütte und den auf dem Felsen. Hast du sie gemacht, damit wir dich finden?«

»Ich mache sie einfach gern«, sagte Lucy. »Dann kann ich an Dinge denken, die nicht böse sind. Der Mann hat viele böse Sachen in meinen Kopf reingetan.«

»Ich weiß«, antwortete Josie. »Aber ich habe dir ja schon gesagt, dass er jetzt im Gefängnis ist. Er wird nie wieder herauskommen. Es wird Zeit, dass du nach Hause kommst, damit du deine Mom und deinen Dad wiedersiehst.« Josie ging zum Baumstamm und streckte eine Hand nach oben. »Kannst du zu mir kommen?«

Sie hielt den Arm so lange hoch, dass er bereits schmerzte, aber schließlich bewegten sich die Äste über ihr und raschelten.

Kurze Zeit später legte sich eine kleine, kalte Hand in ihre. Gretchen stand neben Josie und nahm ihre Taschenlampe, als Lucy in Josies Arme fiel. Das Mädchen schmiegte sich an ihren Körper, schlang ihre dünnen Beine um ihre Hüfte und umfasste mit ihren Armen fest Josies Hals. Dann legte sie ihren Kopf auf Josies Brust. Josies Unterleib schmerzte bei jedem Schritt, doch wagte sie es nicht, die feste Umklammerung des Mädchens zu lösen. Luke, Gretchen und mehrere andere Helfer leuchteten ihr den Weg aus, während sie Lucy aus dem Wald und zu einem wartenden Rettungsfahrzeug trug.

Josie fuhr mit Lucy im Rettungsfahrzeug mit. Sie blieb bei ihr in der Notaufnahme, als die Ärzte und Krankenschwestern sie untersuchten und ihr gefühlt tausend Fragen stellten. Sie wich Lucy nicht von der Seite, bis Colin in das Zimmer stürzte und seine Tochter in die Arme nahm. »Gott sei Dank«, schluchzte er in ihr Haar. »O Lucy. Gott sei Dank.«

Tränen traten in Josies Augen. Leise schlich sie aus dem Zimmer und ging den Flur hinunter zum Ausgang. Gerade als sich die Türen der Notaufnahme mit einem Zischen öffneten, schlurfte Dan Lamay herein. »Boss«, rief er und wedelte mit einem Stapel Blätter.

Josie blieb stehen und wartete auf ihn. Sie gingen weg von der Tür und in den Wartebereich, der zum Glück fast leer war. »Was ist los, Dan?«

Außer Atem reichte ihr Lamay die Blätter. »Hummel hat Amy Ross' Fingerabdrücke in die AFIS-Datenbank eingegeben, wie du verlangt hast.«

Josie zog eine Augenbraue hoch. »Ich weiß nicht, ob das jetzt noch wichtig ist. Wir haben Lucy. Es liegt nicht an mir zu entscheiden, ob Amy für das, was sie getan hat, belangt werden soll. Wenn das FBI sie für den Identitätsdiebstahl zur Rechenschaft ziehen will, sollen sie das tun. Was sie in New York gemacht oder nicht gemacht hat, ist Sache der Strafverfolger dort.«

»Aber ich denke, das interessiert dich vielleicht doch.«

Sie nahm die Seiten und begann sie durchzublättern. »Das kann nicht sein«, sagte sie schließlich. »Bist du sicher, dass das stimmt?«

Lamay nickte. »Hummel hat die Staatspolizei den Abgleich in AFIS zweimal durchführen lassen. Es gibt keinen Zweifel mehr.«

Josie starrte verständnislos auf das alte Foto vor sich, während Lamay sie umfassend informierte. »Amy Ross' Fingerabdrücke passen zu dem eines kleinen Mädchens, das 1990 mit elf Jahren in Cleveland, Ohio, verschwand. Die örtliche Polizei hat Ende der Achtzigerjahre im Rahmen einer Kampagne zur Reduzierung der Zahl vermisster Kinder von allen Kindern in der Schule Fingerabdrücke genommen und den Eltern zur Aufbewahrung überlassen. Als das Mädchen verschwand, gab ihre Mutter die Abdrücke der Polizei, die sie in die nationale Datenbank einspeiste. Ihr Name ist Penny Knight.«

»Penny Knight«, murmelte Josie und sah sich das Gesicht des lächelnden Mädchens auf der fast dreißig Jahre alten Aufnahme genauer an. Sie sah mit dem himmelblauen Hintergrund aus wie ein Schulfoto. Penny posierte etwas gekünstelt mit den Armen auf einem Stapel Bücher. Ihr Haar war kurz und ungekämmt. Über dem lächelnden Mund mit lückenhaften Zähnen blickten strahlend blaue Augen ernst in die Kamera. Josie erkannte in den Augen und der Form des Mundes eine gewisse Ähnlichkeit mit der erwachsenen Amy. »Hast du die Polizei von Cleveland angerufen?«

»Hab ich. Sie hat mit ihrer Mutter in einem heruntergekommenen Stadtteil gelebt. Mutter alleinerziehend. Drogenabhängig. Pennys Vater ist unbekannt. Er wird nicht einmal auf der Geburtsurkunde genannt. Ihre Mutter hat sie immer zum Einkaufen geschickt, damit sie Essen holt, wenn sie zu sehr durch den Wind war, um es selbst zu besorgen. Eines Nachmittags sollte Penny in einem Laden ein paar Eier und Milch kaufen. Sie ist nie dort angekommen und auch nicht nach Hause zurückgekehrt. Ihre Mutter hat sie erst nach zwei Tagen als vermisst gemeldet.«

»Zwei Tage?«, rief Josie.

»Sie dachte, Penny hätte bei Freundinnen übernachtet und käme wieder heim. Als sie ausblieb, hat sie sie als vermisst gemeldet. Die Polizei fand keinerlei Hinweise auf ein Verbrechen.«

»Was dachten die denn? Dass sie ausgerissen ist? Mit elf?«, fragte Josie ungläubig.

»Sie konnten weder das eine noch das andere bestätigen. Es wurde eine relativ umfassende Untersuchung gestartet. Die Mutter hat immer wieder darauf bestanden, dass sie weitersuchen, bis sie 1996 an einer Überdosis starb.«

»Damals muss Penny – oder Amy – also siebzehn gewesen sein. Hatte sie keine anderen Verwandten?«

»Niemanden, dem sie oder ihre Mutter nahestanden. Anscheinend wollte die Familie ihrer Mutter wegen der Drogengeschichten nicht viel mit ihr zu tun haben. Als Pennys Mutter starb, hätte sie also niemanden gehabt, zu dem sie noch hätte gehen können, egal ob sie weggelaufen war oder entführt wurde.«

»Das Jahr, in dem Penny achtzehn wurde, war auch das Jahr, in dem Amy Walsh starb«, ergänzte Josie. Ihr fiel ein, wie kryptisch Amy über ihre Vergangenheit gesprochen hatte. Sie hatte gesagt, sie würde sich nicht erinnern, wer sie wirklich gewesen sei oder wie sie geheißen hätte, und dass Tessa Lendhardt eine Erfindung gewesen sei. In der Tat war Tessa eine Identität gewesen, die ihr Martin Lendhardt verpasst hatte, nachdem er sie entführt hatte. Als sie ihm weglief, legte sie diese Identität ab. Sie war sowieso nie real gewesen.

»Mein Gott«, murmelte Josie.

»Wirst du es ihnen sagen?«, wollte Lamay wissen.

»Ja. Sie müssen es wissen. Aber nicht heute Nacht. Morgen rede ich mit Amy und Colin.«

Vier Tage später stand Josie vor der Tür zu Amys Krankenzimmer. Sie lugte durch einen winzigen Spalt in der Tür und hörte, wie Lucy ihrer Mutter erzählte, dass sie im Wald eine echte Luna-Motte gesehen habe, als sie bei den »bösen Menschen« gewesen sei. Lucy saß mit überkreuzten Beinen neben ihrer Mutter, ihr kleiner Körper eingezwängt zwischen dem Bettgitter und Amys Körper. Während sie redete, streichelte Amy ihr blondes Haar und blickte sie ungläubig an. Josie bekam mit, wie Amy Lucy Fragen stellte und interessiert zuhörte, als sie antwortete. Nicht zum ersten Mal fühlte Josie immense Erleichterung und Dankbarkeit. Die Familie Ross hatte viel verloren. Sie war traumatisiert. Amys dunkle Geheimnisse waren aufgedeckt worden. Vermutlich war eine jahrelange Therapie nötig, bis Lucy die Erlebnisse mit Natalie und Gideon verarbeitet hätte. Sie würden immer um Jaclyn trauern, die wie ein Familienmitglied für sie gewesen war. Josie wusste auch, dass Amy ihr Leben lang Schuldgefühle wegen der Ermordung von Wendy Kaplan haben würde. Aber wenigstens waren sie alle am Leben und so wie es aussah, hatte Colin sich trotz Amys

Vergangenheit nicht von ihr abgewandt. Lucys Familie war intakt geblieben.

»Sie können doch einfach hineingehen«, hörte sie Colin sagen, der hinter ihr erschienen war. Josie erschrak und lachte dann. Sie drehte sich zu ihm. »Ich wollte nicht stören«, meinte sie.

In den Händen hielt er einen heißen Tee und einen Milchshake. Er ging an ihr vorbei und schob die Tür mit dem Ellbogen auf. »Sie stören nicht. Bitte. Lucy würde Sie sehr gern sehen. Sie war enttäuscht, als sie erfahren hat, dass Sie schon dagewesen waren, um mit uns zu reden, ohne dass sie dabei war. Obwohl ich natürlich froh bin, dass Sie es so eingerichtet haben, denn sie muss von Amys Vergangenheit nichts wissen. Noch nicht.«

Josie nickte und trat in das Zimmer.

Lucy sprang vom Bett, als sie eintrat und lief in Josies Arme. »Josie! Ich habe schon gedacht, du kommst nie zurück.«

Josie berührte Lucys Wange und lächelte sie an. »Ich wollte nur sehen, wie du und deine Mom euch macht. Wie geht es dir?«

Lucy verzog den Mund. »Ich kann nicht schlafen. Ich träume schlecht.«

Josie kniete sich neben sie und sah Lucy direkt in die Augen. »Das verstehe ich. Ich hatte auch Albträume.«

»Wirklich?«

»Klar. Ich habe auch ein paar böse Menschen kennengelernt, als ich ein Kind war.«

Lucy begann zu flüstern. »Sind sie im Gefängnis?«

»Ja. Da sind sie.«

»Ich werde vielleicht auch Polizistin wie du, wenn ich groß bin«, sagte Lucy. »Damit ich böse Menschen ins Gefängnis stecken kann.«

Josie lächelte. »Und wer soll sich dann um die Insekten kümmern?«

»Ja, stimmt. Meine Mom hat gesagt, sie glaubt, dass ich mal Entomologin werde.« Sie drehte sich zu ihrer Mutter. »Habe ich das Wort richtig gesagt?«

»Hast du, mein Engel«, pflichtete Amy ihr bei.

Colin ging zu Lucy und gab ihr den Milchshake. »Hier, Lucy. Komm, wir gehen spazieren, während deine Mom und Josie ein bisschen plaudern.«

Lucy nahm den Styroporbecher und lief hüpfend zur Tür. Colin marschierte hinter ihr her und rief ihr zu, den Milchshake nicht zu verschütten. Amy sah ihnen lächelnd nach.

Josie trat an Amys Bett. »Was hat er gesagt?«, fragte Amy.

»Gideon möchte Sie nicht sehen. Auch der Bezirksstaatsanwalt fände es besser, wenn sie keinen Kontakt zu ihm hätten.«

Amys Lächeln erstarb. »Haben Sie ihm die Wahrheit erzählt? Über seinen Vater? Was er mir angetan hat?«

»Sein Anwalt hat es ihm gesagt. Trotzdem möchte er Sie weder sehen noch mit Ihnen sprechen.«

Amy wandte sich von Josie ab, aber vorher bemerkte Josie noch, dass ihr Tränen in die Augen traten. »Ich wollte ihn nicht zurücklassen. Ich wusste, dass das nicht gut war. Ich habe versucht, ihn mitzunehmen, aber Martin hat mich dabei erwischt. Er sagte, er würde Gideon umbringen, wenn ich es noch einmal versuche. Sie müssen verstehen, es gab nur einen Weg aus diesem Haus: ohne Gideon.«

»Sie müssen sich mir gegenüber nicht rechtfertigen«, erwiderte Josie. »Ich überbringe nur die Nachricht.«

»Aber ich möchte, dass Sie verstehen, was passiert ist. Ich ... ich war so jung. Ich war nicht bereit für das Muttersein. Der arme Gideon. Ich hatte keine Ahnung, wie man sich um ein Kind kümmert, vor allem nicht unter diesen Umständen. Ich habe ihm immer wieder gesagt, dass wir heimgehen würden. Ich weiß nicht, warum ich ihm das erzählt habe. Ich war so dumm. Vielleicht habe ich gedacht, dass meine Mutter mich vermissen würde. Dass ich Gideon mitnehmen könnte und sie sich freuen würde, uns zu sehen – so sehr, dass sie sich ändern würde. Dass sie keine Drogen mehr nehmen und sich um uns kümmern würde. Dann hat mir Martin gesagt, dass sie gestorben ist. Aber ich habe Gideon weiter erzählt, dass wir fliehen würden. Damals wusste ich gar nicht, wohin – es war nur eine vage Vorstellung. Eine Flucht in ein Zuhause. An einen Ort, wo einem niemand wehtun würde. Wo man nicht hungrig ist, keine Schmerzen hat und sich nicht langweilt. Ich hätte das nicht tun sollen.«

»Ihm Hoffnung geben?«

Amy nickte. »Ich habe ihn angelogen.«

»Wirklich?«, hakte Josie nach. »Hätten Sie ihn mitgenommen, wenn Sie gekonnt hätten?«

Amy wandte den Blick ab. Ihre Stimme war leise und belegt: »Ich weiß nicht«, gab sie bedrückt zu. »Immer wenn ich Gideon angesehen habe, hat er mich an all das Schreckliche erinnert, was Martin mir angetan hat.«

»Wie sind Sie überhaupt an Martin geraten?«, fragte Josie. Sie konnte ihre Neugier nicht mehr unterdrücken.

»Er war Lkw-Fahrer. Hin und wieder hat er in einem Lager in der Nähe unserer Wohnung in Cleveland Waren angeliefert. Ich bin fast jeden Tag da vorbeigegangen. Er hat angefangen, mit mir zu reden. Zuerst war er richtig nett. Meine Mutter ... naja, sie war ständig auf Drogen. Es war keine angenehme Situation. Martin hat mich immer wieder aufgefordert, einmal mit ihm mitzufahren. Es hörte sich an wie ein Abenteuer. Er war nett, lustig und hat mir Geschenke gebracht. Hat mir zu essen gegeben, wenn ich hungrig war.«

Die Parallelen zu Lucys Entführung war erschreckend. »Eines Tages bin ich mit ihm mitgegangen. Ich habe mich nicht wie eine Gefangene gefühlt. Wir sind gefahren, immer weiter weggefahren. Zuerst fand ich es aufregend. Dann hat er angefangen, Sachen mit mir zu machen. Sachen, die mir nicht gefielen. Damals habe ich gar nicht verstanden, was es war. Immer wenn ich versucht habe, ihn davon abzuhalten, ist er sehr zornig und gewalttätig geworden. Ich habe ihm gesagt, dass ich wieder heim möchte, aber er sagte, ich sei schwanger. Ich habe es nicht einmal gemerkt. Ich war sehr naiv. Und sehr kindlich, sogar für mein Alter – psychisch, meine ich. Wir sind nach Buffalo gezogen. Den wenigen Nachbarn, die neugierig waren, hat er erzählt, ich sei seine Frau. Niemand hat das in Zweifel gezogen. Ich habe das Haus nie verlassen. Gideon habe ich zu Hause zur Welt gebracht. Es ist ein Wunder, dass wir überlebt haben. Es hat sehr wehgetan.«

»Hat sich niemand wegen des Babys gewundert? Wie ist er überhaupt an eine Geburtsurkunde gekommen?«, fragte Josie.

»Ich weiß nicht. Die muss er sich besorgt haben, als ich schon weg war. Gideon war ihm wie aus dem Gesicht geschnitten. Niemand hätte bezweifelt, dass er der Vater war. Wenn die Polizei bei uns war, hat sie nie nach einem Ausweis oder so etwas gefragt. Ich habe ihnen erzählt, alles sei in Ordnung, und da sind sie wieder gegangen. Ich musste nie beweisen, wer ich war. Ich bin ja auch, wie schon erwähnt, immer zu Hause geblieben. Dann hat Martin gesagt, ich müsste mich um das Baby kümmern. Auch in dieser Zeit hat er sich immer wieder an mir ... vergriffen. Inzwischen hatte ich begriffen, was er mit mir gemacht hatte. Als ich eingesperrt war, habe ich nichts anderes gemacht als fernzusehen. Da habe ich gelernt, was Vergewaltigung ist. Aus Filmdramen zur besten Sendezeit. Soaps.«

»Wie war Martin zu dem Baby?«

»Schrecklich«, antwortete Amy. »Er wurde immer schlimmer. Gideon war kein zufriedenes Kind. Er hat ständig geweint. Martin weigerte sich, mir irgendetwas zu besorgen, was vielleicht geholfen hätte. Was ich in der Werbung oder in Morgenshows gesehen hatte. Martin hat ihn nie angerührt, nur mich. Ich wusste, wenn ich nicht fliehe, bringt er mich eines Tages um. Als ich Gideon bei ihm zurückgelassen habe, hätte ich nie gedacht, dass er ihm wehtun würde. Als er älter wurde und nicht mehr so viel geheult hat, hat er sich ein bisschen mehr für ihn interessiert. Ich weiß, es klingt absurd, aber ich war doch selbst noch ein Kind. Ein richtig dummes Kind.«

»Sie haben es geschafft, wegzukommen. Warum sind Sie nicht zur Polizei?«

»Was hätte ich ihnen erzählen sollen? Ich konnte mich nicht einmal an meinen alten Namen erinnern. Gut, ich wusste noch, dass mein Vorname Penny gewesen war. Aber das war auch schon alles. Irgendwann hat er mir erzählt, dass meine Mutter tot sei. Es gab keinen Grund, ihm nicht zu glauben. Sie war vorher schon mehrere Male fast gestorben. Da war es durchaus plausibel, dass sie eine Überdosis genommen hatte. Außerdem wollte ich nicht dieses Mädchen sein: dieses missbrauchte Mädchen, das jahrelang vergewaltigt worden war und in Gefangenschaft ein Kind bekommen hatte. Ich wollte nicht, dass mein Gesicht auf jedem Magazin und in jeder Zeitung zu sehen war. Oder dass man mich zu einer Familie zurückbrachte, die mein ganzes Leben nie etwas mit mir zu tun haben wollte, der es egal war, dass meine Mutter drogenabhängig oder ich vermisst gewesen war. Außerdem bin ich ja mit ihm mitgegangen. Verstehen Sie? Ich bin mit ihm mit. Er hat mir immer wieder gesagt, dass ich nicht zur Polizei gehen könnte, weil ich freiwillig mitgegangen sei und nichts dagegen gehabt hätte, dass er diese Sachen mit mir macht. Ich dachte, die Polizei würde mir die Schuld geben. Ich war so dumm, es kam mir nie in den Sinn, dass er Probleme bekommen könnte. Er muss sich ziemlich sicher gewesen sein, dass ich niemandem etwas erzähle, denn ich glaube nicht, dass er je versucht hat, mich zurückzuholen oder aufzuspüren, als ich weg war.«

»Er hat Sie manipuliert«, sagte Josie. »Wie Gideon und Natalie Lucy manipuliert haben. Das ist typisch für Leute wie Martin.«

»Aber es hat funktioniert. Ich wusste, es war nicht richtig, von meiner Mutter wegzugehen, aber ich habe es trotzdem gemacht. Ich war so dumm. Ich wollte einfach nur ein Abenteuer erleben. Ich wollte bei Martin sein, denn wenn er da war, war ich nie hungrig.«

»Sie waren ein Kind.«

»Ja«, seufzte Amy und blickte zum Fenster hinaus. In ihrem Ton lag eine gewisse Resignation. »Ich war ein Kind. Aber was passiert ist, ist passiert. Dann war ich erwachsen und wollte neu anfangen.«

»Woher wussten Sie, wie?«, fragte Josie.

Amy lachte. »Das wusste ich ja gar nicht. Ich bin von Buffalo weggetrampt, habe mich nur von Frauen mitnehmen lassen. Jemand hat mich in Fulton abgesetzt. Es gab da einen Waschsalon, der vierundzwanzig Stunden lang geöffnet hatte. Dort war es warm und niemand hat mich beachtet. Tagsüber bin ich in der Stadt herumgelaufen, nachts habe ich in dem Salon geschlafen. So habe ich auch Amy kennengelernt. Sie hat dort immer ihre Wäsche gewaschen. Ich glaube, ich habe ihr leidgetan. Sie hat mir etwas zum Anziehen gegeben. Irgendwann hat sie mich mit nach Hause genommen. Dorothy sah mich nur kurz an und sagte dann, dass ich immer bei ihnen bleiben könnte. Sie waren unglaublich nett zu mir. Auch Amy und ihre jüngere Schwester. Nur Renita hat mich nicht gemocht. Aber es war eine wunderbare Zeit. Dann ist dieser Unfall passiert. Ich war am Boden zerstört. Ich habe Dorothy wie eine Mutter geliebt. Alles, was ich über das Muttersein weiß, habe ich von ihr gelernt.«

Traurigkeit überkam Josie. Amy hatte ein paar Monate bei dieser Frau wohnen dürfen. Alles, was sie über Kindererziehung und Elternliebe wusste, hatte sie in dieser kurzen Zeit erfahren. Josie hatte wenigstens zeit ihres Lebens ihre Großmutter als feste, liebevolle Bezugsperson und Gegenpol zu dem Schrecken gehabt, den sie hatte aushalten müssen.

»Ich wusste, dass mich Renita nicht bleiben lassen würde«,

fuhr Amy fort. »Ich war gerade dabei, meine Sachen zu packen – ich habe da noch mit ihr in Amys Zimmer gewohnt. Renita war gerade im Bestattungsinstitut. Da hat ein Polizist ein paar persönliche Gegenstände vorbeigebracht, die sie im Auto gefunden hatten. Darunter war auch Amys Führerschein. Ich habe ihn an mich genommen und bin weg, bevor Renita heimkam. Das war eine ganz spontane Entscheidung. Aus Dorothys Geldbeutel, der auch unter den Sachen war, habe ich das Bargeld genommen. Dann bin ich mit dem Bus nach New York gefahren. Inzwischen hatte ich ja gelernt, mich durchzuschlagen. Ich habe eine Unterkunft gefunden und bin dort geblieben, bis ich mit Gelegenheitsjobs genug verdient hatte, um mir mit anderen Mädchen eine Wohnung leisten zu können. Ich war Amy Walsh. Ich habe sogar ihre Highschool-Zeugnisse für die Einschreibung an der Universität von Denton verwendet. Niemand hat das je hinterfragt. Bis Lucy verschwunden ist.«

»Warum haben Sie mir nichts von Gideon erzählt?«, fragte Josie.

»Ich habe nie auch nur einen Augenblick daran gedacht, dass er hinter allem stecken könnte.«

»Haben Sie nie nach ihm gesucht?«

Amy schüttelte den Kopf. Sie griff mit schmerzverzerrtem Gesicht zum Nachtschrank, nahm ein Taschentuch und tupfte sich die Tränen unter ihren Augen weg. »Ich habe nur nach Martin recherchiert, um zu erfahren, ob er noch lebt. Erst als er vor ein paar Jahren gestorben ist und ich auf die Todesanzeige gestoßen bin, habe ich mich richtig frei gefühlt. In der Anzeige war keine Rede von Gideon. Ich dachte ... ich dachte, dass auch er tot sei, aber online konnte ich nichts über ihn finden. Ehrlich gesagt habe ich auch nicht besonders intensiv gesucht. Ich wollte, dass dieser Teil meines Lebens vorbei ist. Ich hätte nie gedacht, dass er mich zu einem so hohen Preis wieder einholen würde. Es tut mir so leid.«

Josie dachte über die Menschen nach, die ihr Leben hatten

lassen müssen. Tiefe Traurigkeit überkam sie. Als hätte Amy ihre Gedanken gelesen, fuhr sie fort: »Ich muss den Rest des Lebens damit leben, was ich getan habe und was Gideon getan hat.«

Josie nickte, unfähig, noch etwas zu sagen. Sie fragte sich, ob es weniger Tote gegeben hätte, wenn Amy von Anfang an völlig ehrlich zu ihnen gewesen wäre. Josie wusste, es war nicht ihre Aufgabe, über Amy zu urteilen. Ihre Aufgabe war es gewesen, Lucy zu finden, und das hatte sie getan. Sie hatte nie in Penny Knights oder Tessa Lendhardts oder auch Amy Ross' Haut gesteckt. Es stand ihr nicht zu, Amys Lebensentscheidungen zu hinterfragen, und es lohnte sich nicht, zu überlegen, was gewesen wäre, wenn. Sie alle mussten mit dem leben, was passiert war.

Josies Blick wanderte an Amy vorbei zur Fensterbank hinter dem Bett. Da lag ein kleiner Schmetterlingskokon aus Mullbinden. Lucys Werk – sie hätte es überall und jederzeit erkannt. Sie schluckte den Kloß hinunter, der sich in ihrem Hals bildete, und sah Amy wieder an. »Ich rate Ihnen nur eines: Durchbrechen Sie mit Lucy den Teufelskreis. Sie ist ein so kluges, kostbares Mädchen. Helfen Sie ihr, stark zu sein, immer genau zu wissen, was sie will, und eigene Schlüsse zu ziehen. Das verdient sie.«

Wieder rannen Tränen über Amys Gesicht. »Ja, das verdient sie. Ich helfe ihr dabei. Das verspreche ich.«

Während Josie nach Hause fuhr, schwirrte ihr der Kopf von dem, was Amy ihr erzählt hatte. Die Tragik des Falls lastete schwer auf ihr. Lediglich die Tatsache, dass Lucy gesund und in Sicherheit war, hob ihre Stimmung etwas. Als sie in die Einfahrt bog, sah sie, dass Mistys Auto nicht mehr hier stand. Auch Trinitys Mietwagen war weg. Sie war gekommen, um ein paar Tage bei Josie zu bleiben, und wieder nach New York zurückgekehrt, nachdem sie alle möglichen Leute interviewt hatte. Josie hatte sogar Colin gebeten, Trinity ein Interview zu geben, obwohl sie Bedenken gehabt hatte. Er war einverstanden gewesen, vor allem, weil er auf diesem Weg öffentlich allen Freiwilligen und Sicherheitskräften danken konnte, die sich an der Rettung von Lucy beteiligt hatten.

Drinnen saß Noah auf der Couch, das Gipsbein auf dem Beistelltisch. »Hey«, begrüßte er sie und schaltete den Fernseher mit der Fernbedienung stumm. Er klopfte auf das Polster neben sich. »Komm, setz dich.«

Sie ließ sich neben ihm auf die Couch fallen und sah sich im Zimmer um. Zum ersten Mal seit einer Woche war Harris' Spielzeug nicht überall auf dem Boden verstreut.

Noah erriet ihre Gedanken. »Misty ist heimgefahren. Sie hat aber gesagt, dass sie dich nächste Woche anruft. Sie will dich zum Babysitten einspannen.«

Josie lächelte. »Das macht sie auch. Aber ohne die beiden hier ist es seltsam. Ich habe angefangen, mich an sie zu gewöhnen. Selbst an den kleinen Hund. Mann, kann Misty kochen.«

Noah nickte. »Allerdings. Aber du weißt, dass ich auch kochen kann.«

»Weiß ich«, pflichtete Josie ihm bei und starrte auf den Bildschirm, wo tonlos eine Sitcom lief.

»Wir können uns ja einen Hund anschaffen, wenn du willst.«

Sie drehte sich zu ihm und zog die Augenbrauen hoch. »›Wir‹ sollen uns einen Hund anschaffen? Wie soll das gehen? Du nimmst ihn donnerstags und jedes zweite Wochenende?«

Er nahm ihre Hand. »Ich könnte ja bei dir einziehen und wir übernehmen gemeinsam das Sorgerecht für ihn.«

»Was?«

»Du musst mir jetzt noch keine Antwort geben«, sagte er rasch.

»Was den Hund oder das Einziehen betrifft?«

Er lachte. »Beides. Denk einfach darüber nach.«

»Noah, wir haben die letzten Monate viel durchgemacht – schon allein wegen deiner Mom. Ich bin mir nicht sicher, ob wir beide im Moment einen so klaren Kopf haben, um eine solche Entscheidung zu treffen.«

»Deshalb habe ich ja gesagt, denk darüber nach. Ich liebe dich, Josie, und obwohl ich mich während der Sache mit meiner Mutter so benommen habe, wäre ich bereit für eine längerfristige Bindung. Eine für immer. Wenn du noch Zeit brauchst, wenn du willst, dass ich mich erst bewähre, dann ist auch das okay.«

Er beugte sich zu ihr und küsste sie.

»Ich denke darüber nach«, versprach sie. »Aber da ist etwas,

was wir wirklich als Allererstes angehen sollten. Sobald es mit deinem Bein besser geht und bevor wir irgendetwas anderes anpacken.«

»Und das wäre?«

»Urlaub nehmen.«

EIN BRIEF VON LISA

Vielen Dank, dass ihr *Ihre stumme Bitte* gelesen habt. Wenn euch das Buch gefallen hat und ihr über meine neuesten Veröffentlichungen informiert werden möchtet, meldet euch einfach unter nachstehendem Link an. Eure E-Mail-Adresse wird nicht weitergegeben und ihr könnt euch jederzeit wieder abmelden.

www.bookouture.com/bookouture-deutschland-sign-up

Es freut mich, dass ihr mehr von Josie, ihrem Team und ihrem neuesten Fall lesen möchtet und gerne nach Denton zurückkehrt, um sie bei ihren Abenteuern zu begleiten.

Ein reger Austausch mit meinen Leserinnen und Lesern liegt mir sehr am Herzen. Ihr könnt mich über die unten genannten sozialen Medien, meine Website und Goodreads kontaktieren. Gern dürfet ihr auch meine Bücher bewerten und *Ihre stumme Bitte* anderen Leserinnen und Lesern empfehlen. Rezensionen und Weiterempfehlungen machen immer mehr Leserinnnen und Leser auf meine Bücher aufmerksam. Vielen Dank für eure Unterstützung. Sie bedeutet mir sehr viel. Ich kann es gar nicht erwarten, von euch zu hören. Bis zum nächsten Mal!

Herzlichen Dank,

Eure Lisa Regan

DANKSAGUNG

Wie immer danke ich vor allem meinen fantastischen Leserinnen, Lesern und treuen Fans! Eure Begeisterung für die Serie ist ein großes Geschenk für mich, über das ich mich jeden Tag aufs Neue freue. Genauso freue mich über jede Nachricht, die ihr mir zukommen lasst! Ich danke außerdem meinem Ehemann Fred für seine ununterbrochene Unterstützung, seinen Humor und seinen Zuspruch. Du holst das Beste aus mir heraus – ohne dich könnte ich das alles nicht! Ein Dank geht außerdem an meine Tochter Morgan, die so viele Stunden auf mich verzichten muss, während ich schreibe. Ferner danke ich meinen Erstleserinnen Dann Mason, Katie Mettner und Nancy S. Thompson sowie meinen Entrada-Lesern. Außerdem meinen Eltern William Regan, Donna House, Rusty House, Joyce Regan und Julie House für ihre unentwegte Unterstützung und dafür, dass sie nie genug gute Nachrichten von mir hören können. Ein großes Dankeschön verdienen auch die üblichen Verdächtigen: die Menschen in meinem Leben, die mich unterstützen und fördern, meine Bücher weiterempfehlen und generell dafür sorgen, dass ich weitermachen kann: Maureen Downey, Carrie Butler, Ava McKittrick, Melissia McKittrick, Andrew Brock, Christine und Kevin Brock, Laura Aiello, Helen Conlen, Jean und Dennis Regan, Debbie Tralies, Sean und Cassie House, Marilyn House, Tracy Dauphin, Dee Kay, Michael Infinito Jr., Jeff O'Handley, Susan Sole, die Familien Funk, Tralies, Conlen, Regan und House sowie die McDowells und Kays. Danke, ihr Lieben von Table 25, für eure Klugheit,

Unterstützung und gute Laune. Einen weiteren Dank verdienen die vielen netten Blogger und Rezensenten, die die ersten fünf Josie-Quinn-Bücher gelesen haben, weiter an der Serie dranbleiben und sie ihren Leserinnen und Lesern so begeistert ans Herz legen!

Speziell erwähnen möchte ich Sgt. Jason Jay, weil er mir zu jeder Tages- und Nachtstunde all meine Fragen über Polizeiarbeit und Strafvollzug so schnell und detailliert beantwortet hat und dabei nie die Geduld verliert. Ich bin dir so unendlich dankbar!

Weiter danke ich Oliver Rhodes, Noelle Holten, Kim Nash und dem gesamten Bookouture-Team dafür, dass sie diese erstaunliche Reise nicht nur ermöglicht, sondern zum größten Genuss meines ganzen Lebens gemacht haben. Last not least sende ich ein Dankeschön an die unvergleichliche Jessie Botterill, die es immer wieder irgendwie schafft, das Beste aus mir herauszuholen. Du versetzt mich ständig in Erstaunen. Ohne dich könnte und wollte ich das alles nicht machen.